BANG
塑膠子彈
秦巴子/著

目次

四月紀事

我離婚了。

這是四月裡發生的頭一件大事。十年前的「五四」我們在青年畫展上相識，八年前的「五・四」我們洞房花燭，現在一切都結束了。她說，這叫「十年一覺人生夢」；我說，八年啦，別提它啦！從戰略防禦到相持再到戰略反攻，八年打敗了日本兵。但是我們這八年，卻不知道到底是誰打敗了誰。朋友們所目睹的事實是，誰也沒法完好如初。到底是誰離開了誰並不重要，重要的是，帶著累累傷痕，我們離婚了。

清明時節雨紛紛，路上行人欲斷魂。四月四日下午，我們從街道辦事處出來的時候，雨停了。進去的時候我們還是合法夫妻，但是在我們從辦事處出來以後，她已經成了我的前妻。前妻說，雨停了。我試著把頭頂的傘蓋移開，雨真的停了。幸虧雨停了，來的時候我們還可以合撐著一把雨傘，回去的時候就大不一樣了。這從她一出辦事處就有意識地與我隔開的一米的距離，就可以明確無誤地測出我們之間的關係，性質已經發生了微妙的變化。雨停了，只是有了風。二月春風似剪刀。現在正是農曆的二月中旬，在初春的寒意中，我感覺到了前妻微微的顫慄。經過一剎那的遲疑之後，我還是脫下風衣，默默地披在了她的身上。雨後的天上，緩緩地遊走著深褐色的雲絮，就像我們的心情，就像我們的沉默。不過我們誰也沒有說，就向不遠處那家門庭冷落的離婚餐廳走去。

*　　　*　　　*

清明節的前一天晚上，這是祭奠亡靈的時刻，她說要找一個十字路口去燒紙，但是我執意不去。大多數時候，她的主張都會遭到我的拒絕，譬如星期天逛服裝攤逛首飾店逛化妝品商店之類，我總是執意不去。我正在搞一個大作品，是一次被我命名為《四月紀事》的行為藝術。自從在繪畫上失意以後，我就全身心地投入了行為藝術。現在這件《四月紀事》才剛剛開頭，而我也正在興頭上，幾周以來，我一直被這個計畫燒灼得興致勃勃。

「沒見我正忙著麼？不去。」

「去吧，就一會兒。」

「不去。」

「你這人真黑，連祖宗都忘了。」

「忘了就忘了。」

「還是積點德吧，就一會兒。」

「不去就是不去，你這人怎麼這麼煩人。」

接下來是草紙的悉碎聲、篤篤的鞋聲、哐的關門聲。還有一隻公貓喵喵的叫聲和電視裡那部冗長的《鄉下人城裡人外國人》作著微弱的伴音。

這是我後來從磁帶上記錄下來的現場效果。

她在那天晚上出去的時間並不是她所說的「一會兒」，事實是直到電視裡零點新聞開始，她才從外面姍姍歸來。她砰地一聲關了電視機，似乎一晚上的力氣都攢到了電視按扭上了。然後，她把自己重重地扔進了沙發，那隻貓也乖巧的竄上沙發，依偎到了她的腋下。沉吟良久。她說：「我已經反覆考慮了，我們還是離婚吧。」

* * *

外表冷清的離婚餐廳，內裡的氣氛卻溫馨無比。粉紅色的牆面和黯淡的桔黃色壁燈、搖弋的紅燭映照著潔白的桌布，杯中的紅色液體微微震動，在舒緩優雅的音樂中，很容易讓人回想起夫妻在床第間的纏綿。這使我的身體裡，突然泛起了一種夾雜著肉慾的溫情。我很想把前妻再留一夜。我的理由聽起來堂皇而慈愛。我說，孩子是無辜的，我們不能讓孩子太受刺激，你最好等到她明天上學以後，再收拾東西離開。

也許是因為風衣所傾吐的人情味兒，她沒有反對。清明節這天夜裡，我們在床上都很投入地盡量要給對方最大的滿足，甚至有過兩次高潮。這是幾年來前所未有的夫妻生活，但卻是作為前妻和前夫。這一晚我們也都很沉默，那隻公貓卻整夜都叫得歡實。我早晨醒來的時候，作為前妻她已經悄然離去。

* * *

《四月紀事》是一次前所未有的行為藝術。最初的念頭剛剛萌生，我就興奮得像一個第一次偷情的婦女，羞怯、吃驚，然而難以自抑地在歡愉中做著準備，同時又惴惴不安地等待著那幾乎可以稱為偉大的時刻的降臨。

我的想法是，把整個四月三十個日夜720個小時裡我的家裡的一切聲音都忠實地記錄下來。有見識有想法的評論家，也許會把它命名為「新新寫實」呢。但這次藝術行動在技術上存在著一定的難度。商店裡出售的磁帶是ＡＢ面共90分鐘，而我又找不到更長的帶子，所以每天二十四小時就需要18盤磁帶，而且要換18次翻18次共36次。這樣以來，我的正常生活就要被打破。我得盡量減少出門次數，我得努力把睡眠控制在每次45分鐘以內，為防萬一我還得上好鬧鐘，儘管它並不是常態下我們家裡的人物器具所發出的聲音。這樣一來，它實際上就並不寫實了。我當然懂得，行為藝術是觀念的，人一旦參與了行為藝術的創作，人就變成了它的一個部分，從而也就顯得極不真實。但這也正是行為之成為藝術的特異之處，也正是行為藝術獨具的魅力所在。然而我的難度在於寫實，問題也就出在寫實上。我不能請一個助手加入，多一個人就會多一份聲音，這樣以來，寫實就離它的本來面目越來越遠了，而這是《四月紀事》難以逃脫的一個悖論。

這不，才剛剛三天，我的妻子就已經受不了了。當然，她對我的怨憤是由來已久了。我是一個失敗的畫家，金錢的困窘、異常生活所帶來的壓力、被擱置的青春以及省略得過多的房事等等，都是她怨憤的理由，而《四月紀事》每天36次的翻動磁帶的聲音，只是為她提供了一個適時的爆發契機。但我意志堅定，我絲毫沒有放棄的意思，我知道這是一次前所未有的行為藝術的傑出創作。真正永恆的藝術，本身就先在地包含著代價。永遠永遠，付出的代價是值得的。

但是現在，還是讓我們看看接下來發生的事情吧。

＊　　＊　　＊

妻離開的那天，那隻公貓也神秘地失蹤了。是我們的女兒首先覺察的。那天放學回來，她就在房間裡進進出出地搜索著，丟了魂兒似的心神慌亂坐立不安。她問：「媽媽幹啥去了？」我說：「她出遠差了，時間可能會很長。」我不想現在就告訴她離婚是怎麼回事，她才上一年級，我想，她還承受不了這個。我說：「你去做作業吧。」女兒突然問：「貓呢？貓怎麼不見了？」我也很奇怪，我們的貓從來就沒有走失過，可牠到了晚上卻還沒有回來。我的女兒瞪大眼睛望著我，她說：「出事了，一定是出事了。」然後她就傷心的哭了，「是你弄丟的，你還我貓，還給我，你還給我……」

我當時不知怎麼，竟突然想起了詩人嚴力的詩句：請還給我半山坡上的那曲牧歌，哪怕被你錄在磁帶上也請還給我。我說：「乖孩子你先睡吧，爸爸去給你找貓。」我安頓女兒上床，然後假裝出門，在走廊上站了一會兒又回來。我找出前兩天錄下的磁帶，那上面還留有貓的叫聲。我把它放進答錄機播放，然後走進裡屋，我看見已經十分疲倦的女兒，終於在貓的叫聲中闔上了沉重的眼皮。

接下來是漫長的日子。是女兒和我吵架的日子，是我一路小跑著買菜的日子，是我神經衰弱夜夜失眠的日子，是我百無聊賴而又心煩意亂的日子。但我還是一再地告誡自己：藝術就是苦役。偉大的藝術，偉大的痛苦；渺小的藝術，渺小的痛苦。到了夜晚，在播放著貓叫的時候，我甚至一遍遍地大聲念誦著艾略特的詩句：「四月是最殘酷的月份，哺育著丁香，在死去的土地裡，混合著記憶和慾望……。」這些話全都被錄在了磁帶上，作為《四月紀事》裡必要的部分，日後將被你們聽到。

但是聰明的女兒終於還是發現了貓叫的真相。「假貓！爸爸騙人，爸爸是個大騙子，爸爸是個大壞蛋。」在我毫無防備的時候，她已經衝過去摔了我錄好的磁帶。她一邊恨恨地踩著，嘴裡還在不停地念叨：「你這些破磁帶有什麼用，真煩人，真是煩死人了，每天不停的嗤嗤響著，還讓不讓人活了，這日子沒法過了。」

聽聽吧，活脫脫是她母親的口氣。

近幾年，藝術上的失敗使我的脾氣一日日變壞，相對的也使妻子的面孔越來越難看。為微不足道的一丁點兒小事，我們常常會吵得天翻地覆。

這日子沒法過了。

*　*　*

「你這麼不懂事我還怎麼畫畫？」

「我又不是你的保姆。」

「是保姆我早把你辭了。」

就在我捧著一大箱共540盒磁帶回來的那天，她還和我大吵了一次。

現在，前妻在清明節前夜回來後對我說過的話，女兒竟記得一字不差，那時候她已經睡了，真不知是從哪兒聽來的。也許，她已經偷偷地聽過了我的作品？

「這可是爸爸的作品啊！」我急忙奔過去從女兒的腳下搶救，但是有兩盤已經被她憤怒的雙腳踩碎。

*　*　*

四月是最殘酷的月份啊。

我本來可以選擇五月或者六月去實施我的行為藝術，那樣可以準備得更充分一些，更從容一些，沒準兒還能找到更長些的磁帶，譬如三個小時或者六小時的。那樣就用不著來回地翻轉磁帶，就不會帶出這麼多麻煩，妻子也就不至於這麼快地就提出離婚。但是，是艾略特讓我選擇了四月，他說，四月是最殘酷的月份。而我也就認為選擇四月不僅更本質一些，而且有《荒原》作背景，也能使作品顯得更富有文化意味。所以我不能等到五月或六月。

多年，多年以後，在某地，我將重提這件往事，歎著氣說：「林中的路分為兩條，而我呢，我選擇的一條人跡罕至，千差萬別由此產生。」

*　　*　　*

我當然知道，人並不能修復已逝的生活，就像我不能修復被女兒踩壞了的磁帶。但是偏就有人不認這個理兒。就在我幾乎要絕望的時候，從前的戀人玫玫打來了電話。這使我覺得我的作品會陡然變得豐富，我對自己說，有必要耐著性子把它做完。但是我卻無論如何無法想像她是怎麼得到我離婚的消息的，她一直生活在另一個城市，近十年來除了出差偶爾撞見，幾乎與我沒什麼交往。但是電話裡的聲音準確無誤，彷彿十年以前，現在聽起來顯得極不真實。幸好我們的談話已經被記錄在磁帶上面，日後可以有機會驗證。

她說她已經等得太久，她說這是宿命，並且不容商量地說，明天就要出發來看我。

*　　*　　*

我是在菜攤上遇見阿芳的。我得為玫玫的到來準備些菜蔬，我在菜市裡來回轉遊，跟一個個攤主討價還價。在我付錢的時候，我突然感到有人在暗中觀察，轉過身來的時候，我就看見了阿芳。

「姐夫。」她叫我姐夫，可我並不認識她。她說：「我是你四舅家的二丫頭。」我想她說的是我前妻的四舅。從她那濃重的鄉音裡能很容易地讓我想到自己的前妻。但是我並不認識她。我只是在八年前結婚的時候隨前妻回過一次她的故鄉。那是一個龐大的家族，她的堂兄弟姐妹表兄弟姐妹足足能編一個加強排，直到我們離開的時候，我還是無法分辨他們（她們）誰是誰。

不過，我得說阿芳是一個很漂亮的姑娘，比十年前的她的表姐也就是我的前妻更其動人。如果時間推後一個月，穿得再單薄一些，肯定還要性感一些，這從她鼓凸的衣服上就看得出來。我說過我並不認識她，我想，阿芳也並不知道我們已經離婚，現在她來了，我也只好領她回家。我原以為她進屋後首先會用目光急切地搜尋自己的表姐，但讓我感到困惑的是，她進屋以後並沒有問起她的表姐。她只是說：「你的房子真美呀，有這麼多畫。」

我是畫家，家裡當然會有很多畫兒。她難道沒聽家人說過麼？

吃飯的時候，我的女兒才從自己的屋子裡出來。她最近一直跟我賭氣，總是不願意開口說話。我教她叫姨姨她也不叫。我怕太冷落了阿芳，便找些沒意思的話頭來說。

「你多大了？高中還是初中？在家做什麼？」

阿芳說她二十一了，高中畢業已經一年了，在家沒什麼事兒，想出來闖闖，找點活兒幹幹。我問她想幹什麼呢？她有些羞怯地說幹什麼都無所謂，能掙大錢就行。我一下子覺得，這孩子心性兒高著呢，開口就是要掙大錢。

我問她想找個什麼樣的活兒呢？

「我也不知道，總之要吃得好穿得體面看起來非同凡響的那種。」現在她已經不那麼羞怯不那麼拘束了。她說：「姐夫你猜我想幹什麼呢？」

「我猜不出。想做什麼？」

「我也說不好，不過我聽說廣東海南那邊有很多女孩子都在幹這個。……姐夫你別吃驚，我說的並不是那種，你也別笑話，我是說『托兒』，我覺得當個托兒什麼的也挺好玩兒，以後還可以慢慢地做經紀人。」

「我說阿芳啊，那可就跟騙子差不多了。」

「畫畫的，寫書的，跑生意的，不也是一樣麼！」

「那可不一樣，那是付出了勞動的。」

「托兒也付出了勞動呀。」

這時候有人敲門，我知道是玫玫到了，我們的談話只好暫時中斷。

讓我頗感意外的是，在我拉開門的時候，玫玫竟很誇張的想與我擁抱。可能是看到了屋裡的阿芳，抬起的手臂在空中短暫地僵了一下，她連忙掩飾地說道：「還不快把我的包接一下。」

我已經感覺到了玫玫的不快和對阿芳深深的敵意，便忙不迭地介紹她們認識。

「這是我的同學玫玫。」

「這是我的表妹阿芳。」

「才剛幾天你就熬不住了，什麼表姐表妹的，是阿妹吧。」玫玫還是那麼潑辣刻薄，十年前我就是因為受不了這個才和她分手的，現在的口氣裡，卻又平添了一份低俗。

阿芳怯怯地說：「我叫阿芳。」

我正準備給玫玫放水洗澡的時候，電話鈴響了。是醫院打來的，說是我妻子出了車禍，我糾正說：「前妻。」但對方並不理會，只是催我趕快去醫院。

「玫玫你自己料理，我得立即去一趟醫院。」

趕到醫院時，前妻已經醒過來了。其實她傷的並不是太重，只是面部有大片擦傷，左臂輕微骨折，大夫正在給她上夾板。但肇事司機卻不知去向。我把她送進病房，等她服了藥躺下，情緒稍稍安定，我才告訴她，她的表妹來了。她問是哪個表妹，我說是你四舅家的二丫頭，叫阿芳的。她說四舅家只有一個兒子，一個小妹五歲就夭折了。她還說別的舅舅家也沒有叫阿芳的表妹。我說，這就怪了，我明明聽她說是四舅家的阿芳嘛。她說別是個騙子吧，你趕快回去看看。小心我們的女兒被拐走。她的神情一下子變得緊張起來。我也感到事情十分嚴重。

但我趕到家裡的時候，卻只有女兒一個人在睡覺。我叫醒她問那兩個阿姨呢？

女兒揉著眼睛說：「你走了以後她們就吵起來了，後來又打架，然後那個叫玫玫的就走了，我不喜歡她。是阿芳姨給我洗的腳。她說讓我先睡，她要等你回來。」

我逐個房間仔細地檢查了所有的東西，一樣沒丟，就連抽屜裡的三百多元現金也平整地在那兒躺著，一張不少。我立即給醫院撥了電話，讓他們告訴我的前妻，孩子安然無恙。

雖然什麼都沒丟，但我還是感覺已經被人騙了一把。上當的感覺很難描述。我有一種強烈的慾望，想要知道在我走後發生的事情。於是坐下來倒磁帶，我想聽聽她們說了些。

「才剛幾天你就熬不住了，什麼表姐表妹的，是阿妹吧。」

「我叫阿芳。」

（電話）叮鈴鈴鈴……

「前妻。」

「玫玫你自己料理吧，我得立即去一趟醫院。」

哐！（關門聲）

「你還挺年輕麼，幹什麼的？人體模特？」

「你才幹那種丟人的事哪。」

「那你是他什麼？情人嗎？」

「表妹！」

「婊子？你倒是很坦率呀。」

「你才是婊子哪。」

「你……」

這就是我從磁帶上聽到的對話，只可惜磁帶到這兒就完了。

*　*　*

由於技術上的問題，我的《四月紀事》最終成了一個殘缺不全的失敗的作品。一位朋友把她從小到大二十多年的衣服一件件地疊起來，做成了一個叫做《個人歷史》的現代雕塑。作品甫成之時，請我去提一些意見。「你這《個人歷史》中還缺少一些重要的東西呀。」我說。她說少了什麼？「少了你第一次來例假時穿過的褲頭，你告別處女時代時的床單，還有你的乳罩什麼的。」我說，「這使你的作品看起來極不寫實也極不徹底。」我不知道她後來是不是採納了我的建議。關於觀念藝術，我還能再說些什麼呢？我是不是也應該把那些尚未用過的空白磁帶和被我女兒踩爛的兩個磁帶的碎片也一同歸入我的《四月紀事》呢？也許這樣才更寫實？對一種支離破碎的生活的寫實？

四月的最後一件事情，是我的前妻來領走了我們的女兒。這件事發生在三十號的中午，她說：「你已經失去了撫養和教育女兒的能力。」

現在我一個人坐在屋裡，看著面前的540盤磁帶，我感到極不真實。我幾乎無法相信這就是我在整個四月的全部生活，這就是我的行為藝術的偉大「傑作」？這是四月，四月是最殘酷的月份啊……

畫家生活中的奇妙瞬間

死過以後，再死一回
心兒就會充血
就會長出滿口的乳牙
吮吸林中鮮潤的松脂
——秦巴子，《詩的死亡之辨證》

我知道在土豆街角的那間夢幻啤酒屋准能找到關聖。按照預定的日程，畫展明天就要開幕了，但是卻始終不見關聖露面，還有他的畫，至今還沒有送來。前幾天開始佈展的時候，我就派人去找過他，可是派去的人卻一連三天都沒有見到他的影子。這不是要把人給急死麼！我說：「你們給我守在他的門口，無論如何要找到他。」昨天他們在他的門前守了一天，也沒有等到他。後來還是一個好心的鄰居告訴他們，說是已經有兩個星期沒有看到那個邋邋遢遢的畫畫的人了。這可真有點蹊蹺。我們這個畫展還是他關聖張羅著要辦的，三個月前是他火急火燎地找到我們幾個要好的朋友，說是要辦個商業畫展，邊展邊賣，還說再弄不到錢他就連買紙張顏料的錢也沒有了。租畫廊談場租借定金簽合同，這些全都是他跑下來的，事到臨頭倒尋不見他自己的人影兒了，這讓我感到十分疑惑。我知道在哪裡能找到他，我說：「還是我親自去找他吧。」

土豆街在我們這座山城的邊緣，其實根本就算不上什麼街道，充其量只是一條曲裡拐彎周折起伏的曲巷而已，但那凸出於街角的夢幻啤酒屋，卻是一個絕妙的去處。坐在靠窗的位子上，透過玻璃往下看，越過階梯狀呈現著的一座座灰色樓頂，可以看到不遠處迷離中蜿蜒著的渾黃的江水和江邊已經下碇的隱約帆檣，如果是在夕陽西下時分，還可以領略到江河流金的瑰麗景色；而另一面玻璃窗正對著的，則是土豆街那一段十分散漫的斜坡，夏季裡，我們山城美麗的婦女們就會叩著石板路篤篤篤地走過，妖嬈的姿態宛如T形舞台上的時裝模特。關聖曾經不無得意地對我說過，夢幻啤酒屋靠窗的位置，是在山城觀風景的首屈一指的黃金寶座。我得承認關聖說得並不誇張。我也知道，他對這個地方有著一種近乎病態的迷戀。

我是先到夢幻啤酒屋找他的。雖然在進入土豆街之前我必須要經過關聖的住處，但我並沒有去住處找他，直覺告訴我，關聖肯定在夢幻啤酒屋。果然不出所料，還未進門我就已經從窗子上看到了他的身影。他正穩穩當當地坐在他的「黃金寶座」上喝啤酒呢，藍色大褂上粘滿了墨汁和顏料，乍一看就像是一幅蠟染被穿在身上。我直奔過去坐在他的對面。

我說：「哥兒們，你這是搞的什麼明堂嘛，山城的耗子洞都翻了，可就是找不到你，明天就要開幕了你還坐在這裡喝酒！」

「開幕？什麼開幕？」關聖現出一臉的懵懂。

「畫展！」我幾乎是吼著說的，「我們的畫展！」

「畫……展？」他竟然全不記得了。

「你不是說要換點錢的嗎？要不拿什麼喝啤酒？你最近有錢了是不是？」

「錢？錢算什麼東西！愛情是最重要的。」

「錢算什麼東西！愛情是最重要的。」他就是這麼說的。我被他這一通近乎囈語般的回答給弄懵了，心想：「像你這種山窮水盡窮途末路的畫家，就別再假清高了，紙張顏料都買不起了，還奢談什麼愛情呢。」但是我並沒有這樣說，我知道那會傷害他的自尊心。我注意到他的表情，目光迷茫，神情沮喪。

「我說你這是怎麼了？中了魔了？」

「沒有，」他說，「沒有。」

「那你這些天都幹什麼了？」

*　　*　　*

我第一次見到她是在解放路那兒，她的美幾乎把我給驚呆了。她從百貨大樓出來，但我感到她就好像是從天而降，突然出現在我的眼前，她的身上透射出來的是一種令人震驚的美。過去，我們一直以為，用我們的畫筆可以提煉、昇華、創造出一種非人間的高貴的詩意的美，其實我們錯了，這種藝術的美實際上就在人間，只是我們一直無緣得見罷了。我不由自主地跟著她，她快我快，她慢我慢，她進商店我也進商店，我的目光一刻也沒有離開過她，可是，她卻消失了，可能就在我眨眼的那一瞬間消失的，我感到非常失落，我想，我是再也看不到她了。可是當我回來的時候，就在土豆街的拐角，我再一次看到了她，我不顧一切地趕上前去，但是太晚了，她又消失在前面的街角。

當時，我的內心有一種強烈衝動，我想，我什麼都不能再幹了，我必須把她畫下來。

一回到屋裡我就開始作畫。剛開始我用的是水墨，我想儘快的把她畫出來，但是我覺得很不滿意，水墨根本沒法表現她的美。你也知道，我的水墨相對要差些。後來我又用工筆去畫，但還是不行，她就像是被壓平了貼在紙上的。我覺得這樣畫簡直是在褻瀆她的美。不行，我對自己說，得另想辦法。國畫一直不講透視法，國畫的立體感是不真實的，根本表現不出她那活生生的身體和情致。我想到了油畫，對，只有用油畫的方法去畫才行。這次行了，越畫越活，她那栩栩如生的樣子就好像是坐在我窗前的真實的她。畫著畫著，奇蹟出現了。

這件事現在說起來真有點離奇，可那確實是真的。不知不覺中我走進了她的房間，她站起來了，含情脈脈對我打招呼呢。

「你來了。」她對我說，「你來了。」我還以為是在夢中，我掐掐自己，很疼，我知道這不是夢，是真的，我是真的走進了她的房間。但是我當時有些手腳無措。我顫顫驚驚地自言語道：「太美了！」可是你知道她說什麼？她說：「你是說你愛我對嗎？」但是我不敢說，我覺得那時候我像孩子一樣靦腆。相當長的時間裡，我們之間就一直保持著這種孩子間的靦腆的友誼。後來還是她主動打破了這種稚子式的矜持，她衝動的張開雙臂走過來，摟著我的脖子狂熱地吻我。激動的我幾乎快要窒息了，而她的身體也在我的熱吻中漸漸張開。

平靜下來的時候，我給她唱了那首歌：

我願做一隻小羊
跟在她身旁
我願她拿著細細的皮鞭
不斷輕輕打在我身上

你別以為我這是說夢話，這是真的，實實在在的就是我們倆在一起生活。後來發生的事情全都怪我，這幾天我一直後悔不迭。我原來畫的時候，只畫了房間的一角，我把她安排在畫中的窗下，除此之外，就是我的調色盤和畫筆，連最基本的日常的生活用品都沒有。可我是太愛她了，我不想讓她就在這空無一物的房間裡生活。我對她說，我們應該弄些必需的生活用品，像鍋碗瓢盆被褥床鋪什麼的，還有像冰箱、音響、電視什麼的，也都該有。我說這都是我們的幸福所必不可少的。而她卻一再地提醒我，不要這些東西，這些東西會把我們的愛情搞得一塌糊塗。可是我真蠢啊！就像前些年一個姓丁的傢伙在詩裡寫過的那個笨蛋：

我把她珍藏在家，用一台電視機拴住
對她講科學，講電燈的發明
我給她買手錶，買玩具汽車
當然還有牛仔褲、超短裙、法國的香水
……
我說外面天天都打仗、車禍、煤氣爆炸
你要待在家裡，千萬不要出門

記得這首詩嗎？好像是叫《背時的愛情》。當時我可真蠢哪！我想，我能通過畫筆進入這個房間，我也就能用畫筆把這些日常生活用品弄來。我說：「你別擔心，看我的，我在家裡就能把這些東西都弄來。」看到我執意要畫，她有些著急了。她提醒我說：「我們現在是在畫中，如果你再在畫中作畫，我們就會回到現實生活中去的，那時候我們的愛情就再也不會存在了。」但我根本就聽不進去，我還振振有詞的說，我不能讓我所愛的人受苦。

我沒聽她的勸告。我畫了床，畫了鍋碗瓢盆，畫了足夠穿幾年的四季裡美麗的衣裳，畫了洗衣機電視機音響冰箱……，總之是應有盡有。可是，我畫完這一切的時候，我已經坐在自己的屋子裡，不知什麼時候，她已經消失的無蹤無影。

我很後悔。後來我又試著重新畫她，我想再次進入畫中。我畫了足足有十幅，但是奇蹟卻不再發生，我再也沒法進入她的房間了，也就是說我們的愛沒有了。你說這事有多奇怪！

現在我每天都坐在這裡，我希望她能再次出現在土豆街上，讓我找到那種感覺，那種能夠再次走進畫中的感覺……

*　　*　　*

我得承認，關聖的敘述幾乎把我感動了。

這可真是一段動人的愛情故事，可惜這只是你的幻覺而已。我說：「你一定是作畫太投入了，進入了一種心理迷狂狀態。」

「連你也不相信我？」

「我就是相信你又能怎麼樣呢？我們還是說說眼下。去看看你的畫吧，畫展明天就要開幕，今天晚上我們得抓緊把它掛起來。」

我強拉硬拽總算把關聖弄回了家。我得承認，當我看到關聖所說的那些畫的時候，我被驚呆了。畫中的女人看起來確實是活的，我簡直不能相信這是真的，我想，也許只有經過上帝之手，才能畫出這樣的畫來。關聖用國畫材料，把油畫技法、水墨和工筆完美地結合起來，畫面極為靈動但又非常寫實。畫中女人的皮膚，泛著一層虛浮的白光，與人體的光澤毫無二致，我幾乎能夠感到皮膚的呼吸，看到皮膚下面隱約的跳動的血管。而畫中人的美確實是驚人的，有著難以言表的奪魂攝魄的力量。

這是傑作啊！

但是關聖似乎並沒有從沮喪的情緒中解脫出來，懨懨的無動衷的樣子。然而我這時已經顧不得去關心他的情緒了。我說我作主，就展這十幅。說完以後，不等關聖回答，我捲起那十張畫就去找了裝裱師。

我們的畫展在第二天準時開幕。關聖的十幅畫就掛在大廳的正面，參觀者絡繹不絕，人們在關聖的那些畫前流連忘返，紛紛尋問它的作者，但是關聖並沒有來參加開幕儀式。我們也並不知道，關聖已經神秘的失蹤了。

第三天的時候，有人問關聖的那些畫是不是要賣。我看到那個人十分猥瑣，便沒好氣地說：「當然是賣的，一百萬，你要嗎？」我本來只是想嚇嚇他，看他也不是能買畫的人。他說：「噢，要一百萬呀！」然後就走了。我隨後也離開了畫廊，我要去找關聖，我要告訴他，他成功了。

但是沒能找到關聖，土豆街角的夢幻幻啤酒屋也沒有他。傍晚我又回到畫廊，畫廊經理興奮地告訴我，說是關聖畫上的那個女人下午來了，她一百萬買走了關聖全部的十幅畫。說完以後，經理還歎喟道：「那個女人可真美呀！我還從來沒見過這麼美的女人。」他這樣說著的時候，口水已經流了下來。

看著已經空出來的展廳正面巨大的白牆，我的內心卻有一種莫名的失落感。隨後我再次返回土豆街去找關聖，還是沒能見到他。

從那時起，我幾乎每天都要去土豆街角的夢幻啤酒屋坐坐，但卻始終沒有關聖的消息。他會不會……，我被一種不祥的預感攫住了。後來我找了公安部門，我向他們報了失蹤案，我希望他們能夠設法找到關聖。

在警察們做例行調查的時候，我和他們一起走進了關聖的房間。我看到了一幅與已經被買走的那十幅相同系列的畫，只是上面已經落滿了灰塵。警察們在房間裡四處翻找，他們希望能夠找到自殺或者出走的物證。而我則仔細的吹去了畫上的塵灰。我再次被關聖的畫震驚了，比我前面見過的那十幅還要美。站在畫前，我突然想起了一位哲學家的話：「真正的美是一種絕對，在這絕對面前，人類有著永遠無法克服的自卑。」

我的雙眼模糊了，恍如夢中。而當我眼前那些虛浮的迷霧漸漸散開的時候，我已經進入了畫中人的房間，她就在對面，微笑著從窗下向我走來……但是，這時候有人推了我一下，「我說畫家，別發楞啦，我們該走了。」是警察。是警察推了我，把我從幻覺中拉了回來。當時我就在想，關聖一定是已經走進了他自己的畫中，這次他是不會再回到我們生活的這個越來越被物質充滿的世界裡來了。

迷路

我的父親那時候是一個性情暴躁的傢伙。獨斷專行、自以為是、剛愎自用，到了我剛剛開始學習使用成語的時候，我就毫不猶豫地把這些詞兒一古惱地全都給扔到他的頭上，就像在遊園活動中玩套圈遊戲那樣，我的手裡有的是圈兒，我才不在乎合不合適呢！但是在這之前，我只能默默地忍受。那時候他總是強迫我幹一些莫名其妙的事情，譬如觀察樹葉和路上的行人，尤其是颳風的時候，他就會捏著我的胳膊把我拎到門外的大路上；但是我更喜歡看螞蟻搬家，用衛生球在地上畫一個圈兒，螞蟻就會發瘋一樣在那個圈兒裡左衝右突。我覺得我父親就像是那圈兒裡的螞蟻，這個想法使我感到快樂無比。一直往前跑，不要朝兩邊看，跳呀，跳呀，跳過去你就自由了。但是螞蟻跳不過那道白線，這時候它就更像我的父親。父親總是在這種時候把我拽到路邊去觀察行人，所以到了後來，我連觀察螞蟻的興致也沒有了，我只是呆呆地坐在家裡，注視著斑駁的牆壁上的一個螞蟻一樣大小的斑點。這就更令他感到惱怒，他虎視眈眈地盯著我，咬牙切齒地說：「我要把你撕了！」

那些年裡父親總是爬在桌子上寫東西，但是寫不到兩頁他就會發怒，屁股觸電般地從椅子上彈起來，他用力地撕下剛剛寫下的東西，不是揉作一團，而是撕得粉碎，一邊撕一邊還在惡狠狠地罵：「我要把你撕了！我要把你撕了！」然後他就會從他的房間裡奔出來，冷不防地戳著我的後腦勺，「我要把你撕了！」他就是這麼說的，就像撕他的稿紙一樣。多年以後我想到，他那時候大概是一個眼高手低的文學青年，一個沒有多少文學才能的文學青年；現在我知道，迷戀文學是那個年代的時尚，所以也可以說他是時尚中的一個迷路者，但是他卻全然不知。每過一段時間，他就會把他那些亂七八糟的東西裝入信封，送到郵局去把它們寄走。去郵局時他也總是拽著我，他甚至威脅我說：「你如果不去，我就把你也一塊裝到信封裡寄走。」但是他寄出的東西全都嫋無音信，就像那隻白圈兒裡的螞蟻一樣，每一次突圍都以失敗告終，這就使他變得更加暴躁。「你這個野種！」拿我出氣的時候他總是罵「你這個野種」，他說：「你這個呆城來的野種，一點都不像我的兒子，總有一天我要把你給寄回去。寄回到你來的地方去，寄回你爹娘那裡去，滾出去，滾遠點，看見你就讓我心煩，滾回你的杲城去。」

在他第一次提到杲城的時候，我就做出了強烈的反應，我很堅決地說「沒有！騙人，根本就沒有什麼杲城！」接著我就哇哇哇地大哭起來。但是這卻適得其反，彷彿是對他的一種鼓勵，使他感到他的辦法十分奏效，沒準兒他還非常得意，所以很長一段時間裡他才會不厭其煩反反覆覆地故技重演。他總是這麼說：「滾回你的杲城去。」所以我很小的時候就記住了杲城這個地名，有一次他甚至告訴我我父母的確切地址，「你父親就在杲城的垃圾場工作，他是一個製造垃圾的人，你就是一個沒用的垃圾孩兒，滾回你的杲城去。」杲城這個地方就樣深深地刻印在我的惱子裡。許多年裡，杲城對我來說，一直是一個無法釋去的懸念，我總是迷失在去杲城的路上，即使到了今天，時不時地，我還會在想像中描繪那座年代久遠的，或者說烏有的杲城的淒迷景色。

*　　*　　*

那時候我正處在人生中最無助的年齡，大概六歲，也可能七歲或者八歲，對恐懼的體驗異常敏感但是卻沒有絲毫的防衛能力；而我又沒有母親，無處尋求庇護，所以最有力的武器便是用眼淚乞憐於父親，但他卻總是利用我的無助來打擊我，這就使我對他的仇恨與日俱增。我記得那是一個兒童節的下午，我從學校（也可能是幼稚園，我記不清了）參加完活動回來，用掛在脖子上的鑰匙開了門，令人心驚肉跳的一幕立即展現在我的面前。我看見了赤裸裸的父親，他正爬在一個同樣是赤身裸體的女人身上呼哧呼哧地用力。我當時一定是被這個場面嚇壞了，我不知道如何是好，便一屁股坐到地上，哇哇哇地哭了起來。專注於女人的父親這時候才發現了我。他側過臉來惱怒地看著我。我看到他的臉脹得通紅，就像是剛喝過酒的樣子。

「滾！滾出去！滾遠點！」

我沒有動。

「再不滾我就把你給撕了，快滾！」

我流著眼淚跑了出來。我不知道自己該到哪裡去，所以我就只能圍著我們那幢房子轉圈兒。現在，每當我沒了主意的時候，就會圍著一個什麼東西轉圈兒，我的愛轉圈兒的毛病，就是從那天開始的。我先是圍著我們那幢房子轉，然後是我們那片居民區，圈兒越轉越大，轉了幾圈兒之後，我就已經走在我們這座城市的某一條街道上了。多年以後，當我帶著我戀愛的女人，沿著這座城市的大街小巷轉圈兒的時候，恍忽中總會記起遙遠的童年那個出走的下午，但是記憶中的城市此時已經無跡可尋。

記憶中，除了去郵局，父親是從來不領我上街的，所以對這座城市曲折幽深的街街巷巷，我實際上根本就不知深淺；不知深淺當然也就不會有什麼恐懼感，再說我剛剛出來的時候，內心裡肯定是懷著一種義無反顧的決絕，沒有什麼東西能夠阻擋我的出走。我記著老師的教導，紅燈停、綠燈行，行人車輛靠右行。我沿著街道的右邊一直往前走，我不知道自己要往哪裡去，我的目的就是離開家越遠越好。剛開始的時候，我不敢越過十字路口，所以每到一個十字路口，便向右拐，這樣經過幾次拐彎以後，我發現自己已經來到了郊外。我以前從來沒有到過郊外，相對於城市內部的街道，郊外於我是十分陌生的。陌生感容易造成內心恐懼，雖然那時候我並不知道恐懼這個詞，但害怕是顯然的。前面不遠處就是一座通往郊區的大橋，我已經能夠看清對岸無邊的土地。於是我本能地停住了腳步。猶豫了片刻之後，我決定還是往回走，但這時候我仍然沒有目的，我只是想離恐怖的郊區遠些。

路上的行人漸漸地多了起來。騎車的，走路的，個個都是行色匆匆，他們都有一個共同的方向，那就是家。但是我沒有，我當時也並不知道行色匆匆的人群都是在忙著往家趕。我只是奇怪街道上的人怎麼一下子多了起來。沒有人注意我，也沒有人提醒我回家。以前我在我們家樓前玩的時候，下班回來的人總是會說「這是誰家的孩子，怎麼還不回家吃飯？」但是現在沒有，人們連看我一眼的興致都沒有。不知道為什麼，我突然感到我的鼻子裡有一種酸酸的味道，眼睛也有點模糊。我抬起胳膊，用袖口揉揉眼睛，然後又用力地揉揉鼻子。

我繼續往前走。

以鼻子發酸為界，現在，我可以異常清晰地把那個遙遠的下午劃為兩個性質截然不同的階段。如果說此前還算得上出走的話，那麼在鼻子發酸之後，性質就完全改變了，實實在在地變成了迷路，因為此後，控制著我的念頭一直是回家。當然，當時還有一個重要的原因，就是街邊的飯館飄出的香味，使我意識到饑餓這只老虎的存在，它已經在我的肚子嗥叫起來，並且越叫越凶。

現在我得老實地承認，當時我一下子就想到了父親。我想，他應該出來找我，他應該站在院子裡喊我回家吃飯。但是在我越過了兩個十字路口以後，仍然沒有父親的蹤影，也沒有聽到父親的喊聲。當時我想，父親和那個女人，可能要一直睡到明天早晨，所以他早就把我給忘了。而現在才剛剛天黑，明天早晨是多麼遙遠呀，比明年還要遙遠。過年的時候我總是表示一定要參加守歲，守到新年到來，但我卻總是稀里糊塗就睡著了，常常是睡過一覺之後，新年還沒有到來。當時我覺得明天早晨甚至比明年還要遙遠許多倍。這樣想的時候，我再一次感到自己的鼻子裡流出了一股帶酸味的東西。

*　　*　　*

後來，我停在一家郵局的門口。我不知道自己是怎麼找到郵局的，但我一下子就認出這是一家郵局。它的綠色的郵筒，彷彿是父親經常投信的那個，而它墨綠色的大門，也是我隨父親常常出入的那種。但這顯然不是我們家附近的那個，那個還要小一些，而且到了天黑以後就關門了，但是這一家卻開著，裡面燈光明亮，幾乎和白天沒什麼區別。

我扒開門縫看了看，櫃檯後面只有一個女人在織毛衣。是一個很好看的女人，就像我們的女老師一樣好看。不知道為什麼，我對好看的女人總是充滿信任，以至多年以後，到了戀愛的年齡，我總是照著郵局裡的這個女人的樣子尋找自己的戀愛對象，我覺得只有這樣的女人才是可以信任的。當然這都是後話了，還是說說當時的情形吧。我扒著門縫看了看，內心裡突然有了一個主意：把自己郵回去。既然我找不到回家的路，郵局肯定是能找到的，父親曾經說過，只要在信封上寫上地址，想寄到什麼地方郵局就會給送到什麼地方。每當我不願意做什麼的時候，父親就會威脅我說：「你如果不去，我就把你也一塊裝到信封裡寄走。」現在正是這種時候，我正好也可以把自己郵回家。

我熟悉郵局，所以它帶給我的是親切而不是恐懼。我推門進去，看著織毛衣的女人，怯生生地叫了一聲「阿姨。」我一向嘴硬，不願意叫人，父親為此不止一次教訓過我，我卻終是不改。但是這一次不一樣，這是我第一次主動地叫人。因為櫃檯太高了，如果我不叫，她根本就看不見我。也許是第一聲太低了，她沒有聽見，於是我鼓足勇氣，又大聲叫了一次：「阿姨！」

織毛衣的女人從櫃檯後面伸出腦袋，細眉細眼中含著微笑，她非常和藹地問我：「小朋友，你有什麼事嗎？」

我很認真地在她的臉上看了很長時間，直到確認她是我認為的那種可以信任的女人，這才說到：「阿姨，我要把自己寄回家。」

「什麼什麼？你再說一遍。」她一定是以為自己聽錯了。

於是我又重複一遍：「我要把自己寄回家。」

女人嗤嗤嗤地笑了。這有什麼可笑的呢，我覺得很奇怪。

「你家在什麼地方？」

「杲城。」我說。

我父親說過我是杲城的雜種，當時我已經打定主意要回我父親一直讓我「滾回去」的杲城。他總是用送我回杲城嚇唬我，雖然我嘴上很強烈地反對說「騙人的，根本就沒有什麼杲城」，然而內心裡總還是有些將信將疑，畢竟父親是大人，而我只是一個不省世事的小孩。只是到了這一刻，我已經願意相信真的是有一個杲城，而杲城垃圾場有我的父親，我打定主意要去杲城找自己的親生父親了。但是我當時並不知道，我們這座城市在古代的時候就叫做杲城。從出生到現在，我其實一直就生活在杲城。

「小朋友你一定是迷路了吧？」這是一個男人的聲音。我不知道什麼時候又進來了一個男人。他從櫃檯裡面走出來，我看到他也穿著郵局的墨綠色制服，「你家住在什麼地方？」他又問我。

「我沒有迷路！我爸爸媽媽都在杲城垃圾場工作。」我記得我父親就是這麼對我說的，我說，「我要把自己寄回去。」

男人聽了以後也嗤嗤嗤笑。然後他對櫃檯裡面的女人說：「反正你也快下班了，不如你就順便把這孩子給送回去吧。」

女人從裡面出來，拉著我的手說：「走吧。」

但是我仍然固執地認為不應該是「送」回去，而應該是「寄」回去，「我爸爸說了，杲城在離這很遠的地方。」我看著女人說。

「我這就是要把你給寄回去，」女人說，「你看我還背著郵包呢。」

我抬頭注意到她確實背著一個綠色的郵包，她牽著我的手走出郵局的大門，到這時候我已經相信自己確實是在被郵寄了。

*　　*　　*

背綠色郵包的女人牽著我穿過了燈火通明的街道，然後我們上了一輛汽車。我不知道它是什麼車，也許是公共汽車，但當時我認為肯定是一輛郵車。因為我父親曾經告訴過我，他說他的那些信就是先坐汽車，再坐火車，有時候甚至還要坐飛機，然後就會有人把它們送到信封上所寫的地方。

過了一會兒我們又下了汽車。這裡已經很少看見路燈，女人拉著我在黑暗中走了很長一段時間。而我那時候一定是又睏又餓，我幾乎是半閉著眼睛被她拎著往前走的，我不知道都經過了什麼地方。後來我聽見她說：「到了，孩子。我們到了。」

可想而知，我哇的一下子哭了起來。因為這裡並不是我的家，而垃圾場的看守人一家也並沒有丟過一個我這樣的孩子。

接下來的夜晚是讓我終生難忘的。負責郵寄我的女人把我領回了她的家。她們家有一個小女孩。她鬆開我的手，立即把她的女兒抱了起來，在她的臉上左親一下右親一下，而我父親就從來沒有這樣親過我。然後她給我洗了臉和手，她的手真柔軟，全不像我父親的手是帶刺的，洗臉的時候總是劃疼我。她讓我和她的孩子一起玩，並且給我麵包吃，後來我們又喝了香噴噴的雞蛋湯，我記得自己一下子喝了兩碗。我現在能夠想像得出我當時那種饕餮的樣子，她微笑地看著我貪婪地喝湯，輕輕地說了聲：「你一定是餓壞了。」

臨睡覺前她還給我洗了澡。她讓我把身上的衣服全都脫光了，她要我坐進盛滿熱水的大洗衣盆裡。但是羞澀感使我用雙手緊緊捂住自己的小雞雞，我一直堅持著不願意鬆開。「這孩子，還知道害羞呢，」她笑著說，「就當是在自己家裡，就當我是你媽吧。」經她這麼一說，我又一次感到鼻孔裡面有一些酸酸的液體在暗暗湧動。我一下子抱住了她的脖子。我沒有叫她媽媽，但我很想抱住她哭。

睡覺的時候，她讓她的女兒一個人睡在小床上，卻讓我睡在她的身邊。她用一隻胳膊摟著我的肩膀，我甚至能夠聞到她身上的那種令人陶醉的甜甜的香味。剛躺下的時候，我還因為陌生感到很不習慣，但是沒過多久，我就已經深深地鑽進了她的懷抱。她的身體是柔軟的，帶著很好聞的香味，就像是一團溫暖的空氣，使我感到幸福無比。我的臉多次觸及她綿軟的乳房，瞑瞑之中我甚至產生了一種要張開嘴巴深深地吮吸的強烈慾望。這是我記憶中的童年時代最感溫馨的一個夜晚。但是這突如其來的幸福之感似乎是過於巨大了，以至於使我很長時間都難以入睡。現在我知道這是一個孩子對母性溫暖的本能的渴望，這種感覺要等多年以後我才能在自己女朋友的懷抱裡再次找到。當時我躺在她懷抱裡，久久難以入睡。我想到了父親堅硬的懷抱，與她形成了鮮明的對照。我記得有一天晚上，因為聽大孩子講了嚇人的鬼故事，睡覺的時候，我一直擔心那些青面獠牙的餓鬼會從窗戶裡進來，所以我緊緊的抱著父親的一隻胳膊，嘴裡念叨著「我害怕，我害怕」。但是父親卻一把甩開了我，他說：「熱死了，你這個孩子，真是煩人。」那時候我多想讓父親摟著我呀！但是和父親睡在同一張床上，我卻從來沒有感到過這種溫暖。而這個晚上的感受截然不同，前所未有所以令人難以忘懷。即使許多年過去，到了今天，我仍然能夠記得她的身體和她家的床所散發出的那種醉人的味道。多年以後，到了找女朋友的年齡，我總是本能地要以她為模範，她的長相，她的香味，就是我找女朋友的標準。而我現在的未婚妻也正是一個有著她那種長相和香味的、並且母親是在郵局工作的女孩。

那天晚上在她家的床上，我還做了一個夢，我夢見了自己的媽媽。可是我從來沒見過自己的媽媽，所以我夢見的媽媽其實是領我回家的這個女人。我媽媽對我說，你父親其實挺可憐的，他自己沒有父親，所以沒有人教他如何做父親，他又沒有做過兒子，所以他也不知道怎麼教你做一個兒子，你應該原諒你的父親。現在看來，這些話並不像是夢中所能聽到的，也許是我記錯了，沒準是領我回家的郵局阿姨對我說的。

我在她家裡住了一個晚上，第二天上午她送我回家，她堅持要親自把我交給家裡的大人。

她很順利地就把我領到了家門口，這使我感到奇怪，因為我並不記得自己是什麼時候告訴她我家地址的。我用鑰匙開了門，她和我一起進屋。我看到到父親和昨天的那個女人仍在床上喘氣兒。多年以後，到了我對男女之事有所瞭解的時候，我還在想，他們怎麼會有那麼大的力氣呢，竟然幹了一天一夜！

這次我沒有哭，我只是冷冷地看著自己的父親。隨後我聽到送我回家的好心的女人驚叫了一聲，然後就逃也似地走開了，我甚至連再見都沒來得及說。到了我可以獨自一人在這座城市裡行走而不會迷路的年紀，我曾經找遍了全市所有的郵局，但卻始終未能找到那個送我回家的女人。她的粗黑的辮子、細長的眼睛和淡淡地彎著的很好看的眉毛，只有日後在我的女朋友臉上才再次找到。

隨著她的離去，門哐地一聲重重地關上了。父親受到突然的驚嚇，倏地從床上的女人身邊坐了起來，他的充滿了羞愧和驚恐的臉甚至有些變形。我不知道這中間到底發生了什麼樣的變故，我也不知道父親的變化是什麼原因造成的，我只記得那個躺在床上的女人也突然坐了起來，她不知羞恥地赤裸著身體，指著父親大聲罵道：「好你個王軍，竟敢欺騙老娘，你這個色鬼，竟然還有一個女人！」我不記得她後來是怎麼離開的，但就是從那個時候開始，父親徹底改變了對我的態度。他不再寫東西了，也不再罵人了，也不再暴躁了，他也不再領女人回家了，他總是低著頭幹這幹那，就像是一個不知疲倦但卻總也打不起精神的閹人。

*　　*　　*

多年以後，在我和我的戀人做完愛的時候，我給她講了童年我出走的那天所看到的情景。她說你應該理解他，那時候他才剛剛三十出頭呀，而且又是一個鰥居多年的男人。然後她又建議說，為什麼不給你父親找一個女人呢？但是這時候再給父親找女人，他卻已經沒用了，他的那個玩意兒已經早就不管用了。「其實他是個好父親，」我對自己的戀人說，「他沒有把他實現不了的夢想強加在我的頭上。人們通常總是這樣，可是他沒有。」我再次深深地俯在她的胸前，就像我童年那個迷路的夜晚伏在那個母親般的女人身上一樣，貪婪地吮吸著她的香味。

障礙

直到上車的時候，馮春也說不清自己為什麼會選擇毫無旅遊價值的杲城。往年春遊都是單位集體出行，不僅在選擇線路時眾口難調，而且一路上都要讓領導操心，領導煩了，所以今年讓大家單獨行動。領導提供的城市有青島、杭州、桂林和重慶。就在大家吵吵嚷嚷地選擇去向和夥伴的時候，馮春卻一人向隅，獨自面對著會議室牆上的那張地圖，他的手指在色彩斑斕的地圖上遊動。有人問馮春去哪，馮春說還沒有確定。其實馮春的手指一直在尋找杲城。馮春後來找到領導說要去杲城。領導大惑不解：「為什麼要去杲城？」領導的意思其實是說杲城有什麼好玩的呢？馮春說：「旅遊熱點太鬧了，我要去個清靜的地方。」領導說：「路費實報實銷，你去杲城就有點虧了。」但是馮春不這麼認為，馮春說：「花錢多未必就玩得好。」雖然距離不遠，但馮春從未去過杲城，杲城對他來說只是一座紙上的城市，一個概念，而不是一座具體的城市，所以在那兩天裡，馮春的腦袋裡一直盤踞著的就只是杲城這兩個字。

「你傻不傻呀，為什麼要去杲城呢？」在馮春出發的前一天晚上，領導的問題被李姍姍再次提起。李姍姍是馮春的妻子，她以懷疑的目光盯著馮春，「你是想去會那個林麗吧？」馮春眼睛瞪得大大的，「林麗在杲城？」李姍姍以為他是在掩飾，揣著明白裝糊塗。「想就想唄，我也不會攔著你。」馮春真誠地說，「我真不知道林麗在杲城。」「你怎麼不知道？今年春節你們同學聚會的時候她不是說了嗎，我都聽見了你會沒聽見？以你們以前的關係，你會不關心她在哪裡？」夫妻二人，是夜不歡。坐在火車上，馮春還在想，也許姍姍問得有理，有那麼多好地方可去，他為什麼非要去杲城呢？

林麗是馮春的大學同學，大學四年，馮春一直暗戀著林麗。但是馮春是個膽怯的男人，他不知道怎麼向女孩子進攻，除了用目光追蹤用眼睛呆看以外，在女孩子面前，他是個沒有行動能力的人。當然，林麗肯定是有感覺的，在他那癡癡的目光裡，林麗偶爾會溫暖地笑笑。除了林麗，大概沒有人知道他曾經暗戀過她。和姍姍戀愛的時候，姍姍曾經問過他以前有沒有戀人，馮春很老實地坦白了自己大學時期對林麗的那一段隱情。姍姍問他林麗是否很漂亮，他說是。姍姍當時還笑他，說他真夠傻的。現在他想起來，今年春節的同學聚會，姍姍還特意問過他哪個是林麗。聚會中他一直很拘謹，倒顯得姍姍跟大家是同學似的。但他仍然想不起林麗什麼時候說過她在杲城，而姍姍倒記住了，他想，姍姍肯定是把林麗的一言一行都裝在心裡了。想到這裡馮春就很感歎，女人真是多心。

不過馮春也對自己存了一份懷疑：也許我選擇去杲城，在潛意識裡其實是想看林麗，只不過當時自己的意識並不很清楚？「目的其實是在過程中顯露出來的。」馮春的腦子裡突然蹦出這麼一句話來，這麼說我到杲城其實是想見林麗？想到這一點的時候，馮春驚覺到人心的幽邃。馮春是個願意自審自省的男人，檢索畢業這麼多年，他明白自己其實並沒有忘了林麗。他想起來，春節聚會，乍見林麗的那一瞬，他自己確曾怦然心動，也許自己當時的目光，一如大學時期？現在他想起來，分手時林麗仍是那麼溫暖的一笑，似乎還說了什麼，大概是「有機會到杲城來玩」之類，但那是對所有人說的，馮春沒敢把這話當成對他的邀請。馮春自問：我是不是一直都在等這個機會？每個人心裡都藏著一條毒蛇，我心裡的那條蛇……也許這麼多年來它一直在冬眠，現在到了春天，它睡醒了？

馮春在杲城賓館登記了一個房間，剛放下行李，他就迫不急待地問服務員，杲城都有些什麼好玩的地方，服務員用帶著杲城口音的普通話報出了一長串名字，百樂門夜光杯三角貓牧羊人等等，差點把馮春逗笑。馮春說，我不是要找娛樂場所，我是說杲城有什麼旅遊景點。服務員疑惑地看了看馮春，然後搖搖頭。沒有。「沒有？」服務員再次搖搖頭。「先生如果需要什麼服務請叫我。」她一邊說著，並且用手指指自己的胸牌，馮春看見她的號碼0018，同時他還注意到小姐的胸很高，那個0018的胸牌就在那最高處晃動。馮春覺得服務員的號碼編到千位實在很多餘，難道這賓館會有那麼服務員嗎？「我想要一張杲城地圖。」馮春說。

馮春洗了臉之後，信步走出賓館。

時間已經是下午，馮春漫無目的地在街上晃悠，他在找一種感覺，一種在陌生的異地小城獨自散步到黃昏的感覺：新鮮，奇特，散漫不羈，沒有摩肩接踵的擁擠與喧鬧，然後，在街角意外地遇到一位多年不見的朋友。這樣的情形，他已經多次在一些小說裡目睹，甚至在夢中多次經歷，到後來他也弄不是清是自己所夢還是書中所見了，總之他渴望這樣的遭遇。當然，現在走在杲城的街上，他最可能遇到的也就是林麗了。意識到這一點的時候，馮春突然想起賓館服務員的聲音，那帶著杲城口音的普通話，很像多年以前、大學時代的林麗。林麗不就是杲城人嗎？現在馮春有點明白自己為什麼要來杲城了。

但是馮春事先並沒有聯絡林麗，現在他仍然沒有這個打算，他希望的是一種邂逅，一種意外，一種自自然然的偶遇。馮春明白，這正是自己的膽怯之處。我有什麼理由專程跑到杲城來看林麗呢？馮春找不出理由，所以只能期待奇遇。然而在外人（譬如妻子李姍姍，譬如單位裡的領導）看來，選擇到杲城來春遊，就是一件不可思議的事情。這樣想著，馮春覺得自己的杲城之行看起來有點像一場陰謀。不過馮春接著就又給自己做了開脫，我只是一個被操縱者，陰謀的設計者其實是內心裡的那條毒蛇，每個人心裡都藏著一條毒蛇，怎麼能怪我呢？起初，連我自己也不知道為什麼要選擇杲城嘛。

「連我自己也不知道為什麼要選擇杲城嘛。」馮春後來離開杲城的時候，又用這句話安慰自己。不過現在，馮春已經知道自己跑到杲城來是為什麼了，所以他在杲城的街上轉悠的時候，就顯得有些鬼祟，東張西望的目光，不時落在來來往往的女人們身上，然後又迅速地跳開，全不像一個正經男人所為。馮春自己當然也意識到了這一點，他總是感到有人在注意他，這時候他就會用問路來掩飾：「請問去百樂門怎麼走？」其實他當時就站在百樂門的外面。這樣一問，他就不得不走進去。

百樂門的一樓是餐廳。馮春推門進來，覺得自己也算是走對了，因為他恰好肚子餓了。接下來我得說馮春運氣不錯，就在他吃完飯準備離開的時候，林麗進來了。隔七八張桌子，馮春吃驚地望著林麗，「林……，」但是林麗並沒有看見他，林麗徑直走進了靠牆的包間。也許是為了確認一下是自己是否認錯人，馮春特意繞到包間門口，透過貼著窗花的玻璃小窗，他看見那個側對著門的女人確實是林麗。馮春猶豫了一下，然後迅速地離開了。

馮春是個膽怯的男人，他沒有推門進去與老同學相認的勇氣，他覺得自己缺乏這樣做的足夠理由。見了面之後，我跟她說什麼呢，說是來旅遊？但這杲城並非旅遊城市；說出差？但那顯然是撒謊；說專程來看林麗？那就不僅荒唐可笑，而且顯得十分曖昧，我為什麼要專程到杲城來看她呢？馮春這樣想著，覺得自己的內心有點鬼鬼祟祟的意思了，便逃也似地離開了百樂門，彷彿是怕林麗突然跳出來，一下捉住他似的。

快步走了一百多米之後，馮春又停下來，小心地回過頭看看，然後自我解嘲地搖搖頭笑了。我這是幹嘛呀，我偷別人東西了嗎？馮春想，即便是在杲城街頭意外地邂逅林麗，她也未必一下子認出自己呀。接下來又他想到，如果是那樣，我就得先跟她打招呼，那麼，我說什麼呢？

杲城雖然不大，但也是幾十萬人口的城市，瞎貓似地撞上林麗的機率也就是幾十萬分之一，而一個人即便是一天到晚在街上走，又能看見多少人呢？況且自己只有一周的時間，所以，在街上自自然然地邂逅林麗的概率是非常小的。這樣一想，馮春就有些後悔自己剛才沒有直接推開包間的門進去，但是現在，他更沒有折回去找林麗的勇氣了。

以前在學校的時候就是這樣，他鼓足了勇氣要向林麗示愛，但是看到林麗和室友們走在一起，他就退縮了，他想等到她一個人的時候，但是當他真地看到林麗一個人的時候，他又不知道怎麼上前怎麼開口了，一封封寫好的信在他的衣袋裡揣著，又被他汗涔涔的手指一封封地搓成了紙團，直到畢業都沒有拿出來過。那時候他只是傻呆呆地看著暖暖地笑著的林麗走過，有一次他實在難以自抑，輕輕地叫了一聲林麗，竟先把自己嚇了一跳。已經走出幾米的林麗聽見了，停下來回過頭看他，等待他的下文，而他只是下意識地吐吐舌頭，然後紅著臉，迅速低下了頭，林麗淺淺地笑一下就走了。多少年過去，那時的情形仍然歷歷在目，而馮春此刻的後悔，依如當年。馮春呀馮春，你真沒出息。馮春就這樣一路自責著走回了杲城賓館。

馮春回到房間的時候，正是新聞聯播時間，多年的機關工作，養成了他關心時政的習慣，報紙頭版和電視新聞是他每日必修的功課，雖然那些東西距離他的生活非常遙遠，但他還是要一條不落地看完，並且要千方百計地努力把它們和自己的生活扯在一起，雖然牽強，但他樂此不疲；他相信這是基礎課，是功夫，沒準什麼時候就會用上。不過，今天的新聞中，關於全國各熱門旅遊景點人滿為患的消息，倒是和他發生了一點關係，他覺得自己選擇到寂寂無名的杲城來真是明智之舉，那種花錢買罪受的旅遊，想想都覺得可怕。

馮春為自己的先見之明而得意，他覺得應該與人分享一下，於是撥通了家裡的電話。他問妻子是否看了新聞，但是李姍姍並沒有接他的話茬，她說：「見到你的夢中情人了吧，相談甚歡是不是？她沒請你去她家裡住？」妻子連珠炮式的問話，倒把他給說懵了。

「姍姍你胡說什麼呢？什麼夢中情人？」

「裝什麼糊塗！林麗呀，她沒去車站接你？」

「說什麼呢，這都是哪跟哪呀。」

「哪跟哪？你跟她唄……你不就是為了找她嗎？」

「我連她在哪兒都不知道……」

「不知道你到杲城去幹嘛？」

「別胡說了姍姍，有事打這個電話……」

馮春把房間的電話號碼告訴妻子，然後就掛斷了，他不想跟妻子在電話裡糾纏這個問題。但是放下電話之後，林麗的影子卻怎麼也揮之不去。馮春是個願意自省自審的人，他對自己說：你得承認，你之所選擇到杲城來，肯定是和林麗有關。但在潛意識裡，自己到底是把林麗當做了不能忘懷的夢中情人，還是對林麗有所企圖心存慾望，他卻不能確定。也許，這兩者之間沒有太大的不同？馮春這樣問自己的時候，已經意識到了人人心中都有的那條毒蛇在蠢蠢欲動。不過，他立即就反過來安慰自己，既然人人心中都有一條這樣的毒蛇，那你馮春也別太把自己不當人別太不人間煙火氣了。

接下來的事情，讓他很快便知道自己是怎麼回事了，按他自己的話說：「什麼東西！」

馮春撥通服務台的電話要了熱水——賓館的衛生間裡裝著電熱淋浴器，洗浴前必須請服務台打開控制開關送電。馮春站在蓮篷頭下，讓熱水愜意地噴淋著，腦袋裡一直都是林麗的影子。在洗下身的時候，他像個好奇的孩子似地，不能自抑地逗弄著自己，直到身體裡的慾望釋放出來，那一刻他竟然輕聲叫喚著她的名字：林麗，林麗……。這可是從來沒有過的事情，即便是在暗戀林麗的大學時期，他也從來沒有這樣做過。接下來，馮春頹然地站在蓮篷頭下，很長時間不能動彈，他在內心裡罵著自己：「什麼東西！你是個什麼東西呀……」

恰在這時，馮春聽到一種非常甜膩的帶著杲城口音的女聲說道：「先生需要服務嗎？」這突如其來的聲音幾乎嚇他一跳，他本能地應了一聲：「什麼？」不知是在問自己還是問誰。「搓背按摩什麼都可以。」這下他聽得清清楚楚，他覺得聲音就來自衛生間門口，而他洗澡的時候並沒有插上衛生間的門，他甚至沒來由地認為，一個胸部高聳著的性感女人就要從門縫裡擠進來了……他氣急敗壞地大喝了一聲：「不要！」接著，又咕噥一句：「什麼東西！」

隔天上午，馮春是在一陣電話鈴聲裡醒來的。馮春平時並沒有睡懶覺的習慣，連星期天也是早早地就起床了。這天他同樣醒得很早，但是太早了，他看看表，才早晨五點多，便又躺了下來，他打算躺到七點鐘再起床，但是迷迷糊糊地又墜入了夢鄉。他夢見自己在看電影，是一部槍戰片，一個蒙受不白之冤的人被警察和黑社會同時追殺，後來警察和黑社會的人遭遇，互相對打起來，被追殺者逃到了一個空曠的地方，而那個地方就是他上大學時的籃球場，這時候一個金髮的美女跑進了鏡頭，馮春漸漸地看清了她的面孔，那是林麗。這使他感到非常疑惑，林麗怎麼會長著一頭金髮呢？他看見那金髮女人投進了被追殺者的懷抱，鏡頭緩緩地移動，他們擁抱，親吻，然後手拉手地跑向籃球場邊的宿舍樓，跑進樓門洞的那一刻，被追殺者回過頭來看了一下，他這才發現那個人正是自己。馮春覺得莫名其妙，於是左右看看，只有他一個人坐在空寂的電影院，並且右手緊緊地握著左手……電話鈴就是這時響起的，馮春被吵醒了。電話就在左邊的床頭櫃上，當他很費力地抽出手去接電話的時候，他才意識到自己的右手把左手握得太緊了。

「喂——」

「馮春嗎？我是林麗呀。」

「什麼？誰？」馮春有點不敢相信，以為自己還在夢裡。

「老同學，我是林麗。」

馮春這次聽清楚了，真真切切，並不是夢，但是太突然了，他有些不知所措，只是重複著說：「我是馮春，我是馮春。」

林麗責怪他到了杲城也不給她打電話，並且問他有什麼安排，他都支支吾吾地應著，然後林麗很熱情地說中午請他吃飯……直到撂下電話，馮春都處在懵懂之中，因為林麗的出現過於突然，讓他有一種似夢非夢的感覺，直到洗漱刮臉的時候，他還在懷疑剛才那個電話的真實性。林麗怎麼會知道我住在這裡呢？近兩個小時裡，他一直被這個問題困擾著，但是百思不得其解。也許真的只是一個夢？林麗既沒有留下電話，也沒有說請他去什麼地方吃飯，他越想越感到不真實，聯想到昨晚洗澡時門外那個奇怪的聲音，他甚至覺得這杲城也有些神神鬼鬼。或者，就是自己已經被什麼神秘的力量控制？曾有一段時間，同事和鄰居中不斷有人給他講氣功和神秘的宇宙力量，但他是個相信科學的人，所以從來不以為然，不過現在，他竟有些疑神疑鬼了。這樣想著，他漸漸地感到一些恐懼，焦躁不安地在房間裡走動起來。但是當他走到窗前，看到窗外的世界依然真實生動，然後他又打開電視，似乎也沒有什麼異樣，這才稍稍地安心。也許是自己多慮了。直到電話鈴再次響起，他才確定那真的是林麗。林麗說她在一樓的餐廳等他。

馮春心懷忐忑地走進餐廳，林麗笑吟吟地站了起來，他此前所有的內心緊張頓時消失。與林麗的見面方式，超出了馮春的全部想像，對他這樣一個膽怯而又羞澀的人來說，對方的主動是最重要的，如果不是別人主動，很多事情便都會被他錯過。現在坐在林麗對面，他感到慶幸，如果不是林麗主動打電話，他的杲城之行也許就只是一次沒有任何內容的春遊了。但他仍然感到疑惑，於是很小心地問林麗是怎麼知道他到了杲城，又怎麼會知道他的住處。林麗很神秘地笑笑說：「我有特異功能呀！」馮春也傻傻地笑笑，但他覺得這並不是一個回答。林麗問了很多同學的情況，問了他的工作、生活、家庭，卻獨獨沒有問他到杲城來做什麼，他覺得她似乎已經非常清楚他到杲城來的目的所在，想起自己昨晚洗澡時的「醜惡行徑」，他像做了賊一般心虛，頓時感到羞愧和不安。他怯怯地看著她，只看她鼻子以下的部分，他不敢正視她的眼睛，他怕她會看破自己。但她熱情、溫暖、美麗，對他的到來充滿了歡喜，甚至有些讓他意外的親密舉動，這他使他感到輕鬆，漸漸地話也多了起來。後來林麗的手機響了，她接完電話，很抱歉地對馮春說，自己還有些事情要辦，中午不能多陪他，但她很熱情地邀請他晚上去她家裡，她說：「咱們好好聊聊，我要親自燒幾個菜。」

馮春後來之所以匆匆地離開杲城，實際上是被林麗頭天晚上的舉動嚇著了。

馮春從餐廳出來以後，回到房間睡了一會，然後便上街去轉悠了。他覺得自己不能空著手去林麗家，無論如何得有些禮節上的表示，他隱約記得林麗是有一個女兒的，於是便買了一個碩大的布娃娃，拿著買好的布娃娃時，馮春甚至很難得地頑皮地笑了一下，他想，這個布娃娃也許比林麗的女兒還要高出半頭呢。

按照林麗中午告訴他的地址，馮春很順利地找到了林麗家。他的禮物很讓林麗欣喜，她接過它的時候，甚至在布娃娃的臉上親了一下。他注意到家裡只有林麗一個人，便怯怯地問了一聲。林麗說：「你不知道呀，我已經離婚了，孩子歸他。」林麗說的時候，顯得非常輕鬆，但是馮春卻頗感意外。

晚餐的豐盛超過了中午，酒熱而且話長。話題更多的當然是往事。林麗反覆地說起大學時代的馮春，說起他對她的暗戀。「你那時候真是膽小，怎麼就不敢『上』呢。」「上」是大學時代的切口，指男孩追女孩的行為，然而現在通過林麗的嘴說出來的時候，馮春卻感覺到一種難以言明的色情的味道。當然，林麗接下來的行為已經為此做了注釋，這很讓馮春感到意外，他並沒有這樣的準備。

接下來，林麗拉住馮春的手，放在自己的手裡——當時他們已經並排坐在長沙發裡。馮春本能地想把手抽出來，林麗滿面春色地笑說：「這麼多年了，你怎麼還是這麼膽小啊。」林麗這樣說的時候，已經把他的手引向了自己的胸部，「你不是一直都想得到我嗎，今晚我就給你。」但是啊，我們的馮春卻被她如此直接的表示給嚇著了。馮春抽出自己的手，站起來說道：「非常感謝你的款待，現在時候不早了，我也該回賓館了。」馮春這樣說的時候，就像一個老派的紳士。走出林麗家以後，他站在那裡長長地出了一口氣。

回到賓館，馮春立即給妻子打了電話。

「姍姍，我明天早上去周縣。」

「怎麼，沒找到你的夢中情人？我打電話告訴她你住在杲城賓館的，她沒去找你嗎？」

「沒有，我只是覺得杲城沒什麼好玩的地方。」

馮春躺在床上，再次想到林麗，翻來覆去卻怎麼也睡不著。他覺得林麗不該這樣，這完全不是自己想像中的林麗，更不是自己記憶中的那個林麗。馮春想，這麼多年過去了，看來我並不瞭解她。不過同時，他又責問自己：難道你不是個偽君子嗎？也許，林麗的表現才是真實的？他問自己：你不是一直都想得到她嗎？為什麼又臨陣脫跑呢？失去這次機會，你不會後悔嗎？你到杲城來是為了什麼呢？如果不是因為林麗，那又是為了什麼呢？但是接著他又安慰自己：連我自己也不知道為什麼要選擇杲城嘛。

麻煩

偶然的風，偶然的路
偶然一個頹敗的蘋果
沒有誰能夠阻止
偶然的想，偶然的夢

這些奇奇怪怪的事情
結局全都是開始

——《偶然》

這是夏季裡最熱的一個晚上，連空氣中似乎都含著一種灼人的焦糊氣兒，很有一些世紀末的味道。一些意志薄弱的人，在穿著和言語中已經表現出了失態，更有一些人則表現在行動上，譬如無緣無故地罵老婆打孩子，更可笑的是，兩個在路燈下面下象棋的老頭，甚至為一個還沒有過河的卒子打了起來，開始只是對罵，到後來竟不顧年老體邁大打出手，其中的一個，當時就被送進了醫院。

我是過後才聽說的，我說過後是指幾分鐘之後。

當時我正在幹活，穿著褲頭，肩上披著條濕毛巾，即便是夏季裡最熱的一個晚上，我也得幹活。我們這個不死不活的工廠，已經有幾個月發不出工資了，一些人出門打工去了，我沒有出去，我曾經被稱為詩人，我可以在家裡碼字兒掙錢。所以確切地說，我現在已經不能被稱為詩人了，我只是一個賣文為生的人。這就是我當時的處境。聽到吵鬧和叫罵聲時我正好沒有煙了，我在幹活的時候總是要抽煙，沒有煙我就覺得心慌，當然也就不能安靜投入地幹活。我套上一件汗衫，但是又脫了，太熱，我只能光著膀子出去買煙。一出門就聽到人們議論兩個老頭為一個卒子打架的事兒，他們說，真是熱昏頭了。

真的是熱昏頭了。我也附和了一句，然後往家屬區門口章頭兒的日雜商店走去。

在我們這個家屬區裡，章頭兒的日雜商店絕對稱得上婦孺皆知深入人心。我這樣說並不是因為它有什麼特色，而是因為它是家屬區裡唯一的一家商店，已經開了七八年了，大家的日用雜物都要從他那裡買，一是方便，二來也比外面的東西便宜一兩分錢，對於這些一分錢也要掰兩瓣兒花的職工來說，買章頭兒的東西是很實惠的。當然，這也在形式上造成了一種錯覺，顯出章頭兒和大家關係中赤裸裸的一面，似乎是大家不多的一點點工資都流進了章頭兒一個人的口袋。因此上，深入人心的另一層意思就是，大家共同認為，章頭兒靠著這個家屬區發了。

章頭兒有錢了，心思也花起來，人們看到，章頭兒近來甚至弄了一個年輕漂亮的女人在商店裡過夜，就是一個例證。所以大家有時也罵罵章頭兒，背地裡叫他章魚頭。

但是我沒見他跟誰紅過臉，我不知道他是不是有什麼仇人，我對刑警說，我不能想像誰會來殺他。現在他的商店關了，大家都覺得很不方便。

我從家裡出來的時候是11點。從我家到家屬區門口大概需要一分鐘，因為中間停下來聽人們議論兩個老頭打架的事情，所以到商店門口時，我估計是十一點十分左右。商店門口的路燈下面有兩夥人，一夥人在打麻將，另一夥在打撲克牌。

我掀開簾子進去時，章小慧正和一個俯身在櫃檯上的男人聊天，他們似乎是認識的；當然，也許不認識，我不清楚。平時人們買東西的時候，章頭兒也總是願意聊上幾句，物價呀，工資呀，生意呀，諸如此類。當時我並沒有一下子認出章小慧，我只是奇怪怎麼換了一個女的。

「買包煙。」我說。

「怎麼是你呀？」章小慧顯得有些吃驚，而我也很感意外。

我說：「你怎麼在這兒呀？」

章小慧是我的中學同學，高中的時候，我們還有過一段短暫的戀情，那可以說是我們的初戀，但我並不知道他是章頭兒的女兒。我們已經很多年沒有見了，所以乍一見面，在吃驚之後是又都有些矜持，後來還是章小慧主動，我們彼此裝腔作勢地拉一拉手，表達了各自對意外重逢的欣喜。現在回想起來，我當時並沒有從她的臉上看出什麼血光之災之類的徵兆。

握過手之後，我重又問了一次：「你怎麼在這兒？」她告訴我，章頭兒是她的父親，今天到省城去看病了，她正好回家休息，便來頂她父親。我要了一盒猴王煙，旁邊的人說：「你真是有錢啊。」我覺得說話的人面熟，肯定是住在家屬區的。他又說：「不知道這個月能不能發工資？」我拆開煙，遞給旁邊的人一支，但他沒有接，他說已經戒了，工資都拿不到，哪裡還敢抽煙！大概是感到自己已經多餘，說完以後他就走了。

把所有的事情都集中到一個晚上發生，真讓人有點兒難以承受，所以我得用幾乎一年的功夫去慢慢地承受和消化它們。

我是說那天晚上，接下來發生的事情，一步一步地把我推向了泥潭——一個並非預設的陷阱，讓我有口難辯。

現在再讓我來複述那天晚上與章小慧的全部談話已經十分困難（時間過去了一年多，我已經記不太清了），也沒有必要。但是，當時（我是說第二天）我卻必須按照調查此案的刑警的要求，事無鉅細一五一十地如實「坦白」——「你必須老實坦白。」刑警當時就是這麼說的。現在回想起來，如果當時我不那麼老實就好了，因為章小慧已經被嚇得神志不清，她已經無法說出一個比較完整的句子，我不說那麼多那麼細，也就不會成為第一嫌疑人被反覆折騰了。歸納起來，刑警的詢問包括這樣幾方面的內容：一、我與章小慧的關係；二、我與章小慧談話的全部內容；三、我與死者的關係；四、後半夜我在幹什麼；五、我與章小慧聊天時都有些什麼人出入日雜商店。我都毫無保留地一一作了回答。刑警是滿意的，滿意的證明就是日後明裡暗裡對我進行的反反覆覆的調查。所以我說，我得用幾乎一年的功夫去慢慢地承受和消化它們。

先說我與章小慧的關係。雖然只是同學，再加上短暫的初戀，當然也不是沒有可圈點之處，而這也正是刑警們特別感興趣的地方。

是高中的最後一個學期，那時候已經恢復高考，同學們都忙著複習，章小慧也是，但章小慧只是在替父親盡心，她知道自己沒戲。全班只有我最清閒，我那時候已經迷上了詩歌，除了語文還差強人意以外，其他的功課全都是一塌糊塗。我也在裝模作樣地復習，心思卻全在別處，無非是詩歌、小說什麼的。也正是因為那些讀過的小說，當然還有剛剛進入青春期的躁動的身體，使我在那一段時間裡，對異性充滿了好奇與渴望，所以坐在教室裡的時候，眼睛常常在女同學的臉上和身體上停留。章小慧那時候也已經發育，雖然算不上班裡最漂亮的，但也很有一些吸引人的地方，譬如略略凸起的胸部和臀部。

章小慧坐在教室裡也是心不在焉，目光更多的時候不在書上而是在別的同學的臉上。我想，她大概和我的想法一致。有一天我正在看她的時候，她也正好在看我。對視了一陣，我們都笑了，是那種別人不易覺察的笑。當天晚上上自習的時候，我就把她約了出來。

我說：「全班只有咱們兩個是一路。」

章小慧說：「是同病相憐。」

當時我還特別誇她「同病相憐」用的非常貼切。接下來的幾個月裡，我們總是在晚自習的時候溜出來。教學樓後面是大操場，足球門緊貼著學校的圍牆，那是離教學樓最遠的地方，很少有人在晚上到那邊去。我們一前一後地溜出教室，一個左邊一個右邊，沿著牆根一直走到最北面，在那裡約會。

刑警似乎有些等不急了，他說：「你們有沒有過身體接觸？」

我現在很為自己的老實後悔。我為什麼要告訴他們呢，那只是十多年前的兩個中學生之間發生的朦朦朧朧的早戀，跟眼下的事情一點關係都沒有。但我當時只稍稍地猶豫了一下，就全都告訴他們了。

「有。」我說。

開始我們只是互相拉拉手，用力地捏捏對方，後來發展到了接吻和擁抱。刑警似乎特別關心次數，似乎他們都非常精通數量和質量之間的辨證關係似的。但是我忘了，確切地說我根本就沒有這種記憶，我從來沒有數過。反正是有了第一次之後，我們每次約會都要擁抱接吻。

刑警似乎對我的回答並不滿意，或者說是不滿足，所以又問是什麼樣的擁抱？

我說就是互相摟著。現在想想，那時的所謂擁抱，實在是很笨拙的。我的手放在她的肩上，她的手抱著我的腰，算什麼擁抱呢，更像是兩個人在摔跤。

「你們有沒有發生過性關係？」

這次的問話是赤裸裸的。我當時真是不明白，刑警要的就是這種更具實質性的東西，但是他們希望知道事情並沒有發生過。所以我毫不猶豫地說了一聲：「沒有！」

後來我才知道，刑警之所以要問這個，是因為他們已經瞭解到了死者和章小慧夫妻關係一直處於緊張之中，他們調查的結果是章小慧在外面有自己的情人，所以不能排除情殺的可能。也是到後來我才知道，他們之所以不遺餘力地對我進行盤問，還有一個因素就是，我剛進商店時遇到的那個人對他們說，看起來我和章小慧的關係非同一般。而他之所以這麼說，僅僅是因為他想和章小慧多聊一會，但卻被我打斷了，當然還有其他的原因，譬如他因為拿不到工資不得不把煙戒掉，而我與他同一個單位卻仍然抽的是比較貴的猴王。因為他還對刑警說，章小慧可能是看上我有錢。我現在終於明白什麼叫人窮志短了，豈止是志短，有些人一窮，就會變得促狎甚至下作了。

我說人窮志短當然不排除我自己。寒暄過後章小慧問我：「你還在寫詩嗎？」我當時的回答就有點人窮志短的味道，我說：「寫什麼呀，詩又換不來錢，現在首要的是吃飯問題，生活已經把人壓得喘不過氣了，哪還有什麼詩可寫。」章小慧似乎還稍稍地表示了一點惋惜，然後我們就談起了過去的同學。說到她自己的生活的時候，她就有些唉聲歎氣，她甚至還不止一次地抱怨丈夫的無能，但是我卻不便多問。這期間先後有一個人進來買煙、有一個小孩買泡泡糖，接著又有一個小孩買雪糕。取完雪糕她又從冰櫃裡拿出兩瓶汽水，我們一人一瓶渴著，她並且邀請我到櫃檯裡面去坐，但是我覺得爬在櫃檯上更舒服一些，因為風扇正好就在我的頭頂，感覺上天氣似乎也不是十分熱了。

其實喝汽水的時候，我已經覺得沒有什麼話要說了。但是想到回家去也還是熱，倒不如站在風扇下面和一個美麗的少婦聊天。我得老實地承認，見到章小慧以後，我的內心裡曾經閃動過一個念頭——如果是我娶了她多好。看起來她是那麼美麗，雖然已是三十歲的少婦，目光卻依然清沏，說話時露出的細小的貝齒，依舊是許多年前中學時代的樣子，動靜之間，身體卻透出一種成熟的特別的蘊致，及至後來看到她的丈夫，我還在想，如果她另外有一個情人是一點也不奇怪的，那肯定是因為天生麗質難自棄的緣故。只可惜那情人並不是我，我甚至很為當年一畢業就稀里糊塗地與她分手感到後悔。

我不是一個喜歡言談的人，但是為能繼續在商店的風扇下面看著她就得說話，所以接下來的一段時間裡純粹是沒話找話，譬如我問她孩子多大了？多長時間回父親家裡一次等等，因為知道她也在商業部門工作，我甚至一樣一樣地問她每一種商品的進價銷價，哪些好賣，利潤如何，並且不失時機地誇她父親很會經營。

後來，章小慧的丈夫就進來了。現在想想，他要是不來就好了，他不來也就不會替他岳父去死，很可能就不會發生這些惱人的事情了；當然，他如果不死，章頭的商店就不會關門，而我也就不會接手這家商店。但這都是後話了。現在他來了，也就是「骰子一擲永遠擺脫不了偶然」。

「孩子已經睡了，」他對她說，「我怕你一個人在這裡會害怕，我就想，應該過來陪你。」

章小慧不以為然地撇撇嘴，她說：「難道我會被吃了不成？」

接著，她又介紹我們認識。我遞給他一根煙，點著之後我說：「時間不早了，你們收拾收拾也該關門休息了。」我離開的時候看了一下牆上的掛鐘，是夜裡一點差五分。

接下來是刑警特別關注的地方。

我想，他們肯定是化驗了地上所有的煙頭，所以才會對我在不到兩個小時的時間裡抽了十六根煙這個事實特別看重。刑警問我：「天那麼熱還一根接一根不停地抽煙，是什麼樣的難題讓你如此傷腦筋呢？」

我說我煙癮大。但是刑警很不以為然，刑警對所有被詢問者的回答都抱著懷疑的態度，這是他們的職業習慣，在他們的眼睛，似乎每個人都是嫌疑犯。

尤其糟糕的是，我離開之後很快又第二次來到商店，這同樣是因為我的煙癮大。回家以後我發現那一盒煙只剩下了三根，而那個燠熱難眠的夜晚還很漫長。於是我很快又返回商店，我想在他們休息之前再買一包煙。

我敲門的時候聽到他們在吵架，「很抱歉我還得再買一包煙。」我說。

問題恰恰出在這裡，因為另有證言說是聽見我在裡面吵，接著又有人看見我從裡面出來，我出來以後吵聲就沒有了。所以刑警會一再地問我與死者之間是什麼關係。我說我以前從沒見過他，我們總共只說了一句話就是「抱歉我還得再買一包煙」，我怎麼會殺他呢？我連殺雞都害怕我怎麼敢呢？

刑警才不信這套呢。

刑警說：「你第二次買完煙以後幹什麼了？」

「我回家抽煙，然後睡覺。」

這個晚上的重點是後半夜。

後半夜下起了暴雨。

後半夜有人被殺。

後半夜不留痕跡。

後半夜我在睡覺。

後半夜所有的人都在睡覺，他們已經很久沒有享受到如此愜意的可以睡覺的晚上了，所以整個家屬區都一夢不醒，包括我的老婆和兒子，所以後半夜在睡覺的我沒有證人。

刑警後來到我的家裡尋找證據的時候，把我的老婆和孩子都被嚇壞了。我說：「你們不能這樣，誰死了和我有什麼關係，我完全是個局外人，一個無辜的局外人，你們不能對我這樣。」但是刑警也是局外人，是執行公務的局外人，他們才不管你怎麼申辯呢。而我接下來的一句話又問的特別不是時候，特別不知趣，這就更加引起了他們的警覺。

「章小慧怎麼樣？她沒事吧？」我問。

後來案情真相大白的時候，刑警對我說：「你說的太多了。」

是啊，我為什麼要說那麼多呢？

現在回想起來，如果當時我不那麼「老實坦白」就好了，何必說那麼多呢。但是，也許只有一個局外人才會說那麼多，而一個真正的罪犯，始終都是緘口默言的。因為事情已經過去了，事實證明我確實是個無辜的局外人，所以我現在還想多囉嗦幾句。這是我從來沒有對刑警說過的。

我說的是後半夜的事情。後半夜我確實在睡覺，並且作了一個夢，我夢見自己殺了一個人。開始的時候我是在街上閒逛。我總是夢見自己在街上閒逛，遊手好閒可以說是我這種人的一種生活理想，雖然現實生活中我總是兢兢業業地上班。我在街上閒逛，後來就遇到了章小慧，在一大堆鮮豔的衣服中間，她婷婷玉立氣質不凡的背影，一下子就吸引了我的目光。我愣在那裡定定地看著，她轉過頭來的時候，我們都驚奇地認出了對方。我本能地張開了雙臂，她跑了過來，接下來自然是擁抱和接吻。後來我們去一家花店吃飯。我們不知道為什麼會去一家花店吃飯，這也許得要專業的解夢家去分析。我們在花店吃飯的時候，進來了一個男人。毫無疑問，他不是我見過的章小慧的丈夫，他也不是來吃飯的，是來找事的。他坐在章小慧的身邊，言語和手腳都很不規矩，也就是說他在調戲和非禮。我站起來用左手推了他一把，他也回敬了我一拳，打在我的肩上。我的右手正握著筷子，所以我順便就用筷子捅了他一下，沒想到竟然一下子就捅進了他的肚子裡面。他還沒來得及叫出聲來就倒了下去。他死了。我想，我不能再待下去了，我得逃走。我首先回家去叫了老婆和孩子，我說我們得搬家，我說反正這個工廠已經發不出工資了，待下去也是徒勞，無異於等死，不如早點換一個地方。但是老婆堅持她的看法，她說沒準兒過一陣就好了，再說孩子還要上學，這是不能耽擱的。於是我開始逃亡。其實所謂逃亡也不過就是在街上閒逛，但卻是在異地的街上，是我以前從未到過的城市，一切都顯得新鮮有趣，充滿了異域風光。我甚至還到書店裡買了兩本新出版的雜誌，從書店出來的時候下起了大雨。我覺得雨點特別大，整個街道都浮在大水之上。就在我東張西望的時候，突然被人撞了一下。我醒了。我看到天已經大亮，窗外的雨還在下著。

一年來我一直隱瞞著這個夢，沒有對任何人說起過。但是我想，在後來漫長的調查中，我之所以總是懷著怯懦的心情跟刑警特別配合，大概也和這個夢有關。如果說是心虛也不無道理，因為我對自己沒有把握，我不知道自己是不是真的像個夜遊症病人一樣，曾經在睡夢中出遊並且殺人。但我不是一個夜遊症患者，我從來沒有夜遊的毛病。

現在我說出這些被我小心翼翼地省略掉的部分，是因為真相已經大白。如果是當時就說出來，真不知道還會惹出多少麻煩。儘管如此，我多言的代價已經夠大了。我為自己的多言付出的代價就是不斷地被詢問、簽字、畫押和長達十個月的首席嫌疑人身份。但我卻對自己的「首席」身份全然不知。一個被誤為重要嫌疑的局外人的處境，就是身陷泥沼卻對自己的處境和事實真相始終一無所知。

而我的不知趣還在於，又在不停地為自己製造麻煩。我指的是接手日雜商店這件事。

出了殺人事件之後，章頭的商店就關門了，這使我們家屬區的人都感到很不方便。而我又早就有心想弄一個類似日雜商店這種可以保障一家人吃飯的營生，我就想，不如把章頭的日雜商店給接下來。我去找了章頭，他說願意出讓，然後我就給工商局打報告申領執照，但卻被公安局請去了。

刑警說：「你就這麼迫不及待嗎？」

我當時真是不明白自己的身份。但是現在，事情已經真相大白，我可以坐下來，從容地回憶去年夏天那個最熱的晚上所發生的事情。我寫下這些事情，還想借此說明一點，這就是我現在已經是這個商店的主人。我已經換掉了章頭原來的舊招牌，我把它改名叫「幸福商場」。生意很好。

現在的時間是夜裡十一點，又一個酷熱難眠的夏夜。有人進來了，是個男人，穿著短褲，光著膀子，看樣子大概是來買煙的。我想，去年夏天最熱的那個晚上，我進來買煙的時候，大概也就是這個樣子。

純潔

素芸惱怒地對王立說：「你玷污了我。」王立是素芸的丈夫，王立說：「你真是莫名其妙。」素芸這時候的憤怒更高：「我莫名其妙！但是你更卑鄙，這麼多年我一直就生活在你卑鄙的陰謀裡。」素芸現在已經不能忍受這種卑鄙的陰謀，她提出要與王立離婚。王立又說了一句：「你真是不可理喻，莫名其妙！」王立因為還有事情要做，說完以後就出門走了。素芸獨自坐在沙發裡，她很想哭一哭，但是卻哭不出來。我們不能說素芸是個堅強的女人，像她這樣過於純潔的女人，很容易受到傷害，本質其實上是很脆弱的，但是素芸這會兒卻沒哭，她把自己日用的東西收拾到一個包裡，然後鎖上門回娘家去了。

這是一個聽來的故事，我的朋友李君在講它的時候，不止一次地說到「珍禽異獸」這個詞，他指的是素芸。李君的意思是：純潔就像一個貯滿了清水的罐子。但是不知在什麼時候，這只罐子就會出一點小小的紕漏。也就是說，過不了多久，它就會漏成一個空心的罐子。現在人們說到純潔一詞，一般指的只是天使和未成年人。正如同少女一詞在英文裡是「不美的性」的代名詞一樣，純潔一詞的褒貶色彩現在越來越顯得有些曖昧不明。就像聽一個人說到「從小要愛護名譽」這句名言時，通常會被別人用看二分錢硬幣的目光看待一樣，純潔也被理解成是小而無用的空罐子。在有些場合裡，純潔就像綠帽子一樣被人躲避著。當你冒失地對某人誤用了純潔一詞，比較隨和的人也會回敬道：「你是誇我呢還是損我呢？」但是也有例外。例外當然指的是少數，就像是珍禽異獸。

「現在還真有這樣的人，簡直是珍禽異獸。」李君當時就是這麼說的。李君稱得上是個作家，當然是業餘的那種，所以在開始的時候，他就用許多形容詞把素芸打扮了起來，眼睛、鼻子、嘴巴、臉形、神態、身材、氣質等等，總之是一個誰見了都會愛上的美人兒。我覺得這只是李君的敘事策略，先用純潔和美麗這樣的詞兒把女主人公高高地懸置起來，只是為了提起我的興趣罷了，一個懸念。事情本來可能很簡單，我甚至直覺到大概就沒有什麼故事。

「事情在開始的時候總是顯得很簡單。」李君說。

那一天素芸因為玩得高興，就把接孩子的事給忘了。平時有事兒不能按時接孩子的時候，素芸總是給王立打電話。但是那天沒有。那天是星期六，星期六下午語文教研室的老師都沒有課，這是一周當中最輕鬆快樂的一天，大家在辦公室裡一邊批改作業一邊聊天。新調來的高三語文老師李大樹，與素芸坐對面，平時備課的時候，偶一抬頭就要四目相對，總得要聊幾句。有幾次素芸正在低頭寫教案時候，她的前額告訴她，對面的人正在盯著自己。抬頭時果然就觸到了李大樹的目光，素芸的內心裡就有一種莫名的慌亂，為了消除尷尬，這時候常常要多聊一會兒。雖然還不到兩周，但素芸覺得自己與李老師談得來，而且隱約地有一種很投緣的感覺。

「淵博、幽默、文采飛揚。」這是素芸對李大樹的評價。那天是星期六，別的老師批完作業都先後離開了，辦公室裡只剩下素芸和李大樹兩個在聊。後來，李大樹想起什麼似地突然說道：「今天是週末，應該輕鬆一下，我請你吃飯。」一般情況下素芸是不會和別人出去吃飯的，就是學校裡每學期一次的聚餐，素芸也很少參加。李君說：「但是那天很特別，她聊得忘情、投入，目光中含著傾慕，平時的驕傲已經消失殆盡，完全是一個戀愛中的少女，所以她的心中根本就不可能再有一個孩子。」李君的說法灌水成分很大，我懷疑他在敘述中加入了自己的想像。當時的實際情形是素芸抬起手腕看錶時已經七點了，素芸認為王立這時肯定已經把孩子接回家了，所以就沒有打電話。

那天晚上李大樹請素芸吃的西餐。餐廳當時放的是鋼琴王子理查・克萊德曼的曲子，《致愛麗絲》或者《秋日私語》什麼的，紅色的葡萄酒和纏綿的戀曲，加上李大樹的幽默風趣，素芸喜歡這種調子。從西餐廳出來的時候天空飄起了細微的雨絲，他們就順便又折進了一家商場。不買東西時素芸是不逛商場的，她固執地認為愛逛商場的女人是庸俗的，這讓她的丈夫王立十分讚賞。那天晚上和李大樹一起逛商場的藉口當然是躲雨，但是她自己也不否認，那天晚上她的內心分明體驗到了一種前所未有的愉快。然後他們來到了咖啡廳，喝過一杯純正的巴西咖啡豆磨製的咖啡之後，他們又踏著舒緩的音樂跳了一曲，等到下一支曲子響起，李大樹再次邀請的時候，素芸就說：「我該回家了。」

他們在商場門口分手。大街上仍然細雨霏霏，李大樹本想送送素芸，但是被拒絕了。「今晚很愉快，謝謝你。」他們連手都沒有握一下，素芸就打車走了。正像李君說的：「事情在開始的時候總是顯得很簡單。」

*　　*　　*

這是我的朋友李君講的故事，我注意到他的敘述中幾乎沒有對李大樹的描述，也就是說他的敘述角度與李大樹的視角非常接近，所以我很懷疑李大樹可能就是李君本人。在我的印象中，李君以前的經歷一直是閃爍不定的，現在我還不能確定他此前是否做過教師。如果李大樹就是李君本人的話，那麼下面這些發生在素芸家裡的事情，其真實性就很值得懷疑。

事情之所以變得複雜起來，是因為素芸的丈夫王立那時恰好從商場門口經過，他偶然看見了素芸和一個男人說說笑笑地走進了商場，他和她當時那親昵的樣子，肯定惹起了王立的妒意和猜疑。妻子太美麗，丈夫的心胸就會變得狹小，王立的醋意也順理成章。素芸到家的時候已經十點半了，她看到王立整個身體都陷在沙發裡，便抱歉地笑笑，但是，還沒等到她開口解釋，王立已經霍地一下站了起來，滿臉的嚴峻透出一股逼人的寒氣，把素芸的笑一下子凍僵在臉上。

「怎麼？連孩子也不要了嗎？」

素芸本來想說和同事出去了，但是話到嘴邊，吱唔著說出的卻是：「學校裡有點事情回來晚了。」素芸一向純潔，不會撒謊，也不能容忍別人撒謊。當時她認為王立只是因為她沒有接孩子而惱火，她這會兒不想再火上澆油，就用學校有事來吱唔了，誰知王立的火氣反而更大了。

「你心中還有這個家沒有？還有我和孩子沒有？」

說到這裡，李君感歎道：她當時不撒那個謊就好了。

素芸是很有涵養的女人，看到王立滿臉怨憤的樣子，便不再吭聲了。她走進孩子的房間，看到兒子已經安然熟睡，她放心了，便走進衛生間去放水洗澡。在他們多年的夫妻生活中，已經形成了一種默契，每當王立醋意發作，素芸總能用自己的涵養出色地加以克服。現在王立也有些後悔自己剛才的魯莽，畢竟不是每個人都能擁有如此美麗的妻子，美麗的妻子也要有自己的社會交往，也會有給別人幫忙的時候，況且素芸是個有眼光的人，也許她剛才到商場就是幫別人挑選什麼東西去了。這樣想著的時候，王立的火氣就已經去了一半。他已經能夠通過衛生間裡傳出的嘩嘩水聲想像妻子美麗誘人的胴體了。

但是她為什麼要撒謊呢？王立的心裡仍然有一個不解的疙瘩。

素芸從衛生間出來，也不搭理王立，獨自走進臥室在床上躺下。素芸每晚入睡前，都要在床上仰臥片刻，回顧總結一天的工作和生活，有什麼新的發現，有什麼失誤，都要在頭腦裡做一個記號。這是家庭的傳承，小時候爺爺的房間裡就掛著「吾三省吾身」這樣的條幅，這個童年記憶非常深刻，後來她知道了這是孔子的話，這許多年來她一直在身體力行。現在她想到了晚上和李大樹出去吃飯，每個細節都令人愉快，接著又想到了王立的無名火。我沒打招呼不對，可你何至於這麼大火氣呢！這時素芸忽然想到了《廊橋遺夢》，剛才吃飯的時候李大樹還談到它呢，前幾天李大樹就給她推薦了這本小說，可她卻到現在還沒有看呢。想到這裡，素芸又下床從書架上抽出這本薄薄的小說，擰亮床頭燈，她斜倚在床上讀起來。由於讀小說讀得投入，王立是什麼時候進來躺下的，她竟然絲毫沒有覺察。

王立躺在床上卻無法入睡。那天晚上，王立的肉體裡蓄積著一種很強烈的慾望，但卻被內心裡的疙瘩阻擋著，彷彿一道無形的障礙。他知道自己必須首先消除掉障礙，然後才能做別的。王立這邊的床頭燈並沒有打開，所以王立現在實際上是躺在素芸斜倚著的身體的陰影裡觀察素芸。電影《地道戰》裡有一句名言叫「敵人在明處，我們在暗處」，這是一種比較安全的處境，王立可以從容地觀察素芸。斜倚著床頭的素芸，舒緩連綿起起伏伏的曲線是十分動人的，他能夠想像另一側那兩隻豐碩而柔軟的果實，在她隔幾分鐘一次的翻動書頁的動作裡輕輕地晃動，他甚至嗅得出那果實的香味兒，再往下就是她淺淺的臍窩和白色的三角褲。這樣想的時候，他就有一種撫摸她的強烈慾望，他的手已經小心翼翼地向前遊動了，但是素芸在這時候動了一下，然後上面的一條腿曲了起來。這使他突然意識到了他們之間在今晚已經存在的障礙。他知道素芸的脾氣，所以必須首先消除障礙。

「素芸。」

「嗯？」

「素芸。」

「幹什麼？」

「我想和你談談。」

「有話明天再說吧。」

「我必須現在和你談談。」

「談什麼？」

「今天下午你不能接孩子，怎麼不給我打電話？」

「我太忙，忘記了時間。對不起。」

「星期六下午又沒課，就那麼忙？」

「學校有事，怎麼？」

「……不，不怎麼……」說話的時候，王立的手已經不失時機地在妻子的身體上撫摸起來。她還在撒謊。但是王立不想現在拆穿她，阻擋他的肉體慾望的障礙既然已經暫時消除，他不想立即又在兩個身體之間砌上一堵牆。他趁機把妻子的身體攬進了自己的懷裡。

王立這個晚上的慾望特別強烈，素芸也善解人意地配合著他，但王立仍覺得不是太滿足。他想起公司裡那些男人，聊起床第之事的時候，總是說女人的內心裡，在這種時候其實也特別希望聽到一些過份的話，就像國外那些專供家庭使用的錄影帶一樣，能夠達到意想不到的效果。然而王立卻從來沒有試過。現在王立因為覺得不是太滿足，便也想試著刺激一下素芸。考慮到素芸平日裡的莊重矜持，聽不得半句髒話，他只能揀些無傷大雅的話去說，但是不知怎麼搞的，到後來他的嘴裡竟滑出了這樣一句致命的話來：「你覺得我比今晚上和你逛商場的男人如何？」正處於激情中的素芸，身體的動作嘎然而止。在王立還沒有意識到發生了什麼的時候，素芸已經把他掀到了旁邊：「你玷污了我！」素芸的話是從牙縫裡擠出來的：「你玷污了我！」

*　　　*　　　*

李大樹並不知道當晚在素芸家發生的事情，星期一上班以後，他們微笑著互相打了招呼，雖然誰也沒有提起前一個週末，但是李大樹覺得，那是一種默契，是心照不宣。到了下午，他們甚至在辦公室裡討論了一會兒《廊橋遺夢》。所以李大樹覺得，前一個愉快的週末可以在新的一周裡得到拓展和延續。以李大樹的淵博當然有很多可以吸引素芸的話題，而一向矜持高傲的素芸，此前的生活裡也確實還沒有過這樣出色的同事。漸漸地，他們成了一對很要好的朋友。

「後來呢？」我問。李君點上煙，很深地吸一口，卻並不往下說。李君至今沒有寫出一篇稍稍出色的小說，大概和他所關注的生活有關，這種事情能出什麼彩呢。「還是我替你說吧。接下來他們有了戀情，婚外戀、第三者什麼的，鬧得滿城風雨，然後是漫長的離婚。都是俗套子了，沒什麼大意思。」

李君說：「你的想像力也太貧乏了，根本不是那麼回事。」

「那是怎麼回事？你揀重要的說。」

「王立在跟蹤素芸。」

有一天李大樹請素芸去看了《廊橋遺夢》電影，素芸回到家就和王立吵了一架。王立說看見她和李大樹緊挨著坐在電影院裡，王立說素芸是想學偷情的法蘭西斯卡，王立居然也看了《廊橋遺夢》。素芸則憤怒於王立的跟蹤。

「真卑鄙！你竟然跟蹤我。」

「你才更無恥呢！」

「你玷污了我……」

我打斷李君：「你先等等。我覺得這中間有點問題。」

「什麼問題？」

「這不還是婚外情嘛。李大樹的行為顯然含有追求素芸的成份，而素芸對李大樹的欣賞中，肯定也有一種不自覺的依戀。發展下去，鬧出事來是遲早的事情。」

「你又錯了。你對生活的理解太簡單。李大樹也許對素芸懷有戀情，但事實是素芸和李大樹之間一直保持著一種親密純潔的朋友關係，對李大樹來說，素芸只是一個紅粉知已。後來素芸還介紹李大樹和王立互相認識，而李大樹也成了素芸全家的朋友。」

「那素芸又為什麼離婚呢？」

那是因為另一件事情。

* * *

素芸做班主任工作很認真，每天早晨一上班，她都要到教室裡察看，紀律呀衛生呀強調一遍。星期一早晨的氣氛不同以往，這一點她剛到教室門口就感覺到了。全班的學生都用一種奇怪的眼神看她，然後又都看黑板，接著就有一些同學低下了頭。素芸於是也扭過頭去看黑板。

「素芸和××在教室裡做愛！」

字跡歪歪扭扭的，做愛兩個字和緊跟著的嘆號特別大，顯得很刺眼。事情來得突然，素芸有點不知所措；在想出處理的辦法之前，她不敢讓自己的正面對著學生，便把目光繼續停留在黑板上面，做出是在辨認筆體的樣子。其實在第一眼之後，素芸已經不能再看到什麼，她只是感到眼睛火辣辣地疼痛，就像是突然撞進了一粒沙子。好在已經教了幾年書，她還能控制著讓自己鎮靜下來。在轉身之前，她幾乎是出自本能地吐出一句話：「班長上來把黑板擦了，大家準備上課。」然後便扭頭離開教室。她沒有再面對學生是因為自己確實沒有想好怎麼處理這件事，她不知道自己這時能說什麼。

前兩節不是素芸的課，所以她還有時間思考。她的班裡有個女生也叫素芸，就是坐在左邊第三排的那個漂亮的女孩，功課挺好。坐在自己的辦公桌前，她才想起來剛才只顧惱怒，竟沒有注意到素芸。至於那兩個×指的是誰，她因為接手這個班時間不長，還沒有弄清同學們之間誰和誰有什麼超出範圍的關係，所以也無從猜測。但她覺得，畢竟他們都還是些不懂事的孩子，她希望這只是孩子們之間的一個惡作劇，其實並沒有什麼，大可不必刨根究底。這樣想的時候，素芸就已經有了主意，她想，這種事情過去就算了，不必因為調查而大事張揚，那樣反倒會弄得滿城風雨，不利於孩子們的健康成長。

但她卻不能控制自己不去想這件事，而且進而聯繫到了自己在中學時代的經歷。那時候她已經是高三，也是一天早上，作為學習委員的她，早早地到了教室，看到黑板上寫著「素芸和王立是夫妻」。那時候教室裡人很少，王立也還沒有來，她跑過去自己把黑板擦了，她以為不會有什麼事情。但不知是誰給張揚了出去，學校、老師、家長輪番盤問，班主任還別出心裁地拿出一篇課文讓大家抄寫，而那課文中恰也鑲嵌著「素、芸、和、王、立、是、夫、妻」幾個字，無非是想查出是誰的筆跡，結果鬧得她直到上大學以後都不得安生。大學的同學都知道他們兩個在中學時就是一對戀人，所以喜歡她的同學也不好再追求她了，一切似乎已經確定，畢業以後，素芸最終也真的成了王立的妻子。

晚上回家，素芸把班裡發生的事情對王立說了。王立說：「什麼？做愛？現在的孩子真是比我們出息多了。我那時候寫咱倆是夫妻都要鼓了很大的勇氣，現在的孩子真不得了。」素芸於是在近十年以後，知道了黑板上那一行「素芸和王立是夫妻」是王立自己寫的。「竟然是你！」王立坦白說那是為了追求素芸。但是素芸的惱怒卻無處安置了，素芸大聲地罵道「卑鄙！陰謀！咱們的婚姻整個是一場陰謀。」到這個時候，事情就變得複雜了。「你玷污了我！」素芸說她不能忍受這種卑鄙的陰謀，她要和王立離婚。

*　　*　　*

前面是李君講的故事，關於素芸為什麼離婚，我最近又聽到了這個故事的另一個版本，可見一個女人長得太漂亮，就會被許多故事纏繞。

王立回到家的時候已經是夜裡十二點多了，素芸還沒有睡覺。王立就知道有事。這是他們夫妻間的默契，或者是素芸有事要跟他說，或者是素芸這一天特別想做愛，遇到類似的情況，素芸總等他到很晚。素芸想做愛的時候，一般是躺在床上等他的，現在她是坐在寫字台前的，而且並沒有在批改作業，王立就知道是有什麼事兒。

素芸說：「我的班裡今天出了點事兒。」

聽到她又要說學生的事兒，王立就有些不以為然，便自顧自地去衛生間洗漱。自從接了高二的班主任以後，素芸總是愛跟他談班裡的事情，每逢這種時候，他就得反覆利地勸她，對學生的事情不必太過認真。今天又來了，但他不能表現出自己的不耐煩，便開玩笑地說：「又是哪個搗蛋鬼跟我們美麗的李老師過不去啊？」

其實，素芸今天的心思並不在班裡，只是班裡的事情勾起了她的回憶，那是他們共同的往事，而這往事讓她興奮，並且激起了身體的慾望。她想從班裡的事情開始，王立一定會記得並且會像她一樣興奮的。

「我們班裡有個女生也叫素芸，我給你說過的，就是那個挺漂亮的女孩。」素芸躺在床上說。

「知道，她怎麼了？惹你生氣了嗎？」王立上床，有些心不在焉地應著。

「沒有。是跟咱們那時候一樣。」

「咱們什麼？」

「你忘了？高中的時候。」

「什麼？」

「『素芸和××在教室裡做愛』，今天早上我們班黑板上也有這麼一行。」素芸側過來看著王立，說的時候臉上飛起一片紅暈。她希望他回憶起來，渴望他的身體也興奮起來配合她的慾望。

王立說「什麼？做愛？現在的孩子真是比我們出息多了。我那時候寫咱倆是夫妻都要鼓很大的勇氣，努力了好幾次才敢去做，現在的孩子真不得了。」

素芸的驚愕不亞於突然發現丈夫是個外星來客：「什麼？你說什麼？是你？你……」素芸於是在十年以後，知道了黑板上那一行「素芸和王立是夫妻」是王立自己寫的。王立坦白說那是為了追求素芸。但是素芸的惱怒卻無處安置了，素芸大聲地罵道：「卑鄙！陰謀！現在我知道了，咱們的婚姻整個是一場陰謀。」王立嘗試著想伸過胳膊摟住素芸，以前遇到素芸不愉快的時候，這個辦法總是能夠很快奏效的。但是今天卻讓王立一敗塗地，素芸很厭惡地甩開了王立的胳膊。

素芸在床頭燈的光影裡坐到了天明，稍稍顯得平靜的時候，素芸說：「我絕對不能忍受在這種卑鄙的陰謀裡生活，」素芸的語調平緩而堅決，素芸說：「我要跟你離婚。」

接下來，敘述者說到了他們平淡無奇的愛情故事，也就是素芸所說的「卑鄙的陰謀」；那天晚上，在床頭燈的光影裡坐天明的素芸，失神的目光裡所交疊著的，也就是這些往日的生活。

我們可以設想，「卑鄙的陰謀」是這樣開始的：素芸到了高二的時候，已經發育開來，並且出脫得婷婷玉立了。同年級的很多男孩，都在內心裡暗戀著素芸，王立當然是其中之一。王立知道自己的處境，也就是說機會只有幾十分之一。王立採取的斷然措施就是於某一天晚上潛入教室，在黑板上寫下「素芸和王立是夫妻」，他的想法是先從輿論上把素芸「佔下」。這件事情後來在中學裡弄得滿城風雨，家長們也都知道了，而這正是王立所希望的效果；在所有與此有關的人們中間，只有王立是清楚的，也只有王立一個人在暗自高興。應該說王立這樣做是在冒險，因為它可能的結果並不是一個。並不是說人們會懷疑到王立，而是他的做法。施用苦肉計自己壞自己的名譽，用這樣的辦法與一個女同學交好，對於中學生和中學教師都顯得過於深奧和「卑鄙」了一點，他們的智力暫時還無法企及。這實在是一種冒險行為，因為弄不好素芸從此就不會再理睬王立了，這是最壞的一種結局。但結果卻是書寫者並沒有被查出來，而素芸從此看王立的目光卻多了一層只有他們二人自己才知道的意味。直到他們結婚的時候，同學們還在用緣份來祝福王立，王立自己暗暗地得意著卻並不說破。從這件事情上我們也看到了王立的果敢和工於心計。後來的事情也證明了王立這方面的才能。第二年，王立和素芸雙雙考入了師範學院，畢業的時候王立又順利地分到了經委下屬的開發公司去搞經營，這些都得益於王立早就表現出來的才能。

但是素芸在那個無眠的夜晚所想到的並不是這些。她首先回憶起的，是班主任教導主任家長乃至校長們的反覆盤問，以及由此造成的巨大的精神壓力和內心的屈辱。接著疊現的就是第一次被王立引上床的記憶。「卑鄙的陰謀！」想到這裡的時候，素芸在心裡罵了一句。

素芸第一次與王立上床是在大三。

那時候的大學生們，無論是處理生活還是對待學習的態度，已經由抒情轉變為務實。但是直到大二快要結束的時候，美麗的素芸卻一直沒有人敢追求，就連同學中最醜的女孩也已經被白馬王子拎著一隻胳膊成雙入對地出入了，素芸卻像個已婚婦女一樣被男生們撂在一邊。當時素芸與異性最深入的交往也就只是每個假期的時候與王立結伴兒一同回家一同到校。素芸現在知道了，那是一個「卑鄙的陰謀」。

剛進學校的時候，同學們中間曾經傳言說她和王立是一對，王立就是為了她才放棄了交通大學而報考的師範學院。當然這都是王立自己散佈出去的。素芸那時候的信條是身正不怕影子歪，走自己的路讓別人去說罷，況且自己從來就沒有與王立談過，也並沒有向王立承諾過什麼。而素芸的我行我素也確實奏效，大家談論了一陣之後也不再說了。但是素芸所不知道的是，那些傳言的後面還有內容，而那又是最好的同學不願意也不便於對她明說的。也就是說，大家都知道了在高中的時候，她就已經是王立的人了。在提出離婚的那天夜裡，素芸回憶起了同學們當時談論她和王立時怪怪的眼神，終於明白那些談論確實還有言外之意。「卑鄙的陰謀。」想到這些的時候，素芸又一次在心裡罵道，她甚至為自己長達十年地生活在一個陰謀之中卻始終不自知而感到恐懼。

素芸還想到了愛寫詩的「泰戈爾」大樹。李大樹就坐在素芸的後面，因為經常在教室裡高談闊論詩哲泰戈爾先生，所以被大家記住了，就叫他「泰戈爾大叔」。在晚會上李大樹經常要聲情並茂地朗誦泰戈爾，撩撥得許多女生為他失眠，當時有好幾個女生都曾向李大樹暗送秋波，而李大樹矚意的卻只是素芸。李大樹有一大堆藏書，有一次素芸問他借書，他遞給素芸的時候，泰戈爾的《情人的禮物》就放在最上面，素芸當然知道這不是偶然而是暗示。畢業以後，李大樹的來信也證明了這一點，但那個時候，素芸和王立正是新婚燕爾，所以李大樹只是一個美好的記憶而已。王立在師院是化學系，當時並不知道還有李大樹這個人，他的防範是針對素芸班裡所有男同學的，於是有了一個陰謀。那學期放假的時候，王立說他有點事情要辦，說要晚兩天回家，希望素芸等等他。

離校的前一天晚上，王立拿著兩張買好的車票來找素芸。宿舍裡那時只剩下素芸一個人，王立一直坐到很晚，聊的很多，最後王立談到了他們的關係。王立的表白是直接而動人的。他說到緣份，說到他對別的女生的拒絕，說到對素芸的苦苦等待。二十一歲的還沒有真正戀愛過的素芸，當然需要聽到這些，甚至有些激動和不能自持。所以素芸並沒有拒絕王立的親吻和撫摸，接下來，就是在王立把素芸按在床上的時候，素芸的抗拒也並不十分強烈。王立認為那不過是女孩的一種本能的姿態，所以他以為已經得到默許。後來當他們的愛的遊戲已經熟練的時候，素芸才告訴王立，第一次的時候她非常痛苦。現在素芸回憶起來，覺得那是王立「卑鄙的陰謀」中最卑鄙的部分。

想到這些往事，素芸惱怒得有些歇斯底里了。她大聲地罵道：「卑鄙！陰謀！咱們的婚姻整個是一場陰謀。」

*　　*　　*

李君說：「瞭解這樁離婚案內情的人，大都責怪素芸做的過份，小題大作。素芸在他們的眼裡成了怪物，也就是我在前面說過的：珍禽異獸。」

我問李君：「你怎麼看呢？」

李君默然。

「素芸現在在哪？是不是重新組織了家庭？」

「她這樣的人，會嗎？

「為什麼不？譬如李大樹。」

「那可能嗎？」

「照你的敘述，我覺得他們挺合適。」

李君再次沉默。

如果我現在把李君想像成李大樹，相信很多人都會同意。我的朋友李君已經三十六歲了，至今未婚，而且不談戀愛。雖然李君調到我們單位才剛剛一年，而我對他的經歷也所知甚少，但我覺得，我有理由認為李君就是李大樹本人。但是李君卻始終不承認。有一天我們在一起喝酒，想起這件事情，我覺得可以襲擊他一下，便突然挑起話頭：「李大樹同志，你也應該找個女人玩玩，別老是旱著啊。」

李君瞪圓已經佈滿了血絲的眼睛，惱怒地說道：「你玷污了我。」

看到他認真起來，我笑著說：「原來你也是個珍禽異獸啊！」

給你的婚姻買一份保險

那一段時間裡，我幾乎每天晚上都在外面閒逛。我甚至列出了一個名單，一家挨一家地找朋友喝酒，然後七扭八歪地走回家去，拉開被子倒在床上，一覺睡到大天亮，第二天依然如此。這是我對付冷戰的策略，我的意思是，我們夫妻之間那時正處在新一輪的冷戰時期。然而朋友畢竟是有限的，列出的名單很快地就被我一個一個地劃掉了，而我也不能太不知趣，總是沒完沒了地打擾他們。有一天，就在我正為晚上到哪裡去消磨而大傷腦筋的時候，李玫的電話來了。

突然接到李玫的電話，這使我感到非常意外，甚至有些吃驚。李玫是我以前談過的一個對象，雖然在同一個城市裡生活，但我們已經許多年沒有聯繫了。

隔著許多年的時光，她聲音依然好聽，只是比十年前多了一絲憂鬱或者傷感之類的東西。她在電話裡說：「下班以後我請你喝茶。」當時我聽到這話，覺得非常彆扭。請我喝茶是什麼意思呢？還不如請我吃一頓兒。在我們這個內地城市，只有掙了大錢腦滿腸肥志得意滿，又有漫長的夜晚沒辦法打發的人，才會優雅時髦到請人喝茶的地步，像我這種困難企業的職工，肚子裡缺的並不是茶水而是油水。所以我就想，你李玫既然大發了而且這麼多年以後還記得我，不如就請我吃一頓兒，喝茶有什麼意思，你要是真的寂寞到拿茶水對我們窮人的肚子開涮的地步，我是絕不奉陪的。

說什麼也得敲李玫一頓兒，我當時就是這麼想的。

其實我跟李玫的交往也並不深，只是關係有些微妙罷了，其中的原委我本人至今也都沒有理清。第一次看到她是在一個朋友的婚禮上，隔著兩張桌子，遠遠地看見她很開心地與別人說笑著，我當時的感覺是：這個女孩不錯。但這只是偶然的一瞥，偶一閃念，並沒有往心裡去，況且婚宴上總是能夠看到許多不錯的女孩。婚宴結束之後，朋友們坐在一起閒聊，在這些人中，只剩下我沒有結婚了，甚至連對象都沒有，話題自然就轉移到我身上，一時成了眾矢之的。我們這些人上大學本就晚，而我當時正癡迷於詩歌，給自己定下的原則是，在有所成就之前，婚戀之事免談。大家說，你也一把年紀了，別太苦了自己，看著你在水深火熱中受煎熬受折磨，我們大家也於心不忍。新郎也不失時機地說：我們車間有幾個不錯的姑娘，也算得上是美人坯子，正眼巴巴地等英雄去搭救呢，不如你就去解放一個算了。

經過大家的一再慫恿，我後來跟著還在蜜月中的新郎去他們車間走了一趟。他特別把我領到磨工工段，他說車間裡三個最美的姑娘都在那裡。我一眼就認出了那天婚禮上看到的姑娘，他告訴我她叫李玫。我不假思索地說：那就是她了。

我之所以說我和李玫的關係有些微妙，那是因為後來的變化。經過朋友的介紹，我和李玫開始了制式的戀愛，也就是互相約會、看電影、軋馬路之類。後來李玫把她的兩個最好的朋友也帶到我的宿舍，一個高佻，一個豐滿，李玫介於兩者之間，是最美的一個。她們三個，就是我的朋友介紹過的車間裡的三個美人。

「人家都說我們是一把紅蘿蔔不零賣，」高個的林子說，「你把李玫挑走了，我們可怎麼過呀。」

「倒退五百年，我倒是真想把你們三個都娶回家。」我也跟她們開玩笑說。

「還美死你呢。」區別於其他人，李玫的語氣裡已經明顯地帶著嬌嗔。

我連忙回說：「現在誰敢呀，我不過是說說而已。」

從那以後，她們三個經常一塊兒到我宿舍來玩。遇到李玫上夜班的時候，她們兩個或其中的一個也來。我因為對談戀愛並不上心，所以一直沒有留心其中的微妙變化，我也不知道她們之間到底發生了什麼，總之是李玫來的次數越來越少了，而高個的林子來的多了。這樣她後來就成了我的妻子。在我們結婚之前不久，李玫就調走了，就在我們市裡的另一家工廠，據我妻子說，她拒絕參加我們的婚禮。

大約是七、八年前吧，我有一次在街上看到她，當時李玫正腆著大肚子，她似乎很不願意和我多說什麼，匆匆地打過招呼之後就分手了，之後我再也沒有見過李玫。所以這次接到她的電話，使我很感意外。

「請你喝茶。」我真是不明白，放下電話我還一直在想，請我喝茶是什麼意思？幹嘛不請我吃一頓？也許是李玫真的發了財，想資助窮困的詩人一把？也許是她聽說了什麼，因為我當時正和妻子鬧矛盾，她要藉此嘲笑我或者是想乘機插足？現在發了財的女人，多半都有玩這種花活兒的嗜好。愛幻想的毛病讓我在放下電話到見到李玫的這一段時間裡想了很多。

因為正和妻子鬧矛盾，回家與妻子四目相對，已經成了一件很痛苦的事情，現在有人請我「喝茶」，而且是以前的對象，所以在意外之外又有一絲說不明白的興奮。不過我得聲明，我並不是有什麼非分之想，再說現在也並不是一個浪漫的年代，而我在這裡說的，也不是一個鴛夢重溫的故事。

*　　*　　*

如果我把這次見面想像成一次歷史性的會見，肯定有些誇大其詞而且顯得過份矯情，這是文人的毛病。但我不能不說它是具有歷史意味的，我指的是時間的滄桑，當然還有別的，需要假以時日才能顯山露水。

我是在街邊的茶攤見到李玫的。她疲憊憔悴的樣子，全然出乎我的想像，這又是一個意外。當時我的第一個反應是，她說請我喝茶，看來是名符其實的，沒有絲毫虛誇的成分。果然，就是那種兩毛錢一杯的淡而無味的茶水。她抱歉地笑笑說，這麼多年沒見了，我卻只能請你喝茶，真不好意思。她說工廠的效益不好，她已經下崗了，剛剛應聘到保險公司做人壽保險推銷員，試用期半年。保險公司規定，如果能在一個月內賣掉五份保險，從下月起就可以拿到一百元的底薪，否則要到半年以後。她說現在人們的保險意識還很差，這份工作很難做，所以只能請熟人幫忙，而她的熟人又實在是很有限的。一邊說著，她已經從包裡拿出了一份宣傳材料，「給你兒子買一份終生幸福平安保險吧，你看看這個，我覺得這個很合算，等我稍稍緩過勁的時候，我也要給我女兒買上一份。」

沒有久別重逢的客套與寒暄，也沒有出現想像的尷尬，彷彿我們上個星期剛剛見過似的，她是單刀直入的，很有一些現代人務實的風格。說完以後，她眼神憂鬱地看著我，看得我滿心愧怍，彷彿她的飯碗就在我的手裡，我如果不買她一份保險，連一杯兩毛錢的茶水都對不起似的。所以沒有等看完那宣傳材料，在內心裡，我就已經決定買她一份保險了。

她很拘謹地在等我開口。看那神情，只要我答應下來，她就會釋然一笑然後匆匆離去。但我並沒有開口，這次歷史性的會見，也就這樣停頓在她幽幽的眼神下面。我並不是不想立即答應她，我當時只是覺得言猶未盡，再說，如果讓她這樣輕易地離去，我這一個晚上也就無處打發了，而且我也很想知道她這許多年的生活是怎麼過的。我知道這其中含著別有用心的成分，有些卑鄙，但一個無聊的人抓到了一根救命的稻草，是無論如何也不會輕易放手的，而我當時就正是這樣一個無聊的人。「我請你吃飯，」我說，「這麼多年沒見了，我們得好好聊聊。」

坦白地說，未見她之前，我曾經設想了好幾個開場白來消除乍一見面時可能會出現的種種尷尬。畢竟我們之間曾經有過一個不了了之的戀愛，而且在許多年的時間滄桑之後，肯定很有一些東西是令人歎喟的。但是預先想到的話卻連一句也沒有用上。我不知道我們之間的陌生感是怎麼消除的，也許就在看到她時她那抱歉的一笑之間，就已經「渡盡劫波兄弟在，相逢一笑泯恩仇」了，總之我們很快地就已經像兩個知已的老朋友了。

我說的請她吃飯，實際上也就是一人一碗麵條。我們一邊吃著，一邊簡略而又小心翼翼地談到了各自的生活狀況。她說她的丈夫是比我低一年畢業的大學生，還在廠裡上班，工資很少，情緒很壞，每天晚上搓麻將，「他頹廢的很，沒救了，」她說，「但是為了孩子，我也只能這樣了。」吃完飯以後她說還要去接孩子，就匆匆地離去了，看著她單薄的身子漸漸地融入夜色，我的內心裡突然湧起一陣說不出的酸忧。我不知道這酸忧是為她還是為我自己。

*　　*　　*

持續的冷戰會傷害夫妻感情，而李玫的突然出現，肯定也延緩了解凍的時間。接下來的幾天，我的頭腦裡一直揮之不去的是交替出現的李玫的影子：十年前那個愛笑的李玫和今天疲憊憔悴的李玫。在想像中，我把李玫和林子做了反覆的比較。如果我娶的不是林子而是李玫，今天的情形又會怎樣？我無法得出結論，所以我也無法與林子和解，雖然林子已經小心翼翼做出了和解的姿態。然而，最使我頭疼的並不是冷戰，而是我竟然弄不懂自己當初是怎麼捨李玫而娶林子的，對這其中微妙的轉換，我到現在仍然一片茫然。這也足以見出在感情問題上我是一個多麼粗糙的傢伙。

這樣過了兩個星期，我覺得應該給李玫打個電話。自從上次見過李玫以後，也許在按捺不住的潛意識裡，我一直就在期望著再一次相見。我的藉口是現成的，我要從她手裡買一份保險。

下班以後我按照她留下的號碼打了傳呼，電話裡的李玫顯得特別興奮，她說孩子一個人在家她沒法出來，她一再邀請我務必當天晚上就去她家辦理保險手續。我並沒有立即就見她的意思，我只是想約她第二天找時間見面，所以她的急切和熱情倒把我給弄懵了。難道她⋯⋯，在我們短暫的戀愛時期，我和李玫曾經有過平靜而又平常的肌膚相觸的時候。我得老實地承認，放下電話的時候，我的內心裡確實閃過了一些想入非非的念頭。

我是第一次到她們廠家屬區去，當時天已經黑了，我不得不仔細辨認每一棟樓號，這使我走了許多彎路，幾乎在整個家屬區轉了一圈。最後在她家樓前停下來的時候，我已經感覺到了自己的突突的心跳，心理學家把心跳加速說成是激動的生理表徵，我不知道我當時的表現算不算是激動，但在她家的那個單元門口，我確實有些猶疑。我停住腳步，然後又繞著那棟樓轉了一圈。沒有主意的時候，我總是喜歡圍著一個東西轉圈兒。

現在可以確定的是，李玫拉開門見到我的時候，心情是激動的。接著表現出的還有感激，這是一種可以溢於言表的心理體驗，所以我能夠看得出來。原因其實很簡單，保險公司規定，如果第一月裡能夠賣出五份保險，第二個月起就可以有一百元的底薪，否則的話，要等到半年以後才能結束試用拿到底薪。李玫還有兩天就滿一個月了，而我送來的正是她賣出的第五份保險。「我幾乎要絕望了，」李玫說，「真是太謝謝你了。」

那天晚上我們聊得非常愉快，李玫也恢復到了十年前那個愛笑的李玫，而這也使我頭腦裡多次出現剎那間的恍惚，彷彿回到了我們十年前的戀愛時光。有幾次我甚至下意識地碰碰她的手，內心裡有電殛一般的感受。我知道這很不應該，但是「當我祈禱／上蒼，雙手合十／一聲慘叫／在我的內心深處／留下了烙印」，這是北島的詩，令人難忘。

後來我開玩笑說，現在像我們這個年紀的人，家庭都很不穩定，你們保險公司應該開辦婚姻保險，投保的人一定不少，而且有利於社會安定，利國利民。李玫聽了以後，陷入了長久的沉默。那會兒她的女兒已經睡著了，而她的丈夫還沒有回來，和舊日的戀人默默相對，總歸是一件危險的事情，當時我不知道她是在思考我說的婚姻保險的可行性，誤以為她是在用沉默催促我離開。我是一個知趣的人，我也並沒有乘人之危的意思；我在前面說過，這並不是一個鴛夢重溫的故事，如果不是後來的事情，我們也許就不用再見面了。

*　　　*　　　*

雖然我並沒有在李玫那裡找到我當初為什麼會捨李玫娶林子的答案，但我和妻子林子之間曠日持久的冷戰還是稀里糊塗地結束了。在這樣的永無終點的馬拉松賽中，我們都有些體力不支，大家也只好不了了之，夫妻間的冷戰是沒有結果的，就像同樣是馬拉松的日常生活。所以，冷戰與和解只是從一場馬拉松轉向另一場馬拉松，轉場是對生活的調劑。一張一弛，兵家之道，夫妻之間，兩個人的戰爭也用得著。

有一天晚上，我們夫妻非常盡興地做完了床上的事情，我突然想起了李玫。我說：「你還記得李玫吧？」

妻子微闔的雙目突然睜開，目光裡透出一種警覺和懷疑。我知道我犯了一個錯誤，我不應該在這個時候提起以前的戀人李玫，但是說出的話是沒法再收回來的，我只好硬著頭皮說下去。我說李玫下崗以後應聘到了保險公司，我說這是一份很有前途的工作，以後買保險的人會越來越多，李玫要發財了。這時候我看到妻子的目光已經快要轉為惱怒了。我說我是聽別人說的，但妻子立即聯想到了我給兒子買的保險，她質問我：「你一定是從她那兒買的吧！那一陣你總是很晚上才回來，你們是不是舊情復燃了？」女人的敏感一旦和醋意結合起來，就變得不可理喻了。我雖然一再強調，之所以說起李玫，只是想提醒她也可以去保險公司試試，因為她下個月也要下崗了。但是妻子並不理會，「你後悔了是不是？你老婆沒有人家能幹，沒有人家漂亮是不是？」我知道她因為下崗的事情緒很壞，便不再多說，但我知道，這就意味著，新一輪的冷戰又開始了。這麼多年我們就是這麼過來的，為一些雞毛蒜皮的事情，進行一場漫長的戰爭，這已經成了我們的日常功課。

湊巧的是第二天我就接到了李玫的電話，她說要請我吃飯，而且說要送我一份特殊的禮物，「給你一個意外的驚喜。」她就是這麼說的。

我是在一家火鍋店的包間裡見到李玫的，她仍然像上次一樣直接，一見面就遞給我一份保險廣告單，不同的只是神態，疲憊和憔悴已經被紅潤和歡快代替，彷彿是十年前的李玫。她含笑說道：「給你的婚姻買一份保險。」

廣告上說：凡已婚夫妻，均可參加「999婚姻保險」。每對夫妻每年只要交納999元，連續交納十年，便可獲得終身婚姻保險。自投保第二年起，每一年的結婚紀念日，即可得到一枚價值99元的999愛情金幣。投保滿25年，以後每年可得999元的金婚保險費。但如果一方首先提出離婚，則將使對方獲得全部的保險賠償。另外還有一些諸如提高婚姻質量增添愛情趣味保障家庭生活之類的蠱惑性的廣告詞兒。

「怎麼樣？」李玫問我。

「有點意思。」

李玫說：「這全是你的功勞。」

我有些不明白了。李玫提到上次在她家裡時我說過的話，她說是按照我的建議，她給公司設計了這樣一個新的險種，公司高層非常賞識，不但提升她做了婚姻保險部主任，而且給了她五萬元的獎金。她說她是特地來感謝我的，為此她已經為我買了一份婚姻保險。李玫從包裡拿出一份保險合同，「喏，你只要在這兒簽個字就成。」我看到那上面寫著我和妻子林子的名字，並且已經一次性交完了十年的保險費。

我把保險單推給李玫。望著她微微含笑的眼睛，我說，我不會為自己的婚姻買保險的，「難道你會用錢為婚姻買一個保險嗎？」

「我當然不會。」

李玫的內心裡，是很清楚我的婚姻質量的。她瞭解林子，也瞭解我。而我也瞭解她心靈深處的感情。在經過大約十幾秒鐘的四目相對之後，我們不約而同地笑了。然後，我們舉起了酒杯。

「為什麼呢？」

「為你的成功吧。」

「乾杯。」

「乾杯。」

*　　　*　　　*

這是前不久的事情，你別自作聰明，以為我們之間發生了什麼，我在前面已經說過，這並不是一個鴛夢重溫的故事。你如果要拿這個素材去寫小說也行，我早就領教過你的想像力，但我還是那句話，這並不是一個鴛夢重溫的故事，千萬別給弄庸俗了，我自己還很努力地要高尚一把呢。

怎麼樣？給你的婚姻買也一份保險？

塑膠子彈

劉軍被警察帶走的那天晚上，對陳青來說，簡直就稱得上是一個節日。

那天是星期天，陳青當時還在床上躺著，但是兒子陳早已經起來。陳早之所以早起，是惦著要去對面的劉軍家玩槍。

前一天午後，劉軍還和陳早一起擺弄過一陣手槍。那是在陳青家，在陳早的小房間裡。臨上班以前劉軍拎著包過來，劉軍當時就像一個全副武裝的特種兵。「就像一個全副武裝的戰士。」後來警察詢問陳早的時候，他就是這麼說的。當然，這一點陳早是在和劉軍玩了一會兒之後才知道的。

劉軍在襯衣外面套了一件渾身都是口袋的攝影背心。大熱的天，穿著這樣厚重的東西，顯然不是要去上班，肯定是打算找同好去玩的。進了陳早的房間以後，劉軍就從那些口袋裡往外掏東西，他一件一件地往外掏，每掏出一件，陳早就會「哇噻」地叫出一聲。陳早記得，一共是五把手槍、兩顆手雷、一門加農跑、一把彈簧刀、一把萬用折疊刀。陳早完全被迷住啦，一件一件地撫摸著，件件都讓他愛不釋手。劉軍說：「你該去上學啦，明天再玩吧。」說著就要往衣袋裡收。但是陳早哪裡肯放手。陳早說，學校下午開運動會，晚點去沒事兒。陳早這一次是撒了謊，大夏天開什麼運動會呢？他只是迷戀那些武器，想多看看，就撒了謊。劉軍是雜誌社的校對，一向自由散漫，去不去上班本來就沒什麼關係，況且他本來也不是去上班的，即便去上班，也不過就是想到單位去玩玩。

當然，劉軍更喜歡和陳早這樣的小孩子一起玩。現在聽陳早說可以晚去，他便安下心來要和陳早玩一陣了。所以接下來，劉軍又從衣袋裡摸出了一盒塑膠子彈。然後是兩個人輪換著向擺在窗台上的一隻豬形的存錢罐射擊。這種高壓射出的塑膠子彈，其實是很有些殺傷力的。那只瓷製的豬耳朵就被他們給射掉了，這使陳早哈哈大樂，然後滿地找子彈。

陳早在地上找子彈的時候，劉軍在仔細地察看那只受傷的豬，同時他的眼睛的餘光看到了對面樓上某一窗戶裡的一個男人。那個男人似乎剛剛起床，正站在窗前伸懶腰，他的身體白胖白胖的，胸前的一撮黑毛（也可能是一塊黑痣）異常醒目。劉軍覺得很好玩，於是就舉槍向那一撮黑毛瞄準。結果是砰地一聲槍響之後，那個男人應聲向後倒去。劉軍覺得更好玩了，他甚至還表揚了對面那個傢伙，配合得不錯嘛。這時候陳早已經撿完了地上的子彈。陳早看看時間，非常遺憾地對劉軍說，我得去學校了。劉軍一件件地收好武器，和陳早一塊下樓了。走到樓下，各自開自行車鎖的時候，劉軍對陳早說：「我看好了一把美式的M1911A1式自動手槍，非常棒，我一會兒就去把它買回來，你明天來玩吧。」

現在大家已經看出來了，劉軍是一個仿真武器愛好者。

陳早星期天早早地起床，就是急於想去對面的劉軍家玩那把美式手槍。陳早拉開一條門縫，想聽聽住在對門的劉軍家的動靜，結果卻看到了三個警察。他們正在敲劉軍家的門。陳早嚇了一跳，心裡咚咚咚地直打鼓，不知道發生了什麼事情，怯生生地僵在那裡呆看。後來就看見對面門開了，有兩個警察進去，過了一會，劉軍就被帶走了。

當時正是早晨，又在全球矚目的世界盃期間，看了半夜的球，誰會這麼早起來呢，所以除了陳早以外，沒有幾個人目睹劉軍被帶走的一幕。陳早回身走進父親陳青的房間，聲音發顫地對陳青說：「警察把老劉帶走了。」而陳青的回答則讓陳早感到吃驚。陳青說：「咳！我就知道他遲早會鬧出事的。」說完以後，陳青點上一支煙，若有所思地坐在床上吸了起來。

*　　　*　　　*

編輯陳青和校對劉軍之間，有一段鮮為人知的歷史淵源，從廣義上說，稱為奪妻之恨也不算過份。這件事情發生在十多年前，那會兒他們都還剛到雜誌社不久，在同一間辦公室上班。當時陳青看上了機關大樓裡的一個女孩，那時他還不知道她叫楊娟娟。那時的陳青還比較羞澀，於是托人去打聽，並請人家順便轉達一下他的愛慕之情。楊娟娟聽到介紹以後顯得非常高興。她是個熱情潑辣的女孩，沒等介紹人如此這般地為他和她安排月上柳梢頭人約黃昏後，就很大方地說：「我抽時間到他們編輯部去找他。」

楊娟娟到編輯部來的那天下午，陳青恰好有事出去了，辦公室裡只有劉軍在。於是一邊等陳青，一邊就和劉軍聊了起來。那天下午陳青一直沒有回來，而楊娟娟和劉軍卻聊得非常投機，到了臨下班的時候，兩個人都有點戀戀不捨。楊娟娟便說：「劉軍你請我看電影吧。」

在鐘樓電影院門口的飯館裡，劉軍和楊娟娟一人吃了一碗麵條，然後一塊看了一場電影。這就是他們兩個人的開始。第二天，楊娟娟看到陳青的時候，內心裡很有一陣慶幸，幸虧他昨天不在，要不我就要和劉軍錯過了。楊娟娟看到陳青的時候，他正和劉軍並排走著，劉軍高佻、英俊，而走在旁邊的陳青則要矮半頭，而且稍嫌臃腫，這樣一比較，陳青就顯得有些猥瑣。

陳青後來知道這件事的時候，對劉軍恨得咬牙切齒。雖然楊娟娟的身影在他的頭腦裡揮之不去，但是他一點辦法都沒有，他看得出來，這兩個人已經愛得非常結實。直到劉軍和楊娟娟結婚的時候，已經絕望的陳青才開始物色女朋友。我們可以說，陳青接下來的戀愛非常地心不在焉，而他的結婚也顯得草率。既然心愛的女人已經嫁了別人，自己和誰結婚也都沒什麼大區別了。陳青當時就是這麼想的。由此可以看出，陳青的內心裡非常迷戀楊娟娟，但是他一點辦法都沒有。

陳青結婚以後，很快就有了陳早。但是早他半年結婚的楊娟娟，卻一直沒見生孩子。後來漸漸地就有一些傳聞，說是劉軍的男根不行。聽到這些傳聞，陳青的內心裡有一絲陰暗的快意。他後來還聽到一些楊娟娟的緋聞，他就想，如果換了我，楊娟娟就不至於這樣做；同時他又想，如果楊娟娟真的是我的妻子，其實也是一件很痛苦的事情。但是不管怎麼想，他的心底裡其實一直沒有忘掉楊娟娟。

三年前，陳青和劉軍同時分到了這個單元樓，並且是對門的鄰居。上下班的時候經常會碰面，這種時候，楊娟娟總是對陳青笑一笑，陳青也對楊娟娟笑笑，那笑裡面的意思其實非常複雜。但是陳青從來不對劉軍笑，他嫉恨劉軍，如果非要和劉軍說話，他也總是一副公事公辦的表情：「劉軍，三校稿子完了沒有？」

相比之下，劉軍倒是顯得很大度，我們不妨把這理解成勝利者的大度。劉軍不但主動熱情地和陳青打招呼，而且經常到陳青家來找陳青的兒子陳早玩。陳早和劉軍的關係比陳青還要親密。陳早總是把劉軍叫老劉，他們在陳早的房間裡，一玩就是幾個小時，完全把陳青不放在眼裡。這一點也讓陳青非常嫉恨，他擔心老這麼玩下去，陳早的學習就要被耽擱了。所以每次劉軍到家裡來的時候，陳青都很不高興。陳青說：「劉軍，你總該有個大人的樣子嘛。」這時候陳早就說：「老劉，別理他，咱們玩咱們的。」

在這裡我一直沒有提到陳青的妻子，這並不是一個疏漏，而是陳青已經沒有了妻子。剛搬到這棟樓裡不久，陳青的妻子就和別的男人跑到廣東去了，直到去年他們才正式離婚，所以陳青事實上已經做了三年的鰥夫。

*　　*　　*

鰥夫陳青在劉軍被帶走的這天晚上，第一次走進了楊娟娟的家。他知道她是一個放蕩的女人，雖然此前的三年裡，他一直對她心存覬覦，並且在四目相對時，他也偶或會感覺到她的輕佻的渴意，但他卻從不敢輕舉妄動。這天早上，當他聽兒子說道劉軍被警察帶走以後，他的膽量陡地增大了。仇恨和欲火交織，互相撕咬，互相激勵，使他坐臥不寧，一整個白天他都在家裡徘徊；好不容易熬到了晚上，兒子和同學出去以後，他大著膽子輕輕地敲開了楊娟娟的門。

楊娟娟一如既往地大方潑辣，楊娟娟說：「你這是乘虛而入啊！」

如此單刀直入的話語，倒讓陳青一下子無言以對。本來他的肚子裡，已經準備了一大堆酸詞兒，譬如：「十多年了，我一直不能忘情於你啊」之類，到此時全都顯得非常矯情和虛偽，一句也說不出來，也便只好顧左右而言他。陳青說，你們家簡直就是個武器庫啊！

陳青早就聽兒子說過，老劉家像一個武器庫。但是眼下看到的情形，還是讓他吃了一驚。劉軍家裡陳列的武器，數量之多，品類之盛，遠遠超出了陳青的想像。從牆壁到書櫃再到寫字檯，無一處不是武器，槍、炮、彈、刀，樣樣具全，尤其是槍，佔了收藏的絕大部分。

「你們家劉軍怎麼這麼愛玩槍呢？」

「因為他自己的槍不行。」

「不會吧，人高馬大的。」

「大是大，但是桿軟槍，跟這些仿真槍一樣，假的，全是塑膠子彈。不像你，真槍實彈。」

陳青又沒話說了。陳青惴惴不安地來找楊娟娟，本來是有所企圖的。但是現在，面前這個無所顧忌的女人，卻讓他的內心裡感到一絲莫名的恐懼。陳青有些想打退膛鼓。於是他換了個話題問楊娟娟：「劉軍到底是怎麼回事啊？」

楊娟娟說：「什麼怎麼回事？誰知道呢，他這種廢物，回不來才好呢。」

陳青聽到楊娟娟說「他這種廢物」的時候，突然感到一陣膽寒。他以前只知道這個美麗的女人放蕩，現在他覺得，這個女人有點過於不同凡響了。陳青說：「我明天找人去打聽打聽。」一邊說著，陳青已經腳下慌亂地退到了門口。

「不再坐會兒了？」楊娟娟邪邪地看著他，狡黠地笑著說：「有空再來啊。」

*　　*　　*

克林頓到訪的那天晚上，全樓的人都湧到街上去看熱鬧了。陳青沒有去，楊娟娟也沒有去。其實也不是沒出去，而是出去轉了一圈，很快又都回來了，彷彿是事先約好了似的。是楊娟娟先回來的，接著陳青也回來了。陳青在自己的家門口停了一下，掏鑰匙的時候，本能地扭頭看了看楊娟娟那邊，門是虛掩著的。陳青於是轉過身去，進了對面的門。

這一次是連一點寒暄都沒有，陳青進門以後，楊娟娟裸露的雙臂就把他接住了。兩個人迫不及待地相擁著向臥室裡的那張大床奔去。剛到床邊，兩個人就互相撕扯著對方的衣服，很快就在床上扭作了一團……

生活中常會有一些變故在暗中發生，就在我們還毫無覺察的時候，一些東西已經有了根本性的變化。陳青是弄文字的，對此體驗尤深。他記得不久以前看過的一本書的背面，就有一句類似的提示性的話：「那些被我們錯過了的人，真的是不應該錯過的。」那段話的後半句是這樣說的：「你們有沒有被告知過，生活中有某些更重要的東西值得脫穎而出、被我們體驗？」

在他們平靜下來的時候，陳青把這個意思告訴了楊娟娟。

楊娟娟說：「我明白，我知道，我早就知道。」

陳青說：「你知道什麼？」

「我知道你。」楊娟娟說，「我知道十三年過去，我已經老了。但是有一天，我看見你從對面走來，你對我說：『十多年了，但我一直不能忘情於你。』」

「是啊，那時候……」陳青說，「你多年輕，多麼美，人人都會喜歡你，不過現在，我想告訴你，我覺得你比年輕的時候還要美，與那個年輕的你相比，我更喜歡現在這個成熟的女人。」

楊娟娟說：「行啦，別肉麻了，你真的三年沒碰過女人？」

「沒有。」

「為什麼不？」

「不為什麼，就是想你。」

「真的？」

「真的。」

他們再次扭作一團。

此時，克林頓龐大的訪華車隊，已經開近了西安城的南門。

*　　*　　*

劉軍之所以被警察作為犯罪嫌疑人帶走，原因是這樣的：劉軍在陳早的房間裡舉槍向對面的窗戶射擊的舉動，恰好被對面樓上另一扇窗戶裡的一位喜歡觀察別人家庭生活的望遠鏡愛好者攝入鏡頭。接下來發生的事情就純是巧合了。那位胸部長著一撮刺目的黑毛的傢伙，當時確實被一塊飛來之物打傷了，所以會在劉軍的槍聲裡應聲倒地。劉軍當時還表揚了那傢伙，說他配合得不錯。望遠鏡愛好者後來做了警方的證人，證明劉軍在那時舉槍射擊。警察在調查的時候，還瞭解到了其他的一些於劉軍非常不利的情況，也就是那個胸部長著一撮黑毛的胖子與劉軍的老婆楊娟娟有染。這樣一來，劉軍開槍射擊就是事出有因，按照警方的說法，就是劉軍有難以排除的殺人動機。

帶走劉軍之後，警方又到劉軍單位進行了調查。劉軍因為是個仿真武器愛好者，在單位裡，經常會冷不防地從什麼地方摸出一把槍來，頂住別人的後腰或是後腦勺，搞得許多人非常惱火。有人說，那東西跟真傢伙沒什麼兩樣，誰知道是真的還是假的。說這種話的人包括陳青。陳青對劉軍有奪妻之恨，劉軍同時還有故意引誘兒子陳早學壞的嫌疑。所以陳青說起來的時候就有些咬牙切齒，他這種人，沒準會幹出什麼來。

當然，警察很快就找到了射擊事件的真凶，但卻並沒有立即把劉軍放回來。原因是那段時間正好美國總統克林頓要來西安訪問，而劉軍所在的編輯部正好臨著街道，為了安全保衛工作萬無一失，他們就沒讓劉軍在那一周裡露面。不過，克林頓走後的第二天，劉軍就回來了。後來有人問劉軍最近幹什麼去了，劉軍說是領導安排他去黃山旅遊了一趟。

劉軍沒事人似地興沖沖回家，悄無聲息地用鑰匙開了門，正撞上了陳青和楊娟娟在他的床上幹活。劉軍一時怒從心頭起，從書架上抄起一把手槍，照著陳青的胸口就是一槍。那槍是上了膛的，因為距離太近，結果可想而知。但是因為陳青在動，不是像靶子那樣硬挺著讓他射，結果是一粒綠色的塑膠子彈，一下子被嵌在了陳青的肩窩裡。在陳青的左肩窩，離乳頭大約兩寸多，在燈光下，看起來非常醒目，非常耀眼。

看著嵌在陳青胸前的一粒子彈，劉軍嘿嘿嘿地笑了。劉軍覺得，這是他玩槍以來最感痛快的一次。他甚至像警匪片上那些裝腔作勢的警察一樣，對著槍口噗地吹了口氣，他說：「這美式的M1911A1就是好使。」也許，劉軍這樣做只是為了掩飾自己內心的慌張，因為他還從來沒有用槍射擊過人的身體，別管是真槍還是假槍，都沒有過；當然，也不排除他是真的很得意。幸虧他使的是美製M1911，如果是一把美國柯爾特公司的「巨蟒」左輪手槍，沒準兒還會用食指挑著它很蕭灑地在手心兒裡轉上那麼幾圈呢。

這時候，他又聽見楊娟娟吱哩哇啦亂叫。楊娟娟叫得太不合時宜了，明明知道丈夫劉軍用的是仿真玩具槍，幹嘛要大呼小叫呢。這一叫再次觸怒了劉軍，他於是抬手又給了她一槍。這一槍他連瞄都沒瞄，只不過是隨手一射，結果歪打正著，正打在她的右乳上。這次是一粒紅色的塑膠子彈，嵌在楊娟娟的右乳頭附近，看起來比楊娟娟暗紅色的乳頭還要鮮亮。同時，劉軍的嘴裡也在發狠。劉軍說：「叫你們壞！我叫你們壞！」

周末的哭泣事件

四十歲的男人劉庸，在這個週末的上午，嗚嗚嗚地大哭了一場。這已經是十幾年沒有的事情了。堅定剛毅的劉庸總是對人說：「是男人就沒有理由流淚，男人有淚也應該往肚子裡流，不能流到臉上。」但是在這個上午，他卻不能自抑地哭了。開始只是眼圈潮潤，他吸了吸鼻子，想把眼淚擠回去，但是不成；於是他隨手拿起一本書來翻，他以為看看書就可以沖淡內心的傷痛，然而結果卻恰恰相反，看著看著，眼淚就湧了出來。一流眼淚，書就看不成了。他放下書，頭埋在枕頭上，他以為這樣就可以把眼淚壓住，但是身體卻在不停地抽動，接著，他就不能自抑地大哭起來，嗚嗚嗚地，像一個受了委屈的孩子，想控制都控制不住。一邊哭，他還一邊在內心裡對自己說：「你是個男人，你不應該哭！」但他還是止不住淚水。於是他下床，到廚房去洗。涼水和淚水混在一起，有些滑潤，但他的感覺裡，眼裡已經沒有淚了，這樣他好受多了。看看鏡子，裡面的男人雙眼紅腫，他有些吃驚：我剛才竟然哭了！他重新回到床上躺下，又念叨一句：「我竟然哭了。」

劉庸點上一根煙吸著。

剛剛哭過的劉庸，這時候特別想見一個女人。於是他拿起電話，猶豫了一下，還是撥了過去。「王玉，」他說，「你猜我剛才幹什麼了……哭了，一個人獨自大哭了一場，足有二十分鐘。」劉庸的話並沒有誇飾，其實他哭了近半個小時。對方問他為什麼。「不為什麼，」劉庸說，「就是想哭，十多年沒有哭過了。」「王玉，」劉庸接著說，「我這會兒特別想見你。」劉庸說的時候，聲音有些哽咽。「沒別的意思，我就想看看你，跟你說說話。」對方說：「今天不行，明天吧。」劉庸聽到這話，眼淚一下子湧了出來。「你不想來，那就算了，再見，我愛你。」說這些話時劉庸已經泣不成聲，他迅速地壓了電話，他怕自己會再次大哭。

劉庸原以為，王玉會放下手頭的事情，立即打車過來，但是她沒有。她只是淡淡地說了一句「今天不行」。她沒覺得一個四十歲的男人突然大哭一場有多麼突兀多麼重要，也許她還會認為這是一件很矯情的事情。但是劉庸不這麼看，劉庸認為這是自己生命中的一個重大事件。一個四十歲的十多年沒有流淚的男人，獨自面壁，突然大哭了一場，這肯定稱得上是一個事件，在一個人男人的生命中，也許是舉足輕重的一個事件。

但他為什麼要哭呢？劉庸自己也說不清為什麼，就只是想哭。

劉庸這天醒得很早。他看看錶，四點。然後又躺下了。從家裡搬出來以後，週末的早晨就成了他睡覺的大好時光，通常他會一直睡到中午。離開了老婆孩子和家務，他的事情簡單多了，看書、寫作、聊天、喝酒，再就是睡覺。但是這個早晨，他卻怎麼也睡不著，雖然口腔乾澀、頭腦脹痛，但還是坐起來點上煙抽，抽幾口又捻滅，他心說，我不能這麼折磨自己，於是又躺下，但仍然睡不著，又坐起來抽煙，眉頭緊鎖，然而腦子裡卻是一片空白。他揉揉眼睛，又使勁睜了睜，他想集中自己的思緒。他首先想到的是王玉，接著是已經分居的妻子，還有以前戀愛過的其他的一些女人，後來，又全都變成了王玉。一想到王玉，他就覺得心痛，不只是心理感覺，而是生理的心痛，他的心在抽動著，有一種被人揪著的痛感。他知道那是因為王玉，最近這一段時間，每每想到王玉，他就感到心痛。這時候他的腦袋裡突然冒出一句讀過的詩來：「只要想起一生中後悔的事情，梅花就落滿了南山。」劉庸這時候並沒有想到什麼後悔的事情，但他仍然看到了滿眼的落紅。

劉庸就這麼昏昏沉沉地捱到了八點。八點是給王玉打傳呼的時間。每個週末都是這樣，到了早晨八點，劉庸就會給王玉的呼機留言：「我愛你，我想你。」打完以後，他會再睡上一覺。但是今天早晨沒打，他想到了，但是沒打。他就那麼斜躺在床上抽著煙，滿心都是王玉，但是他沒有像往常那樣給她的呼機打留言。打又怎樣？不打又怎樣？他覺得頭疼，所以沒打。大約到了十點半，王玉打來電話。

王玉說：「在幹嘛？」

劉庸說：「沒幹嘛。」

王玉問：「為什麼沒給我打電話？」

劉庸支吾了一句：「不想打擾你的好夢。」他其實想說的是不想打擾你的好事，但他沒這樣說。

他問她：「今天準備怎麼過？」

王玉說：「在家，畫幾幅草稿，你呢？」

劉庸說：「不知道。」

王玉在電話那邊很慵懶地打著哈欠說：「我才剛起來，還沒梳頭洗臉呢。」

劉庸沉默。

王玉又說：「我愛你。」

劉庸「哦」了一聲，「我知道。」

王玉說：「你呢？」

劉庸沉吟了片刻說：「我也愛你。」劉庸掛斷了電話，躺在床上胡亂地翻著一本書，看著看著，眼圈就變得潮潤起來，接著眼淚就湧了出來，開始只是小聲抽泣，但是後來，卻抑制不住地大哭起來。

無論多麼出色的男人，都難免會有感到非常無助的時刻；男人不會因為被什麼事情難住了而感到無助，但卻會在某一瞬間的情緒裡跌得很深，不過，他通常會很快地跳出來，抽煙、喝酒、劇烈運動、找事情做甚至找人打上一架，便什麼事情都沒有了。而此刻懶在床上的劉庸的問題便在於無事可做，所以，他的傷感的情緒會漫漶起來。並不是因為什麼具體的事情，所以連他自己都感到莫名其妙。然而仔細分析起來，卻也不是一點緣由都沒有。

前一天下午，劉庸接待了一位遠道而來的姑娘。她是衝著劉庸來的。她讀了他的兩本書，然後就瘋狂地迷戀上了劉庸，她在電話裡說她要來看劉庸，她說她一刻都不能等了，她要立即坐火車過來，並且告訴了劉庸時間、車次和車廂號，讓劉庸接站。劉庸替她在招待所訂了房間，然後去車站接她，陪她吃飯、逛街，請她參觀名勝古蹟，然後送她回房，聊天直到晚上十點。整整九個小時，劉庸一直和她泡在一起。十點鐘的時候，劉庸說：「我該走了。」但那女孩卻惆悵起來，她說她從來沒有一個人住過，她說自己覺得孤單，她說她很害怕。劉庸當然明白她是什麼意思。

劉庸說：「招待所很安全的，你可以把門拴上，躺在床上看電視。」

女孩說：「我可不可以去你那兒？」女孩知道劉庸是一個人住。她嬌聲說：「我去你那兒聊聊天嘛，什麼都不要做的。」

劉庸堅決地回絕說：「不可以。」劉庸這樣說的時候，腦袋裡一直在想王玉。劉庸說：「我可以再陪你十分鐘。」女孩滿眼憂傷地看著劉庸，已經無話了。劉庸默默地抽完一根煙，說了聲：「早點休息。」然後就離開了。

劉庸剛回到家裡，電話就響了。是那個女孩。她劈頭蓋腦地給了劉庸一頓臭罵，劉庸覺得非常冤屈，而電話裡的女孩卻說她自己更冤，她說她是衝劉庸來的，她到這裡就是專程看劉庸的，沒有想到劉庸竟如此無禮如此地冷落她。而劉庸的心裡卻只有王玉，除了王玉，他的心裡再也裝不進任何一個女人。所以劉庸根本就聽不見她在說什麼，他只是機械地握著聽筒，時不時地「嗯」一聲，以示自己在聽；後來，電話裡傳來了嚶嚶的啜泣聲，劉庸一下子變得厭惡起來。「你說完了沒有？」劉庸說，「你說完了我就掛電話了。」沒等對方回答，劉庸「啪」地一下就掛了電話。十分鐘之後電話又響了，劉庸以為是王玉，但話筒裡傳來的仍然是那女孩的聲音。她說：「你是個混蛋！一個不近人情的混蛋！」劉庸雖然什麼也沒說就壓了電話，但劉庸在這個週末的好心情卻完全徹底地壞掉了。

第二天早晨，劉庸就是從這樣的壞心情裡醒來的。劉庸覺得自己活得窩囊，活得累。老婆、女兒、父母親、情人王玉，都要他負擔，都讓他操心，而這位不知從哪裡跑來的從未謀面的不相干的女孩，竟也向他提要求，竟也有資格罵他，憑什麼嘛？劉庸有點想不通。在這些問題上，劉庸不是個執著的人。想不通的時候，他就會翻書看，劉庸知道怎麼調理自己的情緒。但他隨手翻到的那頁，卻勾起了他的無限傷痛，開始只是眼圈濕潤，那是為書裡的女人感動，但是後來就不行了，淚眼模糊之時，他看到的並不是書裡的文字，而是他自己的生活。看著看著，竟嗚嗚嗚地大哭起來。那樣子，有點像多愁善感的林妹妹。但劉庸是個男人，一個四十歲的男人還這樣哭泣，就是一個不尋常的事件了。

當劉庸意識到這是一個非常重要的事件的時候，他覺得有必要找一個人聊聊，這個人當然是王玉，只能是王玉。他打電話給王玉說很想見她，但被王玉淡淡的一聲「今天不行」就給回絕了。並且王玉並沒有對他的哭泣表現出興趣，她甚至連一聲「為什麼」都沒問，這一點尤其讓他感到傷心。這和一想到王玉他就會產生的那種揪心的疼痛並不一樣，是另一種，是愛無回應的那種傷痛之感。這不同的兩種東西糾集在一起，再次催下了劉庸的淚水。但是這一次哭得沒有前一次厲害，哭著哭著，他自己似乎感覺到了無趣，就像一個孩子的哭聲並沒有喚來父母的呵護與安慰一樣，哭到無趣時自己就會停止，劉庸當然也沒有繼續。

劉庸下床到廚房去洗臉，這是他在這個週末的上午第二次進廚房洗臉了，不過這一次他做得比較正式一些，包括刷牙和往臉上搽「大寶」。做這些的時候，劉庸的腦子裡一直在思考自己為什麼要哭的問題。他是把它當作人生中的一個重要事件來思考的，所以顯得非常嚴肅。這一點他從自己映現在對面鏡子裡的表情上看得出來，不僅嚴肅，而且有一些神聖。是因為自己老了變得脆弱了，還是因為愛王玉愛得出了毛病呢，抑或是多情的少年劉庸重新回到了自己的身上，劉庸自己當然想不明白，他很想找人探討一下。而劉庸認為，最瞭解自己也最適合共同探討這個玄奧問題的最佳人選就是王玉，所以洗漱完畢之後，他又給王玉打了電話。劉庸說：「王玉，我想見你，我現在就想見你，有些重要的問題必須現在和你探討。」

王玉說：「我今天有事，真的不行。」當時已是中午，王玉正和丈夫一起吃飯，所以迅速地掛斷了電話。但是執著的劉庸立即就又打過來了。「到底什麼事嘛？」王玉問他。劉庸說是很重要的事情。王玉說：「你先告訴我什麼事，我才能決定去不去」。劉庸就說：「是關於我為什麼會大哭的事。」王玉立即就覺得非常可笑，她問他現在哭完了沒有。劉庸說已經完了。「完了就是了唄，」王玉甚至嘻嘻地笑了一下，「這有什麼可探討的。」劉庸有些著急地說：「你不覺得這是一個非常重要的事件嗎？」王玉原以為他只是因為閒才打電話過來打趣，現在聽出劉庸是認真的，她就有些惱火。王玉說：「我覺得你很無聊。」說完，重重地掛了電話。

聽到「啪嗒」一聲，劉庸被驚了一下，愣愣地看著電話聽筒，他覺得王玉今天變得非常不可思議。同時劉庸還想到了別的，他懷疑王玉是不是已經不愛他了。但他很快又否定了自己，她怎麼會不愛我呢，她不可能不愛。這樣想過之後，劉庸的思緒就又轉回到哭泣事件上來了。

四十歲的男人劉庸，現在坐到了書桌前面，他決心與哭泣事件鬥爭到底。

《辭海》1504頁：哭：①流淚而放悲聲。《論語・先進》：「顏淵死，子哭之慟。」②吊。《淮南子・說林訓》：「桀辜諫者，湯使人哭之。」

《哭泣的女人》12頁：「只有女人才會因為莫名其妙的憂傷而哭泣。」

關於哭泣，劉庸從手頭的書裡只找到這麼兩條，但顯然都和劉庸本人的哭泣事件無關。這很使劉庸失望，所以他闔上書又躺回到床上。看來，作為一個人生事件，這是個值得認真探討的問題，所以他又很慶幸前人還沒有探討記錄。這使劉庸更加堅信，自己確實是遭遇了一個重大的事件，而這個事件的意義，顯然不可估量。劉庸這樣想的時候，甚至有了一絲暗暗的得意。

接下來劉庸回憶起自己上一次哭泣。

那已經是十五年前的事情了，那時候他正和一個女孩子熱戀，後來分手了，分手的原因其實非常荒唐。因為女孩的父親固執地認為劉庸曾經有過精神病史，而真實的情況是劉庸的同事劉勇有過精神病史，但是女孩的父親是個很愛面子的領導，他已經那麼說了，就不可以更改，而那個女孩又是父母親的乖乖女……這次戀愛就這麼結束了。分手的時候，劉庸和女孩抱頭痛哭了一場。從那之後，劉庸再沒有哭過。但是今天，他卻莫名其妙地哭了，所以他認為這是一個事件……不過，劉庸想到這兒的時候突然感到什麼地方有些不對頭。他覺得這是性質完全不同的兩次哭泣，根本不具有可比性，所以他沒有讓自己的思緒沿著這個方向發展，而是調過頭來又回到了王玉身上。更確切地說法，應該是他因為對那次戀愛的回憶而想到了現在的王玉。

王玉啊王玉，一想到王玉，劉庸就會感到一種揪心的疼痛。

劉庸是打算離了婚之後娶王玉的，但是王玉的態度一直很曖昧。當然這事情有許多麻煩之處，他是有婦之夫，而王玉也是有夫之婦，劉庸不是沒有考慮過它的難度，但這並不是最難的，最讓他難以把握的卻是王玉的內心。王玉一直都在說她愛他，但他的感覺卻很恍忽，然而他卻拿王玉一點辦法都沒有。所以每每想起來王玉他就會心痛。不過現在，他並不想把自己哭泣的原因強加給王玉，他覺得這樣做一點道理也沒有。這樣想過一圈之後，劉庸就對自己說：「是啊，是啊，正因為和你王玉沒有關係，才可以和你探討這件事情嘛。當局者迷，旁觀者清，所以可以和王玉討論這件事情。」

劉庸再次打電話給王玉，已經是下午三點。

當時王玉正陷身在午後的慵懶裡，斜射的陽光從細紗窗簾裡透進來，灑到臉上。王玉斜倚在沙發裡，一隻胳膊疊彎在腦後的頭髮裡，似睡非睡的表情現出十分的安逸與自在。劉庸中午的電話，引發了她和丈夫之間的一場惡吵，但是劉庸並不知道這些。現在，她才剛剛安靜了一會兒，電話鈴就響了。她以為是丈夫打來的，所以並不打算去接。以前每次吵完架都是這樣：丈夫一氣之下跑了出去，過上一兩個小時，他又會打電話回來，期期艾艾地與她講和。她已經慣了，同時也已經厭了，她一動不動地倚在沙發裡，沒有去接那個電話。幾分鐘以後，呼機又響了。她懶懶地起身拿起呼機，看清了是劉庸，這才把電話回過去。

「什麼事？」她沒好氣地問。

劉庸這一次顯得很有耐心。

劉庸說：「先不要發火，你聽我說嘛。」

劉庸說：「你別誤會，我想見你並不是要和你上床……」

劉庸說：「我只是覺得這件事情非常重要，需要和你探討探討。」

「什麼事？電話上說吧，我不想見你。」

「就早上那件事，」劉庸說，「我怎麼會哭呢？你不覺得這很重要、很不尋常？」

「我覺得你非常無聊！」

王玉心裡的火一下子竄了上來。

王玉說：「你以為我會來安慰你是不是？告訴你，即便我來了，也是臭罵你一頓。你是不是男人？你有什麼可哭的？誰讓你受委屈了？……沒有？沒有你哭什麼哭！孩子有你老婆養著，不用你操什麼心；父母健在，而且愛你；有你喜歡的工作，而且收入不錯；有名氣，有你喜愛的事業，有很好的一套房子住著，而且沒人打擾；同時還有一個愛你、知你、召之即來揮之即去卻從來不會纏著你給你添麻煩的情人。你說你哪點不如意了？你有什麼可哭的？換了是我，半夜睡覺都會要笑醒的，你哭什麼哭？別跟林妹妹似的多愁善感好不好？我看你純粹是閒的。心裡不痛快是吧？找人喝酒呀，要不去找人打架呀，像個男人的樣子好不好，躺在床上哭什麼哭！你要還是個男人，現在就給我爬起來，該幹嘛幹嘛，別給我添堵。算什麼事情嗎，還要跟我討論，你無聊不無聊？你有勁沒勁？你活的不耐煩了是不是？去死呀，怎麼不去死呀？哭什麼哭……」

這一通劈頭蓋腦，一下子把劉庸打懵了，等他回過神來，王玉那邊早已經掛斷了電話。劉庸頹然地倒在床上，失神地望著天花板，腦子裡一片空白。

無聊。

無聊！

無聊？

我無聊嗎？

無聊……劉庸一直就這麼躺在床上，後來他就覺得肚子餓了。他對自己說，我應該出去吃點東西。那時候天已經黑了，劉庸拉開陽台的門，走了出去。他俯在欄杆上朝下看，下面是流轉的車流和燈光，他突然感到天旋地轉，然後就一頭栽了下去。也許是他的個子太高了，身體的重心在欄杆以上，所以很容易地就折了下去。

安眠藥

0

「生活中是否存在一個安眠藥問題？」這是劉軍與我的爭論焦點。我們坐在他的單身宿舍裡，談論詩歌。陽光從沒有窗簾的玻璃上斜射進來，陽光很強，我們坐在它的裡面，喝著酒，有一種暖洋洋的感覺。後來說到西維亞・普拉斯，這個自殺過多次的女人，她在詩裡寫過「自殺是一門藝術」。劉軍很欣賞普拉斯的說法。但我很不以為然。我認為劉軍根本就沒有生命的痛感，就像在陽光強烈的赤道不知道陰鬱的倫敦的冬天一樣。劉軍是那種從幼稚園一直讀到大學畢業的孩子，他的生活陽光燦爛，怎麼會懂得「自殺是一門藝術」後面的痛呢。普拉斯最終還是成功了，她擰開了廚房裡的煤氣閥。劉軍認為，普拉斯不應該使用煤氣，「煤氣中毒的滋味太不好受了。」他說。經他這麼一說，我更堅定地認為，劉軍根本不可能理解普拉斯的詩句。「劉軍你根本就不懂，」我說，「生活裡存在著一個安眠藥問題，它是對緊張、焦灼、絕望和極度痛苦不安的一種緩釋，普拉斯的生活裡缺少這個，但是你有，你甚至一直都生活在安眠藥裡，吃得飽，睡得香，連惡夢都不做，所以你不可能理解普拉斯。」劉軍搶白說，安眠藥和煤氣是等效的，只在最後的時刻才需要，而日常生活中，人可以用精神力量調理自己，不存在什麼安眠藥問題。劉軍那時正處在愛情的幸福之中，連失眠也是甜蜜的，他怎麼會認可安眠藥呢。不過，說到自殺的方式，劉軍倒是首推安眠藥。「跳樓是一種愚蠢的方式，萬一死不了又落個終身殘疾或者成了植物人，是很難堪的；臥軌會讓人慘不忍睹，也許會在最後的時刻喪失勇氣；投水沒有保障，切腕會很疼，上吊形象醜陋，中煤氣滋味不好受，」劉軍說，「只有安眠藥是一種平和而又從容的藝術的方式，如果喝了之後又後悔，可以立即打110，如果去意已決，那就選擇一個無法獲救的地點去行事，這是自殺者可以選擇的唯一接近安樂死的方式。」劉軍最後說，「如果我要自殺，就會選擇安眠藥。」劉軍那時已經喝得有些茫了。我說劉軍你不要胡說，說話應該避諱，你不要胡說。劉軍說：「你別緊張呀，我只是在分析自殺的方式，我怎麼會需要安眠藥呢，它和我沒關係。」

大家肯定已經看出來了，我之所以在前面寫這麼一大段，恰恰是因為劉軍和安眠藥發生了關係。這是在我們那次談話之後不久發生的事情。

1

劉軍和王麗分手的事情，我是後來才知道的。他們從大二開始戀愛，到分手時已經整整六年。在外人看來，他們十分般配，情投意合，很少齟齬，是天生的一對。只是有一件事情頗不尋常，也很令劉軍苦惱。劉軍曾經偶爾向我透露說，六年來王麗從不和他上床，甚至到了談婚論嫁的實質性階段，王麗仍然拒絕劉軍的要求。王麗的理由是，「我要把那一刻留到新婚之夜。」這在現在的青年人中，確是非常稀罕的事情。劉軍說，王麗保持著一種純潔而又守舊的傳統。劉軍這樣說的時候，顯得既痛苦又幸福。劉軍當然也是一個純潔的青年，他會自己在被子裡解決問題。對於劉軍這樣的青年，後來發生的事情當然是毀滅性的。

那天劉軍和一個同事去郊區的長安縣城辦事，完事後準備回市裡的時候，在縣城的街角，同事推推劉軍，說：「那不是王麗嗎？」劉軍不以為然地側轉身來。劉軍看到一個酷似王麗的背影，親密地依在一個男人的臂彎裡往街的另一頭走。劉軍一直看著那背影，直到他們拐進了一座住宅樓的門洞。劉軍一邊看著，嘴裡還在跟同事說：「怎麼會是王麗呢，她前天出差走了，這會正在蘭州呢，昨天還打電話說她已經到了。怎麼會是王麗呢。」同事說：「那她們是太像了，她的長相幾乎和王麗一模一樣。」下午，回到單位不久，劉軍就接到王麗的電話。王麗說她正在外面辦事，她很想劉軍，抽空給劉軍打個電話。劉軍說你告訴我電話號碼，我給你打過去。王麗說她用的是客戶的電話，不方便的，然後就掛斷了，不過掛斷之前，她並沒有忘了小聲地說一聲「我愛你。」劉軍當時心裡很甜。但是到了晚上，劉軍卻莫名地焦燥起來。

劉軍後來對我說：「六年了，不在一起的日子並不少，但我從來沒像那天晚上那麼強烈地想她。」劉軍從宿舍裡出來，到外面的電話亭裡給王麗打了傳呼。王麗的傳呼機是全國漫遊的，不過劉軍當時多了個心眼，他沒有留下電話號碼，而是讓王麗回呼他。劉軍呼了不下十遍，但是王麗沒有回話。劉軍的心裡漸漸地疑雲重重起來，雖然他還在努力地為王麗開脫：呼機沒電了？丟了？或者正與客戶應酬，卡拉OK什麼的，聽不見呼機在響？但這開脫卻怎麼也釋不去他內心裡的不祥之感。回到宿舍，翻來覆去地卻橫豎睡不著。他不願意往壞處想，但在長安縣城看到的那個背影和同事的聲音卻一再地出現在他的腦子裡。「怎麼會是王麗呢？不可能。」劉軍對自己說，「不是她。絕對不是她。」但這並不解決問題，他仍是睡不著。在這個痛苦的失眠之夜裡，劉軍想到了安眠藥……第二天早晨，劉軍給單位打電話，說自己有事需要請一天假，同時他還給同事交待說，如果王麗打電話來，請她呼他。

劉軍早早地來到郊區的長安縣城，他還記得昨天看到的那個酷似王麗的背影拐進的那個住宅樓的位置，他一直在離那個門洞不遠的地方遊蕩。接近中午的時候，他終於把王麗等出來了……

劉軍沒有告訴我當時的情形，劉軍說王麗很坦率，坦率得讓他感到內心寒冷。「她說她和那個男人已經有三年了，她說她是出來墮胎的，她竟然說得出口，她說的時候就像個陌生人一樣冷漠，她和那個男人三年了，三年了，我竟然一無所知，你說我是什麼？我算是個什麼呀？」

2

劉軍想到了安眠藥。

從郊區的縣城回來的路上，他一直在想安眠藥。他沒有吃飯，只是獨自在宿舍裡喝酒，整整喝了一夜，但是他沒醉。安眠藥在他的腦子裡盤旋打轉。像無數粒白色的星星，安眠藥落滿了他的床，他一粒一粒地吃著，他用酒把它們送了下去。安眠藥，只有安眠藥能夠解決問題。

天亮之後，他已經在內心裡把一切安排就序。

3

劉軍是早上十點鐘出門的，身上只帶著他全部的積蓄。他把身份證、工作證、鑰匙、呼機等等，全都留在了桌上，然後反身帶上門走了。鎖門的時候他甚至想到了一位詩人臨終的話：前腳跨出這扇大門，後腳就不準備再跨進來了。雖然他遠遠算不上慷慨赴死，甚至可以說有點沒出息，但也可以看出他當時是很決絕的。

劉軍的計畫是沿著東大街，經鐘樓折向北大街，最後看看這座城市；然後出北門，一直向北，他的目的地是遠處的渭河，那裡遠離城市和人群，即便自己吃了藥之後會後悔，也沒有什麼獲救的辦法，正所謂把自己送上了不歸路。在這條一直向北的路上，劉軍還有兩件重要的事情要辦，一是在鐘樓郵局把多餘的錢寄給母親，二是在沿途的藥店買到足夠的安眠藥。但是劉軍並不確切地知道多大的藥量是足夠的，不過他給自己定了一個最低標準：一百片。劉軍知道不可能一次買到一百片，一是怕別人會看出什麼破綻，二來也恐怕人家不會賣給他這麼多，但是他想，一次買十片總是可以辦得到的，所以他打算最少進十家藥店。

在東大街的那家新特藥商店門口，劉軍徘徊了很久，像個竊賊一樣目光鬼祟地東張西望。實際上他是內心慌亂，腿也在不停地發抖，嘴裡念念有詞地練習著買藥的說詞：「大夫，我最近老是睡不著覺，我想買十片安眠藥。不對，不應該說十片，應該說我想買一些安眠的藥。」後來劉軍鼓足勇氣走到櫃檯跟前的時候，手心裡已經攥出了汗水。「我想買一些安眠的藥，」劉軍說，「我最近老是睡不著覺。」劉軍說的時候，聲音是壓抑的，並且一直低頭看著櫃檯裡的藥，就像一個做錯事的孩子，他沒辦法讓自己抬起頭去看營業員那張臉。營業員又問了一句什麼，但他並沒有聽清，只是說：「我最近老是睡不著覺。」他如願以償了，但不是十片，而是六片。營業員又叮囑了些什麼，他也沒有聽見，只是逃也似地捏著那半板藥離開了藥店。他緊緊地捏著藥走在街上，迎面被別人撞了幾次也渾然不覺。他一直在問自己：我這是怎麼了？買藥又不是做賊，幹嘛這麼緊張呢？接著他又對自己說：「劉軍，你得鎮靜一點。鎮靜！」這樣走了一陣，進第二家藥店的時候，劉軍果然鎮靜多了。

接下來，劉軍走進了鐘樓郵局。在填寫匯款單的時候，劉軍曾經有過一剎那的猶豫，那是在填寫母親的名字的時候。在他的記憶中，母親並不像人們通常所說的那麼溫暖，只是母親這個詞，讓他有了片刻的猶豫，但是他立即又告訴自己：我寄的這些錢足夠讓她感到安慰了。在附言欄裡，他的筆停留了很長一段時間，最終卻還是什麼也沒寫。走出郵局的時候，他感到輕鬆多了。

劉軍站在郵局門前的台階上，卻又突然感到茫然。看看人群，又看看鐘樓。「要不要去登一次鐘樓呢？」劉軍問自己。

來到這座古城已經三年，劉軍還從來沒有登過鐘樓。那時候他覺得，既然自己住在這個城市，總是會有機會登鐘樓的，所以雖然無數次經過鐘樓，卻從來沒有上去看看。現在就要離開了，是不是應該登一次呢？但是很快，他又否定了自己的想法。看看又能怎樣？不看又能怎樣？看與不看都沒有什麼意義了。這樣想過之後，他就沿著北大街一直往北走了。但是劉軍走得很慢，慢得好像不是在走，而是像軟體動物在蠕動。從鐘樓到北門，大概不到兩公里，但是劉軍卻走了將近兩個小時。當然他沒有忘了進藥店，在他的衣袋裡，現在已經有了七、八個嵌著白色藥片的塑膠片。劉軍的手一直插在兜裡，他的手指在那些藥上不停地擺弄著，這些小小的成就，甚至讓他感到一絲絲的欣喜。

在北門里的西北人飯店門前，劉軍停了下來。他覺得餓了。劉軍說：「現在離天黑還早，我得吃點東西。是的，我應該吃點東西，要不然我就走不到了。」

4

劉軍是什麼時候改主意的，他沒有說。只是到了下午，他給傳呼台打了一個電話，他想給王麗的呼機留言：你是個不要臉的婊子。但是傳呼小姐拒絕為他服務：「先生，對不起，我們不能為您傳達這樣的意思。」那時候，他大約已經走到了北郊的龍首村。

5

過了龍首村，市區的繁華漸漸遠去。劉軍繼續向北，接下來是北二環、經濟技術開發區、張家堡，再住北，經過很長的一段開闊地帶，就會抵達最北邊的渭河，那是他的終極地。經過北二環的時候，劉軍想起一位詩人莫名其妙的詩句：一直向北，北啊北。在二環線北面新建的住宅小區外面，劉軍突然變得傷感起來，這個地方讓他想到王麗。

就在去年的冬天，劉軍和王麗還一起來這裡看過房子。這裡的房子，相對市區要便易一些，環境不錯，交通便利，他們曾經有過在這裡買房的打算。那是個下雪的星期天，他們乘房產公司的看房專車來這裡參觀，王麗當時顯得很興奮。參觀完畢之後，王麗說，我們可以先買一個小套住上幾年，等以後錢稍寬裕準備要孩子的時候，再換一個大套。王麗的精明，當時很讓劉軍感歎，他覺得她真是一個不錯的妻子。但是現在回想起來，卻變得虛假變得恍惚了。「婊子，這個婊子一直在跟我作戲，她騙了我這麼長時間，我還像個傻瓜似的一無所知，婊子。」

劉軍在路邊的電話亭裡給王麗打了一個傳呼。王麗很快就回了電話。「喂，請問誰打的傳呼？」聽到王麗的聲音，劉軍半天沒有說話，那邊一直在喂喂喂地問，「你是個婊子，」劉軍聲音顫抖地說，「你是不要臉的婊子，我操你媽。」劉軍說完之後，就把電話掛了。掛了電話，劉軍感到口乾舌燥，喉嚨裡彷彿有一團火在燃燒，他的身體也癱軟下來，他覺得自己已經走不動了。

在小區旁邊的一家小店裡，劉軍要了瓶啤酒，仰著頭咕嘟嘟地灌了下去。喝過一瓶還不過癮，劉軍又要了一瓶，一邊喝一邊還在心裡罵王麗。「婊子，臭婊子。」劉軍拎著酒瓶在路上走，喝一口大聲地罵一句「王麗，你是個婊子。」

6

劉軍走到張家堡的時候，天已經完全黑下來了，他突然有一種莫名的恐懼。「一個自殺者的恐懼是無從言說的，」劉軍後來回憶起來的時候說，「不單是恐懼，還有茫然，更多的是茫然、恍惚，我甚至都不知道自己跑到這裡來幹什麼了。」但我認為，劉軍這時候肯定已經喪失了自殺的勇氣。不過他還是記得自己跑到這裡來是幹什麼的，因為他又走進了一家小藥店，他還得再買一些安眠藥。

接下來的事情是一個意外，也許說是巧合更確切一些。

劉軍又遇到了一個長相很像王麗的人。那是在張家堡的一間私人小藥店裡。店裡的女人低著頭在擺弄什麼，劉軍走進去的時候，她並沒有覺察。劉軍這次買藥的時候，變得有點有恃無恐。「我要買一瓶安眠藥。」劉軍大聲地說著。店裡的女人緩緩地抬起頭來，疑惑地看著他，似乎沒有聽清他在說什麼。劉軍直視著她，又大聲地重複了一遍「我要買一瓶安眠藥。」女人的目光就變得吃驚了。

女人柔聲地說道：「你有什麼事情想不開嗎？」

「王麗？」劉軍囁嚅著，「怎麼是王麗？」

女人看著他說：「人總會遇到難事，但沒有什麼坎是過不去的。」

「王麗！」劉軍叫出了聲。

「王麗？誰是王麗？」女人問，「王麗是你女朋友嗎？」

女人問過之後，劉軍的眼淚嘩地一下湧了出來，接著就滿心傷痛地哭了起來。劉軍哭的時候，整個身體都在抽動，像一個蒙受了巨大冤屈的孩子。

看著劉軍扒在櫃檯上哭過一陣子之後，女人說：「我不叫王麗，我叫陳娟，你叫什麼？」

「劉軍。」

「你有什麼過不去的事情？」女人問，「說給我聽聽，如果非得走這條路，我就賣給你安眠藥。」

劉軍大概是已經憋得太久了，語無倫次地向陳娟哭訴起來。

「就這點小事，也值得去死？」

「我多麼愛她呀，可她騙了我三年，在我面前裝得像個純潔的女人，背地裡卻和那個男人搞了三年，我是個十足的傻瓜，我還活什麼勁啊。」

「你是不是個男人？」陳娟說，「是男人就不應該這麼沒出息，更不值得為這事去死，為這樣的女人，死了也不值。」

女人這時候已經從櫃檯裡面走出來，他扶劉軍在旁邊的椅子上坐下來。她也拉一張凳子坐下。「劉先生，」女人說，「凡事要想得開呀，你以為安眠藥是什麼好東西？吃了能解決問題嗎？不瞞你說，我也吃過，可是吃了後悔呀，你還得想辦法往出吐，吐完了才知道自己是真傻。死了就更傻。」

這回輪到劉軍吃驚了。劉軍這時候已經止住了哭，他用袖子擦擦眼睛，吃驚地望著面前的女人，突然迸出一句莫名其妙的話：「你吃安眠藥很方便呀。」

「就是因為太方便了，要不是這麼方便，我還不至於吃呢。」陳娟說，「可是吃完了才知道後悔呀。」

「為什麼？」

劉軍想問她為什麼會後悔，但是陳娟以為他問她為什麼喝安眠藥。

陳娟說：「想聽嗎？」

劉軍點點頭。

「跟你的情形也差不多，但我比你更慘。」陳娟說。

陳娟的丈夫是一個醫生，所以陳娟才會辭了工作出來開這間小藥店。陳娟知道做醫生的丈夫常會在來看病的漂亮女人身上動手動腳，他是個醫生，有著堂皇的理由，你甚至不能不讓他動。陳娟起初並沒有在意，也因為他是醫生，是醫生沒有道理不擺弄病人。但是來看病的女人中也有很願意讓他摸的，有些甚至願意挑逗他。他當然不會拒絕。為這事他們曾經吵過，但是過後他照舊行事，有四五個女人經常和他在一起鬼混，開始只是在醫院的診療室裡，後來他就變得肆無忌憚，晚上常常把女人帶回家。被她發現了，他卻說人家是找到家裡來看病的，他還罵她多心。他說他是愛她的，讓她出來開這個藥店也是為了這個家。她因為藥店晚上還要開門，所以回去的晚，有一次因為下雨，她早早地關了店門，回到家卻發現他和兩個女人赤條條地躺地他們的床上。這次她什麼也沒有說，她直直地盯著他們看了一會，然後拉開門就走了。她發瘋般地跑回了藥店，找出安眠藥，想也沒想就喝了下去。當時她正懷著孩子，她想把自己和孩子一同帶走。是一位來買藥的顧客及時發現，這才救了她一命。她活了過來，但是孩子卻沒了。帶著失去孩子的傷痛，躺在醫院的病床上，她覺得非常後悔，為這樣的男人去死太不值。她離婚了，沒了孩子，沒了工作，也沒了房子，現在只有這小店。「死了又能怎樣？」陳娟說，「其實扛一扛也就過去了。」

聽了陳娟的故事，劉軍內心裡已經垮了，但他的嘴卻很硬。「我去意已決，你到底賣不賣藥？」

「我說了這麼多你根本就沒聽懂，」陳娟一下子火了，她高聲喝道，「我這裡沒有安眠藥，要死你自己去死好了。」

劉軍說：「你不賣藥給我我今晚就沒地方去買藥了。」

「我這裡沒有，到別處去吧。」陳娟的店裡確實沒有安眠藥。陳娟從醫院裡出來之後，把所有的安眠藥都處理掉了，她給自己定下的規矩，絕不再經銷安眠藥。劉軍不信，他從兜裡掏出錢夾，把所有的錢都放在桌上。

劉軍說：「這是我所有的錢，將近一千塊呢，買你一瓶藥行嗎？」

「你這麼做太不合算了，連女人的滋味都沒有嚐過，卻還要為女人去死，是不是有點滑稽？」陳娟嘲笑說，「這麼死了，你這樣的男人，算是白活了二十幾年。」

「我不相信你，」劉軍說，「因為你長得太像王麗。」

「你說我像你的女朋友是不是？你過來，好好看看，看清楚了再去死吧。」陳娟一邊說著，把身體湊近了坐在椅子上的劉軍。「好好看看，如果嫌看不清，動手摸摸也行。」陳娟當時動了一個很奇怪的念頭，她覺得這個名叫劉軍的太過於純潔的男人，可能是為女人的事憋得太苦了，也許他知道了女人的滋味之後就不會去死了。

陳娟說：「劉軍，我可以賣藥給你，但有一個條件。」

「什麼條件？」劉軍接著又說，「什麼條件都行。」

陳娟起身關了店門，背靠在門上，望著劉軍。「既然你一定要死，也別死得太冤，你應該知道女人是怎麼回事，知道了以後再死不遲。你不是說我像你的女朋友嗎？就當我是王麗。」陳娟走到劉軍面前，「我是王麗，今天我就給你。」

「你是陳娟。我知道你是陳娟。王麗是個婊子。你不是王麗。」

7

劉軍沒死成，很大程度上是因為陳娟。

劉軍那天晚上就住在陳娟的店裡，陳娟讓他喝了兩粒安眠藥，那天晚上他睡得很踏實，早上醒來的時候，他看見的是十點多鐘的太陽。「我是已經死過一回的人了。」劉軍後來承認，「你說得對，生活裡確實存在著一個安眠藥問題。」劉軍這樣說的時候，顯得有些羞澀。當時陳娟也在坐，他甚至衝陳娟笑了一下，是那種很不好意思的笑。

一次旅行

劉軍要做一次旅行，所以起了個大早。要是在平時，星期天的早晨，劉軍是絕對不會六點就起床的，即便醒了，也要在床上賴到十點以後。劉軍是個單身，同宿舍的老劉人老心不老，每個週末早早地就回下鄉下去與老婆過夫妻生活了，帶著他那條每隔三兩分鐘就要費力地清一清的老嗓子。老劉一走，小劉劉軍就會伸著懶腰說，星期天是睡覺的大好時光。多年來劉軍就是這麼堅持的。在劉軍看來，很少有人能像他這樣深刻地體會到星期天睡覺的妙處。「睡得飽，身體好。」劉軍說。當時蕭立峰正在動員劉軍星期天去嘉陵江源頭，那是今年才新闢的旅遊區，木屋茅舍，山青水秀，林深鳥低，純自然風光，是夏季避暑的好去處。

蕭立峰說：「小劉，明天咱們去嘉陵江源吧，好好玩一天，就咱們倆。」

「你也配叫我小劉？你以為你有老婆我沒有，你……（你個兒高我個兒低——劉軍把這後半截話咽回去了）你就可以叫我小劉？」劉軍說。

「那你老婆呢？明天誰安慰你老婆呀？」

蕭立峰說：「你別提她，煩透了，我就是想清靜清靜。」

蕭立峰是劉軍的同事，他們同齡，是同一批進機關的，又在同一個部門工作。這個身高一米八的傢伙，一進機關就毫不遮掩地表現出了極強的權慾，而且非常熱衷於打探別人的隱私，小眼睛一眨一眨的，走路幾無聲息，總是讓人感到鬼鬼祟祟的。有一次劉軍的同學崔玲回市裡辦事，順便來看劉軍，蕭立峰的眼睛就眨的特別頻繁，而且沒事找事地在辦公室裡磨蹭，時不時地還要對著劉軍神秘地笑笑，然後又用眼睛的餘光乜斜崔玲，使劉軍感到很不舒服。所以劉軍一直不喜歡他。但是相比之下，機關裡的其他人更糟，面對那些老謀深算的老女人老滑頭或者老劉這樣的老沒出息，劉軍就更加沒有語言。最近蕭立峰老是對劉軍獻殷勤，這使劉軍大為不解，不知這小子又玩什麼貓溺。肯定事出有因，劉軍想，像蕭立峰這樣的人，是不會做無謂的感情投資的。所以在蕭立峰的反覆動員下，劉軍答應他星期天一同出行，「閒著也是閒著，我倒要看看，你小子葫蘆裡到底賣的什麼藥。」劉軍想。

劉軍起床以後，才覺得還應該做一些必要的準備，出門旅遊嘛，總該帶些吃的喝的，雖然只是一天的旅行。車是七點的，說好了和蕭立峰在公交總站見面，劉軍看看錶，覺得吃飯買東西都還有時間，便從容地刮臉洗漱，做完這一切又點上一支煙吸著，這才拎著牛仔包下樓。

上班的日子，劉軍每天早晨都要在街口那家小攤上吃早餐，一碗五香油茶，兩張煎餅捲蛋，然後點上煙去機關上班，這已經成了習慣。所以今天一下樓，劉軍的腿就在慣性的作用下下意識地向那個飯攤挪去，到了街口一根煙正好抽完，劉軍才發現街口空空如也。劉軍星期天總是睡懶覺，他不知道這個街口的飯攤星期天早晨是從來不出攤的。劉軍站在街口有點茫然，今天我到哪裡去吃早餐呢，劉軍覺得這是一個很實在的問題。餓著肚子睡覺可以，餓著肚子旅行那是絕對不行的。劉軍繼續往前走，目光掃視著兩邊的店鋪。

*　　　*　　　*

現在我們可以說，劉軍的旅行已經開始了。在從《長安到虎鎮：一首寫不出的詩》這首詩裡我曾經寫道：「一次出行是心情的注釋。」但是對於劉軍這種沒心情的傢伙，我只能說每一個心情是旅行的產物。劉軍在一家小飯館門口草草地嚼了兩根乾柴一般的油條，拎著啤酒、礦泉水、麵包和火腿腸來到公交總站的時候，已經是七點差三分了。但是劉軍既沒有看到蕭立峰，也沒有看到去嘉陵江源的旅遊車，而且售票處房門緊鎖。劉軍等到七點一刻，還是不見蕭立峰的影子，從調度台出來一位好心的老頭告訴他，去嘉陵江源怎麼能現在才來呢！因為人太多，原定的旅遊大巴提前開走了，又增開了一輛中巴也很早就坐滿了人，公交公司再也抽不出車了，沒趕上車的人早都散了。老頭還寬慰劉軍：「你到長途車站去看看，沒準兒他們那兒有車。」

「他媽的！」

老頭瞪他一眼。

劉軍連忙解釋說：「我罵蕭立峰，狗日的蕭立峰！」

「蕭立峰是誰？」

「是我兒子。」

老頭笑了：「你是狗嗎？」

但是劉軍並沒有聽到。劉軍離開公交總站，在街上慢慢地走著，他並不想就回到宿舍去。這會兒還算涼爽，剛才的油條吃得他直打嗝兒，他覺得應該再吃點稀東西壓壓。五香油茶。劉軍一直認為五香油茶是最好的早餐，今天早上沒有吃到五香油茶，腸胃就有一種莫名的悵惘，身體也感到十分不適。

「我現在有的是時間，我就不信找不到五香油茶！在這個晴朗的夏天的早晨，小職員劉軍暗暗地下了決心，我就不信，星期天就喝不到五香油茶！」劉軍當時就是這麼想的。

「有油茶嗎？」

「有五香油茶嗎？」

劉軍每走到一個飯館門口，就會這麼問上一句，就像一個沿街乞討的乞丐。在門口招攬生意的女人自語道：「怪了，今天怎麼有這麼多人要喝油茶呢。」接著她又突然提高嗓門對著裡面喊：「老闆，咱們明天賣油茶吧。」

「什麼？肉渣？沒有肉渣。」

「狗日的蕭立峰。」

「咳，你怎麼罵人你——」

「我說狗日的蕭、立、峰！」

*　　　*　　　*

劉軍是突然想到要去看崔玲的。

在長途汽車站，劉軍終於看見了油茶。在這個星期天的早晨，能對一碗油茶表現得如此執著、如此不畏炎熱踏破鐵鞋的耐心，在劉軍的生活中是前所未有的，劉軍這種大齡青年對女人也沒有如此的執著與耐心。不知不覺中劉軍已經走到了長途汽車站，遠遠地他就看見了那個油茶攤。劉軍看到油茶就像上甘嶺的英雄們看到了泉水一樣忘情，當時他奮不顧身分開眾人撲向飯攤的勇敢勁兒，讓旁邊赤裸著上身遊走的那個癡呆女人都覺得感動，她正傻呵呵地笑著向劉軍揮手呢。但是劉軍並沒有看見，劉軍的眼裡只有五香油茶。劉軍長出一口氣：「我可找到你了。」屁股還沒有坐上那條平衡木一般細長的條凳，劉軍就對攤主喊：「油茶，來一碗油茶。」

攤主拿出碗不緊不慢地往上面套著塑膠袋。

「油茶？」

「油茶。」

長長的一柱灰色液體傾進了碗裡，攤主倒油茶的姿勢明顯地帶有表演的成分，油茶就像一根灰色的繩子，從那隻碩大的茶壺長長的壺嘴裡迅速奔出，然後柔軟地盤進了碗裡。劉軍坐下來，從攤主的手裡接過勺子，在碗裡細細地攪動一回，然後把鼻子湊上去深深地嗅一下。但是這時候，劉軍又不想喝了。幾乎找了半個上午，終於找到了油茶，突然又沒胃口了：「我一點兒也不想喝油茶，我為什麼非要喝油茶不可呢！」

劉軍高高地舀起一勺，看著它細細地落回碗裡。劉軍說，：「清湯寡水的，都能照見人影兒，你這叫什麼油茶？」

油茶確實已經泄了，不像剛煮好的那樣粘稠。

攤主說：「你不喝就算了，說那麼多幹啥！」

就是在這時候，劉軍被一陣吆喝聲提醒。「虎鎮、平陽、祭家坡，有空調啊。」他扭過頭去看，突然想到，我為什麼不去看崔玲呢？

「虎鎮、平陽、祭家坡，有空調啊……。」一輛白色的中巴正緩慢地由西向東開著，衣衫單薄的女售票員弓著身體站在車門裡大聲地吆喝。看見的人知道是在招攬旅客，看不見的還以為是賣空調呢。售票員弓著身體，所以劉軍很容易就從領口裡看到了她那兩團沒戴胸罩的山峰以及它們之間隱約的溝壑。這使他突然想到了崔玲，我為什麼不去看崔玲呢？

崔玲在平陽鎮的儲蓄所工作，為了調回市裡至今還未嫁，在學校的時候，劉軍與她曾經有過短暫的一段曖昧朦朧的關係。劉軍從女售票員的胸部想到了在平陽的崔玲，身體裡突然湧起一股慾望，底下也隱約有些不大老實。

*　　*　　*

車裡很空，準確地說只有劉軍一個乘客。他在後面靠窗的位子坐下，雖然前面更平穩，但是他想離司機旁邊那個發燙的大蓋子盡量遠些。車子仍在緩慢地行進，售票員還在吆喝著攬客，劉軍點上一支煙抽著。外面是刺目的陽光，劉軍把目光移向車內，越過前面的靠背，劉軍這時恰好能夠看到弓著身體的售票員那高聳著的渾圓屁股。看了一會兒劉軍覺得無趣而且下作，便把目光收回，劉軍看到了另一側座位上的一張報紙。

那是一張本市日報，頭版頭條是「新聞記者勇鬥歹徒，見義勇為受到褒獎」，劉軍知道那件事，報社的一個記者去下面的縣裡採訪，在長途車上遇到歹徒強劫行兇，眾人麻木，只有記者隻身與四個歹徒奮力搏鬥，身上被歹徒刺了七刀。這件事在市里鬧得紛紛揚揚，現在歹徒還沒有歸案。劉軍又翻到二版、三版、四版，最後目光停在了中縫的徵婚廣告上。一共有四條，三位是離異喪偶的男人徵求女士，最下面一條是：某女，二十九歲，身高一百六十釐米，貌秀體健，性情溫和，無婚史，在某鎮銀行工作，誠徵市區有正式工作，年齡體貌相當之男士為侶，有意者請與本報王女士聯繫，附照必附，勿訪。

直覺告訴劉軍，這是崔玲。劉軍把這條徵婚啟事看了兩遍，越看越認定她必是崔玲。崔玲回市裡的時候，偶爾也會來看看劉軍，有一次似乎還說到請劉軍去平陽玩，但是全被他忽略了。我在前面說了，劉軍就是這種沒心情的傢伙，除非事到臨頭一時興起，否則他就不會有什麼心情，全不像蕭立峰，幹什麼都似乎是經過周密安排充分準備的，如果現在就給蕭立峰市長當，他也不會說自己毫無思想準備。在機關裡工作，就得像準備當總統的美國議員那樣，按時上下班，按時吃飯，按時大小便，按時結婚，按時生孩子，說話很衛生生活無疵點，劉軍這樣三十歲還不結婚的傢伙，在機關裡是沒什麼前途的，把「負責工作」交到這樣的人手裡，領導是無論如何也不會放心的。所以劉軍也樂得沒心情，睡得飽，身體好，劉軍就是這麼想的。但是劉軍現在坐在去平陽看崔玲的車上，心情卻完全不同，他覺得很興奮，底下的那個傢伙也變得很不老實。

劉軍又把報紙捧起來看徵婚廣告。

*　　　*　　　*

中巴開到市中心的火車站廣場就停了，售票員下車去吆喝著招攬客人，看樣子一時半會兒還不會就走，劉軍對司機說：「我下去方便方便。」

劉軍回到車上的時候，除了最後一排的長座沒人坐，其他的座位已經有人坐了，劉軍看到自己的位子上沒人，他的牛仔包替他坐著呢。旁邊是一位端莊清秀的年輕姑娘，劉軍心情很好，他喜歡有這樣一位異性同坐。劉軍站到姑娘旁邊，由於中巴前後座的間距很小，他要回到自己的位子上，就必須從姑娘的膝蓋前擠過去，姑娘很快明白了他的意思，馬上站起來讓他進去。在旅客的一片叫聲中，車終於開動了，但是速度仍然很慢，女售票員很不甘心，以她一慣的姿勢在門口吆喝：「開嘍開嘍，虎鎮、平陽、祭家坡的走了。」聽起來像是老電影上的日本人說中國話：「開路開路你的走了。」

駛出市區以後，車主終於死心，無奈地關上車門，車速才提起來。售票員也開始賣票。「虎鎮，兩塊。平陽，四塊。祭家坡，六塊。」

前面有人與售票員爭執起來：「我到虎鎮東門外下車，憑什麼要四塊？」

「就這三種票，過了虎鎮就是四塊。」

「你這不是宰人嗎，簡直上了賊船嘛。」

「這是上面的規定。」售票員的話引起了一片噓聲，但是既然已經上了賊船，那人還是憤憤地買了票。到了劉軍這兒，他遞過去一張十元的票子。

「到哪？」

「平陽。」

售票員不加思索地就撕了兩張票並找回兩塊錢來。劉軍看看說：「我是一個人。」售票員說：「你們倆不是一塊的啊！」售票員再找錢的時候，劉軍看到那姑娘在身上摸了半天，只找到五塊錢，她又把錢放回衣兜，然後拉開一直捏在手裡的包，從裡面抽出一張百元的鈔票說：「祭家坡。」讓劉軍吃驚的是，她的包裡那厚厚的一疊鈔票，估計有近十萬元。售票員把那張百元的鈔票對著窗子反覆地看了看說：「沒有零錢嗎？」姑娘說零錢不夠。售票員這才很不情願地把那張百元鈔票收了說：「等一會兒找你。」

劉軍又反覆地看看旁邊的姑娘，他當時的樣子正好符合一句成語：刮目相看。姑娘清秀端莊慈眉善目，沒有絲毫的奸滑狡詐之相。劉軍在這時有一種奇怪的想法，這樣的姑娘，不應該擁有更不應該揣著這麼多的錢出門的！她很平靜地把包放回膝蓋上，然後一隻手很自然地壓在上面，像個不諳世事的孩子，絲毫不擔心有人對她起歹念。劉軍本能地覺得，我應該保護好她。

* * *

小說寫到這兒，親愛的讀者們可能已經感到無趣了。其實我們日常的生活並不比這樣的旅行更有故事，車上的旅客們都有一個目的，就像我們在日常生活中都有一些或大或小的想法，都有一個或切近或遙遠的目的一樣，更多的時候，我們就是這麼無驚無險無故事地過著。我要說的是，劉軍這種常常沒心情的傢伙，在這次旅行中的心情變化還是很豐富的，也就是說，豐富得有些像我們中的某個人了，也就是他心情豐富得像一個正常人了。途中陸陸續續又上了一些人，車內也顯得有些擁擠了，後來就有了「情況」。

有「情況」當然就有心情。我指的是劉軍這總沒心情的傢伙。

劉軍偶然看到前面有小偷在行竊，掏了一個人，然後又掏另一個人。劉軍有意識地咳嗽了兩聲，想提醒前面的人，但是人們卻置若罔聞，甚至都沒有人對劉軍大聲的咳嗽表示出不滿。劉軍想看看身邊的姑娘有什麼反應，但是她在睡覺。劉軍有些不滿了，拿著那麼多錢怎麼能就這樣不設防地安然睡去呢！也許是假寐？姑娘安恬的樣子就像是聖母，劉軍在一本雜誌上看到過，聖母闔著眼睛就是這個樣子。

劉軍突然有一種慾望，想吻一下身邊的姑娘，只是吻一下，並沒有別的……那方面的意思。但是劉軍不敢，劉軍是膽怯的，然而劉軍的想像卻在這時候變得大膽起來。劉軍本來還在想怎麼制止小偷來著，現在他覺得不必制止了，也不用叫醒身邊的姑娘。劉軍希望小偷一直偷過來，偷到姑娘的身上，然後……卡！一下子擰住小偷的手。劉軍想扮一個英雄救美的角兒，然後……他不知道然後會是什麼，總之然後就會有新「情況」了。

想到這兒，劉軍的表情變得肅穆起來，接下來，他的神情也變得十分專注。劉軍已經觀察到，小偷是兩個人，一個動手，一個就在觀察掩護。但是小偷似乎已經察覺到了劉軍那雙含著刀子的寒冷的目光，他們收手了，直到下車都沒有再動作。他們根本就不知道劉軍身邊的這個姑娘，就在她的手底下按著近十萬的鉅款呢。如果知道，沒準兒他們就會變得極端瘋狂。但是現在他們收手了，劉軍感到十分遺憾，他的內心頓時陷入一種莫名的悵然之中。

車到虎鎮的時候，前面有人喊錢丟了，接著又有兩個人也說丟了錢。售票員說，小偷早就下車走了。但那三個人堅決要求把車開進公安局去，並且把已經下車的兩個婦女叫了上來。劉軍說：「剛才加油的時候，那兩個小偷已經下車了。」劉軍是唯一發現小偷的人，但是丟了錢的人仍然堅持要司機把車直接開到公安局。

經過一個多小時的折騰和交涉，同車人的同情已經變成了詛咒與幸災樂禍，公安局最終還是拒絕了失竊者希望對全車人進行搜身的要求。車子終於再次發動起來，開出公安局的時候，人們長長地吁了一口氣。車子一開起來，空氣就會在悶熱的車內流動起來，憤怒的旅客們這時候也終於感覺到了深深的疲倦，劉軍注意看了看，大多數人都歪倒在靠背上了。劉軍還注意到，整個車廂裡，只有自己和司機兩個人沒有表現出在這種時候應有的困倦。旁邊的姑娘也微闔著雙目。劉軍的內心裡，突然泛起了一個讓他自己也感到吃驚的念頭：如果現在行竊或者搶劫，該是多麼好的時機呀！尤其是身邊的姑娘，她的左手下面，現在就壓著近十萬塊錢呢。但這種罪惡的念頭在劉軍的心裡只是一閃而逝。

車又停下了。

劉軍側身把讓頭伸出窗外，他看到路中間很霸道地橫著一塊牌子，大大的紅字寫著：「前方施工，過往車輛請繞行。」過了虎鎮，通往平陽祭家坡的就是簡易公路了，最便捷的繞行路線是從虎鎮上高速公路。劉軍看到司機和售票員商量了一下，司機便在那塊大牌子前倒車調頭了。

確實是上了高速公路。但是這樣以來，劉軍就不能在平陽下車了，因為高速公路在平陽沒有出口，只能到了祭家坡下來再往回折。折就折吧，也沒什麼急事。但是接下來的事情是連司機本人也沒有料到的。車在高速路上行駛了不到五分鐘，就吭嗤吭嗤地叫喚起來，速度也明顯地慢了下來，車壞了。（劉軍當時並不知道，停車的位置恰在平陽鎮的正南面，他只要下車翻過護欄，向北走上六七百米，就可以提前七個小時見到崔玲了。那樣的話，這次旅行就將會以另外一種方式結局。當時崔玲正在幹什麼，劉軍在晚上九點差一刻見到她的時候，已經能夠想像得出了）司機只好慢慢地讓車靠路邊護欄停下。旅客們又開始詛咒起來。司機和售票員卻充耳不聞，他們正手忙腳亂地打開發動機上面的大蓋子，一股熱浪頓時撲出。前面有人要求打開車門下去透透風，但被售票員制止，她說高速公路上是不允許客人下車的，如果被發現不但要罰款，還會被沒收執照。一個旅客要求打開空調，另一個旅客很內行地說，車都動不了了哪裡還開得了空調。

引擎不停地鳴叫著，但車就是不能發動，車內一片怨聲。這時候劉軍身邊的姑娘吭吭地咳著，並且不停地用手扇著面前的煙霧。劉軍這才注意到，車內此時已經煙霧騰騰，煙氣、汽油味和人體的汗臭混合著，著實很不好受。看著旁邊的姑娘幾欲昏倒的樣子，劉軍頓時心生憐憫，憐香惜玉之情陡生。他從放在頭頂行李架上的牛仔包裡拿出礦泉水。劉軍捅捅身邊的姑娘：「你喝點水吧，喝點水會舒服一點。」那姑娘先是一驚，目光似有拒絕之意，但最終還是感激地接了過去。「謝謝。」劉軍又說：「咱們換一下吧，你坐到窗邊可以透透氣。」姑娘再次道過謝，然後站起來讓劉軍挪到外邊。

劉軍移出身體，屁股放在姑娘剛才坐過的地方。很熱，但是……很……舒服，劉軍感覺到的是那種貼近姑娘肌膚的舒服。劉軍側著雙腿，讓姑娘進去坐。就在那姑娘小心地移進裡面的時候，突然腳下不穩，一下子坐在了劉軍的腿上，礦泉水也灑到劉軍的頭上。姑娘驚慌地扶住靠背抬起身體，這才坐進裡面的座位，並且連連向劉軍道歉「對不起……對不起……」

劉軍說：「沒關係，很舒服。」姑娘臉上的表情頓時不悅。劉軍知道她誤解了自己的意思，連忙解釋：「我不是那個意思，我是說天這麼熱，水灑到頭上其實很舒服，你千萬別誤會我不是那個意思。」但是這時候劉軍覺得自己已經解釋不清了，因為就在他解釋的時候他的身體告訴他的意識：「姑娘坐在他腿上的時候那感覺確實很舒服。」劉軍的內心裡，現在已經在回味剛才那一瞬間的舒服感覺了。

那姑娘倒是很能體諒劉軍此時的尷尬，連連說沒關係。

*　　*　　*

車子在高速公路上停了一個多小時，在旅客的一片怨憤中，司機終於把它搗鼓的能夠爬動了，但是速度很慢，變速箱齒輪的咯咯的嚙合聲和發動機油門聲相伴著，吭嗤吭嗤地向前爬行，速度卻就是上不去。到了祭家坡的時候，已經是下午六點半了，人們在下車的時候不斷地詛咒著：「今天真是上了賊船了。」但是劉軍並沒有詛罵什麼，到現在為止，劉軍這一天的旅行還是愉快的。

劉軍是和同座的姑娘一起下車的，姑娘再次對劉軍表示感謝。劉軍這時卻似乎意尤未盡，覺得還應該有點什麼才對。劉軍說：「你家在哪，要不要我送你一程？」姑娘嫣然一笑：「不用了，謝謝你。」劉軍記住了這個笑容，在日後的相當長的日子裡，劉軍將反覆地回憶起這張笑臉。

劉軍目送她的背影消失在街道的盡頭，悵然若失。這時候他不知怎麼竟突然想起售票員一直沒有給那姑娘找錢，也就是說姑娘花一百塊錢坐了六塊錢的車程。

「他媽的。」

罵過了售票員之後，站在十字街頭的劉軍才回過神來面對自己當下的處境。現在去平陽找崔玲顯然是太晚了，本來只是想找她聊聊天的，這會兒再坐車去平陽，崔玲還不定會怎麼把他往壞處想呢。「他媽的，我到祭家坡來幹什麼呢？」站在祭家坡的十字街頭的劉軍感到，一天的旅行到此已經意義全無。也就是說，旅行已經到此結束了。

「狗日的蕭立峰！」

劉軍站在路邊，在內心裡罵了一陣自己的同事，然後對自己說：「我還是回去吧。」

我在《從長安到虎鎮：一首寫不出的詩》這首詩中寫道：「一個地方是另一個位置的贗品／一個人是另一個人的蠟像。」有一次我跟劉軍聊天時說到這個意思的時候，劉軍恨恨地說：「還應該加上一句：『一次旅行是所有的旅行』！」我吃驚地說：「真沒看出來，劉軍你是個不錯的詩人呀。」

但是當時站在祭家坡街頭的劉軍卻全無詩意。劉軍想：「我還是回去吧，一定得坐火車回去，絕對不能再坐汽車。」

劉軍來到火車站，但是最早的一趟也要到晚上九點。九點就九點，絕不能再坐汽車。劉軍在火車站外骯髒的小飯館裡吃了兩碗本地風味的岐山麵，然後就在祭家坡街頭漫無目的地遊蕩開了。

祭家坡並不是一面坡而是一個很大而且十分熱鬧的鎮子，公路鐵路交通便利，又有幾間近萬人的工廠，所以比它所在縣的縣城還要繁華熱鬧。車站附近有好幾家電影院，門口的喇叭在高聲地傳送著裡面的聲音。無所事事的劉軍在一家電影院門前停下，立即有人上來招呼：「進來看吧，一塊錢，三部輪放不清場。」接著不知從哪個角落冒出一個嘴唇塗得紅如豬血的女人，她湊到劉軍身邊，壓低聲音問：「要不要陪？」劉軍厭惡地盯住那女人看了看，突然又靈機一動，心想：「反正沒事，不如逗逗她。」

「啥價？」

「十塊。」

「光看電影？」

「那得看你還要啥啦。」

「都有啥？」

「啥都有，全套一百，咋樣？」

「不能便易點？」

「好商量。」

「一毛行不行？」

「一毛去找你妹子吧。」

劉軍下一句準備好的詞是：「倒找錢我還嫌吃虧呢。」但那女人並沒有給他說這句話的機會，機關裡的小職員劉軍，並不精於此道。吃過這次虧後，劉軍再不敢胡搭話了。他老實地回到候車廳裡失神地坐下。九點差一刻的時候，劉軍起身到售票處買票。就在他買完票轉過身來的時候，他意外地看見崔玲和蕭立峰相伴著急匆匆地走進了大廳。他們也同時看見了劉軍。

「劉軍，你怎麼在這兒？」崔玲問。

「我來看一個朋友。」

站在旁邊的蕭立峰這時顯得非常不自在，崔玲去買票的時候，蕭立峰連忙小聲地對劉軍解釋說：「小……劉、劉軍你聽我說說……是、是這麼回事兒，我早晨到公交總站的時候已經沒有車了，後來碰見崔玲，當時你還沒來，崔玲說有事叫我來給她幫幫忙，真對不起，你、你怎麼在這、這兒……」

「你媽那個×！」

新年快樂

崔玲後來問劉軍：「那天晚上，你是怎麼想到給我打電話的呢？」

那時候他們才剛剛上床，還沒有開始做愛。

劉軍說：「三天沒看到你了，心裡怪想的，就給你打了電話。」

其實劉軍遠不像他自己說的那麼簡單純情。劉軍是個剛剛入道但已經小有名氣的電視劇作家，當然是業餘的，這次省電視台在杲城召開電視劇創作會議，他也被邀請參加。會議是下午結束的，送走了那位他在會上向其大獻殷勤的女演員，從火車站出來，他感到悵然若失。他不想帶著這種心情立即回家，便漫無目的地在街上閒逛起來。他也並不是害怕面對老婆，老婆雖然青春已逝，但依然美麗嬌好，絕不是那種慘不忍睹的女人，當然老婆也不會懷疑什麼，老婆對他總是百依百順；他只是覺得，如果場景轉換得太快，自己的心理一時調理不過來，那樣就會心緒煩亂，所以他想晚一點再回去，就在街上閒逛起來。

在街上遛噠的時候，劉軍滿腦子都是剛剛離去的女演員的身影，他甚至設計了幾個下次去省城找什麼藉口去看她的方案，但是所有的方案又都被他一一否定了，不是太假，就是太直接太露骨。

當劉軍感到無計可施無法可想的時候，他也便同時感到了絕望，致使他在某一個瞬間，甚至對自己的編劇才能產生了懷疑。由此可見，劉軍其實是一個內心怯懦的人，心思雖花，然而行動遲緩，雖然一群同行坐在一起談女人的時候，他的嘴上功夫甚好，但他自己知道，他是自卑的，至今連個情人都沒有。他的怯懦妨礙了他，在女人面前他總是顯得心懷鬼胎，在內心裡，他很羨慕別人的自如（有時候他會恨恨地把這叫恬不知恥），他對自己說：「你還道行尚淺哦。」

唉聲歎氣的劉軍，逛著逛著就覺得肚子餓了，於是便折進了一家泡饃館。劉軍要了一瓶啤酒兩個小菜，選一個靠窗的位子坐下，一邊喝著一邊欣賞外面霓虹閃爍的街景。這時候他還沒有想到要給崔玲打電話，打電話的念頭還要過一會兒才會產生。那是在熱氣騰騰的泡饃端上來的時候，偶然的一瞥，他意外地看到崔玲在玻璃窗外一閃而過，紅色的大衣、披肩的長髮和款款的步態，透出一種迷人的風姿。「崔玲！」劉軍的腦袋裡突然閃出一個念頭，「我怎麼就沒有注意過她呢？」劉軍迅速地離開坐位來到街上，他看到崔玲的胳膊挎在一個男人的胳膊裡正沿街西去。

崔玲是機關的打字員，劉軍的同事，看劉軍時總是充滿敬意，劉軍認為那是一種崇拜的目光，但是劉軍一直覺得她不夠漂亮，所以從來沒有對她動過什麼非分的心思。但是此刻不同了，剛才那偶然的一瞥使劉軍覺得，很有必要對崔玲刮目相看。劉軍知道崔玲的丈夫遠在深圳，劉軍見過一面，那是一個不怎麼起眼的男人。但是現在挎著崔玲的這個男人，顯然不是她的丈夫，劉軍很想看個究竟，於是便尾隨著他們一直向西。

走著走著，劉軍看到前面的男人從腰間掏出什麼東西在看，他判斷那大約是BP機，接下來劉軍看到，那個男人果然向一個電話亭走去。電話正佔著，男人站在那裡等著，東張西望，並且不時地和崔玲說著什麼。好奇心驅使著劉軍，他很想看看那個男人是誰，便也裝著要打電話的樣子，向電話亭走去。

男人已經進去了，崔玲在外面等。

劉軍裝作很意外地樣子，準備上前跟她打招呼，但是就在崔字剛剛出口的時候，他才突然發現，面前的女人並不是崔玲。穿著長相都很接近，但她並不是崔玲。劉軍只好悻悻地站在電話亭前。一個人從裡面出來，劉軍進去。劉軍拿起電話，卻不知道該打給誰，只好裝作忘記了號碼，從衣袋裡掏出通訊錄翻找。與此同時，他的耳朵裡響著的一直是那個男人斷斷續續的電話內容，從男人說話的口氣裡，劉軍聽出對方是一個孩子和一個女人，大意是孩子一直在等的聖誕老人到現在還沒來送禮物，所以不肯睡覺，並且懷疑聖誕老人可能不喜歡自己，男人勸慰了一番之後，接著又說（顯然是對女人）：「很多商店裡都有扮聖誕老人的，你花點錢雇他們到家裡來送一趟。」劉軍這才想起來，此刻正是聖誕前夜，平安夜，怪不得很多商店的玻璃櫥窗上都用彩粉噴著聖誕快樂呢，洋節現在已經深入中國人的生活了。

劉軍正是在這時候想到了給崔玲打電話的。劉軍說：「知道今天是什麼日子嗎……平安夜……沒什麼事……幾天沒見了，怪想你的……聖誕快樂……明兒見……。」放下電話的時候，劉軍甚至本能地對著聽筒吻了一下。接著又自嘲地搖搖頭，「媽的，我也被傳染了。」繳電話費的時候，劉軍看到計價器上顯示的時間是九點五十分，他還不想回家。尤其是崔玲在電話裡的聲音，他覺得非常地柔情蜜意，「我怎麼一直就沒有注意到她呢？」要是平時在單位裡面對崔玲，劉軍還不敢如此放肆大膽地說「怪想你的」之類，現在他在電話裡說了，並且得到了回應，這使劉軍覺得非常快意。他不想破壞這種感覺，於是繼續在街上遛噠，而他的想像力也像決堤的水一樣漫漶著展開，對崔玲的感覺也隨之放大，為了把這種肆無忌憚的想像落實到一個實體上面，劉軍後來走進了一間KTV包廂。無聊的夜裡，劉軍偶爾也會到這種地方來打發，但是這次的感覺不同，不是無聊，而是身心大快。

*　　　*　　　*

第二天上班，劉軍在走廊上碰見了崔玲，確切地說是崔玲用後腦勺看見了劉軍，所以故意放慢步子讓劉軍碰上的。劉軍當時看到的崔玲，正是昨晚看到的那個女人的樣子，紅色的大衣、披肩的長髮和款款的步態，只是頭髮稍有區別，昨晚的那個女人是直髮，而崔玲剛燙了大波浪，但這看起來更顯嫵媚。「真是的，我怎麼竟沒有注意過她呢！」劉軍這樣想著，就三步併作兩步趕了上去。

劉軍說：「聖誕快樂。」

「你開完會了？」崔玲明知故問地應了一句。劉軍覺得，崔玲的目光裡似乎很有內容。但是他現在並不想多說什麼，他要把想說的話留到獨自面對崔玲時再說，便只淡淡地回答開完了，跟與其他同事打招呼沒什麼兩樣。然後他徑直走進了自己的辦公室，忙他自己的事情了。

整個早晨，他們沒有再見面。劉軍知道，打字室的上午多的是進進出出送取文件的人，而下午，打字室一般來說總是清靜的。所以下午上班以後，劉軍才悄然溜進打字室。

劉軍說：「還忙著啊？」崔玲輕輕地「嗯」了一聲，然後才扭過頭來看劉軍。在劉軍聽來，崔玲的那個「嗯」字發聲也很特別，他甚至覺得裡面似乎包含著一絲驚喜的意味。劉軍雖然內心怯懦，但在與崔玲的關係中，他始終有一種居高臨下的感覺，所以總是表現自信而又自如。

崔玲起身拉過來一把椅子。崔玲說：「你坐嘛。」

但是劉軍並沒有坐，他很隨便地把屁股斜靠在電腦台沿上，身體側對著繼續打字的崔玲，直視著她盯著電腦螢幕的眼睛，開始恭維她的長相。劉軍說：「我發現你最近顯得特別漂亮。」崔玲當然明白他的用意。崔玲說：「那是因為你的眼裡盡是些漂亮的女演員，從來就沒有正眼看過我們這種人。」劉軍注意到，崔玲沒有說「我」，而說的是「我們這種人」，這樣說的時候，崔玲的眼睛並沒有離開電腦螢幕。劉軍說：「你太謙虛了，其實你比那些演員一點也不差。」劉軍把「你」字咬得很重。這時候崔玲才從眼鏡片後面看看劉軍，是麼？。劉軍說：「真的，我覺得你有點像馬羚呢。」

他們就這樣你一句我一句地逗著，後來劉軍又說到了一些女演員的緋聞，他甚至講了幾個前兩天剛剛聽來的略帶點黃色的段子，崔玲聽得哈哈大樂，同時又說：「你們這些作家可真壞。」這在很大程度上提高了劉軍對崔玲的興致，因為他講的那些段子純粹是一些文人雅趣，在文人圈之外很難取得效果，他曾經試過多次，但是聽者幾乎沒有反應，現在崔玲居然聽出了那些小段中的妙趣，這使他覺得，有崔玲這樣聰明的女人做情人，其實也很不錯。所以雖然是在逗樂，但劉軍一直沒有忘了自己的目的，到了快下班的時候，劉軍鼓足了勇氣說晚上想請崔玲吃飯。話出口以後，劉軍甚至長長地舒了一口氣。遺憾的是被崔玲拒絕了。拒絕的理由其實很簡單也很順口，崔玲說晚上要接孩子要帶他洗澡。劉軍本來的想法是，吃飯的時候可以說些更親近的話，如果可能，還可以藉送她回家的機會去她家裡坐上一會兒；而一旦到了她的家裡，就不必像在辦公室這麼小心拘束了，到了那個時候，就什麼事情都是可能的了。但是崔玲拒絕了他的邀請，這使他意識到自己有些操之過急了，他心說，看起來要想到那一步還欠點火候。於是劉軍自己找台階下，「那就改天吧，明兒見。」劉軍說。

晚上回家之後，劉軍對崔玲進行了一番去粗取精去偽存真由此及彼由表及裡的心理分析，他的結論是，崔玲是一個喜歡浪漫情調的女人。於是，他決定寫一首讚美詩獻給崔玲。

那是在老婆孩子睡了以後，劉軍獨自坐在書房裡，面對著牆壁苦思瞑想。既要示愛，又要含蓄，還要讚美她的美麗，更要顯出自己的文采，這可苦壞了劇作家劉軍，因為他從來就沒有寫過什麼鳥詩。他甚至找出了舒婷的詩集，翻到《致橡樹》那一首作為參考，但最終寫出的仍然只是些「你多麼多麼……」之類的溢美之詞。在讚美了崔玲紅似火焰的大衣、黑亮的頭髮和優美的步態以後，接著是額頭、鼻子、嘴，一路下來，無不美麗動人。只是遇到她的眼睛時出現了猶豫，要不要讚美她的眼睛呢？崔玲是戴眼鏡的，要讚美她的眼睛就得連同眼鏡也一同讚美，但這是劉軍最不願意做的。

劉軍一向不喜歡戴眼鏡的女人，而他老婆就是戴眼鏡的，不僅是不方便目光交流，還因為戴眼鏡的人一旦摘了眼鏡，簡直就判若兩人。他有過這樣的經驗，談戀愛的時候，第一次與老婆上床，摘了眼鏡的老婆，一下子變得醜陋而且顯得很不真實了，他當時是閉著眼睛做完事的，現在雖然習慣了，但他仍然對戴眼鏡的女人抱有成見。而崔玲卻又是一個戴眼鏡的女人，猶豫了一陣之後，他安慰自己說，看來命中註定是要和戴眼鏡的女人結緣了。況且，一首讚美女人卻沒有讚美她的眼睛的詩，實在是過於空洞了，他覺得那簡直就像是在讚美一個面具，所以他最終還是添上了兩行讚美眼睛的句子：「你的眼睛就像寂寞的庭院／庭院深深深幾許？」寫完之後他又反覆讀了兩遍，他覺得最後這兩行最為傳神，他甚至很為這神來之筆自得了一陣，然後又工工整整地抄在一張精緻的賀卡上，這才脫衣上床。

*　　*　　*

三十五歲的業餘劇作家劉軍，現在揣著獻給情人的讚美詩，走在上班的路上；他的心情既緊張又激動，並且還伴著一絲前所未有的甜膩而又新鮮的味道，就像新切開的黃河蜜。

前晚上床以後，他失眠了很長時間，到了夜裡三四點鐘，他才迷迷糊糊地入睡，在這之前，他一直在想像中反覆操練著給崔玲獻詩的過程。按照他的設計，應該是一上班就去打字室，那正是大家抹桌子打開水的時間，打字室裡除了崔玲不會有別人。他輕聲地叫了崔玲的名字，然後說：「我要送你一件新年禮物。」崔玲含情脈脈地看著他，彷彿一直都在期待著這個時刻的到來。他盯著她的眼睛，不動聲色地從大衣內側的衣袋裡摸出賀卡，雙手遞給崔玲，他說：「希望你能喜歡。」崔玲接過去打開，看到「獻給崔玲」這幾個字的時候，應該輕輕地然而卻是欣喜地「哦」上這麼一聲，羞澀地抬眼望著他，眼眶裡蓄滿了淚水，但是並沒有流出來，然後又迅速地低頭讀他的獻詩。等到她讀了兩遍之後，淚水才會無聲地流淌下來。這時候，他將深情地看著她說：「崔玲，你真美⋯⋯」

現在崔玲就在他前面不遠處走著。她走進了機關大院。她走進了門廳。她就要上樓了。他加快了腳步，他要在她走到三樓走廊時趕上她。二樓。三樓。崔玲已經拐進了走廊，他再次加快腳步。他也已經上到了三樓，離她只有三、四米的距離，馬上就可以和她並排了，他的心跳也隨著腳步在迅速加快⋯⋯但是，就在這個時候，前面傳來了處長的聲音：「小崔，到我辦公室來一下。」

崔玲沒有去開打字室的門，而是直接去了處長辦公室。

劉軍悻悻地放慢了步子，看到崔玲的身影陷入處長辦公室的門裡，他才掏出鑰匙開自己的門。他沒有如慣常那樣抹桌子打開水，而是重重地把自己仍進了椅子裡，像個剛剛丟了東西的人，頹然地歎著長氣。

這是一個無法工作的漫長上午，劉軍焦燥不安地在辦公室裡踱著步子，期間他曾經三次走到打字室的門前，但裡面總是有人在說話。捱到臨下班的時候，他鼓足勇氣推開了打字室的門，但是仍然有別人在，他只好說一聲：「該下班了。」然後就退了出來。只能等到下午了，他對自己說，下午就下午吧。

中午吃飯的時候，他沒有一點胃口。精心製作的給崔玲的賀卡，依然在他大衣內側的衣袋裡，沉甸甸地彷彿是揣了一塊燒紅的磚，烘烤著他，又像是一隻不安生的貓兒，不知疲倦地反覆抓撓著他的心。他一反常態，給自己倒了一杯酒。妻子奇怪地問他：「怎麼突然想起來喝酒了？」劉軍忙掩飾著說：「天太冷，喝點酒暖暖身子。」等到一杯酒下肚之後，他的心才稍稍安定下來。

等下午吧。

下午開始的非常順利。他走進打字室的時候，只有崔玲一個人在。他幾乎是按照夜裡設計的方式把寫著獻詩的賀卡送給了崔玲，稍有不同的是，崔玲並沒有如他預料的那樣發出欣喜的「哦」聲，當然也沒有熱淚可以盈眶；崔玲只是輕聲地問他：「是專為我寫的嗎？」而劉軍自己也沒有來得及說「你真美」。因為這時恰好有人推門進來了，崔玲迅速地把賀卡壓在了鍵盤下面。

來人是機關裡的事務員，她送來了崔玲郵購的一本時裝雜誌，然後又沒鹽沒醋地聊了幾句，說崔玲氣質好，會穿衣服等等，同時也沒忘了說劉軍的電視劇，誇劉軍有出息。但是此後劉軍卻再也沒有機會把送賀卡時的情緒續上，因為每隔一會兒就有人進來取崔玲打好的文件。劉軍也只好有一搭沒一搭心不在焉地翻看那本印製精美的《世界時裝之苑》。也就是在這個過程中間，劉軍的心情發生發一些微妙的變化。

《世界時裝之苑》是一份名模薈萃的美人看板，鮮豔奪人的、嬌羞含蓄的、秀麗端莊的，經過別具匠心的光影效果和攝影師高超的技術，看起來無不賞心悅目，讓人覺得秀色可餐。劉軍在翻的時候，不由自主地就把畫上的人兒與面前的崔玲做了對照，相比之下，崔玲簡直就成了一個一無是處的醜女，雖不能說是慘不忍睹，但卻使劉軍從內心裡感到失望。從上到下，首先是額頭太窄，這一點崔玲自己可能也意識到了，所以她的額髮總是向後的，不留一絲劉海兒；其次顴骨也過高，正是民間所說的「剋夫」相，這一點崔玲顯然是疏忽了，因為她打了比較重的腮紅；接下來是鼻子，鼻子平平，沒什麼特點，屬於橫平豎直那一類；而崔玲的嘴唇也顯得薄了一點，雖然有口紅加以掩飾，但還是露出了一些尖酸刻薄的意思，劉軍的評價是不夠性感；更要命的是，她說話的時候，他看到她的牙縫裡竟然殘留著一根韭菜絲兒；還有就是劉軍最敏感的眼睛，戴著眼鏡雖然看起來比較文氣，但這扇心靈的窗子卻像是蒙著紗窗，總給人一種看不透的感覺，庭院深深深幾許？看到雜誌上的鑽戒廣告時，劉軍的目光就又移向了崔玲那正在鍵盤上動作著的雙手，十指清純細緻，靈巧無比，稱得上完美，然而這畢竟只是一雙手；讓劉軍最感失望的還是崔玲的胸部，它就在劉軍的眼皮子底下，但它似乎太平了，它裝在衣服裡，幾乎看不出什麼起伏變化，也許正因為如此，劉軍幾乎把它給忽略了。現在劉軍很有些後悔，劉軍在內心裡責備自己的粗心，「我怎麼早沒注意到這一點呢？」

真是不比不知道，一比嚇一跳。到了這會兒，劉軍突然有一種上當受騙的感覺，接著就有一個念頭冒了出來，劉軍心說，為崔玲這樣的女人花這麼大的功夫，真是很不值得呢。這樣想過之後，劉軍已經打算抽身而去了。

但是這時候有同事從門縫裡探進頭來，陰陽怪氣地說：「怎麼？你們還談著哪！」怎劉軍頓時感到，嘴裡好像吞進了一顆蒼蠅。

* * *

劉軍後來之所以沒有放棄崔玲，原因其實非常簡單。在接下來的兩天裡，不斷地有同事拿他和崔玲打趣，甚至有人晚上請他喝酒，藉著酒勁兒問他把崔玲弄到床上沒有。劉軍當時的感覺是，沒吃到魚卻已經惹了一身的腥氣兒，於是他就想，還不如做了呢。再說，閒著也是閒著，他長期以來一直很想有一個情人，現在崔玲就在嘴邊，已經幾乎唾手可得了，雖然不是特別合意，總歸聊勝於無吧。

現在我們可以說，這時候的劉軍，內心裡已經沒有什麼情感可言了，他的身體裡燃燒著的恐怕只是肉慾了，也可能連肉慾都不是，而只剩下與一個女人達成某種不可言傳的曖昧關係的慾望了。而到了這步田地的劉軍，也就變得充滿自信而且無所畏懼了。可惜的是，崔玲的心理節奏與劉軍並不同步，所以自以為可以長驅直入的劉軍，在那天晚上意外受阻了。

事情是這樣的：

十二月三十日下午，劉軍向崔玲發出了請她吃飯的邀請，崔玲當時毫不忸捏地欣然接受了。這使劉軍感到，事情其實並不像想像的那麼艱難，只要毫無心理障礙地去做，原來也很簡單。下班以後，崔玲先去幼稚園接孩子，然後如期趕到了他們約好的酒店。

在飯桌上，劉軍口若懸河談笑風生，表現得非常自如。這是去除了情感因素的包袱之後的輕鬆，不僅沒有矯情、遷就和察言觀色，言語中甚至有些放肆，而崔玲也都微笑著接受了，以至於讓劉軍恍惚感到，自己其實是很有魅力的。他甚至有些後悔以前沒有對別的女人這樣，尤其是那個女演員。

依照設想中的步驟，吃過飯之後，劉軍應該送崔玲回家。崔玲沒有拒絕。到了她家樓下的時候，崔玲主動邀請劉軍上樓去坐坐，而這是劉軍事先沒有想到的。劉軍本來的打算是，如果她拒絕，那麼不管怎麼軟磨硬蹭，也得想辦法進去，那樣才會有親近她的機會和可能。而現在竟是意想不到地順利，這使劉軍再一次感到，這種事情，本來其實很容易。

進門以後，崔玲給劉軍沏了茶，然後就打開了音響。崔玲說：「我這裡有很多不錯的CD。」說著便從音響最下層的一格裡抽出一疊光碟，她一張一張地翻看，如數家珍地給劉軍報出碟名。崔玲問劉軍：「不知道你喜歡聽什麼？」劉軍順嘴說了一個名字：「就傑克遜吧。」

其實劉軍從來就沒有聽過什麼鳥傑克遜，他只是時常從那些電視圈裡的人嘴裡聽到這個名字罷了。他當時想的是：「我可不是到你這兒來欣賞什麼音樂的。」但他同時也意識到，崔玲肯定是喜歡某種情調，而音樂是最適宜製造情調與氣氛的東西。也許，有點氣氛更好。於是劉軍又補充一句：「還是傑克遜比較來勁。」

崔玲把音量調得很低。傑克遜開唱之後，他們靜靜地坐下來喝茶，孩子一個人在玩他的玩具。劉軍也裝出很陶醉的樣子，時不時地評價一句：「這段很不錯。」其實，傑克遜到底唱了些什麼，劉軍一句也沒聽懂。後來孩子睏了，崔玲便起身去安頓孩子睡覺。孩子睡著以後，劉軍覺得，可以繼續他計畫中的步驟了。

劉軍說：「咱們跳舞好吧。」

跳舞仍然是情調意義上的，崔玲沒有拒絕。

但是劉軍的目的並不是跳舞，跳舞只是一個過渡，一個契機而已。所以跳著跳著，劉軍的胳膊就越收越緊，幾乎要把崔玲整個摟在懷裡。崔玲當然是矜持的，但她默默的抗拒也很有限度，因為劉軍並沒有讓自己的嘴閒著。

劉軍說：「你知道我對你的感情，我想跟你說的是，最近我的心裡有一種很特別的感覺，已經十多年沒有過這種感覺了，我覺得全身都充滿了力量，你知道我的意思。」

崔玲僵硬地挺直著身子說：「我不知道。」

劉軍說：「我覺得我可能是愛上你了，你呢？」

崔玲說：「我不知道。」

「真的，現在我一天看不到你就覺得沒著沒落的。」

劉軍說著的同時，更緊地摟住了崔玲，並且在她的嘴上吻了起來。

崔玲扭頭躲過他的嘴唇。「別這樣，咱們都是有家的人。」

但是劉軍卻全然不聽。身後就是床，劉軍用力把崔玲帶過來，兩人同時倒在床上。劉軍轉過身子，把崔玲壓在下面，他的臉緊貼著她的臉。「崔玲，」劉軍說，「你不知道我有多麼愛你。」

「你這人怎麼這樣，我還當你是個不錯的朋友呢。」崔玲冷冷地說了一句，只這麼一句，他就覺得自己被電殛了一般。劉軍畢竟是內心怯懦的人，還沒有練就那種恬不知恥的本領，所以崔玲說過之後，他很快地就站了起來。但嘴裡仍在說：「真的，我是真的愛你啊。」

崔玲也站起來，下意識地整理著自己的衣服。「你別這樣，我們做個好朋友也很不錯，幹嘛非得這樣呢。」

劉軍這時候已經恢復了本來的狀態，他果斷地再一次摟住了崔玲，他的下頦抵在崔玲的肩上。「你不知道我是多麼愛你啊。」

崔玲沒有推開他，但是很冷靜地說道：「時間不早了，你也該回去了，明天還要上班。」

「真的不可以嗎？」劉軍還有些不想罷休。

「你快走吧。」

劉軍這才鬆開崔玲，怏怏地說道：「明天晚上我來和你共度新年。」

「你別來，」崔玲說，「明天晚上我要帶孩子回去看他奶奶。」

劉軍下樓的時候，一直在責罵自己：「你是一個失敗者，你就這樣敗下陣來了，你是一個失敗者。」走到樓外面的時候，他下意識地回望了一下崔玲家的窗戶，燈還亮著，她可能正坐在沙發裡回憶剛才發生的事情。劉軍就想，也許自己再堅持一會兒，她就會讓步的吧。這樣想的時候，他就又有些後悔，後悔的情緒又帶出了對自己的責罵：「連這樣一個女人都搞不掂，你是個完全徹底的失敗者。」

劉軍就這樣恨恨地離開了。

第二天是三十一號，本年度的最後一天，在辦公室裡，已經沒有什麼事情可忙，大家全都無所事事地等著，抽煙、喝茶、聊天，很有一些惶惶不可終日的樣子，彷彿有什麼大事情就要發生。

劉軍的心情和大家一樣，只是顯得更心事重重一些。期間，劉軍去過一次打字室，是一堆女人在那裡聊天，他看看崔玲，崔玲也看看他，她平靜得就像什麼都沒有發生過一樣。他覺得她應該有些什麼特別的表現，但是沒有，這很令他失望，所以他竟莫名其妙地恨起崔玲來了。這是一個多麼老練的女人啊，這個婊子，她竟然像個沒事人一樣！罵過之後，他覺得有些於心不甘。我不能就這麼算了，不能就這麼敗下陣來。現在他的心裡，對崔玲只有仇恨，一種不可名狀的仇恨，他的心現在整個被這仇恨攫住了。同時他已經決定了，我一定得和她上床，一定要把她弄上床。

他甚至想到，她昨天晚上說今晚要帶孩子回奶奶家也是騙他的，所以他很肯定地認為，今晚她一定是在家的。他對自己說，今晚應該再去她家！這樣決定下來以後，他覺得輕鬆些了，只是時間仍然難捱。後來他又給妻子打了電話，他說晚上有朋友請吃飯，不回家了。

下班以後，他在街上草草地吃了點飯，然後就向崔玲家趕去。但是到了樓下，他就又有些猶豫了。他並不是後悔這樣做，而是覺得時間還太早，她一定是才剛剛吃完飯，正在看電視裡的新年晚會，而她的孩子也一定還沒有睡覺，現在就去顯然是徒勞的，什麼也不能做。於是他就又折回到霓虹閃爍的街上，百無聊賴地走著，後來他感到這樣時間仍然過得太慢，於是便一家挨一家地逛商店。到了九點鐘，他覺得是時候，便再次來到崔玲樓下。他望瞭望她家的窗戶，是黑的。難道她已經睡了？他迅速地上樓，輕輕地敲門，但是沒人。他頹然地下了樓，再次望望她的窗戶，後來他在街上的電話亭裡給她家打了電話，沒有人接。再撥，仍然沒有人接。現在他相信她是真的回婆婆家了。而他也只好失魂落魄地回家。

回到家裡，老婆孩子正守在電視前面，劉軍感到身心疲憊，也無心看電視，便獨自躺進了臥室的床上，但是直到電視裡新年的鐘聲響起，他還沒有睡著。後來老婆躺到了他的身邊求歡，也被他輕輕地推開了。他說：「明天還有事呢，得早起。」其實他心裡想的是，明天早晨再去崔玲家。現在這已經成了他急於完成的一項工作，不是為了愛，也不是為了肉慾，甚至連恨也不是了，僅僅只是一項工作，一項源於惱羞成怒的工作。

* * *

於是我們看到，在新年的第一天早晨，劉軍無所顧忌地來到了崔家。

崔玲很快就開了門，但是表情非常吃驚。「我還以為是……怎麼是你？」

「你以為會是誰呢？」劉軍也感到吃驚。

「沒什麼，你這麼早來找我有什麼要緊事嗎？」

「沒什麼，就是想你。」劉軍注意到崔玲穿著睡衣，很顯然，在他到來之前她還沒有起床。他忽然覺得這樣其實更好，可以省去許多麻煩。同時他也注意到，沒戴眼鏡的崔玲，其實也很美。

崔玲說：「你先坐著，讓我穿好衣服。」

但是劉軍覺得，不能讓她穿上衣服。所以這一次他表現得非常直接，直接得連他自己都感到吃驚。劉軍說：「崔玲，你知道，我是愛你，我想要你，我現在就想要你。」劉軍說著，已經上前去抱住了崔玲，並且一步步地把崔玲逼向床邊。

崔玲大聲地說：「劉軍你聽我說，你知道你在幹什麼嗎？你這是強姦呀，你知道嗎？」

崔玲的話激起了劉軍內心裡深藏的仇恨，他覺得一股熱血突然沖進了頭腦。劉軍說：「我當然知道，我愛你，我想要你。」他把她壓在床上，身體緊貼著她，嘴唇在尋找她來回躲避著的嘴唇。而她的嘴在大口地喘著氣。後來他終於夠到了她的嘴，他的嘴整個裹住她的，他咬住她的上唇，舌頭伸進她的嘴裡攪動。而她的身體也軟了下來，放棄了反抗，任由他的嘴在她的臉上、耳廓、頸項處遊動，一陣狂風暴雨般的親吻之後，他的嘴埋進了她的頸窩。

這時候崔玲又開口了。她說：「劉軍，你聽我說，你一定要這樣，咱們改天行嗎？你不知道情況，我今天不能……我今天……一點慾望也沒有，咱們改天好麼？」崔玲說得斷斷續續、吞吞吐吐，幾乎是在哀求。但是劉軍認為，這只是托詞，她這是在躲避，哄自己離開。

劉軍的手仍然在她的身體上忙著。劉軍說：「不行，我現在就想要你。」

崔玲不再抗拒了，她看看牆上的掛鐘，然後說道：「既然你今天非得要這樣，那就快點吧，今天我真的還有事兒。」

這使劉軍感到非常意外。他說：「當真？」

「當然，你快脫衣服吧。」

劉軍站起來脫衣服的時候，崔玲已經迅速地脫去了睡衣和內褲，一絲不掛地閃進了被窩。她的眼睛空洞地盯著天花板，她在等劉軍。

劉軍手忙腳亂地脫掉衣服，躺到床上以後，他的一條腿架在她的身上，手也在她的胸前遊動起來。但是她一動不動，像個死人一般，只是靜靜地等著他行事，沒有回應，也沒有配合。劉軍感覺到，這樣似乎很不對勁，於是他側起身子看她，那是一張毫無表情的臉，從她空洞的略顯浮腫的眼睛裡，他看不到一絲慾望。劉軍突然覺得非常無趣，他幾乎都想要放棄了。

崔玲冷冷地說：「你快點兒行嗎？」

這話再一次地激起了劉軍的仇恨。他本來準備說：「既然你沒有心情，那就算了吧。」但是他現在說出的卻是：「行啊，只要你好好配合。」

劉軍的手在她身上瘋狂地動作著，就像揉捏一個麵團。但是他下面的東西卻不爭氣，一直軟得像一根麵條，使劉軍感到非常屈辱。而這又反過來激怒了他，使他更其瘋狂地在她身上用力。然而所有的努力卻只是徒然，劉軍的身體沒有辦法讓他成事。

一直默默忍受著，期望著這一切盡早結束的崔玲，當然也覺察到了他的尷尬。於是伸出手來幫助他。她做的時候，就像個熟練的妓女。他應該感激她的努力，但是他卻更恨她了，所以進入了她的身體之後，他持久而瘋狂地撞擊著她，全不顧她的感受，只是在她的身體上渲瀉憤怒……

接下來發生的事情，是出乎所有當事人意料的，因為來得太突然，幾乎把他和她都給打懵了。就在劉軍正在崔玲的身體上用力的時候，崔玲的丈夫走了進來。而他和她竟然都沒有聽到鑰匙開門的聲音。

劉軍是認得他的。他不是在深圳麼，怎麼突然回來了？

崔玲的丈夫站在屋子中間，他甚至為他和她拍了幾下巴掌，然後哼哼地冷笑了兩聲。「我就知道會是這樣的，」他說，「真得祝你們新年快樂呀。」說完以後，他從衣袋裡摸出了一張事先寫好的離婚協議，連同鋼筆一同遞給崔玲。

「不用起來了，」他說，「只要在這上面簽個字就成。」

崔玲盯了她丈夫一眼，迅速地在紙上面簽上名字，然後把頭別向了另一側。

他收好那張紙，把鋼筆扔到了床頭櫃上，他說：「留個紀念吧。」然後扭身離去，臨出門的時候又轉過頭來說了一句：「現在我可以祝你們新年快樂了，新年快樂！」

崔玲嚶嚶啜泣著，門哐地一聲關上了。

劉軍說：「快你媽個×！」

出軌

最近這段時間，戴小玉總是覺得心裡很亂。不光是亂，還慌，什麼事情也做不成。其實也沒有什麼事情可做，孩子在幼稚園裡，每週接兩次，家有鐘點工李阿姨料理，李阿姨每天下午五點鐘過來，收拾房間，然後做飯，飯做好的時候，鍾慶就回來了。整個白天，戴小玉都沒有什麼事情可做，聽音樂，看電視，或者出去散步，逛街。這樣的日子已經過了好幾年了，兒子鍾鍾生下來之後，休完產假她就沒再去上班，閒閒地過了好幾年了，但她最近卻老是覺得心裡很亂，莫名其妙地亂。尤其是那個男人過來的日子，在床上的時候有性慾的控制，她是專注而投入的，她的身體迎合著他的調動，到了高潮的時候，她甚至會歡快地叫出聲來，但是當身體的激情消退之後，男人迅速地穿好衣服，拍拍她的臉說再見，門被輕輕地帶上，隨著啪嗒一聲，她的心就開始亂了。

這天的情形和以往沒有什麼不同。鍾慶八點鐘起來，弄好了早餐——牛奶和麵包夾煎蛋，這才叫戴小玉起床。等她洗漱完畢，鍾慶已經吃完，拎著包準備上班了。戴小玉穿著睡衣走過來，讓鍾慶在她的臉上親一下，同時在她的胯那兒拍拍。「早上人多，」她說，「開車小心點。」這是他們夫妻生活中每天早上的功課。功課做完，她關上門坐下來吃早餐。

鍾慶煎蛋的時候一點鹽都不放，她總覺得吃起來沒有滋味，但是鍾慶說中年以後吃鹽要減量。減就減吧，她就這麼沒滋沒味地吃著，幾乎要用二十幾分鐘，她才能把一塊麵包和一杯牛奶吃完。反正她有的是時間，她看著窗外，看著對面樓頂上的一線天際，喝著嚼著，腦子裡一片空白。

幾乎每天上午，她都感覺到自己的腦子裡是一片空白。舞台已經非常遙遠，遙遠得好像是童年的事情，即便偶爾會閃現，也只是那終結她舞台生涯的致命的一跌。那次排練中高拋托舉時舞伴的失手，讓她徹底告別了舞台。偶爾想起來，膝部都會有隱隱的疼痛傳來。她知道那是心痛，她不願意再痛，所以不願意想。每到這個時候，她就會把視線拉回到房內，環顧這個有一百八十平方米的裝飾典雅的家，這時候通常是在客廳裡，所以她必然會看到鋼琴，她會想兒子鍾鍾，然後想到鍾慶。鍾慶是優秀的，他是電視台最出色的導演兼製片人，而且兼著部主任，同時他又是很體貼的丈夫……除了床上的失敗，鍾慶幾乎無可挑剔。鍾慶甚至不止一次地暗示過她可以找個性伴，她都裝著沒有聽懂。她知道鍾慶是愛她的，男人做到這種地步，她只能用愛來解釋。但她的血肉之軀是鮮活的，而且充滿了慾望，有時候她甚至恨自己怎麼會有這麼強的性慾，尤其是在夜裡，慾望襲來的時候，看著身邊的鍾慶，她會捏緊自己的手指……現在她把手上最後一口麵包捏成了團兒放回盤子裡。她覺得心裡很亂，她知道是身體裡有慾望在悄悄地動。

她坐到電腦桌前打開電腦上網，那個叫做「激情物語」的聊天室是她常去的地方，她隨便敲了個名字進去。這會兒她並不想聊天，卻只是看，看那些刺激身體慾望的交談文字一行行地跳上來。接著她會敞開自己的睡衣看自己的身體，雖然已經三十五歲了，但是十多年舞蹈生涯使她的雙腿依然修長飽滿，生過孩子以後，小腹並沒有凸起，腰部仍然是緊收的，胸雖不很大，但是渾圓堅挺。鍾慶第一次剝開她衣服的時候，誇她是完美身材。現在八年過去了，她的身材仍然完美如初。她離開電腦走到鏡子前面，任憑睡衣順著身體滑落，她繃直右腿緩緩地抬起，努力地要做一個舉腿動作，然後旋轉身體。但是她完成的並不好，她已經很久不練功了，動作做起來有點僵硬。她扭頭看身後鏡子裡映現的自己的背部、臀部和腿，手背過去解開了自己的紋胸。她緩緩地轉過來，看鏡子裡的身體，手從腹部移向胸，她碰了一下自己的暗紅色的乳頭，身體本能地抖動了一下。看著鏡子裡的玉人兒，她憐惜地笑笑，連她自己也覺得那樣子很色情。

就在這個時候，輕輕的敲門聲善解人意地響起。她從這敲門的節奏裡已經知道是誰。已經有幾次了，這個男人總是在她身體有慾望的時候適時地到來，她甚至奇怪他是不是一直就鑽在她的身體裡，她想要的時候，他就會來。她迅速地穿好睡衣，但在開門之前，她還是從貓眼裡瞄了瞄。

這個男人是直奔主題的，進了門就把她攬進了懷裡，只說了一句：「我知道你想了。」手就在她的身體上遊動了。她的慾望被迅速地喚起，她迎合著他，把自己展開在地毯上……這個男人是戴小玉非常熟悉的，但他們在一起的時候很少說話，只要身體，不涉靈魂，這似乎是他們之間的默契，從未談及但卻心照不宣。做完之後，男人迅速地穿好衣服，拍拍她的臉說再見，門被輕輕地帶上。

一切如舊，但是戴小玉覺得心亂。

戴小玉把自己放進浴缸裡泡著，胡亂地想著些什麼，突然竟有一個奇怪的念頭閃過：他會不會是鍾慶有意安排的？這樣想的時候，連她自己也嚇了一跳。她回憶起他們的開始，也似乎不是沒有破綻。

那是在鍾慶多次暗示她可以找個情人之後，鍾慶見她似乎並沒有聽懂，有一天兩人一塊看碟的時候，鍾慶便借題發揮了。電影裡的一對偷情者正在約會，鍾慶半開玩笑地說，其實你也可以找個情人。她聽後臉微微地有些燒，但她還是小鳥依人樣地偎著鍾慶，嗔怪地說，我才不呢，我只要你。鍾慶並不理會，接著說道，只要別愛上就行。你胡說些什麼啊！她有些生氣了。鍾慶此後也沒再提這個話題，但是接下來他們電視台同事的那次聚會現在想來卻讓她感到非常蹊蹺。鍾慶此前很少帶她參加同事的聚會，但這次卻一再地拉她去，而且那只是個普通的聚會，沒有任何特別的理由。拗不過鍾慶，她只好跟著去了。

那次聚會上她和那個男人聊得很多，也很開心。他是鍾慶的同事，叫劉軍。

第二天早晨，鍾慶走後不久，劉軍就來敲門了。她知道是劉軍，因為鍾慶已經打過電話，說是把導演本忘在家裡了，他正在開會走不開，讓劉軍過來拿。

那天她也是穿著睡衣，劉軍誇她非常迷人，她很矜持地笑了一下，並沒有說什麼。她把鍾慶的導演本遞給劉軍的時候，劉軍並沒有接，而是直接把她攬在了胸前。事後她很奇怪自己為什麼連一點拒絕的意思都沒有，任由他動作，到後來甚至用身體的激情在配合著他。而劉軍也確實是一個很會調動女人的男人，那是第一次，讓她饑渴的身體領受到久未有過的酣暢淋漓。後來的事情似乎變得順理成章了，一週一次或者兩次，劉軍會在鍾慶走後一個多小時過來，他們不說話，只做愛。但是最近這兩次，他走後她總是覺得心裡非常慌亂，現在她想到，如果這真的是男人們的一個圈套，簡直太可怕了。她不願意這樣想下去，但是這念頭一旦出現，就在她的腦子裡死死地纏繞著，揮之不去了。

*　　*　　*

在很多女人看來，戴小玉的生活是令人豔羨的。寬敞的房子、私家車、錢、出色體面的丈夫和聰明可愛的兒子，樣樣不少，這樣的全職太太，簡直就是當下很多年輕女人的理想生活。有一次開車上街，碰到市歌舞團裡原來的小同事任倩，她順便請任倩到家裡坐坐，小姑娘毫不掩飾自己的羨慕，一口一個戴姐地叫著，說戴姐你可真幸福，能不能讓鍾老師也給我介紹一個像他這樣的，結了婚的也行，我不在乎這個。聽得戴小玉目瞪口呆，內心裡很吃驚現在的小姑娘的生活觀念。然而戴小玉自己卻體會不到別人看她的那種感覺，她曾經努力去找那種感覺，她覺得那起碼可以讓自己感到安慰，但是她找不到，她只是覺得自己很空。從辭職回家做了全職太太之後，她覺得自己已經完全被生活甩出了軌道，人生也就像從一列前進的火車上被放了下來，而鍾慶這一站，現在看起來彷彿已經是終點。

當然戴小玉並不願意自己的人生在三十出頭就停在終點站上，所以戴小玉其實並不喜歡自己現在的生活。確切地說，她覺得這並不是自己所想要的生活，但是想要的生活是什麼樣的，她自己卻也並不明確。她只是隱約地覺得，自己的這幾十年，就是被生活一再地甩出軌道，並且越來越遠。

戴小玉小時候的夢想是做個像烏蘭諾娃那樣的舞蹈家，所以十四歲初中畢業就進了部隊文工團，但是直到二十二歲轉業，卻一直都在跳群舞，在一大堆人中間，她跳得再好也無法出頭。那時候她很後悔自己參軍，本來以為是一條捷徑，結果卻越走越遠了，如果當時考舞蹈學院或者戲劇學院，也許就是另一種樣子了。

轉業到市歌舞團以後，因為她在部隊文工團練就的扎實的基本功和她不願意善罷甘休的努力勁兒，雖然年齡已經沒有優勢，但她仍然迅速地脫穎而出，她的作品市里省裡連連得獎。鮮花、掌聲和各種各樣的追求者接踵而至，但她不交男友，不談戀愛，一心要做出些成就來。然而，排練中的一次意外的事故，卻把她徹底甩出了舞台。

那次排練，鍾慶恰好帶著電視台的人在現場拍攝，住院的日子成了鍾慶和她戀愛的日子。出院以後，她不能再登台跳舞了，事業由此中止，不如結婚，以後就做個編舞或者服裝吧，她當時就是這麼想的。然而生了兒子鍾鍾，休完一年產假回去上班的時候，歌舞團已經非常地不景氣了，能耐大的跟了電視劇組，能耐小的在夜總會裡表演，她無處可去，只好回家。這一次她有了徹底到站的感覺，她覺得自己已經從此被甩出了社會生活的軌道。而鍾慶卻很高興，鍾慶希望她在家裡做太太。照顧好兒子鍾鍾，就此成了她唯一的事業。但是她並不快樂，兒子兩歲的時候進幼稚園了，她覺得自己無所事事的很沒有意思，她想出去找個工作，隨便什麼工作，就是不想在家閒待著。但是鍾慶堅決反對，鍾慶的理由當然也很充分，她順從了，她之所以沒有堅持是因為細數起來，適合她而她又能喜歡也做得來的事情並沒有幾樣。然而那兩年她覺得日子非常地難熬，像清澈寡淡的白水，無色無味也無活物在裡面遊動。有時候，鍾慶下班回來，她還在床上躺著，鍾慶關心地問她時，她最經常的一句話就是「我死了」。

她說：「我真的死了。」當然她沒死，只是多了一樣鮮為人知的痛苦。

大約是在兩年前，鍾慶無法作為丈夫與她行夫妻之事了。開始她並沒有太在意，以為鍾慶只是過於辛苦勞累了，也許過些日子就會好了。她不好意思催促鍾慶去看病，而鍾慶似乎也不怎麼在意這件事情。但她的身體是鮮活的，在那些睡不著的夜裡，鍾慶肯定是有感覺的。然而鍾慶似乎一心全在事業上，對行夫妻之事看得很淡。難道一個對事業和權力著迷的男人就不需要性？她有時候也懷疑鍾慶，但是很快就打消了這個念頭。鍾慶對她的愛，不僅溢於言表，而且體貼入微，這是為親朋好友所共知的，以至於鍾慶甚至願意她有個性伴解決生理要求。這樣的丈夫，讓她無可挑剔也無話可說。和劉軍的肉體關係讓她羞愧，讓她忐忑不安，但是和劉軍做愛的感覺又確實太好，令她欲罷不能。只是近來這兩次，劉軍一走，她就覺得心亂。如果是男人們的合謀呢？如果不是，萬一被鍾慶察覺呢？她不知道該怎樣面對，所以心裡會越來越亂。有一天她在網上的聊天室裡跟一個陌生人說了自己的心事，那個人的建議是立即中斷來往，如果想有個性伴或者情人，即便丈夫是很開通的，也一定要在丈夫的生活圈子之外。

戴小玉覺得那個人的建議很有道理，但一個人坐下來細想的時候，便又開始歎氣犯難了。她現在的生活是被鍾慶的生活罩著的，她的生活只是鍾慶的生活圈子中間很小的一個圈兒，難道要讓自己主動出去勾引男人嗎？這樣想的時候她感到很荒唐，甚至，她覺得自己動這樣的心思就很荒唐。

三十五歲的女人戴小玉越想心思越亂，甚至感覺到有一種不祥之感在她所不知道的地方隱隱地爬動。她不願意再想了，於是從浴缸裡出來去淋浴。她把水開得很大，水溫也調得很燙，只有這樣痛快地在蓮蓬頭下淋著，她的心裡才會覺得好受一些。

從浴室裡出來她覺得很累，於是懶懶地躺在床上，陽光灑在身上、臉上，倦慵立即襲擊全身。戴小玉闔上眼皮，迷迷糊糊地睡著了。後來有一個男人走了進來，她用力地睜眼睛，眼前卻仍是模糊，她用手揉了揉眼睛，還是看不清那人是誰，只是感覺到有人影在向床前移動著。到了身邊，那人幾乎要俯到自己身上的時候，她才看清是她在歌舞團跳舞時的搭擋，他扶著她的腰，而她笨拙地做著旋轉動作，轉著轉著，她竟無力地靠在了他的身上。她警覺地挺起身子，發現那人卻是一身軍裝，像是原來部隊文工團舞蹈隊的隊長。隊長把她摟得很緊，她的胸緊貼著他的，而他的嘴正在向她的臉上靠近。她用力地掙扎著，推開他的肩，大聲地喊叫，但是她聽不到自己的聲音。而隊長這時候突然鬆開了她。她覺得自己在往下掉，而下面是看不到底的虛空，她忙亂地揮動著手臂，但是並沒有什麼可以讓她抓住的東西，四周也是無邊的空虛。她試圖轉動一下身體，結果她重重地跌落到了地上。這一跌讓她從夢中醒了過來。她懵懂地坐在地毯上，愣愣地想：我怎麼會做這樣的夢？現在幾點了？

*　　*　　*

戴小玉記得今天星期二，是接鍾鍾的日子。每個週二和週五的下午，她都得去幼稚園把鍾鍾接回來，因為星期三和星期六是鍾鍾的鋼琴教師來家裡上課的時間。現在掛鐘的時針指在一點和兩點之間，已經是午後了，可她一點都不感覺到餓，她只是覺得心裡很亂很慌。她不想就這麼在家裡待著，她想出去，到街上去走走。

戴小玉很隨意地把頭髮挽在頭上，用一根銀質的髮夾綰住，淡淡地塗了一些口紅，套上一身寬鬆的運動服式樣的休閒裝就出門了。這樣的打扮，在她是不經意而為，而在別人看來，卻覺得很有品味。走動起來的時候，挺拔的身材在舞蹈演員訓練有素的步態中有一種搖曳生姿的感覺，優雅高貴又不失親切，總有人會盯著她看上半天，用目光接她過來，又遠遠地送她走去。她當然知道人們看她時的目光，甚至連鍾慶都會說，我要是在街邊看到你，也會多看好幾眼呢。而鍾慶對她的評價是玉人兒，濃妝淡抹總相宜。她知道自己的天生麗質，所以越發不在意打扮，但是越不在意卻越讓人感到很有味道。什麼樣的味道呢？她不知道。因為味道是說不清道不明的東西，就像法國產的高級香水，也許是幾百種原料的混合，迷人而且充滿了魅惑，但是難以理清也難於言表。戴小玉當然不是香水，但是戴小玉很有味道，這味道，讓可以俯視她家窗戶的對面的樓上的某一個男人用望遠鏡品了有一百遍以上了，但是戴小玉自己並不知道。戴小玉現在走出了他的視線，走出了小區，她今天不想開車，她想走走。

然而出了小區大門之後她又感到茫然，她不知道要往哪裡走了。接孩子應該往東走，大約三站，但是幼稚園規定要在五點以後才能接，現在尚嫌太早；如果去繁華的商業街則要往南，得五六站呢，不過她也不想逛街。和大多數的女人不同，戴小玉一直培養不起自己逛商店的興趣，如果要買東西，她會像個男人一樣的直奔目的，但她總能買到最鍾意的東西。不過這會兒，她倒沒有買東西的興致。那麼往哪走呢？自己到底該去什麼地方？是打車還是坐公交？或者走路？猶豫了片刻，幾乎是出自本能地，她還是朝鍾鍾幼稚園的方向走了。

這條路她已經走了三年，路邊的店鋪、招牌已經熟得無需打量。走這樣的熟路宜於思考，人也容易進入個人的思緒當中。但是戴小玉這會並不想想什麼事兒，她就是要排開剛才在家裡的思緒，所以她一邊走著，一邊近乎是刻意地關注著路邊的事物：人、車、店鋪，她甚至饒有興趣地默念著每一家店鋪的名字。這樣閒散地走著，她覺得情緒好多了。

現在，跳進她眼裡的是「香榭咖啡語茶」。她這才意識到，不知不覺間，自己已經走了兩站多，再往前二百多米，就是鍾鍾的幼稚園了。但是現在去接孩子顯然還太早，自己總不能像那些老頭老太太似地，站在幼稚園門口等幾個小時吧。戴小玉想，不如就在這香榭咖啡館裡坐上一會。

戴小玉很少到酒吧茶秀之類的地方來。上一次來這個地方，是因為接鍾鍾路過這裡，門口的廣告上有美式炸雞塊的圖案，鍾鍾認為是肯德基，非要進來。她以為裡面會像電影裡看到的外國咖啡館的情調，但是走進來才發現，盡是些聊天打撲克的人，她的感覺並不是很好，所以再沒有興致來這種地方。現在她走進來，只是要消磨一會時間而已，再者，她也覺得走得有些累了。

這個時候，咖啡館裡的人並不是很多，也還算清靜。戴小玉找了一張僻靜的台子坐下，要了杯泡沫咖啡。她隨意地環顧了一下周圍，發現只有她是一個人來的，難怪服務生會問：您是等人吧？幾位呢？她說是一個人的時候，服務生還表情怪異地看了她一下。環顧了一周之後，她從報刊架下拿下一本時尚雜誌，心不在焉地翻著。這時候，一個男人走過來坐在她對面的台子上。她抬頭看一下，發現那張面孔很熟，似乎在哪裡見過，但卻想不起來了。她抬頭的時候，男人也在看她，並且微微地笑了一下，像是打招呼的樣子，她也淺淺地笑了笑，低下頭繼續翻看雜誌。但是她其實並沒有在看，她在想是在什麼地方見過這個男人。突然她想到了朱時茂，哈，原來是他長得像朱時茂。那個演《牧馬人》的朱時茂一直是她喜歡的演員。腦子裡想到朱時茂的時候，她又抬眼看了對面的男人。就在她第二次看他的時候，他跟她說話了。

「你今天沒帶孩子嗎？」他問她。

戴小玉很吃驚地看著對方，目光裡的意思是「你是在問我嗎？」

「你不記得了？」男人笑笑說，「上次也是在這兒，你兒子很好玩，說自己是大三。」

戴小玉終於想起來了，是上次帶兒子到這裡吃炸雞塊的時候見過這個男人。那次她顯得很忙亂，兒子很不老實地亂跑，在這樣的地方，她追也不是喊也不是，只能不斷地用動作招呼兒子。這讓她覺得一個女人帶著孩子來這裡顯得有些怪怪的，與這裡的氣氛很不合。後來還是這個男人讓她兒子鍾鍾安靜了下來。男人問鍾鍾上幾年級，鍾鍾說是大三；男人說那明年就大四了啊，鍾鍾說才不呢，明年上學前班。男人很快就和鍾鍾玩起了一種猜啞拳的遊戲，鍾鍾每輸一次就得吃一口雞塊，男人自己則喝啤酒……現在這個男人就在對面，笑眯眯地看著戴小玉，嘴角有一絲紋路翹動著，像是一種調皮的嘲弄。

戴小玉被他看得不好意思了，便說我接孩子，來早了，在這裡坐一會兒。男人說他也是，接孩子，但是來早了。「為什麼是你？」戴小玉很好奇，「你太太呢？」男人說他們輪流，這個月輪到他。戴小玉的臉上現出了疑惑的表情，但她不好意思問了。男人似乎看出了她的心思，很坦率地說，我們離婚了，孩子輪流帶，我雙月，她單月。戴小玉「哦」了一聲，然後就不再說話了。

但是這個男人似乎很想和她聊天，他說：「你是搞舞蹈的吧？」

這一問倒讓戴小玉非常吃驚，「你怎麼知道？」

「從你坐著的姿態，你走路的樣子，」男人說，「都看得出來是訓練有素的。」

聽他這樣講，戴小玉心想，他在觀察我？跟蹤我了？

「我注意你很久了。」男人這樣說的時候，已經拿著自己的啤酒移坐到她這張台邊了。

現在他們面對面小聲地交談起來，顯得很親昵，根本不像陌生人剛剛認識的樣子，戴小玉當時有一種很恍惚的感覺，像是一對老情人的約會。

男人的話很多，海闊天空，但是生動有趣，戴小玉只是偶爾插上一句，而男人間或還會講一個亦葷亦素的段子，讓她啞然失笑。交談中戴小玉知道這個男人是個作家，出過幾本書了。但是戴小玉完全不知道，她已經很多年不讀小說了。男人還講了些作家圈子裡的趣事，逗得她像個無知的孩子似地笑著。而在這時候，她總是會想到鍾慶。鍾慶怎麼不跟我講電視台裡的事兒？電視台裡也應該有很多趣事的吧，他怎麼從來不講？

她的腦子裡剛剛才想到鍾慶，鍾慶就打她手機了，真是很邪。鍾慶打電話是告訴她，他臨時有事要到外地出差幾天，同時又叮嚀她一些吃飯穿衣的事情，還要她照顧好兒子之類。鍾慶每次出門前，都會有這麼一番叮嚀，他一直都是這麼細緻周到，以至於這一次戴小玉也沒有聽出他聲音中的異樣，只是說了聲「放心，知道了」就把電話掛了。

鍾慶的電話，適時地中斷了戴小玉和那個男人在咖啡館裡的交談，否則他們都會誤了接孩子的時間。看看表已近五點，戴小玉和男人告別，「聽你說話非常愉快。」男人眼裡有些戀戀不捨，「希望能再見到你。」戴小玉自語般地說了聲「再見」，聲音輕得幾乎聽不見。

＊　＊　＊

「接下來我應該幹點什麼呢？」鍾慶不在的晚上，戴小玉一個人的長夜總是這樣開始。看電視，聽音樂，看影碟，上網，出去散步或者睡覺，任選一樣或者兩樣。

現在戴小玉斜倚在沙發裡，盯著沒有開聲音的電視畫面，腦子裡一片空白。

李阿姨收拾完已經走了，戴小玉和鍾鍾下跳棋，下著下著鍾鍾就睡著了，把鍾鍾在床上安頓好了，她頹然地坐進沙發裡，一下子不知道幹什麼好，她只是覺得心慌意亂。僅僅是因為鍾慶不在嗎？以前鍾慶也出差的，那時候她的心裡是安定的，她會一邊上網一邊聽音樂，或者躺臥在沙發裡看電視，睏了就上床去睡覺。有時候懶得動了，就在沙發上睡到天亮，卻從沒有過現在這樣的慌亂的感覺。現在她總是覺得有些提心吊膽，而且越想就越覺得心亂如麻，理不出頭緒。她知道這些揮之不去的慌和亂，都是因為自己的身體對鍾慶的背叛。身體的慾望並非不能克制，難捱的時刻就那麼一會兒，挺一挺忍一忍也就過去了，她知道這不是根本原因。但是根本原因是什麼，她自己卻也理不清。她不喜歡自己現在的生活，她覺得自己現在的生活是空的，空的什麼都抓不住，只除了物質，但她又是一個對物質缺乏概念也沒有什麼感覺的人。兒子是她唯一的事業，但兒子大半的時間在幼稚園裡，即便是此刻，兒子就在屋裡睡著，她也不能把兒子的睡態當電視劇去看。所以她仍然感覺到空，甚至她覺得自己的身體也一天天地在變空，而且越來越空，空的沒著沒落，空的平靜而又慵懶。

和劉軍的關係也是這樣，平靜而又慵懶，她從來沒有主動約過他，都是他自己來，自己走，平時也絕不通電話，雖然她有他的電話號碼。和劉軍做愛的時候，好覺得只是她的空空的需要填注的身體在和他做，而她的心並不在場，她的心給她的身體留了一個門洞，讓身體溜出去撒野，而心仍然留在原來的地方，留在鍾慶的身上。每當她覺得自己是在背叛，她就會用這樣的想法來安慰自己，為自己開脫。但她知道那只是暫時的，這樣想過之後也並沒有覺得輕鬆，更加不會心安理得。相反，倒是最近，她覺得心裡越來越亂，而且慌，時時都會陷入這些揮之不去的心思裡，讓她不能自撥。那種感覺，如同一部電影的名字：《黑暗中的舞者》。她不知道會舞向何方，但是她知道自己在這種慌亂的情緒裡支持不了多久的，即便不出事情，自己也會崩潰。但是戴小玉不願意崩潰，鍾鍾、鍾慶和這個家，都是令她溫暖的依戀，甚至差不多也就是她最終的歸屬了，她不能想像如果沒有了現在這個家自己會是什麼樣子，那樣的生活，她覺得不堪設想。

但要從越來越覺得慌亂的心緒裡逃脫出來，唯一的辦法就是中斷和劉軍的關係。這時候她又想到了那位網上的朋友的建議：立即中斷來往，如果想有個性伴或者情人，也一定要在丈夫的生活圈子之外。那麼，那個人會是誰呢？朱時茂嗎？她一直喜歡朱時茂這個演員，但是……下午和她在咖啡館裡聊天的男人立即跳了出來，會是他嗎？這個念頭一閃，她立即就感覺到自己的荒唐了。不過她對那人的印像還真的是很好，也許……也許還會碰到他的吧？

戴小玉不願意再想了，她這會倒是很想再和那位網上的朋友聊聊。她從沙發上起來走到電腦前上網，她點擊了好友欄中那位網友的名字。對方並不線上，但是有兩條留言，一條是六天前的：當斷不斷，反受其害，我覺得你現在的感情處境很不安全，應盡早了斷。另一條是昨天的：一直不見上線，你是不是有麻煩了？看到留言，戴小玉感到溫暖，畢竟還有人是關心她的情感的。她也給對方留了一句：謝謝你，已經解決了。發完這一行留言之後，戴小玉就把這個網友的名字從好友名單裡刪掉了。戴小玉內心裡已經做了決定，她再也不要見劉軍了，甚至知道這件事的網友她也要從記憶裡刪去，生活中的這一個插頁，她要就此翻過。

這樣決定了之後，戴小玉感到輕鬆多了。現在她從網上下來，回到沙發上坐下，她要給鍾慶打個電話，她想跟他說說話。她撥了鍾慶的手機，但聽到的卻是：「您所撥叫的用戶已經關機，請稍後再撥。」這使她覺得很奇怪，鍾慶除了回家睡覺時會掉關機，其他時間手機總是開著的啊。當然也不可能沒電，鍾慶有兩塊備用電池，足夠他用一周的。戴小玉又撥了兩遍，還是關機。她有點想不通了，看看錶已經十一點多了，以鍾慶的習慣，出差在外的晚上總是要打電話回來的，而且他知道今天晚上鍾鍾在家，更是要打電話的，可今晚是怎麼了呢？會不會出什麼事情？她不願意再往更壞處想。

心緒不寧的戴小玉坐立不安。她在房間裡走來走去，聽到外面有汽車聲，她甚至下意識地走到陽台上去往下看看。從結婚到現在的七年多時間裡，鍾慶無論是出差到什麼地方，即便是到國外，也會每天都打電話回來的，今天這種一走無音訊的事情還是頭一次發生。站陽台上的夜風裡，戴小玉打了一個寒顫，內心裡突然湧起了一種不祥之感——「鍾慶大概出什麼事了，要不然不會不打電話的。」但是接著她又否定了自己：「哦，不，也許他剛到地方，還在忙，過一會兒會打的，現在還不到十二點鐘，他知道我睡得晚，過一會他也許就會打了。」

戴小玉重新回到沙發上緊挨著電話的一側坐下。眼睛盯著電話，她覺得電話鈴隨時都會響的。但是沒有，電話鈴聲並沒有如她所願地響起，直到她疲倦地睡去。她做了一個夢，夢見下大雨，家裡到處都在漏水，所有的東西都是濕的，鞋子在水上漂著，她摟著兒子鍾鍾瑟縮在客廳的一角，但是她怎麼都找不到鍾慶，她大聲感著鍾慶的名字，可是聲音立即就被雨聲蓋住了……。後來還是半夜裡起來撒尿的鍾鍾驚醒了她，她這才從客廳的沙發上回到臥室的床上。

* * *

戴小玉家的電話鈴聲是在早上九點多響的。那時候她和鍾鍾經吃過了早餐，她讓鍾鍾坐在鋼琴前默讀老師上一次所教的練習曲譜，而她則站在鍾鍾後面輕哼著譜子上的旋律。再過一會兒，十點鐘，鋼琴教師會準時來上課，她得讓鍾鍾做些準備。急促的電話鈴就是這時振響的，那聲音顯得突如其來，令她一驚。她幾乎是撲過來抓起聽筒的，「喂，鍾慶嗎？你在哪？」但是電話裡面的聲音並不是鍾慶而是劉軍。聽到她急切的聲音，劉軍吞吞吐吐地試探著她，「你……你……你是不是已……已經知道了？」「知道什麼？」「鍾主任的事。」「他怎麼了？快說！」「他被雙規了。」「什麼雙規？什麼意思？」「就是在規定的時間規定的地方交待問題。聽說是經濟……」戴小玉的腦子裡轟地一聲，劉軍又說了些什麼她全沒有聽見。她頹然落坐在沙發上，稍稍地鎮靜了一下才又問道，「會怎麼樣？」劉軍告訴她現在誰也不知道，只能等待談完了以後的結果。劉軍在電話裡不停地說著安慰的話，劉軍最後還說，「要不我現在過去看看你？」「不用，我沒事。」她口氣非常堅決地拒絕著，然後就把電放掛斷了。

戴小玉很明白，她的生活再一次出軌了，而且是從那看起來已經幾乎是終點站的地方被甩出來了。這就是我的命運嗎？她無力地依靠在沙發上。

「鍾鍾，給媽媽放一張CD好嗎？」

「放哪張？」

「貝五。」她喜歡命運交響曲，聰明乖巧的兒子知道是哪張。

命運交響曲經過高保真環繞音響的放大顯得特別宏大，而戴小玉此刻像那個作曲的聾子一樣，她沒有聽到鋼琴教師已經按響了幾次的門鈴。

情悯

他一眼就看到了那個牌子，那是下車後的第一眼。他向出站口望去，下車的人不是很多，接站的人當然更少，所以他一眼就看到了那個寫著他名字的牌子。劉軍二字是紅色的，大大的宋體字，每個字都有一張A4紙那麼大，看起來非常醒目。記憶中，他的名字似乎第一次被放得這麼大，並且是在公共場合。劉軍這兩個字以前被寫得最大的時候，也就是一隻雞蛋大小。那是在學院的會議室，橢圓形的會議桌上，每個人面前一個牌子，坐在那個寫著「劉軍」二字的牌子後面，他總是能找到一種類似於成就感之類的東西。而現在他盯著那兩個在他看來堪稱巨大的字，有一種非常異樣的感覺。就像一個小偷，剛把手伸進別人的口袋，還沒有摸到皮夾的時候就被人大喝了一聲，但是他還不能確定是不是確實被別人看到了，他的手於是猶豫起來，他不知道是該不管不顧地繼續摸下去還是迅速地縮回來。就是在這樣的猶豫中，劉軍身不由已地停下了腳步。

當然，劉軍此刻最迫切的，還是想看到舉牌子的人。如果那張臉正是他所期待的，並且被在他無數次的想像中所看到過的，他就會毫不猶豫地迎上去，微笑著但卻不失深沉地說道：「我是劉軍。」但是，很可惜，那張臉卻始終不動聲色地掩藏在那塊牌子的後面，顯得有些神秘莫測。猶豫中的劉軍，遠遠地注視著那個寫著劉軍二字的牌子，現在他覺得那兩個字有點過於刺眼，而且太大了，大得有些誇張，就像一堵刷著紅色標語的白牆橫在面前，而那個舉牌子的人卻深藏不露。劉軍一鼓再鼓的勇氣，經過火車上十三個小時的顛簸，在面對這塊巨大的接站牌的時候，一下子泄了。現在，他突然不想見她了。但內心是怯怯的，有點惴惴不安。

昨晚上車前，劉軍給她打了電話，告訴她車次和到站時間，並且說了自己的衣著打扮，以便她在一堆人中找到自己。但是現在他卻突然不想見她了。然而不管怎樣，劉軍還是得從出站口走出去，得經過那個寫著劉軍二字的牌子，不可避免地也得經過那個舉牌子的人。他知道自己也許會不能自抑地看她一眼，如果她也同時看到了他，並且用那在電話上聽來非常好聽的聲音輕輕地叫上一聲「劉軍」，那可怎麼辦呢？

靈機一動的劉軍，現在沿著站台走了二十多米，在看不到出站口的地方，劉軍把他那件可以兩面穿的防寒衣翻過來穿了。他對自己說，現在你已經不是劉軍了，現在你是劉軍的同事，現在你走過去跟她說，劉軍臨時有事不能來出差了，劉軍說下次有機會再來看你。

這樣想過之後，劉軍從容不迫地向出站口走去。那塊寫著劉軍二字的牌子，看起來也不那麼刺眼了，但他的內心卻是怯怯的，他甚至聽得到自己突突突的心跳。經過出站口的鐵柵欄甬道，交驗車票，在這顯得極其漫長的過程中，劉軍一直強抑著自己不要去看那塊牌子，他害怕有人輕輕地叫一聲「劉軍」。但是，沒有。已經出站了，還是沒有人叫他。劉軍有些繃不住了，幾乎是在就要擦肩而過的那個瞬間，強烈的好奇心促使他把頭轉向了那個舉牌子的人。

那是個留著披肩髮的女人，在劉軍注視她的時候，她也轉過臉來打量著劉軍。讓劉軍感到吃驚的是，那張臉太美也太年輕了，看上去只有二十六七歲，完全不像她的網名「中年女人」，離她在聊天室裡所說的四十五歲更是風馬牛不相及。做夢都渴望豔遇的劉軍，在這一瞬間又改主意了，他不想就這麼與她擦肩而過，但是他的並沒有停止移動的腳卻已經走出了三米之外。如果我現在才轉回去對她說我是劉軍，她會怎麼想呢？多慮的劉軍又一次猶豫起來。

* * *

四十二歲的男人劉軍，畢業留校以後，一直謹小慎微地在學院機關裡混事兒。從輔導員做到副處長，踏踏實實，步步為營，期間娶妻生子，按時上班看報做事，按時回家買菜做飯，按時上床定期做愛，心存雜念從不越軌。但是有一天，他突然覺得自己這四十幾年活得暗淡無光毫無意思。

那一天有一個在廣州工作的同學來西安出差，聚了幾個在西安的同學一起吃飯喝酒，席間說起往日的同學，似乎人人都有故事，只有他劉軍十幾年裡平鋪直敘，抽煙喝酒麻將女人，樣樣不沾。於是有同學拿他打趣，說他是腦子太忙，精子太閒。廣州的同學說，劉軍他肯定也沒有閒著，只不過老是「撲空」。廣州的同學一邊說一邊別有意味地擠擠眼睛，弄得劉軍莫名其妙。有人知道那個撲空的精子的故事，於是講給他聽：說是一隻精子日夜在精囊裡蹦蹦跳跳地鍛煉身體，將來好搶先衝出去有所作為；有一天，精囊裡一陣燠熱，千萬隻精子爭先恐後往閘口奔去，突然間，搶在前面的那隻精壯的傢伙轉身往回跑，大家莫名其妙問他幹嘛不搶著去投胎，那隻精壯的傢伙喘著粗氣說：「搶個屁！他在自慰。」大家聽完，哈哈大樂，廣州的同學還不依不饒地追問劉軍，老實坦白，是不是這樣？

那天還有一件事情，對劉軍的觸動特別大。飯後，廣州來的同學要請大家去洗三溫暖做按摩，劉軍怯怯地不大想去，嘟囔了一句，說自己從來沒去過那種地方。有同學便嘲笑他：「你知道現在是什麼年代？今夕何夕？看來你這四十幾年真是白活了。」為了不掃同學們的興，劉軍無奈地跟著去了，但臉色始終是莊嚴凝重的，在一大堆嘻嘻哈哈的同學中間，顯得極不和諧。及至脫光了衣服走進三溫暖浴室，劉軍仍然是一付沉痛的樣子。同學再次拿他打趣：為了沉痛悼念劉軍同志前四十年的生活，現在，請大家默哀三分鐘。

那天的同學聚會之後，劉軍的心情變得格外沉重。檢討自己四十多年平鋪直敘波瀾不驚的生活，劉軍不勝感慨。尤其是那天在按摩房，看到別人手腳很不安分地在按摩小姐身上遊動，而他卻像個做錯了事的小學生，摒聲斂氣地爬在床上，一動不動，劉軍感到特別受刺激。現在，四十二歲的男人劉軍，覺得自己似乎已經被生活甩到邊緣，像一個混吃等死的老頭，連他自己都有些看不起自己。然而，生活如此，我又能怎麼樣呢？劉軍試圖這樣來安慰自己，但卻把自己弄得更加沉重。甚至晚上做夢，都夢見自己在向一個無底的深淵裡沉，沉得忽忽忙忙，沉得無可挽回，沉得抓不住一根救命的稻草。但是每每從夢中驚醒，他都是抱著老婆的胳膊，老婆問他做什麼惡夢了，他不回答，腦袋裡想的卻是同學問他的話：「除了你老婆之外，你怕是沒碰過任何女人吧？」

* * *

中年女人：「除了你老婆，你就沒有過別的女人？」

無限忠於：「想，但是沒有。」

中年女人：「我不相信。」

無限忠於：「真的沒有。」

中年女人：「有賊心沒賊膽？」

無限忠於：「不知道。」

中年女人：「那你知道什麼？」

無限忠於：「我知道自己是個很失敗的男人。」

中年女人：「這麼說我算是個成功的女人嘍？」

無限忠於：「你有過很多情人嗎？」

中年女人：「這很正常啊。」

無限忠於：「我不明白。」

中年女人：「愛情能讓人感到充實，有自信。」

無限忠於：「我一直都是一個不自信的人。」

中年女人：「也許你只是膽小而已。」

無限忠於：「即便膽大，我也不知道該對誰。」

中年女人：「那你現在試著對我談，怎麼樣？」

無限忠於：「？？？」

中年女人：「網戀是很安全的，不會傷害任何東西。」

劉軍第一次進聊天室，在一大堆讓人眼花繚亂的網名中，跟「中年女人」打了招呼，他覺得這個名字讓人感到踏實。而「中年女人」似乎也對他這個「無限忠於」很有興趣。對聊是從各自的名字開始的，但是聊著聊著話題便轉向了情感問題。而「中年女人」在談到敏感話題的時候表現出的坦白與率直也讓劉軍感到舒服，漸漸地，劉軍便也變得無所顧忌了。劉軍試圖在網上尋找的其實正是這方面的東西，當然，他也忐忑不安地期待著更多。

劉軍所期待的東西，他的一個同事已經先行實踐過了，劉軍在暗中是把這個同事當做了榜樣。這個同事有一個在網上認識的女朋友，開始只是聊聊天而已，後來發展成了戀情，網上聊天已經不過癮，於是變成了網下的電話，對方約他去見了一次面，回來的時候已經成了情人，那個遠方的女人每到節日長假總是坐火車來和劉軍這位同事相聚。雖然劉軍很為這位總是拿著手機和對方聊天的同事的電話費操心——劉軍很不以為然，劉軍想：「如果是我，我才不會花這麼大的代價呢。」但他對同事有一個安全的情人還是很羡慕的。校園網開通之後，劉軍便每天晚上都泡在辦公室裡上網，因為校園網是免費的。

晚飯後，走在去辦公室的路上，看到幾乎每個視窗都透著燈光，劉軍就會惡狠狠地想，不知有多少人，這會兒正在網上搞情人呢。不過隨即他的內心裡就會煥起一種溫暖的感覺，在那個神奇的網上，也有一個等著他的「中年女人」。他很慶幸這一次自己終於沒有顯得太落伍，腳下的步子也輕快了許多。

半個多月的網上聊天之後，「中年女人」已經成了劉軍的情感寄託。有時候在上班時間，劉軍也會偷空到「中年酒吧」去探頭探腦地看上幾次，如果「中年女人」恰好也在，他就匆匆地打個招呼，而後非常心虛地左右看看，然後迅速下線。在內心裡，他已經非常迫切同時又是忐忑不安地期待著和「中年女人」的關係有進一步的發展。但他卻又怯怯地不敢要她的電話號碼，他並不是怕打電話，他怕的是電話會吃掉他很多錢。在這一點上，他是個非常猥瑣的人。

不過，一個猥瑣的人也有他的運氣。劉軍突然有一個華北地區的差要出，其中便有「中年女人」所在的石城。於是劉軍上網告訴「中年女人」，她顯得非常興奮：「我們可以實實在在地約會了呀！」劉軍當然也喜不自勝，但他並沒有表現出來，只是說到時會給她打電話，於是劉軍趁機要她的電話，她給了一個手機號碼。

*　　*　　*

臨上火車的時候，劉軍第一次給「中年女人」打電話，她的聲音非常好聽，很像上海電影譯製廠的某一個配音演員，那個女演員劉軍曾經在一次電視晚會上看到過，是人到中年風韻猶存的那種，有著劉軍所喜歡的長相。這樣一來，劉軍便把那個女演員和即將見面的「中年女人」看成了一個人，劉軍的內心異常歡喜，一直以來都非常不真實的漢字形的女人現在終於變成了一個現實的形象，而且是劉軍所喜歡的那種，劉軍的興奮自不待言。躺在臥鋪上的劉軍，感到自己的身體正在積攢著一種衝動。

劉軍無法入睡。劉軍的身體隨著列車的晃動翻來覆去，他反覆地想像著他們見面的情形。他走下火車，看到她圍著一個方格的披肩站在月台上，在相距幾米遠的時候，她也看到了他。她向她走來，漸漸地張開雙臂，而他向她走去，扔掉了手上的提包……劉軍的思緒突然停住了。會不會有這樣一個擁抱？他很懷疑。同時他也覺得這似乎有點模仿一部外國電影中的鏡頭，有些太過浪漫了，而對一個中年女人來說，也輕浮了一點，顯得不夠矜持。那麼，她應該是在出站口等他，手上舉著一個牌子，但他立即就否定了這個設想。她是一個優雅的女人（就像那個配音女演員），一個優雅的女人是不會舉著個牌子站在出站口擁擠的人群中接站的。她應該是站在出口外開闊的廣場上一個讓他一出來就看得到的地方，他向她走去，而她在看到他的時候，只是矜持地笑一笑，等著他走過去，然後問他：在車上睡得還好吧……劉軍的思緒又一次停頓，接下來是握手寒暄，還是就讓她把手伸進他的臂彎裡讓他挽著，劉軍有些難以確定。握手顯然有距離感，像同事朋友而不像情人；直接就挽著又像是舊情人老相識，但他們不是，他們還只是第一次見面。那麼，到底該怎麼見面呢？劉軍此前沒有任何這方面的經驗。他很努力地想像著，想得非常疲倦，想得上下眼皮打架……

最終她還是讓他挽著走進了房間。一進房間，隨著關門聲，他手上的包也便滑落了，他們沒有鋪墊地相擁在一起。她先是把頭伏向他的肩頭，而他則深深地呼吸著她的頭髮裡散發出的香波的氣味，他的嘴唇滑向她的頸，他在尋找，而她很順從地扭轉了頭，迎向他的嘴唇。他能感覺得到她的呼吸在變得急促，她的胸也在很用力地貼向自己，他的一隻手這時候很善解人意地游向她的胸前，隔著衣服在揉搓著。她似乎想要掙扎一下，結果是披巾和外衣一同落在了地上，而她環在他腰上的手臂這時候則更用力了。他已經感覺到她的身體的慾望，他用力地深吻著她，手也在摸索她的衣扣。不知不覺中他們已經來到了床前，她已經褪去了衣服，身體展開在床上，但他卻仍然是渾身披掛整齊。她盯著他，眼睛裡有一種乞求的光在幽幽閃動，但是，他並沒有進一步的動作。這讓她感到疑惑。還等什麼？

是啊，還等什麼呢？他自己也在問。但他的內心其實很清晰地在告訴他，這是老婆之外的第一個女人，我得好好地看看她，我得好好地看看，不同的女人到底有什麼不一樣。他的手和眼都在她的身體上遊動，而她已經等不及了。她主動地解開了他的皮帶，她的手伸向了他的下面……一陣快感之後他突然醒了。他感覺到自己手上的濕，在夢中他竟然在自慰！已經完全清醒的劉軍感到羞愧而又懊喪，躺在自己的鋪位上一動不動。

*　　　*　　　*

劉軍倉惶地離開了出站口，頭也不回，像個小偷在逃跑。直到找到旅館住下來，他才來得及想自己為什麼會這樣。是她和自己想像中的「中年女人」反差太大而顯得有些不真實？還是那張過於年輕也過於美豔的臉把自己嚇著了？然而，年輕美豔有什麼不好？那麼是自己因為大喜過望變得慌張了？劉軍本來沒想到她會這麼年輕，這麼美。甚至比他所喜歡的那個配音女演員還要美豔，這張太過年輕美豔的臉讓他有點自卑，有點自慚形穢，讓他感到不知如何面對。

現在劉軍無論如何沒法把在「中年酒吧」聊天室裡認識的「中年女人」和那個在出站口舉著牌子的年輕女人聯繫在一起。為了尋找某種驗證，劉軍吃過飯之後，在旅館附近找了一個網吧，他希望能在「中年酒吧」聊天室裡看到「中年女人」。但是他沒有找到她，整整一個小時，「中年女人」並沒有出現。於是劉軍開始安慰自己，也許她因為沒有接到自己正在著急，沒準她現在正非常沮喪地坐在家裡，她根本不會想到自己這會兒會到網上來找她。那麼……她會打電話！劉軍這時才恍然大悟似地想到，自己的手機一直都沒有開機。

但是，自己要不要給她打個電話呢？劉軍非常猶豫。

面對螢幕，或者在想像中，劉軍可以視她為情人，可以什麼話都敢說，什麼事都敢做，而一想到一個電話之後也許就會真實地面對面，劉軍又感到心裡發虛。那種赤裸著身體站在她面前的感覺劉軍無論如何不能承受，況且他在出站口看到的女人和他想像中的「中年女人」完全不同，簡直就是完全陌生的另一個人。而這個年輕美豔的女人竟然瞭解他內心裡隱密的情慾！

怯懦而又小心的劉軍走出了網吧，來到街上的時候，他突然有了一個主意。劉軍並沒有打開自己的手機，而是走到街邊的電話亭裡，用公用電話撥了她的手機。他還沒有想好要說什麼，但他就是慾望強烈地想打這個電話。然而——然而電話裡的聲音是「您所呼叫的用戶沒有開機，請稍後再撥。」劉軍一下子感到失望，雖然他並沒有想好要說什麼，但他還是有一種莫名的失望。

站在石城街頭的劉軍，現在已經沒了主意。劉軍雖然心有不甘，但也沒有非見到她不可的執著勁兒，他本來就不是一個具有冒險精神的人，更缺少面對失敗和尷尬的勇氣。之所以能鼓足了勇氣打電話告訴她自己要來石城，只是因了這個意外的出差所催生出的一時激情，現在他已經失去了臨上車時的熱望，便找出另一個說詞安慰自己：「我又沒說是專門來跟她約會的，本來就是順便的事情，既然不順，那就算了吧。」劉軍這樣想過之後，便決定下午辦完事，晚上就乘車離開石城去北京。一走了之永遠是劉軍這種猥瑣之人的上上之策。

不過，劉軍這個猥瑣之人仍然有一絲絲的不甘心。猥瑣之人於是有了一個猥瑣的想法。辦完事之後，他又去了網吧，他換了一個名字進入「中年酒吧」，這時他看到了「中年女人」。劉軍迅速地給「中年女人」打了一行字：「我是劉軍的同事，劉軍因故未能來石城，托我帶了禮物給你，請六點鐘在教育賓館門前等。」

劉軍其實已經不想跟她見面了，但在六點到六點二十分之間，劉軍還是站在教育賓館對面的街角向這邊張望，他只是為了在最後能讓自己的好奇心得到滿足而已。然而，他既沒有看到早晨在火車站出站口接站的年輕美豔的女人，也沒有看到他內心反覆想像的像某個配音演員的女人，甚至，他連一個站在教育賓館門前等人的女人都沒有看到。

徹底失望了的劉軍，悻悻地離開了石城。

* * *

這個故事的另一個結局是：劉軍撥通了電話。

聽著電話裡長長的等待音，劉軍的心驟然間突突突地狂跳起來，捏著聽筒的手也在不由自主地發抖，但他的腦子裡一片空白，他不知道自己該說什麼，只是沉默地捏著聽筒。「喂，是劉軍嗎？為什麼不說話？你在聽嗎？我知道你是劉軍，我想，我們還是不見面的好，互相都留點想像的空間。事情做到頭了其實也沒什麼意思，你說呢？你為什麼不說話？你在聽嗎？我知道你在……那就這樣吧，祝你在石城過得愉快。」聲音依然好聽，像某一部譯製片的配音，但是多了些冷漠，彷彿非常遙遠。接著是嘟嘟嘟的盲音。

盲音響了很長時間，劉軍才從懵懂中醒轉過來。這時的劉軍，心中突然有一種無名的惱怒。「這分明是在玩我嘛！我大老遠地跑來，難道就是為了讓你告訴我『事情做到頭了其實也沒什麼意思』？」劉軍有一種非常強烈的感覺，就是自己被這個聲音好聽的「中年女人」給耍了。你說不想見就不見了？我既來了，還非見你一面不可，我倒要看看你到底是個什麼樣的女人。

劉軍再次撥了電話。然而，電話裡的聲音如同機器：「您所呼叫的用戶沒有開機，請稍後再撥。」再撥就再撥。但是無論他怎麼執著，電話裡仍然是同樣的聲音：「您所呼叫的用戶沒有開機，請稍後再撥。」

在惱怒與失落相交織中，劉軍無可奈何地離開了電話亭，在冬日的石城街道上散亂地走著。一陣驟來的寒風刮過，他本能地縮了縮脖子，同時寒冷也讓他變得清醒。劉軍這才想起來，上車前打電話告訴她自己要到石城出差的時候，她只是頗感意外地「哦」了一聲，並沒有別的表示。至於告訴她自己的到站時間和穿著打扮，以為她會去接站，不過只是自己在激情中一廂情願的想像而已，她當時在電話裡並沒有任何的表示。那麼，車站上那個年輕女人呢？她又是誰？也許，那是另一個女人在接另一個也叫劉軍的傢伙。而且，那個女人確實也太過年輕了，根本不是「中年女人」的樣子。這樣想過之後，劉軍有些釋然了。

接下來，釋然之後的劉軍便覺得，即使見了面，也許真的毫無意思。因為他自己並不懂得怎麼和一個初次見面的女人溝通，他想像不出在寒暄之後應該再說些什麼。四十二歲的劉軍，是一個充滿情慾卻缺少情懷的男人，在他的潛意識裡，只有直接上床這一個念頭，但對方顯然並不是一個見了面就會投懷送抱的妓女，而他又沒有把一個初次見面的女人弄到床上去的本領。那麼，就只有尷尬地相對。或者，可以請她吃一頓飯？但若僅僅只是吃一頓豐盛的飯菜卻沒有別的結果，對內心猥瑣的四十二歲的職員劉軍來說，那是很不合算的事情。與其這樣，不如不見。在內心裡，劉軍已經同意了「中年女人」電話裡的說法：「還是不見面的好，互相都留點想像的空間。」

劉軍的想像，在回到單位的時候變成了一個豔遇故事。女主人公的形象被劉軍描述成車站上接站的那個年輕美豔的女人，場景有燭光晚餐和賓館的大床，故事的內容在隨便一本三流小說裡都找得到。不過，這個故事劉軍只是反覆地講給一個人聽，這個人就是劉軍自己。

荒蕪英雄路

七月的熱浪中，彷彿到處都有鄭奇的影子在隨著陽光閃閃爍爍，熱風也不失時機地吹送著關於鄭奇的消息。這是突然間發生的事情，似乎生活就要被這突兀的消息送上另一條陌生的軌道。那段日子裡，辦公室的電話異常頻繁地響著，彷彿是對鄭奇在本市的行蹤進行著追蹤報導。每當鈴聲響起，我就得迅速地繞過桌子，到門外走廊裡的電話台上去拎聽筒，如是反覆，幾天下來，我的胳膊竟像是經歷過了一場重大的舉重比賽，筋骨酸痛得不能活動。

「喂，老秦吧，知道麼？鄭奇回來了。」

「嗨，哥們兒，聽說鄭奇回來了，見沒見？」

「你猜怎麼著，鄭奇到師大去了，昨天有人看見他在師大後門那兒轉悠。」

「老秦，見到鄭奇沒有？……有人在雁塔路那段看見鄭奇，我還以為是找你去了呢，沒見？這就怪了，這小子回來怎麼誰也不見呢！」

我已經忘記了是誰第一個告訴我的，但那一段日子裡，鄭奇就像七月的陽光一樣在我的腦門兒和鼻尖上晃蕩，簡直沒處躲去。鄭奇幾乎成了我生活中的主要內容。當然，這也說明一個人的生活是多麼的有限！我的生活是多麼的有限！在這個城市裡，知道鄭奇其人的，也許上千，但是認識鄭奇的人不過幾十；我也一樣，我們畢一生之功，認識的人兒又有幾多？重要的也許只有幾個。鄭奇當然是重要的，我的意思是，與我往日的生活有著某種曲折的聯繫。十年不見，現在鄭奇突然回來了，我當然很想見見他。然而，繁忙，或者說我的粗心，使我忽略了一個隱約的事實，也就是說，鄭奇突然回來對我的生活所構成的威脅。我還以為老同學老朋友紛紛打電話給我報信只是出於往日的友誼，直到大力再次打來電話，我才感覺到，似乎並不這麼簡單。大力在電話裡說，有人在街上看見鄭奇和阿蓓在一起，大力又說，是隔著馬路遠遠地看見，也許並不是阿蓓。大力當然有安慰的意思。

阿蓓是我的老婆，大四的時候曾經與鄭奇有過一段隱約的戀情。鄭奇回來的消息，還是我告訴阿蓓的，阿蓓當時只是淡淡地說「是麼？出差還是玩兒？」可見阿蓓此前並不知道鄭奇回來的事兒。畢竟十年了，我們的生活，稱得上幸福美滿，阿蓓也似乎早已經淡忘。

大力第三次來電話，是約我們到師大對面的伊祥餐廳聚會。那是我們這幫人的老地方了，在師大讀書的那幾年我們常去，畢業分配定下來的時候，那場為了告別的聚會也是在那裡。那一天我們曾經有約，每年的畢業紀念日，都要在伊祥餐廳重聚。但是現在看來，那只是過於理想化的少年的豪情。畢業就像打開了籠子，以後是飛鳥各投林的日子，天南海北的，重新聚首並不那麼容易。這十年間，我們曾經有過三次聚會，每次都是大力張羅。第一個紀念日的時候，除了鄭奇之外，大家都到了。但是第二個紀念日，卻只到了一半。第三次聚會已經是畢業五年以後了，只有本城的幾位在坐。但是三次都沒有鄭奇，畢業以後，他就黃鶴一去無消息了。

大力在電話中說，鄭奇給他打了電話來，約他出去聊聊。他就想，不如把在本城的同學都叫來，一塊聚聚。雖然同在一個城市，但大家見面的機會並不多，有些甚至從五年前的聚會上分手之後就再也沒有見過，我連忙稱讚大力，是個絕好的主意。

但是後來卻出了點意外，我們並沒有見到鄭奇。

*　　　*　　　*

我把消息告訴阿蓓的時候，她也顯得很興奮，她說，是該聚聚了，我都快把他們的模樣給忘了。我趁機開玩笑說，把誰忘了也不能忘了鄭奇呀。阿蓓也一邊畫妝一邊嬌笑著說，那是當然。然後又補充一句，你不會吃醋吧？我嘴上說，老夫老妻了，至於麼。內心裡卻還是泛出了一點兒酸酸的味道。

由於阿蓓難得一見的著意打扮，在梳粧檯前反覆的顧影自憐，我們打車到伊祥餐廳的時候，大力等幾位已經先到了，他們正圍坐著一張空曠的桌子談著什麼，我們連忙趕上去與大家一一握手，就我們的遲到連連道歉。但是一圈手握下來，出乎意外的是沒有看到鄭奇。

「鄭奇呢？還沒來麼？」

大力像電影上的洋人一樣，聳聳肩，無奈地攤開雙手說：「走了。」大力學別人總是能夠維妙維肖。大力說他來的時候鄭奇一個人在喝著啤酒，大力說他們緊緊地握了握手，「但是鄭奇的手顯得十分無力，懶洋洋軟綿綿的，就像歷盡滄桑的女人那樣。」大力說著就坐回了桌邊，從桌下拎出個空酒瓶，作獨飲狀，學著鄭奇的樣子給大家看。喝一口，說一句話。

「鄭奇說，西安是我的傷心之城。」

「鄭奇又說，但我還是回來了。」

「我說你這十年都幹什麼了？他就只喝酒不吭聲了。」

「我說你回來了就好，大家可以在一起幹些事情。我已經通知了老秦和阿蓓他們，在西安的今天都來，一是給你接風，二來大家也聚聚。誰知他卻突然站起來就要離開，他說咱們改天再聊。我攔都攔不住，他就打車走了。」

大力正說著，我就聽見身邊響起了嚶嚶的啜泣之聲。

是阿蓓，我的老婆，她哭得突然，哭得沒有來由，讓我們大家（尤其是我）感到沒有一點思想準備。我嘴上沒說什麼，但是心裡在想，阿蓓你哭得真是不合時宜，這是為的哪般呢？即便你們之間過去曾經有過點什麼，也已經過去十年了，當著大家的面，你這麼莫名其妙的一哭，不是把問題弄複雜了麼，也不知道大家會怎麼看我們；更何況你這一哭就哭壞了大家的情緒。

我得承認，阿蓓這麼不管不顧不能自持，十年來我還是第一次見到。我還一直以為阿蓓她是個矜持而堅強的妻子呢。她這一哭，那精心描畫的比平日更顯年輕靚麗的臉，也被弄得模糊不清了。

還是大力有心，他說：「阿蓓你身體不舒服麼？」阿蓓這才胡亂地掩飾一下，笑笑說：「沒事兒。」

*　　*　　*

我們這七八個人，就像大海裡的石子分佈在近三百萬人的城市，各自忙碌著自己的事情，或許偶有電話聯繫，但自從五年前那次聚會之後，再見過面的卻並不多，現在坐在一起，都有一種久違之後的興奮。雖說一恍五年，但這並不是一段短暫的時間，五年，時間會在暗中拆掉多少東西呀，乍見面陡覺年齡劇增，加上各自生活的變故，酸甜苦辣鹹，大家似乎都攢了一肚子的水兒要往外倒。如果不是阿蓓先自作主張地流淚，老同學們的話題也許就要從鄭奇開始了，但是阿蓓已經先哭過了，大家也只好暫時先小心地繞過鄭奇，就像《地雷戰》中的小鬼子繞過雷區，誰也不想先碰鄭奇、阿蓓和我之間的那根隱密敏感而又致命的弦。我覺得我們這些同學真是用心良苦，到底是學中文的，除我之外，雖然都已經先後離開了文教戰線，善解人意的品質卻都還保持著沒有改變。

交換過了脫離教師崗位的慶幸之感以後，又談各自的生活現狀，最後卻都不約而同地流露出一種曲折複雜的對教師和文學的懷戀之情，於是說到對我的羨慕，在編輯部工作，總算還沒有脫離專業。接著說到文學，這就要說到鄭奇了，這次聚會因鄭奇而起，他是這晚的語言之河裡繞不開的一塊礁石。這麼多年過去，大家多多少少都讀到過一些鄭奇的作品，而這個才華橫溢的鄭奇，去得一無消息，僅就這一點，十年來已經讓大家頗費猜疑了，加上他的突然回來，加上今晚不與大家見面就率然離去，也許還要再加上阿蓓的眼淚，這一切都使大家按捺不住地要奔鄭奇這塊若隱若現的礁石而去。

菜吃得不多，酒喝得不少，更多的是說話，所以嘴都一直都沒有閒著。也許大家覺得已經有了一些鋪墊，經過了一陣頗為周祥的緩衝，而且阿蓓已經談笑自如，所以可以去摸鄭奇這塊礁石了。還是大力先開的口，他說還記得十年前那次麼？鄭奇是怎麼說來著？

阿蓓把話接了過來，「十年再相見，把酒話桑麻。」這有點出乎我的意料，這種場合，實在不該由阿蓓把它說出來。

鄭奇很早就表現出了出眾的才華。還是在大二的時候，他就已經在《長安》上發表詩歌了，這在當時的師大校園猶如日出江花，驚起了一片熱切的目光。一時之間，追隨者眾，尤其是愛好文學的女孩子，驚羨中當然不乏愛慕，那可是文學的年代呀。但是鄭奇卻似乎一直只是游走於群芳之間，並不曾見他蟾宮折桂。只是到了大四的時候，才見他向相貌平平嫺靜沉穩的阿蓓頻頻發起愛情攻擊；但阿蓓卻是一如既往的沉穩平靜，沒有絲毫的自得或者受寵若驚，不像其他的女孩子，常常拿與鄭奇交往在室友中炫耀，數學系的陳苗，只和鄭奇一塊看了一場電影，便逢人就說鄭奇是她的男朋友了，然而一周以後卻見她哭得痛不欲生，大有不嫁鄭奇勿寧死之勢，結果鬧得校園裡滿城風雨。直到臨近畢業的時候，陳苗才恍然大悟：原來鄭奇喜歡的是阿蓓這樣的女孩呀！

那時候我和阿蓓還只是極普通的同學關係，直到十年前那次為了告別的聚餐，我們之間在感情上還都只停留在彼此印像不錯的同學的水平上。戀愛是後來的事情，因為分在相鄰的兩所中學，阿蓓在西安中學，我在八中，相隔不過百米，這才有了機會和可能，如果不是這樣，恐怕見面都很難呢。如果畢業分配的時候，阿蓓跟著鄭奇走了，或者鄭奇留在西安，生活就是另外的樣子了。

畢業分配的時候，一家編輯部已經點名要鄭奇了，留在西安而且名正言順地弄文學，我們大家（包括一些老師）都認為，這應該是鄭奇最理想的去向；但是鄭奇憑著一腔熱血和滿腦袋稀奇古怪的理想，出人意料地選擇了另一條路：到新疆去。我知道鄭奇對藍天白雲草原駿馬懷著深深的近乎病態的迷戀，我還知道鄭奇那時候並沒有讀過弗羅斯特的名詩《沒有走的路》：林中的路分成兩股／我選的一條人跡罕至／千差萬別由此產生。

阿蓓後來告訴我，決定分配去向的最後關頭，鄭奇曾經求她，要她跟他去往西天。阿蓓說，那是一個陰鬱沉悶的晚上，在大雁塔下那片稀疏的林子裡，鄭奇跪著，滿眼淚水地求她隨他去新疆。阿蓓拒絕了他。阿蓓說，我怕受苦，我希望過安定平穩的日子。現在回想起來，我和阿蓓的戀愛，似乎就是從反覆地談論鄭奇開始的。進一步追問，也許就是從那次為了告別的聚會開始的。

那天晚上，我們全班包下了伊祥餐廳，大家都喝得很多，依依惜別之外，更有一種壯懷激烈的氣氛，當然這主要是因為鄭奇。唱過了畢業歌，然後還朗誦了詩，但是現在卻已經全然忘記，只有鄭奇的話是難忘懷的。他搖搖晃晃地舉著杯子，直視著阿蓓說，「好姐妹們，希望你們像十二月黨人的妻子一樣，到新疆來找我。」然後很驕傲地揚揚頭，把一大杯白酒一飲而盡。他重重地放下杯子，自己卻並不坐下，他扶著桌沿站穩，聲音粗濁地又說一句，「十年再相見，把酒話桑麻。」然後轉身，義無反顧地大步離去。我們一下子被他震驚，目送著鄭奇有些搖晃的背影，一時間鴉雀無聲，空氣彷彿頓然凝固。

就是在這時候，阿蓓哭了，阿蓓嗚嗚地哭了。接下來，很多女同學也哭起來，難以抑止的樣子。我很吃力地想幽默一句，我說，麵包會有的，一切都會有的。我說完的時候，沒有一個人接茬，只是阿蓓抹著淚眼認真地看看我。後來我想，這也許就是我和阿蓓的關係的開始。

* * *

一切，似乎早已註定。有些人終其一生都將平平常常默默無聞；有些人即便是幹出了驚天動的事情，但是總讓人無以置喙；有些人無論幹什麼，卻總是人們談論的中心。鄭奇就屬於後者。鄭奇臨走那天所設下的懸念，曾經令我們猜測不已，但是至今沒有答案。鄭奇的行李主要是書，一共裝了六大箱，他還用毛筆在上面標上俄蘇文學、英法德文學、美國文學、中國文學、理論及其它等字樣，但是到了要貼行李籤裝車的時候，那箱俄蘇文學生生地沒有了。鄭奇是俄蘇文學狂熱的愛好者，心愛的寶貝沒了，他的心情可想而知，他為此搜遍了中文系宿舍，幾位可疑分子甚至都遭受了鄭奇的飽拳，但是始終沒有找到。大力開玩笑說，「鄭奇要死了，誰拿走了趕快送回來吧。」以後的日子裡，我們曾經反覆猜測，直到今天，它卻仍然是一個不解之謎。鄭奇的生活，總是有許多難解之謎。

丟了心愛之書的鄭奇，彷彿突然被閹了一般。第二天我們去車站送他，直到開車，他都以那種蒙羞的沉默注視著大家，然後就那麼義無反顧地走了。此後便斷了與所有同學的來往，沒有一個人接到過他的片紙隻字，也沒有見他回過西安。我們只是斷斷續續地在刊物上讀到過他的作品，詩或者小說。知道他還在寫。但這十年間，卻從未見他在西安的刊物上發表作品。我們只是憑藉著隨風而逝的傳言，猜想著鄭奇的生活。最初我以為他會在烏市，後來又聽說是在石河子，有人說在吐魯蕃的葡萄節上見過鄭奇，更有人說是在日喀則，還有人在阿克蘇見過他，也有人說在伊寧……。種種傳言，飄忽不定。

但可以確定的是，回西安以前他在深圳。

*　　　*　　　*

兩個月前，我去深圳組稿，在我們共同的朋友小丁那兒，意外地聽到了鄭奇的消息。詩人小丁是八年前到深圳的，在西安的時候，和我們交往密切。現在他在一家公司裡編企業報。到深圳時是下午，我在車站給他打了電話。我們的雜誌要搞一個西安人在深圳的專欄，我希望他能給我介紹一些在深圳的西安人。他說：「你晚上來吧，現在我還有一些事情需要處理。」聽他說話的口氣，似乎處理問題的方式已經美國化了，並不像在西安時那麼熱情，這讓我覺得很不舒服。在西安的時候，他可是把我們的宿舍當成了家的，動不動就跑來睡在我們的床上，而且還恬不知恥地讓我們給他介紹「有感覺」的女孩。

我只能先找飯店住下。洗了澡以後，我覺得應該到街上去轉轉，吃點東西。後來我覺得不如走路去找小丁，這樣可以打發掉剩下的幾個小時。在南山的一大片住宅樓中，我找到小丁電話裡說的那幢樓的時候，天已經黑下來了。我氣喘吁吁地爬到七樓，按響門鈴。小丁開門後，我們緊緊地握手。小丁說，我已經恭候多時了。我說真是不容易啊。

到了這時候，下午電話裡的小丁留下的不快頓時消失淨盡了，小丁依然是可愛的，就像在西安的時候一樣。進屋坐下後沒等我問，小丁就說我已經替你約了十幾個人，老闆、學者、記者、打工妹等等，各行各業，都是些可以自已捉筆的，保證你這次的任務圓滿完成。聽完後我說小丁你真夠意思，太令人感動了。小丁又說，有點遺憾的是鄭奇還沒聯繫上。我忙問是哪個鄭奇。小丁說，還有幾個鄭奇？當然是我們的鄭奇。鄭奇會在深圳？這著實讓我吃了一驚。小丁說鄭奇已經來了半年。小丁還說，鄭奇來的時候還充滿詩意呢。我說你趕快從頭道來。

小丁說，我們是在街頭偶然碰到的。他在找工作，正好被我遇見。我問他準備幹什麼，真是可笑，他竟然給我背詩，是顧城的《出海》：「我沒帶漁具／沒帶沉沉的疑慮和槍／我帶心去了／我想／到了海上／只要說一聲：我愛／魚兒就會跟著我／游回大陸。」沒等他背完我就說，哥們兒你太浪漫了，深圳可不是新疆，深圳可是個來不得半點浪漫主義的地方。我給他介紹了一家廣告公司，我覺得做文案挺適合他，誰知不到一個月他就炒了老闆，他在電話裡說已經找到了一家報社，我說那就好。但是我很少見到他，他不大願意和熟人來往。聽朋友說他後來又換了好幾個工作，但都幹不長，現在沒人知道他在哪兒。小丁說像鄭奇這種，憑著想像跑到深圳來弄文學的跳來跳去、自以為是的文化人，在深圳其實挺典型的，讓他寫寫自己的感受和經歷是很有意思的。

接下來的幾天裡，我一直在忙著約稿的事情，因為有小丁事先的約定，見面、談話都非常順利。但是一直沒有找到鄭奇。回來不久，約的稿件也陸續到了。前幾天還收到小丁的稿子，小丁在信中說，寫的是鄭奇，但是因為寫得太小說化了，而且寫到鄭奇在電影院找「雞」，並且寫到他跟她的性交，所以被主編打下來了。但我認為小丁其實寫到了作為異鄉人的鄭奇的本質，現在我把那最後一段引在這裡：「幾個小時在床上過去了，幾個小時的混合著的呼吸、共同的心跳⋯⋯，在這幾個小時中，他不斷地感到他在迷失，或者他在異鄉世界比他之前任何人跌得都遠，他覺得他是在一個連空氣都沒有一絲故鄉因素的異鄉世界。在那裡人會被極端的差異所窒息，不能做任何事情，在荒誕的誘惑中，只能繼續地遠去，更加迷失。」

我覺得小丁似乎已經預言了鄭奇的還鄉。

*　*　*

「一九九三年夏天，」大力說，「我為公司的事兒去烏市開會，抑制不住地就想去看看鄭奇。我知道鄭奇在《西部文學》發過作品，編輯部的人告訴我，鄭奇的地址是B城小學。會議結束後，我放棄了去天山旅遊的機會，登上了一周僅有一班的開往B城的長途客車。一路上我都在想，他怎麼會到B城這種遙遠偏僻的地方去呢？

「長途客車揚起濃重的塵沙，在隱約可辯的戈壁公路上顛簸了幾乎三十個小時，第二天下午才到達一片綠洲中的B城。在B城小學，沒有見到鄭奇，我只找到了鄭奇的妻子。她是一位支邊知青與當地維族女人的孩子，這從她的眉目之間很容易看出來。看上去，她的年齡要比鄭奇小許多，最多有二十歲。她很熱情地把我讓進他們那間泥屋，並且讓她三歲的女兒叫我叔叔。她說鄭奇不在，她說貴客來了，得去打些酒，就出去了。

「屋子裡除了日用衣物和廚具之外，就只剩下依牆而築的一大堆書了，此外別無長物。整個房間，看起來是過於簡陋了，當時我在內心裡很為鄭奇不平。我問鄭奇的女兒，你爸爸呢？他們的女兒瞪大細長好看的眼睛望望我，她說，『鄭奇要死了。』我說，你怎麼這樣說爸爸呢？她說是爸爸自己說的嘛，是他自己說『鄭奇快要死了』。我問她，爸爸幹什麼去了？她回答『不知道。』

「在B城的兩天裡，鄭奇的妻子告訴我，鄭奇現在情緒很壞，作品也不寫了，書也不讀了，動不動就發火，喝了酒就大喊大叫『鄭奇快要死了，鄭奇要死了』。她說，他想離開B城，但是兩次都被別人給攪了。一次是一九九一年，烏市的一家刊物想調他，都準備發調令了，但是有人造他的謠，說他精神不正常；前不久他又聯繫州電視台，結果是他的一位朋友把他給頂了。這次他很傷心，回來後躺了三天，然後就出門去了。他經常這樣，一去幾個月毫無音訊，這次已經三個月了，我也不知道他現在在哪兒。

「第三天，我坐著一輛去烏市的順車離開了B城。我給鄭奇的妻子留下名片，希望鄭奇回來後跟我聯繫，後來我也曾給鄭奇寫信，但是一直沒有回音。」

「他為什麼不跟我們聯繫呢，我們大家都可以想想辦法，幫幫他的。」

「你忘了他走的時候那嚴峻的樣子，他肯定是暗中發誓不回西安的。」

「那他現在怎麼又回來了呢？」

「誰知道，也許有什麼事情。」

「大力他剛才沒有跟你說別的嗎？」

「沒有，他只說改天再聊。」

鄭奇回來了，現在就在西安的某一個角落，也許他此刻正在某一條街道遊走？但是關於他，我們大家似乎已經沒什麼可以再聊了。我們的聚會也就在懸浮的關於鄭奇的話題上結束。從伊祥餐廳出來的時候已經是午夜，我們感到一陣清爽，什麼時候下了陣雨我們全然不知。

可能是因為喝了酒，回到家裡，我感到自己的身體格外興奮飽滿，洗漱以後，我深深地注視著自己的妻子說：「阿蓓。」這是我們之間的暗語，只有阿蓓懂得那意思。以前只要我這樣叫她，她就她嬌嗔地說聲「貓饞」，然後溫柔順從地擁入我的懷抱。但是今天阿蓓似乎有些恍忽，「嗯」了一聲，過一會兒才想起什麼似的問道：「幹什麼？」

「你在想什麼？」

「鄭奇。你說鄭奇他……」

「他怎麼？」我打斷她。

「荒蕪英雄路。」

底層故事

馬路牙子上的小男人

小男人坐在家屬區外面的馬路牙子上。小男人的面前是他的飲料攤。在明亮的陽光裡，那些飲料、啤酒、香煙以及各種小包裝的食品，顯得格外鮮豔，相比之下，坐在它們後面，被樹蔭罩住的小男人就有些灰頭土臉。

小男人一直坐在那裡，像一個正在出汗的蠟人，他的表情是荒涼的。有人走近來買東西的時候，他才會遲緩地動那麼一下，然後繼續以那種頹然的姿勢坐著，表情荒涼如乾旱的土地。時而有汽車或摩托車駛過，車聲對小男人的坐姿沒有絲毫的影響。他早已習慣，早已麻木。

如果小男人站立著，我們就會看到他很誇張的O形腿和垂掛在兩邊的特別長的雙臂。雙手過膝用在小男人身上，絕對不是一個誇張的說法。小男人如果走動起來，就會像動物園裡的猩猩，因此常常惹得孩子們發笑。

小男人是一個三十九歲的男人，但是看上去還要顯老一些。

這個下午，小男人一直就那麼荒涼地坐著。陽光太強烈了，沒有多少行人，也沒有多少生意。小男人偶爾會翻動眼皮，望一望南面遙遠的山巒，那是秦嶺，在雨後初晴的天氣裡難得一見地清晰。有時候，他覺得他似乎看得見自己插隊的地方。他知道那其實非常遙遠，是一種望山跑死馬的距離。

小男人的內心也有一種望山跑死馬的疲憊。

小男人的生活理想其實很簡單，一套兩居室的房子，一個美麗的女人，一個兒子，上班下班，一種穩定而平靜的日子。小男人結婚很晚，但他娶到了一個美麗的女人，雖然是沒有城鎮戶口也沒有工作的農村女人，但她足夠美麗。小男人知道自己的條件，一個美麗的農村女人已經很讓他知足，同事們說他豔福不淺，雖然有打趣的成份，但他心裡是甜的。後來有了一個女兒，女兒很乖，漸漸懂事後非常善解人意，也讓他滿足。兩居室的單元房雖然遙遠，但是有一間小平房住著，也可以慢慢地熬了，熬到時候，總會輪到他的，大家都是這麼熬過來的。小男人知足常樂，工作勤勉，沒有過多奢妄的日子，一天天地好起來，小男人晚上抱著自己的女人，眼角是含著笑的。但他很快就笑不出來了。小男人下崗了。拖著妻女的小男人幾乎絕望。是車間的工友們幫他籌畫了這個飲料攤。工友們說，下崗沒準兒會讓你發財呢。小男人當然知道自己是發不了財的，兩年來的變故，只是讓他感到疲憊，一種望山跑死馬的絕望的疲憊。

小男人像一尊神一樣坐在他的飲料攤後面，表情荒涼。但他的眼睛在動，他的嘴角也會不經意地抽動一下，不過沒有人知道他的內心。只有到了下午，他的表情才會鬆動，那是在學生們放學的時候，那是他一天當中生意的第一個高峰期。但是今天不同。今天，他的表情並沒有隨著生意的到來而生動。

「看到沒有？小男人今天情緒不對。」

「怎麼不對？」

「臉黑得像要閃電打雷。」

「怎麼啦？」

「他的女人又走了。」

聽話的人立即想到了那個漂亮的女人。

聽話的人於是會心一笑。

他們就站在家屬區的門口，只隔著十米的距離，小男人並沒有朝那個方向看，但他聽到了他們的談話。小男人手中的飲瓶掉到了地上，砰地響了一聲。飲料滋滋滋地冒著汽泡，碎玻璃四濺開來。小男人頹然地坐了下來。

「是你自己摔碎的，給我重拿一瓶。」

*　　*　　*

小男人的攤子再一次地冷清下來。下一個高峰要到晚飯之後，等到那些利用下班時間賣烤肉串的賣涮鍋的人出攤的時候。烤肉串和涮鍋和啤酒飲料小食品是相互寄生的，在這夏天的晚上，他的生意可以持續到午夜。通常是在晚飯的時候，女人會來換他回去吃飯，吃完飯他便從家裡推著小車拉出幾捆啤酒，晚上主要是賣啤酒飲料。女人回去洗了鍋碗，也會跑出來幫他一把。實際上晚上的生意主要靠他的女人招徠，他的女人是善解客人意的女人，她毫無忌諱地和客人們打情罵俏，即便有人在她身上蹭上那麼一下，她也一點都不惱，而她順便也就賣掉了幾瓶啤酒。這樣的晚上，小男人是幸福而多話的，他會有一搭沒一搭地和人們聊上幾句閒話。但是小男人現在已經無話，他只是陰沉地想起這些，臉上的表情更加荒涼。

小男人一動不動地坐著，馬路上嘰嘰喳喳的下班的女人們，讓他想到自己的女人。他的女人是太過於漂亮了，這都是漂亮招來的禍呀。他的女人已經是第三次跟別人走了。第一次的時候，她說是要回鄉下的娘家住半個月，回來的時候換了一身的行頭，並且帶著一大堆鈔票，足有一千塊，她說娘家的哥哥給的，小男人沒有在意。但是到第二次，他就知道是怎麼回事了。第二次是一個男人開著吉普車來接她，車就停在家屬區的門口，大家都看到了，他的女人上了那車，大家也都看到了那是一個什麼樣的男人。人們私下裡議論：她幹上那事了。人們說，都什麼年頭了，她那麼漂亮，跟著小男人虧呀。

小男人心裡明白是怎麼回事，但他沒辦法攔她，他不知道該怎麼說，他只是說別去，你別去。但是女人仍然很風光地從人們的眼皮底下走了過去，他不能追到家屬區門口去攔，他屈辱得連家門都沒出，只是憤憤然而無奈地看著打扮得十分光鮮的女人從門口消失。女人回來以後，他罵她，打她，跪下求她，但是女人始終一言不發。他後來揪著她的耳朵說：「你倒是說話呀。」女人慢騰騰地說話了，她說：「我也是為了這個家呀……」女人話沒有說完，小男人倒先自哭了起來，女人也哭了，兩個絕望的人抱頭哭在了一起。這才過了沒幾天，女人又走了。女人是今天上午走的，那時候他剛剛出攤，他坐在馬路牙子上自己的攤子後面，看著女人從家屬區出來，攔了一輛計程車走了。小男人失神地把頭轉向另一個方向，他咬了咬嘴唇，臉一下子變得荒涼起來。

小男人一動不動地坐在馬路牙子上，像一尊陰森的神。只有眼睛的眨動，尚能看出一點點活人氣兒。往常，這應該是他的女人來換他回去吃飯的時間，但是今天不會有人換他了，今天晚上的生意也肯定是沒有往日的好，以後可能天天就都這樣了。也許還會有人問你：今天怎麼沒看見你老婆啊？小男人這樣想著，感到內心裡一片黑暗。小男人忽地坐起來，恨恨地收拾攤子了。

「你這麼早就收攤啊？」有人問。

小男人看看問話的人，想罵一句發狠的話，但他終於還是沒有出聲，只是咬咬自己的嘴唇，在心裡說，「他媽的，不做了。」

*　　　*　　　*

小男人回到家裡也不做飯，只是給女兒和自己每人泡了一包速食麵，女兒問他：「不等媽媽嗎？」小男人沒好氣地說：「媽媽去姥姥家了。」乖巧的女兒見他臉色陰沉，便只顧低下頭吃面，再也不吭聲了。

從上午開始，小男人的心裡就被屈辱和怨恨脹滿了，但他無處發洩。甚至，他都不知道該恨誰。恨他的女人，可女人說她也是為了這個家，他立即就恨得沒有道理了；恨女人的漂亮，如果他的女人不是那麼漂亮也許就沒這事了，可那漂亮也是他喜歡的，所以他不能恨她的漂亮；後來他只好恨自己，恨自己沒有本事，養不了老婆孩子，恨自己管不住老婆；接下來他還恨這個工廠，工廠讓他下崗了，如果不下崗他也不會落到這個地步，但是他又覺得這恨沒有道理，因為下崗的人很多，比他年輕比他聰明比他能幹的人也下崗了，可人家下崗又出去打工了，而他沒有別人的能耐，所以想了一圈之後，他還是只能恨自己。小男人這樣想著，吃完了麵，在屋裡轉著圈兒，仍然心氣難平。僅僅是恨也倒罷了，更多的卻是屈辱，這樣的屈辱讓他覺得自己不是個男人。

「他媽的，不做了。」

小男人打了一瓶啤酒喝著，接著又打開一瓶，並且撕開一包花生米下酒。這都是他攤上賣的東西，在平時他是不捨得的，就連女兒想吃一包蝦條，他都要吭嗤吭嗤半天想給不想給的，可今天他對自己很大方，可見一個人如果內心裡發了狠是很有些摧毀力的。幸虧小男人沒有什麼朋友，也不喜歡傾訴，否則他這個小攤販的備貨一晚上就會被消滅乾淨的吧。當然小男人也確實想不起什麼朋友，女人在的時候他會跟女人說，現在他只跟自己說話，恨自己活得不像個男人，然後就唉聲歎氣，慢慢地他就又可憐起自己來了。明明是自己的老婆，這會兒卻不知被什麼人摟在懷裡，壓在身下，而自己還要遭人斜眼，被人當笑話。小男人覺得自己很冤，但這冤又是不能訴說也無處訴說的。這樣想的時候，小男人就有些憤憤不平，他一口氣喝掉了瓶中的酒，看到女兒早已經很乖地爬在床上睡著了，他便鎖上門出去了。

*　　*　　*

出了家屬區的大門，是一條東西向的馬路。這裡地處城市的東部邊緣，沿著馬向西通向市區，向東是城鄉結合部，再東面就是大片的田野了。小男人出了家屬區的大門，未做絲毫的停留，就低著頭向東走了。家屬區門口夜市一般的小食攤現在正熱鬧，納涼散步的人也正多，裡面有很多是認識小男人的，他怕被人問起，所以他只顧低著頭向東，一直向東。

從上午到下午，小男人的內心逐漸陰沉，而到了晚上，他的內心已經黑暗到了極點。小男人本是忍屈受辱慣了的，日常很會寬慰自己，但是小男人並不是麻木之人，他還沒有活到那種地步，屈辱到極點的時候他也會發狠。

發了狠的小男人內心裡現在有一個陰暗念頭，他知道自己要幹什麼，小男人的目標非常明確。

東郊這片大廠集中的地區，幾十年下來，已經形成了一個鎮子一樣的小社區，而在東邊的城鄉結合部地帶，近些年來沿路兩邊形成了被人們稱為髮廊一條街的地段。招牌是美容、洗髮、按摩、浴足，而裡面遮遮掩掩五花八門的內容，人們也曲曲折折地知道一些。小男人當然也聽說過，小男人就是奔這裡來的。

上午女人走了之後，小男人一直在想的一個問題就是她會去什麼地方，髮廊一條街就多次在小男人的腦子裡打轉，但他後來又否定了自己的想法，否定的理由是這裡似乎離家太近了一點，但是更遠的地方，小男人無法想像，但這個髮廊一條街卻一直在他的腦子裡打轉。到了晚上喝掉兩瓶啤酒的時候，他的內心突然有了一個陰暗的主意。我們無法知道他當時是懷著復仇的心理還是發洩，但他當時想的，就是要這麼恨恨地搞上一下。

小男人並不是一個愚鈍之人，平時雖然話少，但是耳朵卻很會聽。從人們的閒言碎語中，他知道了廠裡有些人的老婆或者妹妹也有在外面做小姐的，但人家都有一個好聽的說法，是到南方打工去了。他知道有些男人會拿打工的老婆寄回來的錢去髮廊裡消費，有些男人甚至會在閒聊的時候說到哪家的長什麼樣的小姐好，哪家的便宜，哪家的貴。小男人只是聽聽而已，他以前從沒動過這樣的念頭，小男人的老婆很漂亮，小男人心裡很知足。但是這天晚上，發了狠的小男人藉著酒勁，頭也不回地朝這裡來了。

不過真走到這些路邊店門前的時候，小男人膽怯了。他不知道自己怎麼走進去，他不知道自己該怎麼說話。小男人探頭探腦地在店門口張望一下，然後又迅速地閃過去，對著下一家的門口張望。那些店門上的玻璃都是貼了彩色膠條的，他並不能立即看清裡面的景象。到了另一家的門口，小男人還未探頭，已經有小姐在門口招呼他了，「大哥，進來放鬆放鬆，一個鐘十塊錢，很便宜的。」說話間已經伸手拉拉他了……

後來聽說小男人是被人打了扔在馬路牙子上的。

作者的一點說明

我們姑且把小男人叫陳建平（也許叫李建平張建平劉建平或者根本就不叫什麼建平，這並不重要），小男人我認識，我們在一家工廠裡工作。陳建平下崗前是扳金車間的工人，我在廠裡的時候見過他，因為他的長相特別，所以容易記住。陳建平娶了一個小他十幾歲的漂亮的農村老婆，這事廠裡很多人都知道；陳建平下崗後在家屬區門口擺了個小攤，我是見過的，我和他不住一個家屬區，但上下班要經過他住的那個家屬區，我經常看到他坐在馬路牙子上的樣子；陳建平的老婆我沒有見過，或者，也許見過但並不認識，因為我晚上也在他擺攤的那一帶吃過幾次烤肉喝過啤酒。他老婆的事兒我是聽人說的，他去髮廊找小姐結果被人打了扔在路邊的事兒也是聽人說的，據說是小姐要一百塊錢，但他只有二十，並且只給十塊，因為小姐拉他進去的時候說的是十塊，小姐說洗大頭十塊，洗小頭一百，結果被人搜去了身上的二十多塊錢，然後被打了一頓。傳閒話的人說得有聲有色，我聽得卻很不是滋味。

當時我還在那個廠裡的職工教育處工作，那兩年的主要工作就是給下崗職工進行再就業培訓，記得是給陳建平上過課的。工作之餘我喜歡寫點小說之類的東西，陳建平的「事蹟」（姑且說是「事蹟」吧，我不想用「遭遇」這個詞兒）令我內心酸慌，他坐在馬路牙子上的樣子真的就是一片荒涼，而且總是像個照片似在在你的腦子印著，揮之不去。當時我覺得，能讓我感到不可磨滅的東西，應該就是值得寫的罷。我寫了他，想留下一點點關於這段時期生活的記憶。

寫於四年前的這篇《馬路牙子上的小男人》，只能算是半篇小說，未能完成的原因是我寫不下去了，我不知道小男人接下來的命運會是什麼樣子。在這篇小說的寫作中，我感到自己的文學想像力非常的遲頓而且貧乏，而寫實又竟然是如此之難，我無力也無意編織一個故事來完成它，所以只好就這麼放著了。後來我辭職離開了那間工廠，也離開了那座城市，接下來的生活發生了許多變故，而我再也沒有了陳建平的消息。現在之所以重新拾起來，是因為我最近意外地見到了他。

下面的文字，可以看作這篇小說的結尾。

醫院裡的女人

今年三月，我的朋友于胖子因為膽結石急性發作住進了醫院。于胖子和我同在省城的一家報社打工，我們合租了一套兩居室的房子，從過完年上班，他的疼痛就日甚一日，常常在夜裡疼得呼天搶地，鬧得我不僅夜裡沒法寫稿，簡直就無法入睡。那天夜裡他又疼得嗷嗷叫了，我只好把他送進了醫院。診斷是膽結石急性發作，大夫的建議是進行膽囊摘除手術，那種叫做內窺鏡的手術方法非常簡單，刀口也小，恢復得很快，但是費用比較高。做還是不做，于胖子很猶豫，但我強按著讓他在醫院住下了，我說你不做不僅是你自己受折磨，連我也跟著受罪啊。

這間病室裡有六個床位，于胖子在靠窗的三床。二床的病人頭上纏著紗布，只有半隻眼睛露在外面，這讓我感到非常奇怪。因為這裡是肝膽泌尿病區，怎麼會有頭上纏著紗布的人呢？雖然心存疑問，但我也顧不得多想，大夫們上班之後，我就陪著于胖子到各處作檢查和化驗了，樓上樓下的一直跑到中午才算告一段落。回到病房以後，我讓于胖子躺著休息，我說我出去弄點飯回來，但是于胖子不肯，于胖子說我已經不疼了，現在又沒有動手術。于胖子不疼的時候，當然就和健康的人沒什麼兩樣，我說也好。但是我們卻都沒有動，我們被二床的景象吸引了。

二床那個頭上纏著紗布的男人，這時斜靠在床上，一個衣著入時的美麗女人正在一口一口地餵著他，女人每舀出一勺，都要先在自己的嘴裡試一下冷熱，然後再送進男人的嘴裡，如同一個母親在飼養自己的嬰兒。男人做出很乖的樣子，但男人的長相蒼老而醜陋，看上去有四十七八歲，身體瘦小得從蓋的被子上根本看不出他的身形。而餵他飯的女人美麗妖豔，看樣子也就二十七八歲，最多三十。她時不時地要直一直身子，我判斷她的個子也不低，大約在一米六八到一米七之間，紫色天鵝絨的旗袍式長裙很好地襯出了她迷人的身材。她與他形成了極強的反差。而她餵著他的時候，表情恩愛而溫暖。正是午飯時間，病房裡人很多，人們時不時地都會把目光投向二床，觀看者的表情是複雜的。于胖子已經看得有些呆了，我不知道我自己的表情是什麼樣的，只是輕輕的捅了捅于胖子，悄聲說我們去吃飯吧。

吃飯的時候，我和于胖子一直在談論二床，後來我們在對二床這一對男女之間關係的判斷上發生了分歧。于胖子認為他們是情人或者是老夫少妻，當然也可能是二奶，他的前提是二床的男人是個大款或者什麼老闆；而我不這麼認為，如果真是大款或者什麼老闆，大概不會住這麼擁擠的病房，如果是二奶或者情人什麼的，女人也不會有那麼樣的殷殷如女的舉動，所以我的判斷是父女關係。我和于胖子為此還打了賭，誰贏了對方要請吃一頓烤鴨。吃完飯之後我讓于胖子先回病房，下午還有很多檢查化驗的結果需要他去拿單子，而我要到報社去給于胖子請假。

下午下班以後，我帶了于胖子的毛巾牙具口杯以及飯盒之類去醫院，到了病房以後，我注意地看了一下二床床頭掛著的牌子，上面的名字是陳建平。當時我只覺得是很熟的一個名字，但卻怎麼也想不起來是誰，叫這種名字的人太普遍啦，所以我也並沒有費力去想。因為託了報社領導的關係，于胖子的手術被安排在第二天上午，晚上我陪于胖子到十點，一直沒有看見二床的女人出現，心裡倒覺得悻悻的。醫院規定除了手術當天的病人，其他的病人的親友一律不能陪護過夜，所以我只得在護士的催促下離開。

* * *

好了，言歸正傳，我還是說說二床的女人吧。

第二天我一直在手術室外面守候于胖子，大概兩點多回到病房，我估計二床的女人已經來過又走了，晚上她是六點多來的，一直待到十點；第三天中午來過之後，晚上沒看到她。第四天中午和晚上都在。這期間，只要她在，我的目光總是在她的身上遊移，我不知道她是怎麼理解我觀察她的目光的。大概是第五天吧，晚上十點鐘左右，我們是先後離開病房的。出了醫院大門之後，我急不可耐地點了一根煙。在病房裡我已經被憋壞了。外面正刮著風，夾著絲絲的細雨，我站在醫院的門廊裡抽著煙，我打算抽完兩根煙再走。這時候我看到二床的女人出來了，經過我身邊的時候她看了我一眼，然後撐開傘往外走去，我一直在看著她的背影。大約她知道我在看著她，突然又轉身回來了。女人走到我身邊說，借一步說話好嗎。門口進進出出的人很多，而外面又在下雨，我揣著好奇跟女人走到了路邊公交車站的廣告牌下面。

廣告牌的燈很柔和地亮著，映著女人的側面，女人看著我：「說吧。」

我一下子給弄懵了。我滿臉疑地在看著她，是你要找我說話的，怎麼倒叫我說？是不是我這幾天來總是盯著她看，讓她起了疑心？但是我並沒有想說什麼的意思。

「你不是在等我嗎？」女人看著我，「你是公安局的？在監視我？我可沒做什麼事情，你找我幹什麼呢？」

我越發感到莫名其妙了。「我不是什麼公安局的，和你一樣，我只是在這裡陪護病人。」

「你不是公安局的？」女人的眼裡閃出些幽幽的光，表情也輕鬆了起來。「那你為什麼總是盯著我？噢，你看出來我是做什麼的了？」

「你是做什麼的？」我問了一句。

「你肯定知道，」女人盯著我的眼睛，表情變得妖媚，「你想要是不是？去你那兒還是去包房？」

坦白地說我當時非常吃驚，我無法把這個在病房裡堪稱賢慧溫情的女人和一個妓女聯繫在一起。此前，我還從來沒有如此近距離的面對一個妓女。

她的話一下子挑起了我的好奇心，也許是記者的職業習慣，我突然有一種很強烈的想和她聊聊的願望。

「我……我是個作家，」我沒敢說自己是記者，我怕嚇跑了她。「我喜歡觀察各種各樣的人和事，喜歡瞭解不同人的故事，也許我看你的時候很……沒有禮貌，真是很抱歉，請你不要介意。」

「哦……」女人的表情顯得有些失望，但是很快，她又現出了一種挑逗的表情。「我的故事很多，不知道你想聽哪方面的？」

「如果你不……不介意，那就說說你自己吧。」

「那就算是採訪了？」女人看著我，「如果你能付點錢的話……」

「我看你從中午到現在一直都沒吃東西，我現在也餓了，不如我先請你吃頓飯吧。」於是，我們坐在了醫院附近的一家飯館裡。

*　　　*　　　*

我的家在山區，你大概知道那個地方，那裡的水不好，很多人有大骨節病，男人都長不高。我初中沒上完就回家了，家裡供不起。但是我不願意嫁一個半截子男人，在那樣的地方過一輩子，從退學回到家裡的時候，我就在想著怎麼離開。我沒文化，也沒什麼本事，但我知道自己漂亮，大家也都說我長得漂亮，女人嘛，就只能靠長相了。有一次到縣城去趕集，碰到中學的同學，讓我到他家裡去耍，他說要我跟他好，我就跟他好了。那時候我已經十七八了，知道男人女人的事情，他家在縣城裡，我想將來嫁到縣城裡，總比在山裡活一輩子要好。

後來，不知道是哪裡的拐彎抹角的親戚，給我介紹了現在這個男人，說是在市裡的大工廠裡工作，年齡有點大，想找個農村的女娃，問我願意不願意。我當時就答應了。在市裡的大工廠裡多好，男人大一點有啥關係，再說人家還說能給我安排工作。當時我看了照片，看著也不是多老。後來見了面我才知道他個子很低，但是那時候事情已經定下了，我家把人家的彩禮也收了，我覺得這可能就是我的命吧。

我嫁給他的時候剛剛二十歲，他三十四了。雖然心裡覺得有點虧，但是他人很老實，對我也很好，也就不覺得不平衡了。原來說給我安排到廠裡的勞動服務公司上班的，不知道怎麼就吹了。那時候他還沒有下崗，他一個人掙的也夠我們兩個人花了，後來有了娃就有些緊，他家裡有時候給我們添一點，也能過去。他下崗以後就不行了，他車間的人對他好，幫我們在門口支了個小攤子。夏天的時候，一天也能掙個二十三十的，冬天就不行了，冬天一天能掙十幾塊錢。

噢，你是說我怎麼幹上這個了？你聽我慢慢說嘛。

有一回我回娘家，碰到原來跟我相好的那個同學，他發財了。我們那個山區蘋果多，他販蘋果發財了，有個啥儲運公司。他請我吃飯，還請我唱卡拉OK，晚了回不去，就讓我住他那裡。晚上他要跟我睡，我就跟他睡了，以前跟他好的時候也睡過，又不是頭一回，再說我是已經生了娃的人，我也不覺得咋了。他聽我說日子緊，還給了我一千塊錢。人家對我好，我也不能拂逆了人家的好意是不是？後來他老來尋我，他一到市裡來辦事就尋我，有一回還把車開到我們家屬院門口來接我。我知道老陳——也就是我娃他爸，心裡不美，我也覺得不對，所以他打我罵我也都認，但是跟我好的同學叫我的時候我還是想去，我同學對我也好。現在叫啥？應該叫情人吧，我是我同學的情人。我同學也說過想娶我的話，我沒答應，我已經生了娃，老陳人也好，老陳娶我的時候花了不少錢，老陳人也可憐，我離了婚對不住老陳也對不住娃。

後來的事情就難言了。我同學的生意做賠了，還欠了一勾子的債。欠市里的一個老闆最多，有好幾萬吧。那個老闆看上我了，叫我同學把我讓給他，債就免了。我不知道他們是咋商量的，那個老闆叫我陪他去南方收賬——我同學的蘋果大部分都販到南方了，都是我同學的賬，說是我同學走不開，叫我跟著收了賬還給那個老闆。出去了半個月吧，那個老闆天天叫我陪他睡，開始我不願意，老闆就把實話說了，說我同學是幾萬把我讓給他了，我不願意的話就得讓我同學還賬，我只得依從了他。回來以後他說要給我安排工作。這個老闆在外地有個夜總會，我就到那裡上班了，就是三陪，老闆來了，還要我跟他睡。夜總會裡也有出台的小姐，比我們掙得多得多，有時候也有客人想要我出台，我覺得自己又不是什麼乾淨女人，被人摸來摸去的跟陪人睡也沒有什麼兩樣，錢卻大不一樣，我慢慢地也就幹上了。我覺得趁年輕掙幾年錢，以後老陳和娃日子也好過些。

你說老陳知道不？肯定知道。他就是那麼個蔫人，也沒辦法，也沒指望，我當然知道老陳心裡很苦，但我又不能跟他明說。有一回我走了以後，他氣得也去找小姐，被人打了，還被扔在外面的馬路上。老陳丟人現眼，我心裡也不好受。我不在家，老陳也怪可憐的，又要管娃，又要擺攤子，想要的時候，身邊也沒個女人。後來我跟老陳說過，我說我不在家，你要是想女人了，就拿錢去個一回半回地，我也不怪你。不過老陳打那以後再也沒有去過，他就是這麼個老實人，有啥辦法。

我咋到省城的？以前那個老闆的夜總會被公安局封了，我也被關了幾天，放出來以後我就回去了，在家伺候老陳和娃。過了幾個月，以前一塊的姐妹中有到省城來做的，她們給我捎信，說老大——我比她們都大幾歲，以前她們就這麼叫——你也來吧，省城人多，錢也好掙，你人又長得好，生意肯定也好。那時候正是冬天，我們家裡住的是平房，沒有暖氣，冷哇哇的，攤子上也沒啥生意，在家裡閒著心裡慌得很，我就又跑出來了。再說省城離家也不遠，只有幾百里路，隔幾個月還能回去看看娃，看看老陳。

你說躺在醫院病床上的？就是我老陳啊。咳，你不知道，這不是過完年我剛出來嘛，也不知道他啥時候跟上我的，可能是我前腳走他後腳就跟上了。老陳走了娃咋辦？娃可能在老陳他媽那吧，娃已經上一年級了，不用太操心了。

老陳肯定是已經跟蹤我好幾天了，那天晚上我剛到夜總會裡上班，正好有客人叫我，老陳就衝進來了，我沒看清，也不知道是老陳，他就已經被保安拉出去了。保安拉他的時候他叫著我的名字在罵，我才知道是老陳。等我穿好衣服攆出去，老陳已經被打破了頭。我跟老闆把情況說了，老闆還算不錯，當時就借給我五千塊錢，叫我陪老陳看病檢查。這一查倒查出事了，頭上是外傷，縫了十幾針過些日子也就好了。可他老說肚子疼，醫生查了，說是肝，拍了片子，是肝上長了個東西，可能是瘤子，還不知道會咋樣，萬一要是惡性的，我可咋辦啊……。唉，你說我是不是命苦？我本來想，再做上兩年，把廠裡的房買了，再給娃攢些上學的錢。現在你看，這老陳要是病倒在床上了，你說我可咋辦？

女人哽噎著，已經淚眼婆娑了。臉上的妝已經模糊，我遞了紙巾給她。一個外表嬌豔、美麗動人的女人，內心竟有著這樣的苦楚，我此時也不知該說什麼好了，只能給她寬心，不會那麼嚴重的，吃著藥，慢慢地就會轉好的。

我們從飯館裡出來的時候，已經十一點半了，外面是三月淅淅瀝瀝的春雨，所謂隨風潛入夜潤物細無聲的春雨，而我卻感到寒冷。我問她住哪，要打車送她。她說免了吧，你給我個二十塊車費就行了。我掏出身上全部的七百多塊錢，留了二十塊錢車費給自己，其他的全給了她。女人推讓了一下，後來還是接住了，說了聲謝謝，攔了計程車走了。

第二天因為報社有事，我晚上才去醫院。二床已經住了另外一個人，陳建平不在了。于胖子說，那男人大概聽說自己得了癌症，大夫上午查完房之後，就跑掉了。女人中午來送飯，找不到他，知道是跑了，就結了醫院的賬走了。

你是一頭瘟豬

陳青說：「你是一頭豬。」陳青很久以來一直想當著管理員的面說這句話。「豬還會哼哼呢，你是一頭瘟豬。」陳青已經在車間裡說過多次。陳青說我找他要房子，我第一次交申請的時候他就不搭理我，他在辦公室裡轉圈，一會兒弄弄雨衣，一會兒摸摸淋濕的頭髮，他就是不理我，他不接我的申請，連說一聲放到桌子上的話都沒有，要不是別人說叫我放到桌子上，我還真沒不知道怎麼辦。陳青那時候心理就在想：「他是一頭豬。豬還會哼哼呢。」可你怎麼說他就好像沒看見你一樣在弄他自己的事情。他的眼裡根本就沒有陳青。

陳青是一個出色的鉗工。用鏟刀刮刀做平板的時候，他的每一個動作都顯得嫻熟自如，輕重疾徐恰到好處，所以陳青的活兒總是無可挑剔。但是在處世上尤其是待人接物方面，陳青卻有一種天生的怯懦與羞澀，與工作中的陳青判若兩人。譬如到房管科去要房子這種事情，還是在老婆的多次催促下才硬著頭皮去的，但他到了那裡卻只有一句話：「我想要兩間的房子。」陳青多次到房管科都是這一句話，所以管理員就認為可以不把他當回事兒。論條件他是很可以理直氣壯的，但他就是做不到。所以他只能在心裡罵管理員：「你是一頭豬。」

其實陳青罵這句話也只是轉贈。那本來是陳青的老婆罵陳青時候的口頭禪，她常常會用指頭戳著陳青的腦門說：「你是一頭瘟豬。」這往往是在陳青有了慾望想要做愛的時候。陳青照看兒子做完作業，就催促著孩子上床睡覺，這時候老婆就看到了陳青迫不急待的樣子。但是孩子卻總是不能很快地入睡，他還要躺在床上磨蹭很長一段時間，譬如看漫畫書或者擺弄變形金剛。有一次他們夫妻正在很投入地幹事，床板也被弄出了吱吱咯咯的響聲，卻突然聽到孩子叫了聲媽媽。夫妻二人在這種情形下所受到的驚嚇是可以想像的。藉著窗外投進的暗淡的光亮，他們能夠看到孩子閃著黝光的一雙眼睛，兩個人一下子覺得興味索然，面面相覷一陣，心頭便會爬上一絲難以言表的尷尬。待孩子再睡著的時候，老婆指著陳青的腦門說：「你是一頭豬，連個大點的房子也要不來。」這時候的陳青是沉默的，但他心裡卻無法平靜，也總是不能平衡，他在心裡反駁說，我不是豬。所以長久以來，陳青一直想把這一句話轉嫁給別人，然而很長一段時間裡都沒有找到一個合適的對象，他常常為此感到苦惱。到了第三次去房管科，他覺得管理員才是一頭豬，肥頭大耳的而且不搭理他，他恨恨地在心理罵道：「你是一頭豬。瘟豬！」

但是管理員並沒有聽見，沒聽見就等於沒罵，陳青當然懂得這個淺濕的道理。所以陳青一直在尋找機會，他要當面告訴管理員：「你是一頭瘟豬！」從罵在心裡到罵出口，在這個並不十分漫長的過程中，陳青的性格也發生了一些微小的變化。車間的工友們發現陳青變得健談甚至絮叨了。陳青說我說了半天可他就是不接話，連一句「現在沒房」也不說，傲慢得就像沒有我這個人一樣，簡直就是一頭豬麼，豬還會哼哼呢，他連哼都不哼一下，分明就像是一頭瘟豬。但這也只是在背後說說而已，一邊說一邊還拿著油石很用心地在磨他那把精緻而鋒利的刮刀，說過之後又去鏟平板了，像個沒事兒人似的。但他心裡在說，我一定要當面罵他一回，「你是一頭瘟豬」，我一定得當面說給他聽。

陳青的機會很快來了，也就是說，陳青已經無法把那句話繼續再在心裡憋下去了，真有點骨鯁在喉不吐不快的意思，而那一天恰是一個難得的機會。那是在最近一次公佈住房分配方案以後，仍然沒有陳青，連理由遠沒有陳青充足條件沒有陳青優越的一些人都在榜上了，可就是沒有陳青。

陳青到房管科找管理員質問：「為什麼這次還沒有我？」管理員頭也不抬地在玩弄著手裡的一串鑰匙，「問你呢，為什麼沒有我的房子？」陳青又強調一遍。管理員散亂的目光越過陳青的頭頂，神情裡透著一種蔑視，看都不看他，站起來拉開門走了。陳青追出來罵道：「你是一頭豬。」

管理員走出了辦公樓。

「你是一頭瘟豬。」

管理員繼續往前走，陳青攆過去擋在前面。陳青大聲說：「你是一頭瘟豬。」陳青當時的想法是，房子我也不要了，我就是要讓管理員知道，他是一頭豬，是一頭瘟豬。

「你是一頭瘟豬！」

……

「愛溜鬚的豬。」陳青想，你不說話，我就是要叫你說話。陳青的意思是想激怒對方。

「你是一頭吃屎的豬。」

……

「豬！」

……

「豬，你是一頭瘟豬！」

「你真討厭。」

「你終於說話了，我就是要讓你知道，你是一頭豬。」陳青的心裡有了一種勝利者的歡喜。接著又罵一句「現在你知道了吧，你是一頭豬，豬！」陳青罵完以後，帶著勝利者的滿足揚長而去。在陳青的生活中，從來還沒有經歷過如此暢快淋漓的瞬間，他要趕回去向車間的工友們宣佈，「我把管理員給罵了，他是一頭瘟豬。」

陳青甚至把勝利的喜悅一直帶到了當晚的床上。他有一種突然強壯起來的感覺，就像電視廣告裡那個喊過了「還我！還我！還我男子漢威力！」的男人，直到摟著老婆的時候，陳青一直都覺得自己勇猛無比。

「我今天把管理員給罵了，我說他是一頭瘟豬。」陳青十分自豪地對老婆說。

但是老婆輕輕的一句話就把陳青給頂了回來，老婆說：「你把他罵了頂啥用，房子還是沒有，你還不照樣是一頭瘟豬。」陳青的勇猛一下子變得軟塌稀鬆了，就像烤化了的蠟質寶劍，突然之間就失去勇武。

老婆並且又補了一句：「你才真是一頭笨豬啊。」

陳青的勝利實際上是很虛幻的，而虛幻的勝利不能給人帶來長久的安慰。沉鬱了多日之後，陳青總算想明白了這一點。面對現實，陳青的劣勢十分明顯：管理員毫毛無損，而陳青一家三口還得繼續豬一般地擠在僅有九平方米的小平房裡。「我得治治他。」陳青說。那時候陳青的心裡已經有了一個近乎齷齪下作的想法。接下來人們就聽到了那件聞名全廠的「大糞事件」。

那天清晨，管理員從外面買油條回來，開門的時候抓到了門把手上金黃色的大便。半小時之後，他在辦公室的門把手上又與大便們再遭遇。管理員的損失是洗手洗完了一塊香皂，並且被人們幸災樂禍地談論了很長一段，那時候從生產區到家屬院到處都在傳播著「報應！」這個惡狠狠的詞兒。當然，「案件」很快就被偵破了，保衛科的人把陳青叫去，包括治安罰款和被免去的獎金，陳青的損失已經相當於一個月的工資。保衛科的人最後對陳青說：「你看你幹的什麼事吧，簡直是一頭豬。」

在「大糞事件」從策劃、實施到最後被保衛科的人叫去的全過程中，陳青表現出了前所未有的冷靜沉著和不動聲色，這是陳青以往的生活中不曾出現過的一種精神狀態。那時候陳青還沒有意識到自己在「大糞事件」中的失敗，所以陳青的冷靜中其實包含著一絲勝利者的沉著。然而敘述到此，我突然感覺到來自陳青內心的一種寒冷，而這種寒冷就像黎明前的黑暗一樣讓人感到恐懼。在此前的敘述中我一直為這個故事的平淡無奇和難有高潮而憂心忡忡，我甚至懷疑，作為小說，這種平淡的敘述是不是過於危險，但是現在的陳青卻讓我感到一種揪心的恐懼。當然陳青並不是為了我的敘述而生活的，他有他的邏輯。在我的朋友中有一位與陳青同姓的素食主義者陳原，他有一句警世之言叫做「吃素的人一旦吃葷，那他大概就要吃人了。」我的另一位朋友，詩人伊沙曾經為此寫過一首名為《素食者言》的短詩：「作為一名素食者／你從未大聲說過／老子不是吃素的／這是多麼遺憾／作為一名素食者／你說：你有你的信念／吃素的人一旦吃葷／就要吃人」。我覺得現在的陳青，就有點跡近於一個已經不打算繼續吃素的素食主義者了。

當保衛科的人把陳青從車間帶走的時候，我們大家都從陳青平靜的表情裡看到了那種被小說家們稱之為「輕蔑的沉默」的東西。用沉默來表示自己的蔑視可以被認為是一種人生中的險境，眼看著歷險中的陳青昂著頭從面前走過，我們大家都有些替陳青捏一把汗的擔心：「可能要出事。」

但是當陳青默認了罰款平靜地回到車間的時候，我們又覺得這擔心實在是有些多餘。「陳青他又能怎麼樣呢？」我們大家想了想，也都覺得陳青他不能怎麼樣。當時我們也無法知道陳青內心裡的變化，他在想什麼呢？後來的事情證明，陳青當時正為沒能把「你是一頭豬」這句話給送掉而懊惱。因為陳青從保衛科出來以前聽到的最後一句話仍然是直指他的：「你看你幹的什麼事吧，簡直是一頭豬。」陳青這時候才意識到了自己在這個事件中已經扮演了一個失敗者的角色。這麼大的一個「大糞事件」都沒有把「你是一頭豬」給送掉，陳青絕不能輕易地就這樣善罷甘休。

現在我可以這樣說：憤怒和仇恨就像一條鏈子，能把人拴死在一頭豬上。當然陳青的憤怒現在還沒有達到劍撥弩張的地步，他只是用韌勁兒，曲折而執著地表達著自己頑強的憤怒。空閒下來的時候，陳青會跑到房管科去，他甚至把屁股放在了管理員的辦公桌上，指著他的敵人罵一句「你是一頭瘟豬！」有時候在上下班的路上與管理員相遇，陳青也會大聲地罵他「你是一頭瘟豬！」他想再次激怒對方，然後藉機下手。我們都覺得陳青在「大糞事件」之後有些失態，管理員大概也認識到了這一點，所以他總是設法迴避著陳青，盡量不造成與陳青狹路相逢的場面。

與此同時，陳青一直在精心地修磨他那把精緻的三角刮刀，大家的粗心在於修磨刮刀與他的鏟平板的工作高度一致，所以誰也沒有往更險惡的地方去想。著名的美國後現代主義詩人布考斯基有一首詩叫做《殺人者準備就緒》，布考斯基寫了自己在火車裡見到的一幕：一個越戰歸來的士兵，在車廂裡走來走去，一會兒看看火車時刻表，一會兒拿著剃刀在洗臉間長時間地修刮自己的鬍子，一會兒看看窗外，一會兒又摸摸自己的口袋；在做這一切的時候，這個士兵一直表情冷漠；然後，在一個小站上，這個士兵下車了。布考斯基在詩的最後寫道：「我知道，殺人者已經準備就緒」。我想，當時布考斯基肯定是從士兵那漠然、無聊和不安中看到了驚心的寒冷。如果我們留心觀察，肯定也能從陳青修磨刮刀的專注的神情裡，看到殺人者的那種平靜下面掩蓋著的燥動不安。那時候專注於修磨著刮刀的陳青，大概已經從三角刮刀的凹槽裡看到了管理員身上流出的「豬」血，陳青的手上可能已經有了血流到上面的那種溫熱的快意吧。想到這些的時候，陳青的臉上肯定曾經現出過一些不同尋常的表情。但是，那些日子裡我們中間竟沒有一個人看出這一點來。甚至，我們也粗心地忽略了陳青下班時，總把那把刮刀小心地揣進衣服這個細節。後來發生的事情，讓我的內心在很長的時間裡，都處在愧怍和不安之中，那是一個不能原諒的致命的疏忽。就在陳青準備用殺人來證明管理員「是一頭瘟豬」的時候，我們的平日裡顯得過於敏感精細的神經，卻表現出了驚人的麻木。

接下來我要說到「偶然」這個詞。那是七月裡的一個早晨，一塊新的平板正在等待著陳青，所以陳青一上班就投入了工作，他得先用鏟刀鏟，然後才能用到刮刀。陳青工作的時候是十分投入的，寒光閃閃的刮刀就放在工作鉗台上，但是陳青當時並沒有胡思亂想，他也不知道「偶然」這個詞就在幾分鐘之後等著他。

陳青的工作台緊靠著車間的大門，鏟平板是一個很費腰力的活兒，所以陳青每幹幾分鐘，都要站直身子活動一下腰部。在這個七月的早晨，陳青第三次活動腰部的時候，偶然地向門外望了一眼。就是這個時候，偶然經過車間門口的管理員被陳青偶然的一瞥裝進了眼眶。陳青眼睛一亮，衝著門外喊道：「喂！你是一頭豬，你是一頭瘟豬！」陳青的聲音是爆炸式的，在機床的轟鳴聲裡我們都很真切地聽到了陳青的罵聲，然後我們看到了陳青已經衝出門去的身影。但是我們並沒有看見陳青是怎麼迅速地抓著刮刀的，也許那只是一個下意識的動作，在一個不經意的瞬間裡就已經完成了。

接下來我們還隱約地聽到了陳青的又一句罵聲：「你這頭瘟豬！」但是我們跑到門口的時候已經太晚了。

我們看到的情景是瘦小的陳青躺在地上，斜插在陳青腰部的刮刀的一側正在流著的是陳青的鮮血，而高大健壯的管理員則渾身篩康面無表情地站在旁邊。躺在血泊裡的陳青證明了什麼呢？

憤怒和仇恨就像一條鏈子，能把人拴死在一頭豬上。

我們趕過去，還聽見身體像風中的絲綢一樣抖動著的管理員，仍在不停地嘟囔著：「你是一頭瘟豬。」

優秀的八級鉗工陳青就這樣荒唐地離開了我們。而在日後漫長的監獄生涯裡，管理員將不斷地重複同一句詈罵：「你是一頭瘟豬。」

兩個泥瓦工

房東是個退休多年的老泥瓦工，一輩子沒幹過別的，就是抹灰壘磚砌牆。工具也很簡單，左手一把泥抹子，右手一把泥瓦刀，就全齊活兒啦。第一次看房子的時候，房東說：「我砌過的牆能繞地球一圈兒。」房東這樣說的時候，眼角的綹紋裡流動著驕傲。但這顯然是一種很誇張的說法，一個人一輩子能砌多少牆呢？即便是磚頭平鋪在地上，一塊挨一塊地碼過去，那長度實際上也很有限。房客陳青是個青年作家，以前也在建築公司幹過泥瓦工，他很理解一個老建築工人的驕傲，所以很真誠地笑笑說：「您真了不起。」

房客陳青是房東兒子的熟人。在一個很偶然的場合，房東的兒子聽說陳青想在郊區租一套房子，便說：「我那套房子這幾年一直閒著，一室一廳的單元樓，你去住正合適。」於是便一塊過來看房子。

當時老房東正蹲著鋪地板磚。陳青注意到，那些地板磚大小不一形狀各異五顏六色，顯然是別人裝修後倒掉的邊角餘料。兒子很不耐煩地說：「給你說過多少次別弄，你總是不聽，你弄得這像什麼樣子嘛，我將來不是還得鏟掉？」老人站起來直直腰，像個做錯事的孩子一樣不聲不響。兒子意識到了自己的不敬，尤其當著外人的面。於是對陳青解釋說：「幹了一輩子瓦工，老了還是閒不住。」老人這時候接著說：「我砌過的牆能繞地球一圈兒。」兒子說：「你別弄了，把房子收拾一下，我這個朋友要住。」

第二天陳青搬東西過來，老人已經把房子打掃乾淨，只是牆角那一小塊已經鋪好的五顏六色的地板還留著，看起來非常刺目，就像是教堂裡五彩的玻璃天窗。

房東的兒子說：「這太難看啦，鏟掉算了。」

陳青說：「就這麼擱著吧，就我一個人，也只是晚上回來住，又沒什麼大礙。」

「那就這樣吧，我父親住對面那棟，他那還有一把鑰匙，萬一你把鑰匙鎖在了房間裡，可以找他過來開門。」房東的兒子把鑰匙交給陳青時說。

陳青記下了那個房號。房東的兒子走了以後，陳青長久地看著那一角彩色地板，陳青很討厭花裡忽哨的東西，所以感到十分刺眼。但刺眼歸刺眼，畢竟是人家的房子，地板當然也是人家的地板。陳青想，這是個很會過日子的老頭呢，他大概是想給兒子省點錢吧。

*　　　*　　　*

住進來的第一個星期是平靜的。到了第二個星期，有一天下班回來，陳青發現陽台上堆著的碎地板磚增加了很多；接下來的一天，多了一小堆沙子；隔天，又有了半袋水泥，陳青用腳踩踩，已經結塊，顯然是受潮或過期的水泥。陳青心想：「這老頭是閒不住啊！」而到了周末就更不得了了，陳青回來，看到原來僅一角的地板已經延伸出很多，邊緣部分一片濕跡。顯然是老頭幹的。陳青供職的編輯部在城裡，陳青每天早出晚歸，在這段時間裡，老頭不失時機地「工作」了。臉盆裡殘留的沙子也使陳青不快，老頭顯然是用臉盆和的灰漿。陳青仔細地洗淨了臉盆，然後一遍遍地掃地。散落在地面上的沙子，踩上去咯吱咯吱亂響，聲音刺耳。陳青掃了五、六遍，腳下才平靜起來。但陳青卻仍然不能平靜，看著那一角豁豁牙牙的地板，陳青對自己說：「我這分明是住在建築工地嘛。」然而陳青當時並沒有想到，柔韌而又漫長的戰鬥，其實才剛剛打響；要到幾個月以後，陳青才會明白，這實際上是一場真正的持久戰啊！

*　　　*　　　*

陳青斜倚在床上看書，是福克納的《喧嘩與騷動》。目光掃過文字，書一頁頁被掀動，過了很長時間，當他閉目回顧讀過的內容時，才發現什麼都沒有記住，腦袋裡一片空茫。後來他才意識到，是牆角那一片彩色地板在作祟，是它們那些色彩的喧嘩和豁豁牙牙的邊緣的騷動在折磨他的目光，妨礙了他心平氣和地進入福克納的世界。

陳青之所以要在郊區租房子，就是想尋一片寧靜的環境來讀書寫作的，但是現在卻住在了施工現場，而且那一角花裡忽哨的東西也讓他不快。如果是純色也許好些，但老頭卻喜歡那些亂七八糟的鑲嵌。而對陳青來說，這簡直不亞於肉體折磨。陳青惱怒地坐起來，盯著色彩喧嘩的那一角地板咬牙切齒。那一角地板現在已經成了陳青的眼中釘肉中刺。陳青心說：「等著吧，明天我要把你們全都鏟了！」

這天晚上陳青作了一個夢，在夢裡老頭又來鋪地板了，陳青於是和老頭爭執起來。

陳青說：「房子既然已經租給我了，你就不要老是進來添亂。」

老頭說：「租是租給你了，可房子還是我家的房子，我願意給我兒子收拾房子，這你管不著。」

「租給我就應該歸我使用，要收拾也得等我搬走以後。」

「這是我家的房子，我想什麼時候收拾就什麼時候收拾，你住你的，我收拾我的，誰也別干涉誰。」

「但是你已經干涉了，」陳青說，「你讓我不得安生。」

「那是你自己心裡不安生，」老頭說，「我怎麼讓你不安生了？」

「是你的地板。」

「地板怎麼了？」老頭說，「地板很好看啊，像琉璃鋪的，多好！」

「你饒了我吧，鋪成白的行不？」

「我不喜歡白的，白的跟醫院一樣，我不喜歡醫院。」

陳青覺得沒有辦法跟老頭講清道理，便提高聲吼道：「你再鋪我就給你鏟了！」

「你鏟，你鏟了我還得鋪。」

「你鋪了我就鏟，看是鋪得快還是鏟得快。」

「我天天鋪，星期天也鋪。」

「你……」陳青覺得憋得慌，後來就醒了。

陳青醒來，一睜眼就看到了那一角刺目的彩色地板。陳青盯住地板死看，看著看著，心裡就動了大氣。他從床上一躍而起，在陽台上找到了老頭的瓦刀。陳青是做過泥瓦工的，所以幹起來得心應手，三下五除二就把那些地板磚全都給起了。幹的時候，陳青覺得非常解氣，有一種酣暢淋漓的感覺，只可惜那一角地板太小了，鏟完了還覺得意猶未盡。陳青長舒一口氣，這下好了。

陳青洗了手坐下來休息，眼睛仍然盯著地板的那一角。看著看著，陳青突然意識到了一個問題，如果老頭真地非常執著，下星期繼續他的「工作」怎麼辦呢？難道自己就這麼沒完沒了地陪他玩麼？後來他想，不如因勢利導，讓他按自己的意思鋪豈不更好！於是，陳青再次挽起袖子拉開架勢，和灰、撒水，從陽台上那一堆碎地磚中挑出乳白色的地磚，一塊一塊地鋪了起來。由於那些磚大小不一形狀各異，拼起來就格外費心思，所以儘管只有小小的一角，卻讓陳青幹了整整一個上午。陳青喜歡乳白色，看著那清清爽爽的一角，他感覺非常舒服。陳青想，這下好了，剩下的讓老頭接著幹吧。

*　　　*　　　*

星期一平安無事。陳青認為老頭屈服了，休工了。

星期二，陽台上又添了磚瓦水泥沙子。陳青知道，老頭來過了。

星期三下班回來，陳青一下子傻眼了。原本清清爽爽的一角，現在又變得五色斑斕了。無疑是老頭幹的，老頭說過，他喜歡花裡忽哨的地面。

陳青這才明白，老頭的固執大大出乎他的意料。

當然陳青也很固執。陳青的固執是因為心煩。那一段時間陳青一直寫不出東西，夜裡也總是失眠。陳青因此歸罪於那塊花裡忽哨的地板。橫豎睡不著覺，又寫不出東西，陳青就只有跟那塊地板過不去了。陳青當時對著那塊地板說，老頭，那就讓我陪你玩玩吧。

第二次鏟地板的時候，陳青發現，老頭的活幹得很粗，灰縫粗細不勻，地板高低不平。陳青一邊幹一邊還自言自語地拿房東打趣，老頭，你手藝不行嘛，幹了一輩子瓦工，是怎麼混下來的？看看我的手藝吧。

陳青越幹興致越高，不知不覺地就弄到了後半夜，把所有能挑出來的乳白色地板磚全都用完了。也就是說，直幹到了待料的時候他才停工。看著那一大片平整潔淨的地面，陳青體驗到一種久違的舒心。陳青甚至奇怪，以前當瓦工的時候，怎麼沒有這種感覺呢？躺到床上的時候，陳青做了一個很抽象的總結，陳青想，勞動是一種發現。這樣想著的時候，陳青甚至動了再回建築公司去做瓦工的念頭。當然這只是一閃念罷了，陳青想的更多的還是小說。所以接下來陳青很輕鬆地就把「勞動是一種發現」改成了「小說是一種發現」。小說是一種發現，陳青後來對朋友說：「我現在才體會到，所以我發現了房東老頭，或者說，房東老頭讓我體會到了小說是一種發現。」

生活一旦和小說對接起來，寫小說的就會興致盎然，這大約可以成為一條規律。所以陳青接下來便很有耐心地同房東老頭玩起了鋪地板的拉鋸戰。也就是說，陳青今天鏟了老頭的花式鑲嵌，老頭明天就會鏟掉陳青的乳白地板，反反覆覆，你來我去，有點像邊緣地區的抗日鬥爭。

可以想見，當時陳青的房間，是怎樣一個狼籍的戰場了。當然，陳青不光是埋頭苦幹，同時他還沒有忘了去「發現」，那情景就像一個將軍站在戰場上，陳青是站在這一片狼籍之中，艱難地發現著生活裡的小說意味的。每一次的反覆，他都在追問和思考，腦袋並沒有閒著。譬如，老頭何以如此固執呢？陳青的追問就有這樣一些：

一、為了給兒子省錢。

二、為了打發時間。

三、生活慣性：幹了一輩子瓦工，閒不下來。

四、討厭白色，喜歡花裡忽哨的鑲嵌。

五、生性固執，故意和陳青作對。

六、為了多收房租；因為鋪了地板的房子和沒鋪的房子租金是有區別的。

但是這六點都先後被陳青否定了。尤其是第六點，念頭剛剛產生，立即就被陳青否定了；陳青覺得，自己動了小人之心，這是很不應該的，拿這個理由來反對一個勞作了一輩子的老頭，簡直就是罪過。然而，一一否定了自己的提問以後，陳青又覺得非常空虛，看著房間裡的那一角地板，眼睛裡甚至出現了長時間的空茫。陳青知道，自己快要敗下陣了。

接下來陳青停了幾天。他不再鏟地板鋪地板了，每天從編輯部回來，就倒在床上睡覺；小說雖然沒怎麼寫，但失眠症卻是被治好了，總是覺得睡不夠。面對著地板上日漸增大的花式鑲嵌，他也能夠視而不見。這一次，他的總結是「勞動是一種治療」。但這一次他沒有往小說上聯繫，因為他吃不準「小說是一種治療」能不能成立。

*　　*　　*

陳青自動撤出戰鬥的第二周，房東老頭也停了下來。陳青懷疑是老頭病了。陳青覺得，無論是作為房東兒子的朋友還是作為房客，自己都應該去看看老頭。於是在星期天的中午，陳青拎著一把香蕉，敲開了對面樓上房東家的門。

開門見是陳青，老頭感到非常意外，臉上現出吃驚的樣子。

「大伯，」陳青說，「住了這麼長時間，也沒顧上過來看您，真不應該。」

「我有啥好看的。」老頭說的時候，吃驚的表情換成了惱怒。

陳青說：「怪我不懂禮貌，惹您老生氣。」

「你就是不懂禮貌，幹著幹著怎麼突然就不幹了呢？」

陳青一時沒有反應過來，疑惑地反問道：「我幹什麼了？」

「地板呀！」

陳青連忙道歉說：「都怪我不懂事，冒犯了您老，不過您放心，我再也不會鏟您的地板了。」

「不行，你還得接著幹。」

陳青又是一連聲的道歉。

但是老頭卻拉住陳青的手，換了一種口氣說道：「你的手藝比我好，你不幹了，我一個人幹著還有啥意思啊，再說，也可惜你這麼好的技術了，現在很難見到這麼好的瓦工了。」

陳青聽到這裡，覺得老頭還滿有意思，便說：「哪裡哪裡，我是班門弄斧，讓您見笑了。」

「你是比我強啊！」老頭說，「不過我這一陣子也有進步哩。」老頭說著，便拉陳青往陽台走。他指著地板對陳青說：「你看，我是不是比剛開始的時候鋪得好了？」

陳青這才明白，老頭最近是在自己家的陽台上忙呢。

「您老這麼大年紀了，這是為什麼呢？」

「人活著就得幹活，不為啥。」

「您可真是閒不住呀。」嘴裡這麼說著，但陳青想的卻是我可沒功夫陪您玩啊。

老頭說：「我砌過的牆能繞地球一圈兒呢。」

陳青笑笑說：「您真了不起。」

＊　　＊　　＊

如果你想把一件編造出來的事情說成真的，一個現成的辦法就是名之為「紀實」，再配上一、兩張面目不清的照片，就比真的還真了；反過來說也一樣，如果你想把一件真實的事情弄得看起來就像是假的，那就最好把它叫做「小說」，如果還不足以證明自己的清白，那就不妨再加上「本故事係虛構，如有雷同，純屬巧合」，這樣就可以放膽開罵，即便作惡多端也沒什麼關係。

我當然無意在紙上作惡，我的職業雖然是寫小說，但我從來不利用小說罵人。我知道多年以前批判某某作家的時候，有一句話叫做「利用小說反黨是一大發明」，每每想到寫小說的前輩們竟有如此遭遇，我就感到頭皮發麻不寒而慄，所以我在小說裡連一個普通人都不敢反對，即令他是一個壞人，我也不用小說去反對他，我覺得這應該成為這個行當的職業道德。我說過，我無意在紙上作惡，但是我現在反對一塊兼具喧嘩與騷動功效的花裡忽哨的地板。我之所以假陳青之手與房東老頭作對，就是出於這個原因。現在大家已經猜出來了，陳青就是我，但房東當然還是房東。在這篇小說裡，除了陳青為假託之名以外，其他的全是真事兒。假陳青之名，也僅僅只是為了避免引起不必要的麻煩，沒別的意思。

我這裡說的麻煩，是指房東的兒子，他也算是我的一個朋友。我怕他認為我用小說來編排甚至誹謗他的父親，這樣以來，我就成了一個利用小說反對別人的人了，我不願意這樣。這是我當時的想法。現在我改變初衷，讓「我」自己跳了出來，也是因為這個朋友。有一天我對他說：「我想寫寫你父親。」他說：「你寫吧，你碼的是字，他碼的是磚，都差不多，但是你能出名，他卻不能。所以你也應該讓他出出名才公平。如果我父親知道他也能被寫進書裡，是會高興的，他一輩子都像一塊磚頭一樣默默無聞。」

「行，」我說，「那就這樣定了。」

販熊記

我是侯子。凡是見到我的人，都會一望而知：他是猴子。我的意思是說，我的長相有點對不起觀眾。這是使我長期以來時運不濟的原因之一。當然我並沒有抱怨父母的意思，我一直在努力和等待機會。那時候我們這個行當，我是說寫詩這個職業，也與我的長相一樣不大景氣。但是我與大家的看法略有不同，我經常像瓦西里對妻子一樣對自己說：「麵包會有的，一切都會有的。」這不，就在夏天和秋天舉行交接儀式的那天，我找到了一個販熊的活兒。那一天，貧困的詩人侯子，時來運轉了。我是說我被雇傭了，在一家以販運活物為業的公司裡謀到了一個短工式的職位，受命押運一批黑熊從東北到西南；也就是說，到手了一個機會，我可以因此得到一大筆錢。雖說合同是一次性的，而我也只是扮演一個微不足道的小角色，但老闆留下了話把兒：「如果這一把幹得好，以後的事情好說。」也就是說，這很可能成為一個良好的開端。老闆當下就預付給我一千塊，剩下的一半完事後再給。我抖一抖票子，心想，頂一年的稿費呢，而且可以好好地玩一趟。

因為這活兒是太簡單了太容易了，可以稱得上是輕鬆愉快。只要跟黑熊一同乘飛機到重慶，然後，客戶在我隨身帶去的文件上簽字蓋章，兩千塊就算到手了。所以，我樂癲癲地回到家，便開始籌畫自己的旅行。大家已經知道我是個詩人，在我的小黑本子上有一大堆散佈於全國各地的詩人的地址。我翻出小本本，找到重慶那一頁，那裡有十幾個或燦爛或微弱的名字供我挑選。在反覆權衡之後，我的目光停在「阿梅」這個名字上，那是一個尚未出名的女孩，和我通過幾封信。我早就聽說過四川的女孩有多浪，一位到過四川的朋友曾經不無誇張地說過：「四川有十幾萬寫詩的妹子，眼巴巴地瞅著要往外嫁呢。」所以我有理由讓自己想入非非，我一定會受到阿梅的熱情接待，沒准還能意外地攤上個桃花運什麼的。當然，進一步，通過阿梅還可以再結識一大批重慶詩人；回來的時候一定得坐火車，那樣我就可以沿途把西安、鄭州、石家莊、北京、瀋陽等地順便給滅了，到時候就可以在本城詩人圈裡好好地抖一抖了。美好的前景讓我變得興奮和大膽起來，事不宜遲，我立即就給阿梅寫了一封熱情而又略含愛昧之意的信。我知道，結識一幫子名詩人的人，自然也就是名詩人了，這是詩歌江湖多年來的現實。在詩壇的邊緣裡轉悠了多年，我是太知道其中的曲折與微妙之處了。接下來大家看到的情景是，興奮中的貧困詩人侯子，揣著一千塊錢走在阿城的大街上，他要給自己置一身像樣的行頭。

但是在一切都置辦妥當，面對著攤放在床上的用於聯絡的通訊錄、用於與各地詩人們「過招」的兩本詩歌手稿、主要用於引誘（雖然我很不願意用這個詞，但我覺得還是坦誠些好）阿梅的行頭和剩下的六百多元的時候，我突然覺得有些不大對味兒。我找到了一個恰當的詞兒來描述這時的狀態時，連自己也有些吃驚：「嘿！這看起來怎麼像是一場陰謀？」但這不過是一個詩人的小陰謀而已，那時我還不知道，自己其實已經處身於一個更大的陰謀之中。

* * *

以阿梅的神秘出現為開端，車過瀋陽以後，我才感覺到，自己似乎已經陷身於一個陰謀之中。

前一天，公司裡來人通知我，說是黑熊已經捕到，明天可以上飛機。但那是極小的一種運輸機，所以我不能與黑熊同機，必須坐火車前去。這個消息輕而易舉地就把我坐飛機的機會給取消了，這讓我稍稍地感到有點不快：「黑熊坐飛機去，我倒要坐火車？嘁！」來人把有關的手續和一張車票交給我。火車就火車吧。但他竟然當時就要把我給塞進南下的火車，連一點讓情緒轉彎的時間都不給，這使我的不快中又增添了一點兒不放心。但是，想到只不過是坐火車到重慶，又不是坐火車去月球，而且前景誘人，也就這麼草率地出發了。

上車以後，對面的女孩一直在拿眼瞄我，閃閃爍爍地，讓我感到很不舒服。我知道那是想和我說話，想說就直說唄，何必非要弄得像男人追求女人那樣，一定要引誘男人先開口，我才不會上杆子呢。所以也直了眼回敬她。這就使得我們兩個人的目光很快地交了火，除了眨巴眼皮和窗外偶然的景物掠過時拉去一部分餘光之外，我們都沒有躲避和退讓的意思。有類似經驗的人都知道，這種目光的交戰，時間長了其實是很累人的，沒有魯迅《復仇》中寫過的那一對男女那樣的毅力是絕對不能持久的。女孩終於撐不住，首先妥脅地笑一下，我心想，這就對了。我當然不能太戀戰，連忙不失時機地就坡下驢，也笑一下，於是各自都從接了火的前沿陣地退下來，一夜無戰事。快到瀋陽的時候，我已經知道女孩叫阿梅，而且是個要回重慶去的川妞。這讓我深感蹊蹺：怎麼這麼巧？我還想問問她，是不是也寫點詩啦什麼的，但列車進站了。

瀋陽上來的兩個大漢坐到了我的旁邊，無視我的存在，卻與對面的阿梅談得火熱，好像久已相識的樣子，而且他們一起玩了一陣叫做「幹壓幹」的撲克牌遊戲。開始的時候他們熱情地邀我也一起玩，我知道這是一種可以設置隱密的陷阱的賭博遊戲，我當然不會上當，他們很勉強地玩過幾把以後也就收了起來，這使我心裡有了更多的疑慮。車過瀋陽以後，趁兩個大漢上廁所的機會，我問阿梅是不是寫詩。阿梅回答寫詩。我又問她認不認識一個叫侯子的詩人。阿梅說從未聽說，而且那表情也是怪怪地。我便不再問，把頭扭向窗外。就是從這時候開始，我覺得自己似乎已經陷身於一個陰謀之中。所以也在內心裡悄悄地有了對兩個大漢的敵意。

兩個大漢愈發向我靠得緊了。女孩阿梅也拿一種奇怪的目光看我，看得我心裡有些發毛，我想到一個給自己壯膽的辦法，便對身旁的兩個大漢說：「朋友，天熱，大家坐的鬆快些好吧？」兩個大漢於是讓一讓身子。但我並不因此就變得輕鬆。

兩個大漢依舊與女孩阿梅討論得熱烈，我因為心神不定，不能專注地聽他們的談話，有一句沒一句地，所以一直沒有弄懂他們談話的內容，總之是與什麼生意有關。譬如用兩火車皮豬肉換一架俄羅斯的飛機、海南的地價、哈巴羅夫斯克的中國商人怎麼用破旅遊鞋糊弄俄國人等等，諸如此類聞所未聞的商業消息，沒有他們不知道的。也難怪，今天出門在外的中國人，有哪一個不是想發財的，看看這一列火車上的近千號乘客，聽聽他們的談話你就會明白，全都是些一等智商的公民，只等著百元大鈔往口袋裡鑽了。正應了那句話：誰比誰傻多少呢？相比之下，只有我看起來像一個初次出門的鄉下人。但當我終於有一點聽懂他們的意思的時候，也在內心裡讓自己自豪了一陣呢：「嘁，我也正在奔一樁大生意呢。」然而這也畢竟只是一閃念的事情，我擔心的是這個阿梅和自己身邊的兩個大漢，看起來神秘兮兮的，而且似乎是衝著我來的。在他們談話過程中，我好幾次站起來察看車箱兩頭，我想找找乘警的位置，萬一有什麼事情發生，也好及時求救。

然而並沒有發生什麼，讓我白白地緊張興奮了一通，反倒覺得自己怪沒有意思。車到山海關，兩手空空的兩個大漢要下車了，他們對阿梅擠眉弄眼地說：「那邊的事情就拜託你了。」我看得出來，話後面有話，那意思好像還與我有關。因為我看到，他們說到「那邊的事情」時，特別地掃了我一眼。我想，總不至於把我給販賣了吧，而且四川缺的是黑熊，又不缺人口，尤其不缺像我這樣貧窮而且寫詩的活物。

*　　　*　　　*

有一種女人是能夠讓男人莫名其妙就跟著走的，就像德國童話裡的那個花衣吹笛人，笛聲一響，男人們就像激動得失去了判斷的小老鼠一樣跟隨，說讓跳河就會毫不猶豫地跳下去，全然不顧後果與死活。而我對面的阿梅就正是這樣的女孩。雖然我一路上都在為自己看起來懸而未決的處境憂心忡忡，卻仍是抵擋不了阿梅。車過天津的時候，我們已經通過討論文學而成為同道了。這不能怪我警惕性不高，也不能完全怪阿梅，要說應該怪文學，怪詩，詩對我的誘惑實在是太大了。因為阿梅告訴我，著名的重慶詩人愛克斯，現在就在京城，而且阿梅要把我引薦給他；所以，我不加思索就稀里糊塗地答應阿梅，趁在到北京轉車的時間，一同去會會愛克斯。

我和阿梅剛剛出站，就被一群人擁著去參加一個詩會。我知道京城裡每天都有許多重大的會議舉行，但在出了車站的時候，我才切實地知道不僅如此，京城裡甚至每天都有許多詩人的風雲際會。我們這擠在一輛麵包車裡的一群，竟都是去參加一個詩會的。聽車上的人講，正要去參加的這一個詩會，似乎是從好幾個詩會裡經過仔細挑選出來才確定了參加的。車顯然不是專為接阿梅和我的，雖然彼此並不相識，但因為都是去詩會的，所以並不覺得局促。全中國現在也就只剩下詩人們還有嘯聚「山林」、參加會議的積極性了。這一車顯然都是詩人，雖然天南海北地，大家覺得都像自己人似的，我也就暫時忘記了自己與黑熊有關的使命。

*　　　*　　　*

雖然東北已經進入秋季，京城的下午卻還熱得像夏天呢。麵包車七拐八彎地終於從冒著熱氣的街道駛進了一個什麼園，這裡的行道古木參天，透過葉隙，依稀可見遠處茂林修竹中掩映著的古建築的綠瓦紅牆。車子在參天古木下曲折地行進了十幾分鐘，在一座斗拱飛簷的建築前停下，一車人顧不得旅途勞頓，向著紅漆斑駁的格子門一湧而入。

大殿裡真是別有洞天，上號百人馬在燠熱的氣氛中緊密地圍著一個臨時搭起的小講台。一個戴著墨鏡的大漢正在演說，眾人不時報以熱烈的掌聲。我在阿梅柔軟小手的引導下擠進去，她指著台上的大漢說：那就是愛克斯。於是二人很努力地往台前擠，因為矮小，我的頭不時地要被努力拍巴掌的胳膊肘敲打，但是卻沒有一點躲閃的餘地。就在快要到達台前的時候，詩人愛克斯已經演說完畢，眾人熱烈鼓掌，我還沒有看清愛克斯的模樣，詩人已經揮揮手下去，消失在詩歌群眾的海洋之中了。

我從一個人的胳膊下面鑽過去，到了台子下面。這時候有人上台宣佈：「現在有請專程趕來的著名詩人侯子發言。這只尚未被人類的熱鍋煮熟的猴子，他一定會給我們不同凡響的說法。」又一陣熱烈的掌聲。主持人倒是很幽默，但讓我納悶的是，他們怎麼知道我到了這裡？

進了大殿以後，我已經被這裡比天氣更熱的詩歌氣氛所激動，顧不得多想，我也不想推辭，只是台子太高了，我得雙臂撐住台沿，很費力地爬上去才能發言。「在今天詩人何為……反對金錢拜物教……警惕人文精神流失……用我們的熱血為詩歌義賣……」我一激動就會結巴，好在邏輯還是清晰的，當我最後用里爾克的著名詩句結束了自己的發言：「沒有什麼勝利可言，挺住意味著一切。」就被雷鳴般的掌聲接下台。

我一跳下半人高的台子，就有一大堆筆記本像可愛的樹葉一般招展著伸過來要求簽名。老實說，這樣的陣勢是我平生第一次見到，所以簽名的時候手始終在不停地發抖。這時候又有一群人圍上來，其中兩個大漢親熱地把我挾出了大殿，只聽見有人說：「後面沒有什麼彩了，咱們回去操練吧。」忽拉一下，一干人再次擁進了一輛麵包車。

我在家的時候就聽說過，京城有好幾萬來自全國各地的「文學民工」呢，光是著名的方又方村就住著好幾百，已經被以「詩歌村」命名了。麵包車七彎八拐地把這一干子人送到一個地下室的時候，我想，自己肯定是被一夥「文學民工」劫持了，但這是多麼令人動情的劫持呀，有好幾次，我被感動得的差點兒就要掉眼淚了。喝酒和朗誦是當然的主題，我被圍在中間，成了這個主題的標籤。如果不是身負使命，我真是不願意這麼快就離開這一群可愛的男女文學民工。那時候的我，也顧不得去想已經杳無蹤影的阿梅；直到第二天，這一干人送我上火車的時候，我這才發現，阿梅已經神秘地消失了。

*　　*　　*

一出重慶車站，我就看見一隻大大的牌子：「接阿城猴子」。我熱情地奔過去說：「我是侯子。」牌子下面的兩個大漢說：「猴模猴樣的，你不說也看得出來。」說話間兩個大漢就把我給挾持著弄進了旁邊的小麵包車裡。我想，這兩個傢伙也太沒有文化了，名字寫錯了不說，待人也沒有一點禮貌。

上車以後我問：「貨到了沒有？」

「到了！」其中一個大漢憤憤地從後面的車座上拎起一隻碩大的玩具熊，在我臉前晃晃：「就這個東西？逗我們玩兒是怎麼著？」我正納悶兒，另一個大漢已經揪住了我的衣領。不等我再開口，一個耳光就落到了我的臉上。很疼，但我顯然鬥不過他們。當時我想，如果可能，真應該跟這兩個大漢換換，叫他們去東北老林子裡做黑熊，我倒實實在在地像個峨嵋山本地特產的猴子。我摸摸發燒的臉問：「這是幹哈？到底怎麼回事？」

「你說怎麼回事，別給老子裝糊塗，老子花十萬買一隻玩具玩麼？」又一個耳光落到了臉上。這時候我才切實地感到，自己真地是陷入了一場陰謀之中。

車駛出城區後，就沿著公路向山間行進。左邊是石崖，右邊是急流，我突然想到一個詞：命若琴弦。我覺得現在可能是落入了本地的黑道之手，他們是什麼都幹得出來的，我的小命很可能一綳就斷，所以也不敢再有所言語。

車停在山間一座孤零零的房子前，看起來像一座廢棄的磨坊。我被兩個大漢押進去的時候，裡面已經有兩個戴墨鏡的，其中的一個手裡還拎著大哥大，那架式就像是電影裡的「黑老大」。

黑老大問：「你就是猴子？」

我哆索著回答：「是。」

「你們老闆是不懂規矩還是想跟我們捉迷藏？」

我連忙解釋自己全然不知，只是被雇押運黑熊，於是把事情前前後後地說了一遍。

黑老大倒是和氣：「既然這樣，那就不能怪我們不仁義，只能委曲你了，等你們老闆來領你吧。」

兩個戴墨鏡的走了之後，我被押進裡間。押我來的兩個大漢強行動手脫我的衣服，大概是怕我逃吧，只給我留下一隻小褲頭，看起來肯定是可憐巴巴的。接著就是哐地一聲，門關上了，並且在外面加了鎖。那一刻我覺得好像是上帝蓋上了棺材板，我感到，寒冷貫注全身，身體本能地哆索了一下。我就這樣做了一個陰謀裡的人質。

*　　*　　*

當我穿著一隻小小的三角褲頭，胳膊上淌著血，拖泥帶水地站在雨後初晴的早晨正在做早操的牛角壩中學學生們面前的時候，求生的本能已經讓我忘記了羞恥二字。我能說的只是：「愛克斯在哪？我找愛克斯。」

在那間讓我終生難忘的小黑屋裡，兩個大漢給我留出了充足的時間，看起來是為了讓我思考自己的處境的。每天有兩個盒飯從門洞裡塞進來，這是作為人質得能得到的最大獎賞了，我知道我不能要求太多。但是陷入這樣的一場陰謀之中，我的生命肯定要從此始暗無天日了，就像許雲峰在渣滓洞中，只有犧牲在前面等著。然而我是為什麼犧牲呀！為一隻或者幾隻黑熊麼？或者為兩千塊人民幣？選擇大雨之夜出逃是唯一明智的決定，愛克斯後來也是這麼稱讚我的。我只記得阿梅的地址，所以，從那條小山溝裡下來以後，我只能沿著公路向市區狂奔。但這也只是我自己感覺裡的方向，我甚至不知道它是否通向市區。早晨八點多的時候，我到達一個叫做牛角壩的小鎮。牛角壩中學就在路邊，這時我突然記起來，詩人愛克斯的地址似乎就是牛角壩中學。

愛克斯美麗的妻子就在我的問話聲裡從一大堆學生後面走出來。我幾乎要像渣滓洞的居民看見解放軍一樣歡呼了。一個小時以後愛克斯被他妻子的電話從市區招回來，當這個大漢站在我面前的時候，我也弄不清是不是在北京看到的那位。「怎麼回事？」詩歌江湖上有一年曾經盛傳瘦小的詩人侯子傾家蕩產辦詩報的事，看來愛克斯對我並不陌生，他不要看什麼證件就熱情地接納了我，這很能說明問題。「你肯定是陷入了一個陰謀之中，當務之急是趕快離開重慶，」詩人說：「事不宜遲，我現在就送你上火車。」

但是，已經晚了。

我現在得說，世間的事情，常常是充滿了意外和滑稽的，這使我們經常會分不清自己到底是處身於意外還是處身於陰謀。兩個大漢在車站大廳裡看到，我瘦小的身子縮在愛克斯寬大的衣服裡的樣子，肯定感到十分滑稽。

「終於找到你了。」

我想這回我是徹底完了。

「非常抱歉。完全是一場誤會，請你不要介意。」他們說黑熊已經到了，只是耽擱了幾天，所以一再請我原諒，並要請我吃火鍋以示道歉。這也太意外了，意外得讓我的心臟難以承受。

「你不想看看你運來的黑熊嗎？很好耍呢。」我只想趕快逃離開這座城市，一分鐘都不想再待下去。他們還回了我的衣物，還有那份已經簽好的文件，並且給了我一千塊錢作為補償，我知道他們的意思，那是讓我不要節外生枝。

這就是詩歌江湖裡曾經盛傳的關於詩人侯子販熊的故事。我就是那故事裡的侯子。我生長在東北，至今沒見過黑熊。販運了一次黑熊之後仍沒見過黑熊的樣子，甚至連一張真正的黑熊皮也沒見過。

回到阿城的時候，活物販運公司的老闆親自對我說：「你這次的活兒幹得很出色，為公司贏得了時間，所以公司決定正式聘用你。」並且說到，現在正有一批哈爾濱的小姑娘等著我把她們帶到廣東呢。

誓死保衛花大姐

李莊倒了兩次車才來到紅門酒吧。在馬路對面，他遲疑了一小會兒，彷彿是在確認地點。朱漆的門臉兒，在彩色霓虹燈下顯得神秘而又幽深，沒錯兒，是紅門。進門以前，李莊下意識地摸摸衣袋。隔著衣服，那一塊鼓凸處讓他卑怯的內心感覺到了一絲踏實。但在進門的時候，他的腿還是顯得有點兒僵硬，以至於被穿著短裙的小姐彎腰擺手說「先生，您請！」的聲音嚇了一跳，他的身體在剎那間有一絲不易覺察的微微的晃動，但他很快就鎮定了下來。在身體晃動的那個瞬間，他的手再一次地碰了碰衣袋處那塊鼓凸的部分。不就是錢麼！錢使人心裡踏實，也能帶給男人勇氣和膽量。這樣想的時候，李莊顯得自如多了。

酒吧裡面並不像它的門臉那樣欺人。燈光是暗淡的，音樂是舒緩的，小姐是親切的，柔聲細語——所有的人都是柔聲細語。尤其重要的是，除了引座小姐以外，沒有誰注意這個剛進來的人。沒有人看你，你也就不必表演什麼，更不必害怕表演失敗。李莊回答了「兩位」以後，便被領進了角落的一個火車座。小姐遞上了酒水單，李莊看看腕上的錶，只要了龍井茶，同時他也沒忘了柔聲對小姐說：「別的待會兒再要好嗎？」此時的李莊已經有了自信，相應地也就恢復了本來的聰明，他知道怎麼做才顯得得體，才不會被哂笑，才不會被譏為「老坎」，也才不至於挨宰。正像某某教導過我們的：錯誤和挫折教育了我們，使我們變得比較聰明地起來了。李莊現在的這點聰明，正是在昨天中午的教訓裡學到的。

昨天中午李莊去髮廊剪頭，那是一家廣東人開的髮廊，有冷氣，有音樂，有熱情周到，當然也有密佈的陷阱——陷阱是李莊理完以後發現的，那時候他已經只剩下束手就擒的份兒了。

李莊進去的時候，髮廊小姐建議他洗頭，於是洗頭；然後理髮，然後刮臉，然後……小姐說：「先生看起來很疲憊的樣子，一定是沒有休息好。」前一晚李莊幾乎沒有睡著，神情疲憊是很自然的。小姐一邊說著，一邊已經用拳頭和手掌在他臉側、頸項和雙肩敲打起來。李莊覺得很舒服，很愜意，很受用，於是閉上眼睛，由著小姐去敲打。心裡卻還在想，這廣東人就是會做生意，服務這麼周到，不由你下次不來，不像他老家的縣城，十分鐘理一個頭，連洗也不洗，扒拉扒拉頭髮屑就說好了。這樣想著，李莊的心裡就生出了感歎，廣東人，不一樣就是不一樣噢。

後來小姐又建議他潔面。李莊沒有聽清，於是疑惑地看看小姐。「洗洗臉啦，」小姐說，「很舒服的，先生這麼英俊，洗洗臉就更精神啦。」於是又洗臉。小姐帶著香味的手，在李莊的臉上反覆滑動，這甚至讓李莊有些迷醉，他很想深深地呼吸幾口，但又怕小姐察覺他的走神，所以只能小心翼翼地喘氣。但是……但是這臉也洗得太繁瑣太細緻太漫長了一點，李莊終於覺察到了什麼地方不大對勁。他當時就想，洗完了臉會不會又把我弄進裡面的包廂？這時候，他的腦子裡突然蹦出了兩個字：陷阱！這樣想的時候，身體下面那舒服的椅子裡彷彿鑽出了無數的麥芒，李莊再也躺不安穩了。李莊問：「好了沒有？我還有事。」小姐便說好了。李莊起來，下意識地整一整T恤領子。

「多少錢？」

「一百五。」

李莊覺得腦子裡嗡地響了一下，他的第一個反應是我被宰了。以前在老家的縣城，理一次髮才一塊五，現在倒好，這一次抵他理十年髮了。但是李莊並沒有像在這種情況下人們通常會做的那樣討價還價，雖然他的面部難堪地抽動了一下，但還是緩慢而又從容地從衣袋裡摸出兩張百元的票子。從陷阱裡出來以後，李莊摸了摸自己的頭，似乎是在撣去什麼東西。也許正是在這一摸之下，李莊已經學聰明了。

李莊喝著茶，不時地看表，約好的時間已經過了半個小時，他已經抬起身子向大廳的方向張望了多次，但是要等的人卻遲遲沒有露面。恰在這個時候，一個穿著暴露的女人飄然而至。先生是一個人嗎？她不客氣地在對面坐下了。李莊當然猜得到她是幹什麼的，李莊並不看她，李莊今天心裡有事。李莊說，我的朋友馬上就到。對面的女人還想搭訕，她似乎有些不甘心，但是這時候李莊的呼機響了。他看了看號碼，知道是花琳琳。

李莊去總台回了電話。花琳琳在電話那頭說：「你快過來，我找你有事。」李莊問是什麼事，但是花琳琳卻反問了一句：「你來還是不來？」然後就掛斷了，不用等李莊的回答，她知道他肯定會到。花琳琳的身上，有一種東西讓李莊著迷，在平時李莊是不會這麼問的，每逢花琳琳呼他，他都會受寵若驚地迅速趕去；但是今天不同，今天他約了梅芳。

梅芳昨天說她懷孕了，他毫不遲疑地就讓她打掉。但是梅芳哭了，他知道她愛他，他知道她不願意。他當然更知道這是多麼麻煩的一件事情。梅芳昨天是流著淚走的，她沒讓他送。梅芳走了以後他有些後悔，於是接連打了幾個傳呼，但是梅芳都沒有回。李莊又是一夜沒有睡好，今天一上班他又給梅芳打了電話，他沒有再提昨天的話題，只說是請梅芳晚上一塊出來玩，散散心。但是梅芳到現在卻還沒有露面，而花琳琳那邊又在叫他。在走和等之間，李莊遲疑了片刻，內心的天平最終還是倒向了花琳琳這邊。於是他又給梅芳的傳呼打了留言：報社有事不能來，明天打電話。

李莊撒了謊，但是他這時並不知道，梅芳已經再也回不了他的電話了。

*　　*　　*

在李莊有限的社交圈子裡，花琳琳是一個典型的城市女人。雖然與梅芳相比，花琳琳根本算不上漂亮，她的眼睛是細長的那種，眉毛是上挑的，嘴也顯得過大，但是她身上卻有一種東西是梅芳永遠不可能有的。李莊說不準那是什麼，氣質，驕傲，優越感，高貴，自信，時髦……，都是，但似乎又不僅僅如此，李莊說不準確，但他能夠感覺得到，那是一個都市人所具有的東西，是城市長期的生活培養出來的東西，甚至——李莊覺得，她就是城市本身。在李莊的眼裡，她已經被符號化了，花琳琳就等於城市。這當然是李莊的狹隘和偏執所致，但是誰也不能阻止他這樣想。

他欣賞她，其實他欣賞的是她身上流溢出的城裡人獨有的那種東西；他願意和她在一起，但他卻顯得有些唯唯諾諾，那是他那難以克服的自卑感造成的。也許正是他身上那種略顯愚蠢可笑的東西讓花琳琳覺得有趣可愛。她說：「李莊，陪我去游泳吧。」他就會現出一種受寵若驚的興奮。在他以前的生活中，還從來沒有一個女人如此直接了當地請他去游泳，更何況是一個令他著迷的城市女人。他的嘴裡發出一種情不自禁的嘻嘻聲，搓著手說：「我、我不會游泳。」花琳琳當然是大方的，花琳琳說：「我教你呀。」這就使李莊想得更多了，一對近乎裸體的男人和女人，在游泳池裡肌膚相觸……李莊在想，這是恩賜呢還是引誘？花琳琳說：「怎麼？不敢去還是不好意思？」李莊說：「你敢我有啥不敢的，去！」於是李莊看到了著泳裝的花琳琳，並且被她牽著學習游泳。經過了那個下午以後，李莊覺得，他和花琳琳的關係又進了一步。他甚至認為，這已經不只是認識或者朋友關係了，在內心裡，他已經給這種關係附會了很多微妙的東西，這樣想的時候，他感到妙不可言。

與花琳琳在一起，總是讓他感到妙不可言。他暫時還不知道，這只是一種虛幻的滿足感；他只是隱約地覺得，這是城市之門，花琳琳就是這城市之門的門環，現在這門環已經被他握住，只要能夠叩響這門環，就意味著他可以平起平坐地躋身於城市人中間。李莊很清楚，做到這一點不容易，他要牢牢地抓住它，絕對不能輕易地鬆手。所以對於花琳琳的呼喚，他總是每叫必到。而花琳琳顯然也很清楚這一點，她說：李莊，你過來，我有事找你。她知道李莊不論當時在幹什麼，總是會想辦法脫身，如約前來。

她這天晚上呼李莊，是讓他陪她去見一個廣告客戶。她知道那個人的毛病，貪財好色；回扣她可以想辦法給，但她不想讓他沾自己的便宜。他約花琳琳晚上十點見面，然後簽合同，顯然是別有用心的，於是她想到李莊，她要讓李莊陪她同去。

*　　*　　*

酒吧裡的等待使人疲憊，所以李莊從紅門酒吧出來以後，舉起雙臂用力地伸展了一下身體，走到路邊的時候又做了一次，他感覺舒服多了。

李莊站在路邊左右張望，他在等計程車，但是很長時間卻沒有一輛車經過。當然，也許並沒有等太多的時間，只是他去見花琳琳的心情過於急迫，感覺已經等了很長時間罷了。這時候他才注意到，右邊不遠的地方似乎出了交通事故，整個馬路完全被車和圍觀的人群堵住了。他知道再等下去也是徒勞，於是便向右邊走去，過了出事地點就是一個十字路口，他得到那裡去打車。

經過出事地點的時候，他聽到人們斷斷續續的議論，大意是汽車撞了一個騎車的女人，撞得很慘，人被撞到了五米以外。要在平時，李莊是一定要湊上去看個究竟的，但這一次沒有，這一次是個例外，他急著去見花琳琳，他得從南郊趕到北郊，花琳琳沒有給他留出做看客的時間。

然而他緊趕慢趕來到花家的時候，還是遭到了花琳琳的抱怨。「你怎麼現在才來？」花琳琳說，「你總是磨磨蹭蹭的。」

在李莊面前，花琳琳頤指氣使慣了，所以李莊並不在意，只是嘟囔了一句路上堵車，便不再辯解了。

花琳琳說：「不跟你囉唆，我們得快走。」

李莊問：「去哪？」

「紅門酒吧。」花琳琳吐出紅門酒吧幾個字的時候，李莊的內心裡有了一絲憤怒，早知道去那裡，何必讓我趕過來呢？他有一種被捉弄的感覺，但他並沒有流露出來，他只是默默地隨她上了計程車。

上車以後，花琳琳告訴李莊是去見她的一個廣告客戶。花琳琳說那傢伙是個老色鬼。她這樣說的時候，李莊就明白她叫他陪她同去的用意了。李莊說：「你放心，我會誓死保衛花大姐的。」李莊說畢，並且狡黠地笑了一下，但是花琳琳並沒有看見，她的回答是在他的手背上拍了拍，就像男人們之間通常會做的那樣。李莊理解花琳琳的意思：就看你的了。

計程車再次經過出事地點時，聚集的人群已經散去，就好像什麼事情都沒有發生過一樣。李莊告訴花琳琳，就在一個多小時以前，有個女人在這裡被車撞了。「是嗎？」花琳琳問他，「人怎麼樣了？」李莊說：「不清楚，撞出五米多遠，大概沒什麼希望了。」

*　　　*　　　*

李莊隨著花琳琳再次踏進了紅門酒吧。我之所以說李莊隨著花琳琳，是因為花琳琳在前，李莊在後，他們之間隔著半步的距離。正是這半步使李莊看起來就像是女老闆的跟班，這從引座小姐的態度上就看得出來，她只問花琳琳：「幾位？」卻看也不看李莊。當然，李莊也並不在乎，他現在的角色本來就是一個跟班。在經過大廳的時候，他下意識地朝他剛才坐過的地方看了一眼，梅芳的身影在他的頭腦裡倏忽一閃。他並沒指望看到什麼，其實他也看不到什麼，只除了火車座高高的靠背。

引座小姐把他們帶到了二樓。他聽見她對二樓服務台裡的小姐說，是王老闆的客人。同時他注意到服務台後面的沙發上，坐成一排等著被客人們要的小姐們，她們眼神幽幽地乜斜著李莊，他只好把目光移向別處。引座小姐對花琳琳說：「王老闆在五號等您。」於是他們沿著狹窄的走廊住裡走，在寫著「朵雲軒」字樣的包間門口停下，引座小姐敲敲門說：「請。」然後就離開了。

門從裡面拉開的同時，也傳出了王老闆的聲音。「我就知道是花小姐，快請進。」李莊注意到，他伸出的胳膊本來是想要攏花琳琳肩膀的，但是看到站在旁邊的李莊，就遲疑了一下，然後改成了握手。與此同時，李莊也看出了他臉上的一絲不悅。花琳琳適時地介紹說：「我表弟李莊，在報社做記者。」王老闆很不情願地也拉一拉李莊的手，算是認識了。

李莊是第一次進這樣的包間，在花琳琳和王老闆寒暄的時候，李莊的眼睛一直在四處觀看。沙發、茶几和正播放卡拉OK的電視機，都沒有什麼特別之處，但這只是包間的一半，另一半則被落地窗簾般垂著的帳幔隔開了，他不知道裡面是什麼景致；當然，他聽說過這種包間裡的勾當，所以他想，帳幔的後面，大概是一張床吧。同時他又覺得，如果這樣那就有點太露骨了，所以他又否定了自己的想法。

這時候王老闆已經和花琳琳寒暄完畢，轉回頭來招呼他了。王老闆說：「李先生沒有要小姐嗎？」這一聲突然的招呼使李莊有些慌亂，他連連擺手說不要。

王老闆說：「既然出來玩，不要小姐怎麼行呢？我替你要吧。」王老闆說著，就在茶几下面的什麼地方按了一下，接著就聽到了敲門聲，然後就看見一個衣著暴露的小姐閃進來，她挨著李莊坐下了。一切都彷彿是預先安排好的，這使李莊的內心裡，隱約地有了一種正處身於一場陰謀的感覺。

後來就開始唱歌，包間裡的勾當，通常總是從唱歌開始。經過一番推讓，還是花琳琳先唱，她唱《真的好想你》：「真的好想你，我在夜晚呼喚黎明……。」花琳琳唱得聲情並茂，但是李莊認為，她不應該唱這首歌，他覺得她唱這首歌的時候，有一種挑逗王老闆的意思。接著是王老闆唱，王老闆唱《新鴛鴦蝴蝶夢》，他並且說是獻給花小姐的，尤其到了最後那句「不如溫柔同眠」，他色瞇瞇地看著花琳琳，這使李莊很不舒服。王老闆唱完，把話筒遞給李莊，李莊沒動，說不會唱，旁邊的小姐很知趣地接住了話筒，她柔聲柔氣地說：「先生太謙虛了，我陪先生唱。」但是李莊的注意力並不在這裡，他看到王老闆已經拉住花琳琳的手，要請她跳舞。花琳琳站起來，被王老闆擁著走進了帳幔的後面。這時候，他想起自己剛才在車裡說過的話，「誓死保衛花大姐」，所以突然有一種衝動要站起來。坐在身邊的小姐說：「先生也想跳舞嗎？」李莊這才覺悟到自己的失態，於是又把剛剛抬起的屁股放回到沙發裡。李莊說：「不，不跳。」小姐於是請李莊唱歌，但是李莊不唱。小姐往李莊身上靠了靠說：「先生又不跳又不唱，莫非有什麼心事？」李莊惡狠狠地說：「我想我媽，你管得著嗎！」其實李莊想的是帳幔裡面的事情，他懷疑王老闆已經正對花琳琳動手動腳。這時候王老闆的臉從帳幔邊閃了一下，他說：「你給我侍候好李先生，要不沒你的小費。」王老闆的聲音是嚴厲的，就好像是在罵一條狗。小姐嬌聲說道：「放心吧，王老闆。」同時給了王老闆一個媚笑。

小姐給王老闆笑完，又給李莊笑，但她對李莊的笑是淺淺的，甚至能讓李莊感覺到一點點叫做真誠的東西。小姐說：「先生今天一定是遇到什麼麻煩事了，所以很不開心。其實，誰都難免遇到煩心事的，生活總是這樣的，有什麼呢，想開些就是了。」小姐一邊做著李莊的思想工作，一邊就拉住了李莊的手。「來，我陪先生跳跳舞，把煩心事忘了就是了。」

李莊很不習慣和這種酒吧裡的陌生小姐緊挨著坐在一起，他本來是要推掉她的手的，但是想到王老闆剛才那種橫蠻的樣子，便覺得小姐其實也挺可憐，挨了罵還要陪笑臉。這樣想著，李莊便不好意思也惡聲相向，於是輕輕地推掉了小姐的手。

李莊說：「我真的不會跳舞。」

小姐說：「有什麼會不會的，跳了就是會了。」

李莊說：「我真的不想跳。」

小姐再次拉起李莊的手，說：「那我給你看看手相，看看先生到底有什麼煩心事兒。」

這一次李莊沒有推託，他不置可否地讓小姐的指尖和目光在他的掌心裡摩挲，但他的目光和耳朵卻一直在注意帳幔裡面的動靜，他沒有忘記花琳琳叫他同來的目的。

後來，李莊就像一頭豹子一樣衝了進去——高度警覺的李莊，異常敏銳地從轟響的音樂聲中捕捉到了帳幔後面花琳琳的低聲喝訴，他一躍而起，越過茶几的時候甚至碰倒了上面的啤酒杯，他衝進帳幔裡面，不由分說便把摟著花琳琳的王老闆拉了一個趔趄。王老闆沒有防備，如果不是靠在牆上，肯定就會被摔倒在地了。但是王老闆很快就明白是怎麼回事了，他回身就給了李莊一隻老拳，恰好打在他的腮上，他只覺得腦袋嗡了一下，就倒了下去。

接下來的事情李莊已經全無記憶。他覺得自己像是在做夢，他夢見了梅芳，梅芳當時正在落入一個深淵，他很努力地想要抓住她，但是他感到渾身疼痛，一點力氣也沒有，他絕望地喊著梅芳的名字，但是卻聽不見她的回答。他很不甘心地繼續喊著梅芳的名字，喊著喊著就把自己給喊醒了。他醒來的時候，身邊坐著卻是正在柔情呵護著他的花琳琳。

他問她：「我在哪？」

花琳琳說：「在我家裡。」

李莊說：「我頭疼的厲害，我怎麼會在這呢？」

花琳琳扶他坐了起來，端著杯子喂他水喝。花琳琳說：「你被人打了。」李莊這才想起酒吧裡發生的事情。

「你帶我回來的？」

花琳琳沒有回答，她只是說：「你醒了就好了。」

當時李莊枕著花琳琳的胳膊，他用仍然脹痛的眼睛看著她，內心裡有一種感動，同時也有一絲慾望在衝動。他抓起花琳琳的手，讓她在自己的唇邊摩挲著。在那一刻，她看起來是那麼柔情蜜意。他欠起身子，在她半伏著的臉上吻了一下。但是，接下來，非常意外地——他得到了一個響亮的耳光。

* * *

我本來準備把這篇小說結束在這一個響亮的耳光，但是接下來卻又出現了一個意外，也就是說，李莊出了意外，他瘋了。

花琳琳打了李莊一個耳光之後，就離開他坐到沙發上面，那時候她還是氣呼呼的，她說：「李莊你太過份了。」她說的時候並不看李莊，而是順手打開了電視機。電視裡正在播送本市的早間新聞，其中的一條正是李莊發瘋的直接原因。電視新聞說，昨晚在本市南郊的紅門路發生了一起車禍，一位騎車的婦女被撞出五米之外，送進醫院時她已經停止了呼吸；據醫院的驗屍報告稱，該婦女懷有兩個月的身孕。電視新聞又說，警方已經查證，死者是在本市某工廠打工的鄉下女子，二十一歲，未婚，名叫梅芳。警方希望她的家人和親朋好友能夠儘快與他們聯繫，以便處理後事。這條新聞還沒有播完，花琳琳就聽到了身後的李莊發出的一聲慘叫。花琳琳連忙跑過去，她捧著李莊的頭問他：「李莊你怎麼啦？」李莊直瞪瞪地看著她說：「我誓死保衛花大姐。」這使花琳琳覺得莫名其妙。醫生後來確診，是李莊的神經系統出了毛病。他瘋了。

真絲旗袍和12路車在地震中

即將發生地震的消息，如同流行性感冒病毒，在我們的城市裡日夜流傳。那些已經被感染的不幸的人們，像機警的耗子一樣走出家門，在街頭和廣場有限的開闊地帶惶惶不可終日地遊走著。只有那些幽閉在臥室的人，才不會被不脛而走的流言所感染，他們的生活仍然按部就班。現在是下午，黃雅萍慵懶地拿起電話聽筒，是他打來的，他說他晚上有生意上的應酬，可能不回來了。吻你，寶貝，晚上做個好夢。她嬌嗔地說，我想你嘛。可是，一放下電話，她就恨恨地哼了一聲。

她知道他在別處還有女人，說不定也給「她」租了房子，像養她一樣新養了一隻金絲雀。上個週末他就藉口生意忙沒有回來，這個週末又不來了，他肯定是有了新歡，否則不會連著兩周都不來看她。

自從住進他為她租的這套公寓，她的生活就整個被改變了。購物、化妝、翻翻時裝雜誌，半個月去美容院做一次護理，每週去兩次健身房，剩下的也是最重要的事情，就是陪他玩，陪他上床。她也已經漸漸的習慣了這種生活，如果他週末不來，她就覺得空落落的，肉體的慾望也會不失時機地跳出來折磨她的神經，弄得她整夜都坐臥不寧。這樣的夜晚，她通常是靠看影片來打發的，上個週末她竟然在午夜裸著身體對著鏡子做了半小時的健美。她知道靚麗的面容和優美的體形對她現在這種生活有多麼重要。每週她都要給自己量一量三圍，所幸這半年多並沒有出現大的變化，一直保持在80、60、90左右。短暫的模特生涯教給的，現在也就只剩下這點關於體形的知識了。

一個人待在房子裡無所事事，有時候也會讓她對自己現在的生活產生懷疑，她問自己，這麼早地就尋找依靠尋找退路是不是合適。但這也只是偶爾的一閃念，很快就過去了，她也懶得往深裡想。這種內地中等城市的模特隊能有什麼出息呢，也就是在夜總會表演表演，在公關活動中出出場而已，不早作打算又能怎樣。只是最近，聽說原來一塊在模特隊的小姐妹中，已經有兩個在省城和廣州小有名氣了，而這兩個人無論形體、長相和氣質，都比自己要差些，所以她對自己的懷疑就多了起來。原指望他跟老婆離了婚會娶自己，但卻遲遲不見他行動，而且最近他又有了新歡。一想到這些，她就變得煩燥不安。

他今晚又不回來了。

她對自己說，我不能像個自閉症病人似的總是在屋裡悶著。她想出去走走，逛逛商場，聽聽歌，跳跳舞，她感覺到了自己身體裡隱約的慾望，今天她特別渴望被男人摟抱，想到舞廳裡舒緩的音樂和昏暗燈光下被男人緊緊地擁著的感覺，她變得有點興奮了。她打開衣櫥，一步裙？長裙？最後她選定了那件真絲旗袍，她知道在什麼場合下什麼樣的衣著最適合自己。她走到穿衣鏡前，脫下身上的睡衣。鏡子裡，她高佻的身材依然婷婷，乳房尖挺飽滿，暗紅色的乳頭特別醒目，她記得在一本什麼書裡看到過，說是紅色乳頭的女人性慾特別強烈。她看著鏡中的女人，雙手本能地在自己身上撫摸著。天生麗質難自棄。而目前這種總是處在等待中的生活，使得她常常會顧影自憐。現在她穿上旗袍，精心地化好妝，對著鏡子笑笑。她對自己很滿意。現在她捏著坤包下樓了。

平時出門她總是打車，很少走路，甚至從一個商場到另一個商場之間一二百米的距離，她也不想走。但是今天她沒有打車，她很想一個人慢慢地走一走，這樣散漫地走著，能使她感受到一種久違的清爽和愉快，她覺得自己應該慢慢地消受這個晚上。

正是下班時間，街上來來往往的人很多，步履匆忙的人們，大多數有一個共同的方向，那就是家。這一點黃雅萍也感覺到了。她也想到了家。自己已經多長時間沒回過家了？有三四個月了吧。雖然家就在西郊的工廠區，打車只是二十分鐘的路程，如果坐公交車，頂多也就四十幾分鐘，但是她卻很少想起回家。其實也不是不想，而是每每想起回到家裡，與父母面面相覷的情景，她就覺得很沒有意思。

這個週末的晚上，黃雅萍心頭的無聊感覺特別強烈。她漫無目的地走著，進過兩家首飾店，進了一次豪華商場，並且在電器櫃檯前看了一會兒動畫片。然後她走進了一家西式速食店。她要了一份麵包、一份水果沙拉，但是她沒有胃口，只吃了一小片麵包，水果沙拉她也只吃了兩口。最後她要了一杯冷咖啡，她一直很喜歡冷咖啡流進喉嚨時的那種感覺，但是她今天卻找不到那種感覺。

從速食店出來的時候天已經黑了。茫然四顧，她覺得自己突然失去了方向……

*　　*　　*

黃雅萍不知道自己怎麼會站在12路公共汽車的站牌下面。在她的記憶中，已經很久沒有坐過公共汽車了，但是今天晚上不知怎麼竟走到了12路汽車的站牌下面。12路是開往西郊工廠區的，站牌下擠滿回家的人。她弄不明白自己是不是真的也想回家，但是車開來的時候，她還是被擁擠的人群裹挾著上了汽車。

黃雅萍在12路站牌下等車的時候，已經隱約地感覺到了人群中彌漫著的那種奇異而又不動聲色的緊張情緒，就像平靜的河面底下湍急而又不事聲張的潛流。但是很快又被她自己的茫然掩蓋了。她站在站牌下面的的時候，佔據她頭腦的只是自己是不是真的要回家的問題。思緒在舞廳和家之間飄忽著，她有些吃不准，以至於大腦出現了短暫的空白。就是在這個時候，車來了。公共汽車總在絕望時開來？上車以後，那種潛流般的緊張情緒終於從人們的言語中顯露了出來。

雖然人們希望交談的聲音只抵達交談者的耳朵，但黃雅萍還是從竊竊私議中捕捉到了讓她深感震驚的消息：本市即將發生地震。

「我怎麼不知道？」這突如其來的太過意外的消息，使她本能地對自己的耳朵產生了懷疑，所以她稍稍地側過身子，她想聽聽另一邊低聲交談者著的人說什麼。但是交談者聲音太低了，車內的嗡嗡聲和著汽車引擎的聲音組成了渾厚的男低音聲部，這使使她根本無法聽清他們在說什麼。為了聽清交談內容，她所能做的只是努力地辨別交談者的口形，她得專注地盯著交談者的嘴，同時還要表現得自然隨便，盡量掩飾自己作為偷聽者的尷尬。這樣一來，她的表情就有些曖昧，雖然她有過做模特的經歷，但此刻她還是沒能恰如其分地處理好自己的表情，所以很快就引起了別人的注意，她知道那是警覺和誤會，這使她的內心裡產生了一陣莫名的慌亂，她感到很不自在。她發覺人們在盯著她看，對面的兩個男人的目光甚至有些貪饞放肆，他們旁邊的女人射來的目光則似乎是在指責她身上的某種東西。黃雅萍本能地讓目光垂下來，她看到的是自己高聳的胸和恍惚的燈光下閃著絲質光芒的旗袍，沒有什麼不得體的地方，她放心了。會不會是臉上的妝出了問題？她又從坤包裡摸出小鏡子，藉著車外閃動的街燈，她看清了自己。沒什麼，一切都是完美的，現在她徹底放心了。但是當她做完這些，再次面對眾人的時候，那些含義複雜的目光卻並沒有表現出絲毫收斂的意思，她吃力地忍受著人們的目光，內心裡感到越來越緊張。她甚至注意到，隔著兩三個人在靠近車門的地方，正有人費力地擠著向自己遊動過來，她不知道他們想幹什麼……

是售票員把黃雅萍從緊張中暫時解救了出來。售票員從她的身後擠過來，嘴裡不停地說著「沒票的買票啦」。她從包裡抽出一張十元的票子遞給售票員。

「一張五毛的。」她說。

「你沒坐過車嗎？上車一塊，一塊！」售票員的聲音裡帶著訓斥和明顯的不耐煩，這個城市的公共車售票員總是不耐煩，總是對乘客訓訓嗒嗒的，好像乘客都是逃票的主兒。她確實不知道票價已經再次漲過，她已經很長時間沒坐過公共汽車了。去年的時候還是三毛、五毛、八毛，到她家那一站是五毛，現在全改一塊了，售票員的態度卻還是那樣，不像已經漲過價的樣子。

售票員過去之後，從車門口擠過來的一個髒兮兮的老頭迅速地佔據了那個短暫的空間，由於過於用力，他幾乎靠在了黃雅萍的身上。她厭惡地向後靠了靠。但是老頭卻很有禮貌，老頭連聲道歉說：「對不起對不起，我的腿不好。」老頭扶著椅背但卻站不太穩，坐著的穿西裝的年輕男人站起來給老頭讓了座。黃雅萍不用再躲那髒老頭了，她可以放心地站直身體，她在內心裡很感激面前這位給老頭讓座的西裝男人，所以，雖然西裝男人幾乎是緊貼著她的身體，她也並沒有躲開。當然，黃雅萍當時並沒有意識到這是人類情感中一種叫做「好感」的東西所帶來的結果。而西裝男人是敏感的，他有理由認為，身邊這個穿著旗袍的美麗的女人，她身體緊貼著自己是對某種要求或者生意的暗示；到後面我們就會知道，西裝男人當時就是這麼想的。

黃雅萍的身體現在正體驗著一種很舒服的感覺，她知道那是與男人肌膚相觸的快感。她是一個肉體慾望很強烈的女人，夜裡獨守空床的時候，身體裡的慾望常常會折磨她，讓她痛苦得難以成眠。但她已經有兩個星期沒有被男人碰過了，所以現在這種久違的感覺令她迷醉，她放任著自己的本能，讓想像隨之遊走，她不想太快地破壞這種感覺，尤其是面前的這個西裝男人，她並不討厭他。她甚至在陶醉中想暫時地閉上一會兒眼睛。然而漸漸地，她的感覺不對了。因為她敏感的肉體所傳達的快感已經被她的神經細緻地辨別出來，並不是面前緊貼著的這個西裝男人，而是來自臀部的感覺，有一隻手正在那裡遊動。黃雅萍側過頭去，用眼角的餘光掃視身後的人，並沒有人注意到她的反應。她動了動自己的身體，她希望那隻手知道她讓它拿開。但是沒用，那隻手是固執的，它只是暫時停止了遊動，卻並沒有離開。她不敢太強烈地表示自己的不滿，她知道這樣的手也許正在指縫裡含著刀片，她早就聽說過公共汽車上發生的這種慘劇，所以她只是下意識地把挎在身體側面的坤包往前面拉拉。

儘管黃雅萍是個慾望強烈而且正處於饑渴中的女人，儘管剛才她還沉浸在某種久違的快感之中，但是接下來的事情還是讓她不能忍受。現在她的後面，已經不是一隻而是兩隻或者三隻手在放肆地遊動，從腰部直到臀尖，它們似乎無所顧忌。「真是的，他們把我當成什麼人了！」她已經很久不坐公共汽車了，她弄不明白這座城市從什麼時候開始竟變得如此無恥，她也不明白這些人為什麼會如此放肆，她覺得自己簡直就像是上了賊船。但她還是不敢驅趕它們，她甚至陷入了對夾著刀片的手指極度恐懼的想像之中，她害怕刀片悄無聲息地劃過身體的慘劇在自己身上發生。現在她很後悔自己稀里糊塗地上了12路汽車，否則自己這會兒也許正在舞池裡輕快地旋舞呢，她知道自己的舞姿很美，常常會驚起滿場豔羨的目光；她恨這些擁擠在一起急切地趕回家去的人，已經是週末了，為什麼非要擠在同一個時間裡往家趕呢，是因為地震嗎？她甚至恨自己，為什麼要穿著讓身體曲線畢呈的絲質旗袍出來，大街上現在還沒人穿這樣單薄的旗袍招搖呢，何況在罐頭一般的12路車裡。穿旗袍跳舞是合適的，但是擠公共車就十分不得體。這樣想著的時候，她又在心裡詛咒那個一連兩星期都不來看她的男人了……

* * *

這時候車停下了，是鍋爐廠站。身邊座位上那個髒兮兮的老頭站了起來，他把座位讓給她坐，然後很敏捷地擠出去下車了。她並不想把自己裹著絲質旗袍的屁股放在那髒兮兮的老頭剛剛坐過的座椅上，但是一想到後面那些放肆地遊動著的無恥的手，想到它們所帶來的屈辱以及暗含著的危險，已經使她的身體難以承受，她還是很不情願地坐了下來。既然已經上了賊船，髒又算得了什麼，她現在已經顧不得那麼多了。

「瞧他那利索勁兒，這老頭腿一點毛病沒有，早知道這樣不如學雷鋒一次到位，早早讓給你坐得了。」西裝男人在黃雅萍坐下的時候開口說話了，他很後悔把座位讓給髒老頭，老頭只坐了一站就下去了，卻做了個順水人情，要是自己直接讓給身邊這個美麗的女人也許更人道一些。

「你要早讓給我就好了。」黃雅萍仰臉看看他，淡淡地應了一句，其實她心裡想的是剛才受到的非禮，現在終於可以擺脫了。

「你到哪下？」

「黃河廠。」

「哦，還有六站呢。」

「你呢？」

「黃雁村。終點。」

黃雅萍不知道12路車已經延伸到了黃雁村，所以他說黃雁村的時候，她不解地「嗯？」了一聲。黃雅萍和西裝男人的交談就是這樣開始的。

「我看著你挺面熟，好像在哪見過。」

黃雅萍看出來他是有意要套近乎，但她並不討厭他，便問他是不是真的要發生地震。西裝男人不以為然地說：「全城人都知道這兩天要發生地震，這種事情你信嗎？自己嚇唬自己罷，狼來了狼來了，可狼卻老是不來。」

黃雅萍看看他，她想，這是一個自信而且風趣的男人。

車又停了，座位裡面靠窗坐的人要下車，黃雅萍往裡面挪挪身子，讓出空位。她友好地看著西裝男人，那意思當然是讓他坐。

這一站沒有人上車，汽車再次開動起來，車廂裡的頂燈滅了。在黑暗中，他們的交談也變得平靜而親近了。無非是在哪裡工作，效益好不好等等。西裝男人很自信地一口咬定黃雅萍是在賓館工作，她就順水推舟地認了，也並不糾正。除此之外，黃雅萍對他並不設防。

「你呢？」黃雅萍問。

「你看我像做什麼的？」

黃雅萍幾次都沒有猜對。男人後來說自己是作家，寫小說的，住在遠離市中心的黃雁村就是為了圖個清靜好寫東西。

黃雅萍從少女時代就對作家有一種莫名的崇拜，但她卻從來還沒有過和一個作家如此近距離地坐著的經歷，雖然已經有多年不讀小說了，但現在，一個坐在自己身邊的作家所喚起的遙遠的感覺，還是讓她覺得非常親切。儘管這個黑暗中的男人已經有些過分地緊靠著自己，她卻沒有絲毫的不快，相反，她倒覺得緊靠著一位作家是很美好的事情。瞬間的恍惚中，她甚至產生了一絲荒唐的聯想，生意場上的男人她見得多了，此刻她想，依在一個作家的懷裡，也許會是另一種不同凡想的感覺。

男人接下來的動作幾乎是依著黃雅萍的想像發展的，他先是不經意地把手放在了她的腿上，她所感覺到的溫熱舒服而又驚心，她不忍心破壞自己的感覺；男人的手又在她腿上輕輕地摩娑，她也並不討厭，她知道舒服的感覺來自自己身體裡的慾望，她沒有把那隻手撥開。那隻沒有受到任何阻攔的手接著就有些放肆了，他從她旗袍的開叉處試探著伸進去，但是這一次引起了她的警覺。她輕輕地然而又很堅決地把那隻手推開了。

車又停下了，這一次下車的人很多，黃雅萍回頭看看，車內稀稀拉拉的只剩下不多的幾個人。汽車再次開動，下一站就是黃河廠了，黃雅萍輕輕舒了一口氣。自稱作家的男人仍然把她擠得很緊，但是她已經能夠忍受了，因為只需要過幾分鐘，她就下車了，一切非禮和屈辱也就都將成為過去了。現在她把目光投向窗外，心裡想著到家之後怎麼跟父母說話才不致引起他們的不快。男人這時正在低聲地向她倒歉，他說實在對不起請原諒，他說：「你太美了讓我控制不住自己，請原諒。」真是狡猾的男人，道歉的時候還忘不了用讚美女人來為自己開脫。但是她已經不想再與身邊的男人說話了，自己馬上就要到了，下車以後今天在公共汽車上的所有不快都會隨著公共汽車一起開走。她甚至對自己說，以後再也不坐公共汽車了。

但是就在這個時候，意外的事情發生了。

*　　*　　*

汽車劇烈地顛簸了一下，接著是強烈的震動。隨著車身的震動，黃雅萍身邊的男人很重地壓在了她的身上。因為在黑暗中他一直是側著身子注視著她的，所以他的臉也重重地觸碰著她的臉。幾乎同時，從後面傳來了失聲的叫喊：「地震了！地震了！」

被恐懼攫住的司機此時已經驚慌失措，他已經不知道怎麼控制汽車，只是死死地把住方向盤，目光注視著前方的道路，讓汽車在闃寂無人的郊區公路上狂奔，有人本能地喊著「停車停車」，可是司機已經不知道怎麼才能讓它停住了。

黃雅萍自然也被這突如其來的變故嚇壞了，就在身邊的男人撞在她身上的同時，求生的本能使她抱住了他。人們慌亂的喊聲加劇著她內心的驚恐，這使她像溺水者抓著救命稻草一般把已經抱住的男人抱得更緊。

車仍在狂奔，而人們愈加驚恐，人們的喊聲又在加劇著內心的驚恐，這情形正好用得上「自己嚇自己，長大沒出息」這句童謠。但是也並非全然如此，因為車內現在還有一個人是冷靜清醒的，這就是被黃雅萍緊緊抱住不肯鬆手的西裝男人。當他感覺到車現在是平穩地行駛著的時候，他就已經知道，並沒有什麼驚天動地的事情發生，大概是路面出了點問題。人們的失態完全是因為被近幾天像病毒一樣流傳著的地震的消息傳染所致。他朝前面大喊：「踩剎車！」他知道司機是會在這樣的提醒中醒過神來的。喊過之後，他就不失時機吻起黃雅萍來。他很從容地吻她臉、吻她的嘴唇、吻她的下頦、吻她的脖頸，黃雅萍正是在他的親吻中才緩緩地從驚恐中清醒過來的。

此前她一直是閉著眼睛的，心裡想著完了完了，我要死了。現在她睜開眼睛，車已經停住，她懵懂而吃驚地看著他。

「我還活著？」

「活著。沒事了，什麼事也沒有發生。」

驚恐之後的人們走下汽車，這才發現電線桿依然站著，天空中星星不動聲色地閃著，建築物的窗口射出的燈光寧謐而平靜，確實什麼事情都沒有發生。人們自我解嘲地嘿嘿嘿笑著，原來並沒有震啊！但是黃雅萍自己的身上卻出了點讓她羞愧尷尬的小事故，在汽車劇烈震動的那一瞬間，她的旗袍意外的被撕裂了，旗袍的開叉有一邊現在已經開到了她的腋下。穿西裝的男人扶她站著，她能夠感覺到他眼中閃動的幽光，她為自己的剛才的失態感到很不好意思。

「我的住處離這不遠，我可以給你找件衣服換上。」

黃雅萍很猶豫。她還沒有完全從剛才的驚嚇中擺脫出來，她站著沒動，實際上她現在暫時還沒有恢復判斷力，她不知道該去還是不去。她看著他那在黑暗中閃著幽光的眼睛，試圖捕捉到一點可以信賴的東西……

*　*　*

這件事情後來的結局是戲劇性的，也就是說，黃雅萍的生活從這個晚上開始被改變了。這是所有與她親近的人都不曾想到的事情，我的意思是，生活的內部一定還潛藏著更複雜的令人吃驚的東西，但是我不想在這裡合盤托出。我相信「故事結束的地方，生活就開始了」這句話，後來也果然在黃雅萍身上得到了驗證。我說的是兩年以後，我們很偶然地在公園裡看到了推著嬰兒車散步的黃雅萍，她一身素白，推著嬰兒車緩步而行，很聖潔很驕傲的樣子。妻子捅捅我說：「她就某某的老婆。」妻子說的「某某」我當然是知道的，但我還是做出很吃驚的樣子：「是嗎？」「聽說她以前傲得很。」我的妻子正好與黃雅萍父母在一個單位工作。我說：「她現在也很驕傲，不過是另一種傲，是那種幸福的小母親的驕傲。」妻子又回頭看看她，但是我想，妻子當時並不理解，因為她還小，還沒有做母親的經歷。

到公司去蹭飯

你要是用「廢人」這兩個字來稱呼我，那絕對是恰如其分的。我的意思是，把這兩個字用到我的身上，沒有絲毫貶斥和抵毀的色彩，當然也不含有褒獎的意思，這點自知之明我還是有的。也就是說，這兩個字是迄今為止對我最為客觀公正的評價。「廢物點心！」我的母親，準確的說是「我那苦命的娘」就是這麼說我的。我的同學小寶的說法是「沒起子」。起初，乍聽他這麼叫我的時候，我並沒有弄懂他的意思，小寶的嘴裡能有什麼好詞呢，像酒井法子這樣世界知名的小美人兒，在他的嘴裡也就只是一個「高級塑膠玩具」，我還敢指望他叫我什麼？過了幾天我才回過味來，「起子」就是螺絲刀，一種極常見的通用工具，「沒起子」大概就是沒本事沒成色沒用處的廢物的意思吧，小寶是修摩托車的，在紅旗路南頭開著一家小修理鋪子，他說我「沒起子」，和我母親說我「廢物點心」是一致的。

其實，誰也不是生來就「廢」，連殘疾人都能自重自愛自立自強，何況我的四肢健全頭腦正常。被「廢」掉是最近發生的事情，準確地說，我是和我們的工廠一起被「廢」掉的。工廠破產以後我一次性得了五千塊錢，還有市勞務中心推薦的一份掏公廁的工作。我已經有了五千塊錢，何必再去掏公廁呢！我說這活兒我幹不了，然後就帶著五千塊錢和在夜市上認識的麗麗一塊上廬山了。廬山下來麗麗說還想上黃山，我們就又玩了一回黃山。麗麗說她還想到廣州去玩，我說錢不多了，但是麗麗太會調理人了，一會兒貼上來吻我，高高的胸脯擠著我的胳膊，擠得我心癢肉跳，一會兒又高高地噘起紅唇，帶搭不理的，我就和她妥脅了。到了歙縣車站，給了她五百塊錢，把她送上南下的火車，我就獨自一個人回來了。我到家的時候，兜裡只剩下了三十塊錢。「你真是個廢物點心。」我母親當時就是這麼罵我的。

我之所以被廢掉，當然也與我母親脫不了干係。教不到，父之過嘛。可惜我上初二那年我父親化成了火葬場的一股青煙，沒了父親，當然就是母之過了，這是順理成章的事情。初中畢業的時候，「我那苦命的娘」，她硬是不讓我考高中，非讓我上技校不可，她說上技校可以早工作。工作來得倒容易，可惜的是進錯了門。再說我上技校那兩年正迷迷糊糊地迷著詩歌，真是鬼迷心竅，就我認識那幾百個常用漢字，弄兩句順口溜都帶著倒刺呢，怎麼能寫詩呢！現在想想，廢物大概就是這麼開始「廢」的。考試打打小抄，傳傳紙條也就過來了，什麼也沒學會。進了廠一天活沒幹，領著工資打了兩年麻將和撲克，然後就和我們的工廠一塊給「廢」了。「沒起子」，小寶說得對，我這樣的，能有什麼「起子」呢？

我母親說：「廢物點心，你要是再不去找活掙錢，就別回家來吃飯。」她老人家說的一點沒錯，就她那三百多塊錢，怎麼能養得起一家三口呢，何況我妹妹才剛剛考上大學，正是用錢的時候。老爹的「遺產」就是一大堆看病吃藥的帳單和我這塊「廢物點心」。我也不是沒找過活兒，什麼搬磚和泥站櫃台收門票啦，全都不適合我，還有車工，我的技校畢業證上寫的是車工，可我從來就沒摸過車床，誰叫我是「廢物點心」呢。掙不到錢就別回來吃飯，我那「苦命的娘」說的對，不勞動者不得食嘛，全中國人民都知道這句話的意思。

聽說小寶他哥是一家公司裡的老總，可把我高興壞了。我們可是從小在一個院子裡玩過的！那時候他是司令，領著我們一干子毛頭兵，殺遍了一條街道，他還總誇我機靈聰明。現在他做了老總，沒准能給我在公司裡謀個職位。公司職員，吹牛聊天，挾著包包，打「的」吃飯，這才適合我嘛。

*　　*　　*

大寶的公司就在市中心的華康大廈。剛剛站到這座全市最高的十八層大廈門前的時候，我的腿肚子還有些發抖，就在我抬起胳膊準備推門的時候，自動玻璃門唰地打開了，幸虧我的反應還算靈敏，順勢裝出整理頭髮的樣子，才沒有太顯出鄉巴佬的無知來。明亮的大堂像個小天井似的，兩邊的半圓沙發裡稀落地坐著幾個抽煙的人，迎面的總台後面露出一個小姐的腦袋，蠟人似的，看起來讓人覺得很不真實。老實說，我當時真有些手腳無措，我不知道怎麼才能找到大寶的半球公司。小寶只告訴我大寶的公司在華康大廈，但是並沒有說明在幾樓。我當時的樣子肯定有些鬼鬼祟祟，如果有人問我是幹什麼的，我沒准會調頭逃走。但是，沒有人問我，甚至都沒有人注意我。四個電梯門分列在總台的兩側，我壯著膽子向電梯走去，在揿那個向上的三角之前，我靈機一動問了總台的小姐一句：請問半球公司在幾樓？蠟人樣的小姐站起來走了出來，步態優雅而且……性感，我想，這主要是她的旗袍給我的印像。她替我打開電梯並且微微地彎腰說：「在十六樓，先生，您請。」

還「先生，您請」呢！我算什麼先生呢，我覺得很好笑。但是我沒笑，其實我根本就笑不出來，我只是怯生生地跨進電梯，然後按了標明「16」的那個按鈕，我只想盡快離開她。我並不是怕她什麼，我只是感到心裡發虛，我不偷不搶但卻就是有點發虛，直到坐在十六樓半球公司的沙發裡的時候，心還咚咚直跳呢。你看，剛開始的時候我就是這麼沒出息。

我進去的時候韋總，也就是小寶的哥大寶正在打電話，他示意我坐下，我就怯怯地坐下，直直地看著他沒完沒了地打電話。後來我覺得這樣很累，於是強令自己鬆馳下來，裝作很隨便的樣子環視一圈。半球公司實際上也就是一張桌子一張沙發一個茶几一部電話而已。看到韋總終於放下電話，我連忙不失是時機地討好說：「大寶哥你現在大發了呀。」

大寶說：「東方你到公司來找我有什麼事呀？」

我說：「沒事轉轉沒什麼要緊事就是來看看你的公司。」我想我不能一上來就說想找工作的事兒，我得跟他聊聊別的回憶回憶往事套套近乎，然後再找機會說說找工作的事兒才比較合適。

大寶說沒事就陪他去吃飯吧。到底是一個院子長大的，一上來就請我吃飯，不像別處，剛見面就把人往外支。我當然很樂意陪大寶吃飯，我想在吃飯的時候說找工作的事情是再好不過了。

接下來大寶便如此這般地對我交待了一番。原來是大寶要請一個姓張的老闆吃飯，大寶的意思是讓我勸他們多多喝酒，我說當然沒有問題。大寶一定是還記得我小時候的機靈勁兒，所以只叮嚀了一句「見機行事」就不再多說了。

跟大寶在一起我就放鬆多了，在飯桌上我韋總張總地叫著，我不停地向對方敬酒，甚至三杯對一杯地和對方乾，看看韋總韋大寶很滿意的樣子，我也就越發來勁，直到把對方喝得暈暈乎乎。

噢，對了，還有一件事忘了告訴你，我父親就是死在他那付被酒精泡透了的肝上，所以我也天生了一副好酒量。後來，我之所以能夠被人們稱為「東方不敗」，也和這有很大的關係。我再也不是什麼廢物點心了，我的名字叫「東方不敗」，當然這都是後話了。

那一頓飯吃得韋總十分滿意，回到公司以後，韋總也就是大寶馬上從抽屜裡拿出兩張百元的鈔票，說是給我的報酬。吃飯喝酒而且掙錢，天下竟有這樣的好事！我虛張聲勢地推辭著，但是韋總說了：「這是你應該得的，別嫌少，大哥不會虧待你。」我說：「恭敬不如從命大寶那我就不客氣了。」

大寶說他下午還有事要辦，我就捏著兩百塊錢樂顛顛地出來了，誰知道一高興我竟把找工作的事兒給忘到了九霄雲外。

站在馬路上的時候，我的手在兜裡暗暗地捏著那兩張鈔票，心裡還在想，白吃白喝而且掙錢，這算是什麼事兒呢，天下竟有這等好事！至於找工作嘛，下回再說吧，下樓的時候大寶已經說了，下次請客還要叫我呢，那就下次再說吧。

*　　　*　　　*

我的才能就是在酒桌上逐漸顯露出來的。後來有人問我：「東方先生，你為什麼不自己開公司呢？」我答：「我為什麼要自己開公司呢？」

有一天我到韋小寶的修理鋪子去聊天，我說：「小寶，你為什麼不開公司呢？」

「我為什麼要開公司呢？」

我說：「你開了公司我好到你的公司來蹭飯呀。」

小寶說：「現在有很多人整天都在琢磨怎麼掙錢怎麼發財致富怎麼成為老闆這樣的問題，這方面的書現在也賣得特火，像什麼《洛克菲勒發跡史》、《比爾‧蓋茨傳》、《一夜暴富》之類的整天都有人在研究，想要從書縫裡字後面尋到什麼竅門，其實，只有書呆子才會這樣去做那『書中自有黃金屋』的傻瓜夢，正兒巴經地開個公司，然後又稀里糊塗悄無聲息地關門了事，我才不做這種傻瓜呢。」

「那是你沒那本事。」

小寶嘿嘿一笑：「你有本事你去幹，我還是省點事吧。」然後又去修摩托車了。

這當然也都是後來的事情了。那天我從大寶的公司出來，在街上轉悠了一個下午，晚上回家把二百塊錢如數交給老娘。「我找到工作了，」我說，「這是老闆預付的半個月的工資。」老娘聽了十分高興，問我是什麼工作，我說在一家公司裡做。老娘說現在找工作不容易，有工作了就要好好幹，然後就不再問了。我當時的想法是，只要每天回家吃飯的時候老娘不再叨叨就行了，至於工作，過幾天再去找大寶不遲，憑那天的表現，只要我開口，大寶一定會在公司給我一個職位的。不知怎麼，我無端的就有了這樣一種自信。

其實，我那一陣是交了財運了，還沒等我去找大寶，就有人來找我了。那天我正在街上閒蕩，突然聽見有人「東方先生，東方先生」地一通大喊。

是張老闆，也就是那次被我灌倒的那個傢伙，我幾乎都把他給忘了，但是他卻記住了我。當然是請我去喝酒，我一聽就明白了，和大寶讓我對付他一樣，他現在想請我去對付一個姓李的老闆。我和他沒什麼交情，鑒於上次跟大寶去的經驗，我知道他一定是要和人家玩什麼貓兒溺，便壯著膽問他，我能得到什麼好處呢？事成之後給五張「老同志」。「五張啊！」我一高興竟脫口而出了。他卻以為是我嫌少，便說：「只要你把姓李的擺平，再加一張也行。」那就是說，有六百塊呢，我生怕他反悔，便毫不猶豫地說：「行。」

飯局設在太白酒樓，除了張老闆帶去的兩個人外，還有一個王老闆，李老闆是從南方來的，也帶著兩個人，都是海量。那天的氣氛也格外不同，有些暗伏殺機的味道。勸過一陣酒以後，兩邊就鏢上了勁，先是張、李兩個老闆對喝，我們三個，也就是我和張老闆的手下，與李老闆的手下還有那個王老闆三個人對喝。喝到十點多的時候，我們這邊只剩下張老闆和我還清醒，對方也只剩下李老闆和一個也是姓李的手下，從他們的談話中我已經知道那個姓李的手下大約是李老闆的侄子。這時候氣氛已經達到了白熱化，對方的李老闆又要了兩瓶雙溝，他對我們這邊的張老闆說：「只要你們的東方先生和我們的李經理把這一瓶對乾了還不倒，我今天就把這一單生意交給你做。」李老闆大約是對他的李經理很有把握，所以放出了這樣的話來激張老闆，張老闆給我使個眼色，我也挾挾眼睛，意思是沒問題。於是張老闆說：「君子一言……」對方說：「駟馬難追。」

我說過，我父親是死在那塊被酒精泡透了的肝上的，我的酒量，大約也就是他老人家打胎裡就遺傳給了我。我掂起酒瓶子與對方的李經理碰了一下，然後就舉起來對著瓶嘴吹喇叭了，對方的李經理看來是久經沙場了，也毫不含糊地掂起酒瓶吹喇叭。吹到半瓶的時候，我停下來換了一口氣。對方也停下來換一口氣。這時候我已經有點感覺了，但是到了這個份上，我是絕對不能軟的，於是又接著吹喇叭。就在我把剩下的半瓶吹完的時候，我看見對方的李經理已經從椅子上溜到了桌子底下，他的酒還沒有喝完，卻已經先自軟了。這時候，對方的李老闆伸出姆指對我說：「東方先生，海量啊。」當時我很想謙虛一下說見笑見笑，但是說出來的卻是：「小意思，小意思。」

我記得張老闆在送我回家的車上對我說：「老弟，沒想到你是『東方不敗』呀！」而我的回答還是「小意思，小意思」這幾個字。

*　　　*　　　*

從那以後不久，在我們這座城市的生意圈裡，就有了關於「東方不敗」的種種傳奇性的說法，也就是說，一不留神，我就已經成了本市名人。打那以後，隔三差五的便會有人請我喝酒，有時候是為了生意，有時候也只是喝喝酒而已，當然更多的是為了生意。一傳十，十傳百，本城的老闆慢慢地都知道了有一個酒席宴上的「東方不敗」。而我也樂得遊走於各個公司之間，替人喝酒，替人勸酒，讓老闆趁機搭上生意。走在街上，認識的人會問我：東方不敗這又是幹什麼去呀？我就說：「到公司去蹭飯呀！」也有老闆要拉我入夥的，甚至有人許我以副總的職位，但是這時候的我，已經有些忘乎所以，有點不在乎啦！「李白本是酒中仙，天子呼來不上船」，大約也不過就是這種感覺吧。有生意就得有飯局，有飯局就得喝酒，要喝酒就得有人勸酒鬥酒，當然也就不能沒有我「東方不敗」了。況且我收入不菲，為什麼要跟著一個老闆幹呢！我是我自己的老闆，我是我自個兒的爹。

開公司是再後來的事情了。也就是我那次和小寶聊過以後不久，小寶的哥哥大寶跑來找我，那時候他的半球貿易公司已經倒閉了。大寶說，要和我聯手辦一個公關公司，並且由我做總經理，他自己做副總經理。當然主要是發揮我的特長，由大寶聯繫業務，再由我親自出馬把它解決掉。經不住大寶三番五次的蹿掇，再說我也想嚐嚐當老闆的滋味，過過當老闆的癮，也就答應了下來。

我們的公司就叫做半球公關公司，地點還是在華康大廈，大寶把他原來那間房子又包了回來。現在是我坐大班椅，大寶在外面跑業務。我每天到公司去上班，也就是抽抽煙、喝喝茶、接接電話而已。清閒自在，但是生意卻顯得十分蕭條，剛開始還有人上門請我，到後來儘管大寶跑得王朝馬漢的，卻再也攬不到什麼生意了。不僅攬不到生意，就是到別的公司去蹭飯也難了。我們的城市是個小城，大家既然都是朋友了，在酒席宴上你到底是幫誰呢？幫也不是，不幫也不是，到了最後，就再也沒有人需要我們提供的「公關服務」了。沒有了進項，但公司的房租、電話費、稅費卻不能不交。我們只能破產了事。

公司已經破產，接下來我到哪裡去蹭飯呀？我不是又要成為廢物點心了？其實並沒有那麼悲慘。聽說我們的半球公關公司已經破產，馬上就有幾家公司找上門來請我入夥，當然還是喝酒吃飯的那種角色。經過反覆地權衡，我最後到了張老闆的公司。張老闆的生意現在已經做大了，幾乎天天要請客戶吃飯，當然少不了我這樣的角色。雖說是個每月只拿五百塊錢的小角色，但它畢竟是一份大公司裡的固定工作呀。我母親，也就是我那苦命的娘聽了也十分高興。

現在我每天挾著個包包進進出出地忙碌著。在我們的城市裡，有很多像我一樣的主兒，端著別人的飯碗，吃著別人施予的飯食，小心謹慎地做著，不失時機地也會做一做發財致富的美夢。有熟人問道：忙什麼呢？回答是：到公司去蹭飯。

這就是我，一個號稱本城「東方不敗」的……「廢物點心」。真的是這樣的，您可別笑話我，這就是我全部的生活。

春天屋頂上的貓

從那天夜裡開始，咪咪總要弄出一些奇怪的聲音來。一牆之隔的天亮常常被攪得難以入眠。所以很長一段時間裡，天亮都會在艱難的的想像中折騰很久。但天亮的想像力實在是太貧乏了，隔壁的聲音總是與他的想像有較大的出入，不能被證明的痛苦折磨著天亮的神經，「長此以往我就要瘋了！」窺視的慾望就是這樣產生的。

咪咪一直是一個專注而安祥的女孩，就像一個淑女那樣端莊。所以在天亮的心中留下了良好印像。天亮不敢有非份之想，他覺得這會玷污了咪咪，但是因為每天都要見面，他又不能不想。這使天亮的內心常常會陷入一種不為外人所知的尷尬境界，他的痛苦就更加沒人知道。現在這無法道出的痛苦終於把天亮推到了一個危險的境地，他站在咪咪的窗戶外面，就像站在懸崖邊上，而且得踮著腳尖。

屋子裡一片漆黑。隔著窗簾看一間黑屋就如同在黑暗中去看一個黑人那黑色的眼睛，天亮只能很謹慎地使用自己的聽覺。他現在可以肯定那聲音的主旋律是從咪咪的嘴裡發出的；但是那伴奏，卻讓天亮頗費心思，他想，那大概是重物砸向軟床所弄出的效果。天亮的眼前於是出現了剛剛被仍到岸上的魚那掙扎的樣子。但是，咪咪不至於在床上不停地鯉魚打挺吧？天亮這樣想像著，但是不敢肯定。疑惑和痛苦毫不吝惜地消磨著天亮，他的神經衰弱就是從這時開始變得嚴重了。

天亮是一個不大會掩飾的人，第二天見到咪咪的時候，他臉上的表情就顯出些怪怪的樣子。咪咪當然不知道，仍然一如往常很有節制地微微一笑。天亮也笑一下，但是有些勉強。天亮知道自己笑得心虛，便加快了步子。走出幾米以後，才又試探著回頭去看咪咪。這時候咪咪也正好回過頭來看他，於是有了不同已往的四目相對。咪咪又笑一下，天亮也笑一下，然後各自扭頭走路。天亮在心裡說，不能再回頭了，不能再回頭了，但是走出幾十米之後，還是身不由己地又一次回過頭來。咪咪那好看的背影，這時已經融入了一大群女孩中間。

在天亮這種年紀，默默地喜歡一個女孩是再正常不過的事情，但是像他這樣為一個女孩在夜裡弄出的奇怪聲音而痛苦失眠，實在是不多見。在正常情況下，他可以設法向對方傳遞信號表達自己的心思，但是現在折磨他的並不是愛所帶來的痛苦，而是奇怪的聲音帶來的疑惑。天亮也並不具有那種直言不諱地表達自己的意見的勇敢勁兒，像「你夜裡弄出的聲音總是讓我睡不著覺」這樣的話，天亮是永遠也無法說出口的。而他天亮又沒有換一種更婉轉的說法的能力。在這種情況下，他就只有默默地觀察咪咪和忍受折磨。當然這只能怪他自己，他的性格。

*　　*　　*

愛情故事已經有無數現成的樣本，供大大小小的作家們進行描紅練習、臨摹和自由書寫，因此每天也都會有無數的摹寫本問世。我相信偏愛愛情小說的讀者們，對這類作品已經相當熟悉，並且每個人程度不同地也都能攢出幾個段子，只不過不大符合小說章法之類罷了。我的意思是，小說章法之類解決不了天亮在這個春天裡所遇到的難題。情結啦，細節啦，性格啦，背景啦，敘述啦，抒情啦等等，一旦按部就班，就有落入俗套的可能。雖然俗故事人人愛讀，但也經不住作家們反覆調製，弄不好就要遭人唾罵。好在大師們早就告訴我們：生活之樹常；法官們也不止一次地說過：判例有限。而我的缺點就在於想像力不足，這就更有必要求助於生活，也就是說得學會觀察。遠在學做小說之前，我就牢記了這句名言，這是我的強項。譬如天亮兩次與咪咪的相視而笑，就是從觀察中得來的。那時我正站好在二樓某一扇窗下。這看起來有一點螳螂捕蟬黃雀在後的味道，但我那時候還沒有弄清誰是螳螂誰是蟬，黃雀是指我，這當然毫無疑問。

就在我被螳螂和蟬糾纏著理不清頭緒的時候，天亮拎著熱水瓶進了辦公室，這時候我無論如何已經無法從天亮的表情裡讀出什麼了。天亮總是踏著上班的鈴聲走進辦公室，總是拎著熱水瓶，總是給每一位都沏上茶，然後坐進自己的那把椅子裡，埋頭看報或者投入工作。才分到機關不足一年，他怎麼就這樣中規中矩，這麼少年老成，我一直弄不明白；全不像我，早晚來去沒個鐘點。天亮這時候扭頭望瞭望走廊那邊，也就是我們對面的辦公室，我從天亮的目光裡看到，是咪咪來了。

咪咪在對面的處辦室辦公。因為天氣轉暖，兩邊的辦公室都開著門，這樣有利於空氣對流。從這一天起，總是埋頭的天亮也經常地扭頭去望咪咪，所以敞開的大門也方便了天亮目光的流動。天亮的辦公桌與我相對，以我的敏銳和敏感，他的一舉一動當然逃不出獵人眼睛。但我的神經過敏也曾經冤枉過天亮，譬如接下來的一天天亮去了對面三次，我都曾經記錄在案。後來的事實證明，天亮三次過去全都是因為工作。這經驗使我認識到，觀察到的生活現像有時候並不完全靠得住，還要經過分析，去粗取精去偽存真之類還是用得著的。況且，天亮是個膽怯的人，因為當時心裡有「鬼」，可能還經過了相當時間的思想鬥爭，鼓足了勇氣才走過去，而且直奔處辦主任，甚至低著頭，連直視一下咪咪的膽量都沒有。但這並不妨礙他在這邊的時候用眼角偷覷對面。

大家都知道，在辦公室裡，愛情故事的細節是細小而有限的，儘管我的觀察盡職盡責，卻也很難讓它變得豐富。愛情故事除了曲折的情節之外，還有更重要的一點，這就是激情。辦公室是需要盡量節制激情的地方，所以直到下班前，咪咪過來宣佈春遊的消息，我都沒能把這一段弄得比生活更有意思更好讀一些。好在就要春遊了，我可以把場景安排到戶外，那樣也許更有味道；移師戶外的另一個理由是，經過一天的觀察，天亮的表現已經有些跡近於螳螂了，他正在不知不覺地進入角色，應該讓他到更廣闊的天地裡有所作為了。春遊恰是移師戶外的良好契機。

*　　*　　*

因為前一段時間的經驗和教訓，為了克服日漸嚴重的失眠症，天亮有了一個下班後進行大劑量運動的計畫。所以晚飯後他就給自行車打足了氣。稍事休息之後，天亮推著自行車出了機關的門。出門的時候，卻正遇上從外面回來的咪咪。咪咪很節制地點一下頭，笑笑。天亮也笑一笑，然後跨上自行車揚長而去。上車的那一瞬間，自行車危險地晃了一下。他是慌亂的。

在駛往郊區的公路上，天亮很努力地蹬車，他想以此來平息自己的慌亂，也顧不得看路旁春天的美景。天亮的目的實際上是很明確的，就是要盡量多地消耗自己的體力，以便能在晚上順利地入睡而不至於再度失眠。這個想法看起來單純而且簡單易行，應該不用費力就可以全身心地投入進去，然而，天亮卻不能。他因此對自己有些惱火。他一邊檢討自己的下作，一邊又在遷怒於咪咪，她不該在一個失眠的人為難以進入睡眠而苦惱的時候弄出那些奇怪的聲音來，倒讓自己在郊外徒勞地騎車。這樣想的時候，他覺得自己有些理直氣壯了。偷覷別人並不是自己的過錯，況且也沒有人看見自己，為什麼要心中有愧呢？

天亮有些弄不明白自己，於是停下車子坐在路邊。天亮並不知道自己的情結是扭在什麼地方。幸而天亮對佛洛依德先生的學說全然不知，否則的話，他也能對自己進行一點精神分析，那樣他就會看到自我下面所壓著的是什麼樣的一匹獸了。根據生活經驗，人們大抵都知道，這被壓在自我下面的那個小獸頭，大致就是愛情開始的地方。但是現在，天亮並沒有覺察那只正在抬起的小獸頭，他只是翻來覆去地想著：「我不應該心中有愧。」

「不應該！」經過反覆強調之後，天亮覺得自己可以回去了。騎行在回來的路上，天亮還一再地告訴自己：錯在咪咪。

儘管如此，天亮還是不能順利地入睡。他也在床上反覆地折騰，弄得床板咯吱吱直響。恍忽中他突然悟到了一個答案：咪咪和自己一樣，也是一個嚴重的失眠症患者，而且比自己更其嚴重。這個結論讓天亮完全心安了。他對自己說，這回可以睡覺了。然而，就在這時候，隔壁響起了那奇怪的聲音。咪咪弄出的聲音，和自己的完全不同，強烈而富於節奏，不像自己，弄出的是十分紛亂的聲音。這又一次勾起了天亮的好奇心。天亮於是披衣下床，也顧不得時間已近午夜，只是小心地開了門，踮著腳尖謹慎地俯身於咪咪的窗戶……

*　　*　　*

晚飯後我再次佔居有利地形扮演「黃雀」的角色。我覺得他們，也就是咪咪和天亮會謹慎地選擇一個機會商討明天春遊中的行動方案。所以，我仍然選擇可以清晰地看到對面宿舍的辦公室的窗戶，以便觀察他們二人的行動。文學教科書上寫得分明：想像力不足，就得學會觀察。但是一雙眼睛不能同時觀察兩個人的行蹤，我之所以選擇天亮，是因為在愛情問題上，一般來說，男性是主動的一方。我看見天亮推著自行車出來，而且他們在機關門口相互笑了一下。我想，他們一定有一個約會。於是我也下樓去，推了自行車。

但是，很令人失望。天亮只是一個人在郊外轉了一圈。就在天亮坐在路邊無所事事的時候，我還是滿懷信心地期待著的，誰知他只是坐了一會兒就往回走了。天亮急匆匆地騎車，甚至忽略了馬路另一側跟蹤著他的我。

沒戲。這是一次太多失望的觀察，而且令人疲憊。已經是夜晚，我只能坐在桌前讀那些幾乎發黃了的經典愛情，看能不能找到可供參考借鑒的東西。

然而接下來的事情卻再一次證明了生活之樹上的葉子才是綠的。上床之前我總是先上一次廁所，這就讓我在走廊上看到了正向咪咪的房間窺視的天亮。我的腳步聲驚動了天亮，他扭過頭來正好看見了我。天亮很尷尬地說：「你還沒休息？」

這個證據讓我興奮了一夜，我期待著明天的春遊中能上演一些故事。

*　　*　　*

但是永遠不要對生活要求太多、期待過高。春遊這麼好的時機，天亮和咪咪竟沒有弄出什麼驚心動魄的愛情來。追呀跑的，小動作啦，小眼神啦，都是老套子了，而且到底會有多少愛情的成份在裡面也很難說。男女之事，要分斤論兩地約出個數來是很難的，人的複雜性、感情的複雜性及其微妙之處真是難以把握。無論鉅細地說開去也難免有些婆婆媽媽，讀者也會失望以至失去閱讀的耐心。況且這種年代大家都忙，忍耐是有限度的，說不讀就會立馬放下書本去錄相廳看那些遮遮掩掩的准三級片。而我的耐心也是有限度的，所以野餐完畢，藉著一點點酒勁兒，我幾乎就要赤膊上陣殺入天亮和咪咪二人之間了。

這一點細心的讀者也許已經從前面的敘述中看出來了。我之所以對天亮和咪咪的一舉一動如此經心，並不完全是為了小說，就像黃雀在後不單單是為了看戲一樣。但是，就在我向天亮走去的時候，發生有了意想不到的轉機。

篝火升起來就需要有人唱歌。天亮被推了出來。「半個月亮爬上來，照著我的姑娘梳粧檯……」

我不知道天亮還有這一手，而且是直視著咪咪唱的。

輪到我痛苦了。為我剛才起了小說之外的一點兒念頭，與春天有關的念頭。

*　　*　　*

咪咪的笑是節制而迷人的，對男性來說是這樣，對我來說則引起了嫉妒。當然這嫉妒是從春遊以後開始的，我得老實的承認這一點。後來咪咪老往我們這邊辦公室跑，我就知道她的意思了。她越和我親近，我的嫉妒也就越深。一有機會我就拿話刺她，常常鬧得很彆扭。我知道她是想尋機與天亮親近，於是我也準備毫不退讓地加入三人之間微妙的角逐。接下來就要進入發黃的經典愛情小說的俗套子了，我很擔心自己能不能駕馭這樣的段子。但也就是在這個時候，生活出了點意外。

天亮每天夜裡偷看女宿舍的事兒，不知什麼時候竟在機關裡悄悄的流傳了，一位好心的老大姐就曾經很關切地告訴我：要警惕你對面的那個人！好像人人都知道了，只是把天亮本人和咪咪蒙在鼓裡。但人們看天亮或咪咪的時候，那眼神總是怪怪的，這自然會讓他們心生疑竇。有一天咪咪問我：「到底發生了什麼事兒？好像人們在瞞著什麼。」她還告訴我說，人們竊竊私議的時候，總是拿眼睛瞟她，顯得很神秘。「肯定與我有關。」咪咪說。但我不能告訴咪咪什麼，只好也裝出不知道的樣子，逗趣地說：「那是因為你太漂亮太迷人了。」

接著就傳出了天亮有夜遊症的消息。我想，對天亮來說，這是一個很人道的說法，否則，天亮在機關裡就很難做人了。但是我清楚地知道，這都是因為春天給鬧的；我當然也知道，咪咪晚上弄出的聲音，也是春天給鬧的。我也有過這樣的時候，我只是小心地不弄出聲音罷了，不像咪咪那樣張揚和肆無忌憚。其實這都是我的錯，因為太想寫寫春天的身體和情緒變化，還因為，這個機關裡就只有我們三個年輕，就把天亮出賣給了讀者。當然這也是春天給鬧的。但是春天一過，一切都正常了。夏天的時候，我和咪咪已經像一對親姐妹了。我們談起春天的夜晚，各自在床上的騷動不安和她所弄出的那些動靜，也會不知羞地互相取笑一陣。但是咪咪始終不知道，我暗暗地把這個春天給弄成了小說。至於天亮，現在已經放棄激情，在為謀到一個科長的位子很努力地表現呢；夢遊症已經沒有，失眠症卻是越發地嚴重了。看著對面的天亮一日日消瘦和憔悴下來，這讓我稍稍地感到一點不安，我知道那是春天在身體裡的殘存造成的，因為現在才剛剛進入夏天，春天屋頂上的貓還沒有走出去多遠。

另外我還想告訴讀者，不要誤以為是我傳佈了天亮有夜遊症的消息，我還不至於那麼下作，以我的人格擔保。

尖叫表演

尖叫表演現在已經不流行了。但是在前些年裡，它曾經是多麼時髦的藝術呀！絕不是在小劇場，只有那些沒人看的圈內藝術家搞實驗時才去那種地方；也不是在大劇院，大劇院也只是偶爾上演點老舊古板的歌劇什麼的；尖叫表演要的是大場面大背景大效果，只有大廣場綠草坪體育場這樣的地方才盛得下它。那些年裡，這樣的表演隨處可見，我不知道它是怎麼被納入藝術範疇的，但那幾年裡，人們確實就是拿它當藝術看的。每當體育場裡有這樣的表演，我們的城市總是要以萬人空巷來表示自己的歡迎，以顯示我們這裡並不是一個沒文化的城市。在臨時搭起的舞台上，幾個面目不清的男女，身著奇裝異服，扭腰擺胯，聲嘶力竭地叫喊著，聲音像剪刀般割開夜幕，星星們像熟過了的渾圓的豆子，突然降臨到黑暗的體育場裡，數萬名狂熱的觀眾，手持點燃的打火機，隨著叫喊的節奏晃動著，彷彿中了邪魔一般。這是尖叫主宰的年代，一大批明星就這樣誕生。

我認識的一位歌手沈揚，就是在那時候成了「大腕」。

我在去年夏天欣賞過一回她的表演。那是她多次巡迴表演中的最後一次，也是她成名之後第一次回到故鄉。我們這座城市還從來沒有出過什麼著名的人物，所以沈揚的還鄉幾乎成了我們這座城市的一個節日。表演在市裡的體育場如期舉行，時間是一個月前就已經定好的，門票也是提前一個月就被訂購一空。但很不幸的是那一天正好下了一場大雨，傍晚的時候才勉強停歇，我們這個孤陋寡聞的城市熱情的市民們，就在充滿爛泥的場子裡首次欣賞了尖叫表演。而尖叫表演對於我們的打擊，就像一個處女的初夜，雖然我們曾經耳聞了它的盛大它的刺激它的時髦，但我們還遠遠談不上訓練有素，所以種種痛苦、不適和失望也就都是可以諒解的。當然，為了不顯得過於落伍和沒文化，我們的市民並不讓自己的失望溢於言表，雖說地處偏遠，時髦還是要趕的，我們正在努力，「不適」正好說明我們與當代文化還有差距，這點自知之明我們還是有的。然而，更為不幸的是，我們自己的歌星沈揚在那一天的表演中嗓子倒了。她的叫聲太輕，輕的讓我們這些家鄉父老兄弟姐妹們無法承受，根本達不到尖叫表演所要求的七十分貝的最低標準，這無異於給家鄉的臉上抹黑，讓家鄉父老丟臉，家鄉父老的不能承受正在於此。儘管沈揚滿心內疚地一再解釋是因為感冒，但家鄉卻無論如何也不能對她的過失表示原諒。為會麼不早不晚偏在這個時候感冒呢？在這個節骨眼上感冒就是對家鄉父老的大不敬嘛！

不過我還是得承認，我對尖叫藝術全無感覺。那天晚上我只是站在一片泥潭中，目睹了沈揚的失敗和我們這座城市的失望，同時也暗暗地為沈揚惋惜了一陣。現在看來，沈揚的嗓子倒的實在是恰如其時，因為從那以後，尖叫表演已經不流行了，現在我們只是偶爾從受到意外驚嚇者的口中才能領略到這樣的藝術了。時尚的流轉真是有點殘酷無情，當然這都是後話了。第二天沈揚來看我的時候，仍然滿面羞愧地說：「聽眾之所以來看表演，他們就是等待著被你征服的；他們花了錢，花了時間，睜著眼睛站在黑暗裡，本身就是一種渴望，一種渴望被征服的姿勢；你沒有理由讓他們失望，你不能不努力地征服他們；他們就像受虐狂期待著鞭打，但你卻軟弱無力地放下了鞭子；你失敗了，你讓他們失望了。」幾年不見，我沒有想到沈揚已經變得如此健談並且能夠頭頭是道。

我安慰她：「這也不能全怪你，況且，他們也不大懂得欣賞這種藝……藝……術。」

沈揚說：「這你就有些外行了，尖叫藝術的優勢正在於它通俗易懂，耳朵根本不需要經過特殊訓練，只要叫聲敲打了你的耳膜和你的身體，你就不能拒絕它的魅力。」

「不瞞你說，我還真有些不大懂。」

「因此你必須設想有某種搏鬥，如果沒有現成的搏鬥，那你就要在內心裡為自己製造出一種搏鬥來，這樣你的身體就會動作起來，」沈揚說著說著，聲音就變得有些嘶啞，「可惜我的嗓子倒了，否則你會懂的，以你的靈性決不會不懂。」

我覺得沈揚變得有點居高臨下自以為是，回想昨天晚上那些大腕歌星們在舞台上的表現，於是便不置可否地說：「也許。」

沈揚似乎也覺察到了我的無動於衷，這才從昨夜的情緒中抽身出來，想起問我這幾年過得怎麼樣，說是經常看到我的小說和詩。我說馬馬虎虎，一直幹著自己的事情。

沈揚說：「咱們是老朋友了，我這次來就是想請你給我寫一個本子，電影電視劇都行，我很想拍戲。在這圈兒裡，不爭不行啊。」

「我可是從來沒觸過『電』啊。」

「量體裁衣嘛，就照著我的特點寫，只有你最瞭解我，你行。北京那幫子老編們我還不放心呢。」

我很謹慎地說：「我只能試試。」也好給自己留一條退路。

沈揚卻帶著命令的口吻，很堅決地說：「不是試試，必須寫，而且一定得寫好。就算是還你在十年前許下的願吧。」

虧得沈揚提醒，我這才想起確實已經有十年了。十年了沈揚依舊年輕，臉上連一點風霜都看不到，也許是因為化妝？

沈揚站起身說：「時間不多，我得走了。」

我送她到門口，沈揚站住，含情脈脈地望著我：「我先謝你了，老朋友。」接著突然湊上前來輕輕地吻了我一下。這大出我的意料，讓我感到十分吃驚（但絕對不是追星族們的那種受寵若驚，沈揚也不會以這種方式對待她的歌迷）。看來沈揚已經撚熟了那個圈兒裡的一切。

*　　　*　　　*

那時候我的心裡充滿了沈揚，除了沈揚之外，任何多餘的東西都放不進去。記得我們第一次約會是在郊外，坐在河堤上望著天邊那一抹夕陽的殘紅。沈揚說：「我喜歡看藍天，看夕陽，看柳樹在風中擺動的樣子，我喜歡聽鳥叫，聽流水的響動，聽人輕輕地吟誦詩歌。」那時我也恰好在想這著些東西，以至於忘了到這裡來是約會和談愛的，所以聽到沈揚近乎自白的話語，當時我覺得我的心中已經泓滿了幸福的淚水，一不小心它就會溢出來的。因為我們兩個是多麼的相似，簡直就像是一個奇蹟。我突然記起一句古詩：但教君心似我心。

日後的約會中，沈揚還表達了她對文藝的愛好，並且在我們的交談中，她不止一次地表現出了對詩歌驚人的敏感和理解力。對我這樣一個初戀中的文學青年來說，世間還會有比沈揚更好的對象麼！我只有小心地呵護，不能讓幸福衝昏頭腦而失去沈揚。

我記得那時候沈揚最愛哼的是一首台灣校園歌曲：「我從山中來帶著蘭花草，種在校園裡夜夜不能忘」什麼的，每當聽到這首歌，我就知道是沈揚來了，以至於很長一段時間裡，我竟然把這首歌就當成了沈揚本人。但是那時候沈揚並沒有表現出一絲一毫尖叫的才能來，真不知她後來怎麼迷上了這種奇怪的藝術，並且能把那麼多的人弄得神魂顛倒。這一點我至今無法想像。

有一次我們毫不做作地坐在我的宿舍裡談理想，沈揚說她的理想是當一名電影演員，遺憾的是沈揚所受的有限的教育根本無法讓她進電影學院，而我們這個城市偏僻的地理位置也註定了沈揚永遠不會有那種意外地儕身於演藝界的機會。於是我不失時機地討好她說：「將來我寫的劇本一定要由你來擔任女主角。就像吳祖光和新鳳霞那樣。」沈揚聽到這話的時候，眼睛裡充滿了憧憬，我覺得她已經感動的眼淚都快流下來了。這就是沈揚所說的我在十年前許下的諾言，現在提起來倒讓我覺得怪滑稽的。

後來的變故至今想起來我也不明不白。有一天沈揚的母親找到我說，沈揚失蹤了，她說你們不是整天在一起的麼？並且問我要她的女兒。我說我也不知道，沈揚已經好幾天沒到我這裡來了。以後大約有兩年的時間，我們這個城市裡再也沒有聽到過沈揚的消息，她的母親甚至認為沈揚可能是被人販子賣到了哪個偏僻的農村，再也回不來了。但是就在我們大家已經近乎絕望的時候，沈揚突然從電視裡冒出來了，是北京的一個什麼晚會的報導，我們從電視裡看到沈揚的曇花一現的面孔，我們都認定那確定無疑的就是沈揚本人。當沈揚的母親已經打點行裝準備到北京去找自己的女兒的時候，意外地收到了近三年裡音迅全無的沈揚的來信。那信的內容和李春波那首《一封家書》沒什麼區別，只是到了春節的時候，沈揚並沒有回來，但我們已經能夠經常在電視裡欣賞沈揚了，並且一些報紙比沈揚的家書更勤快更及時地報告著沈揚的行蹤，所以家人也比較放心。況且沈揚的母親已經能夠經常地收到沈揚寄回的數目驚人的匯款。人們大惑不解的只是沈揚所弄的正在日漸走紅並且日甚一日地流行起來的尖叫藝術：「那算是什麼呀？是唱歌呢還是嚎叫？」稍有一點專業知識並且喜歡賣弄兩下的人，則糾纏於尖叫藝術到底屬於聲樂還是器樂的區分，並在不知不覺中深深地陷於這個泥潭而不能自拔。

指望由我來對尖叫藝術做些有價值的考證和闡釋，那絕對是靠不住的，我所知道的只是魯迅說過的「哼唷哼唷派」藝術與此頗有相似之處。另外，在出自英國學者之手的那部著名的著作《金枝》中，弗雷澤先生曾經在多處提到尖叫，並對其在原始巫術和宗教中的意義作過研究，但那只是用於祈求神靈、驅除邪魔、轉嫁災難，現在也只在一些尚未開化的極少數地區還保留著這種習俗。譬如在南太平洋的所羅門群島，就保留著一種獨特的伐木儀式，他們認為，要用一把斧子伐倒一棵大樹要費很大的力氣，這些土著人就用叫減來把它伐倒。天剛破曉的時候，伐木人貓腰踮足潛行到樹下，冷不防地用足了肺活量對它大聲尖叫；他們相信只要這樣連續三十天，那樹就會死去並且自己倒下來。當地人的看法是，棍棒和斧子只能斬斷筋骨，而尖叫則可以讓心靈破碎。但這也只是勞動和謀生，或者藝術的原始形式，並不就是藝術。而那種讓沈揚走紅的作為藝術的尖叫，一個較為可信的說法則是由我的一位詩人朋友提供的。他說尖叫藝術導源於處女的呻吟，他的意思是一個處女在她的初夜一般都會發出那種可能在後來被稱為尖叫藝術的聲音來。我自己倒是更願意接受後一種說法，因為它是在征服與被征服的搏鬥間發出的聲音，這比較符合沈揚對尖叫藝術所做的解釋。

我的這位詩人朋友在位於農展館南里文聯大樓裡的一家出版社裡任職，他與沈揚交情頗深。有一次我與另外一位恰好也認識沈揚的朋友去出版社看他，他說不如請沈揚也一塊來坐坐。他說午飯由他負責，晚上則可以讓沈揚做東。我知道他收入微薄，孤身一人在京城打天下，還要付高價房租，怪不容易的，再說我們也都想見見沈揚。但是約定的時間已經過了，沈揚還沒有來，他說你們倆下樓去到路口迎迎沈揚，另一位朋友則挺不情願地說：「一個破歌星還要兩個詩人去接麼？」話雖這麼說，我們還是下樓去走了一趟，但是直到天黑也沒有見到沈揚的影子。就是在那一天，這位朋友說到了尖叫藝術起源於處女的呻吟。他說沈揚初到京城那一年多裡，曾經敲過無數音樂家的門，但是都被拒之於聲樂的大門之外，有的說是因為沈揚的聲音過於稚嫩，有的則說她缺乏專業訓練。就在沈揚已經近於絕望的時候，一個偶然的機會讓她認識了田。田是一個小有成就的音樂製作人，在那之前，從他的手裡已經推出了幾位如日初升的歌手。

田是在與沈揚做愛的時候，意外地發現了沈揚的才能，這就是我的朋友所說的尖叫藝術起源於處女的呻吟，可以說田是中國尖叫藝術的始作俑者。據說沈揚在床上表現不凡，讓田這樣的風月場上的老手也不能太老於世故，推出尖叫藝術正是田的激情之作。田憑藉自己在音樂圈的影響和高質量的音樂製作，能讓沈揚和尖叫藝術綁在一塊兒一炮打響。京城有的是喜歡捧角兒的文化閒人，這也是京城著名的優秀傳統之一，現在則更多了一些鈔票多得直往外跳的文化盲人，而且沈揚的天生麗質經過化妝真有點兒閉月羞花，性的因素再加上人們前所未聞的新鮮刺激的尖叫表演，真能讓這些不厭其煩地追風趕潮追腥逐臭者趨之若鶩，所以沈揚隨後便一帆風順紅遍了京城。那時候誰也沒有想到尖叫藝術會如此迅速地走入劣勢，以至於沈揚這樣的大腕紅星都要考慮及早抽身去投靠影視了。現在還有誰會不識趣地去談論已經背時的尖叫藝術呢，它已經如昨日黃花一般消聲匿跡了。我的朋友說：「流行音樂像時裝，早晨買來，到下午就成了一堆抹布。」這可真稱得上體察世事洞若觀火，一語道破天機。

*　　*　　*

在如此年代裡，如果說愛的誓言如風，那麼藝術的流言就如同黴菌了。愛情是脆弱的，弱不禁風；藝術也是脆弱的，而且貧困，貧不經病。就在我絞盡腦汁苦思瞑想，正被沈揚所約定的劇本折磨得愁苦不堪的時候，沈揚和她所代表的尖叫藝術已經從電視螢幕和報刊中悄然消失，我們已經很難再從傳媒中聽到沈揚的聲音、看到沈揚的影子了。我們的城市也對此大惑不解，雖說沈揚在家鄉父老面前的表演是令人失望令人痛心的，但我們的城市是寬厚大度的，它原諒了自己的歌星，並在沈揚莫名其妙地突然從傳媒中消失的時候，它還是不失時機地表現出了作為故鄉的關懷。那一段時間裡，城市的上空彌漫著種種匪夷所思的猜測和憤憤不平，人們利用各種途徑打探消息，質詢的信件像雪片一樣飛向了首都。

至於尖叫藝術為什麼會突然衰落，一說是某位重要的文化官員斥之為「胡鬧」；另有一說則是來自評論界的批評，認為它在渲泄世紀末情緒；而真正的原因卻是由於「第三者」插足，這真是一個令人吃驚的消息，就像它的突然走紅一樣，聽起來有點離奇和聳人聽聞。

事情發生在沈揚正如日中天的那個夏天，那些應接不暇的招待和歡宴，把我們的尖叫藝術家滋潤哺育得豔若桃花光彩照人。在使館區的一次晚宴上，一位金髮碧眼風度翩翩的訪問學者對沈揚產生了濃厚的興趣。他舉著酒杯彬彬有禮地對沈揚笑著，沈揚也禮節性地晃一晃酒杯，微微頷首。後來，他們在大廳裡僻靜的一角再次相遇，金髮先生自稱是研究第三世界藝術的，到過非洲和南美，在北京曾經多次欣賞過沈女士的表演。

金髮先生說：「沈女士的表演具有一種扣人心弦的魅力，簡直美極啦，讓我不能抗拒。來北京之前我還不知道有這種獨特的藝術，但是看了您的表演，讓我對中國藝術有了一個全新的看法；您的藝術是一個奇蹟，它讓我想起部落戰爭，想起做愛，想起一去不返的童年時代裡幸福的追逐。這是了不起的創造，是人類心靈中關於抗爭和自由的偉大奇蹟。我要把您的藝術介紹給西方，這件事我們得另外找時間詳細討論。我想明天晚上請您喝咖啡，請一定不要拒絕。」

這當然是求之不得的事情，沈揚已經有些欣喜若狂了。但沈揚已經在這種場合裡鍛煉的十分老練，所以並沒有什麼失態的舉動，稍稍地矜持了一下，她輕描淡寫地答應了。但她內心裡很清楚，這是一個機會，多少外省小妞拋家別舍地擠在北京，不就是為著這樣的機會麼？現在沈揚覺得機會自己跑來了，她興奮的一夜都沒有睡好。

在接下來的日子裡，沈揚和金髮的學者先生經常出雙入對地出現在京城的大酒店和音樂沙龍，他們已經討論過了邀請訪問演出的具體細節，沈揚只是每天都在歡天喜地地等著好日子的到來。據傳，在這期間，沈揚曾經不止一次地在床上為金髮先生做過尖叫表演的專場演出，讓金髮先生深入細緻地領略了神秘東方的魅力。

在京城演藝圈裡，這樣的消息吹得比風還快，稱得上風雲人物的田當然不能不有所耳聞。消息傳到田耳朵裡的時候，他正緊鑼密鼓地為沈揚最新的一張專輯進行後期製作。雖然沈揚只是田這個風月場中老手的眾多情人中比較出色的一個，他們也並沒有什麼婚約式的約定，但他竟然吃醋了，他一點也不「後現代」。

「這個忘恩負義的小婊子！你以為你翅膀硬了？哼！」田一氣之下，毀掉了手頭正在製作的錄音帶，甚至不惜近十萬元的違約賠款，通知有關的合約單位，取消已經著手的一切對沈揚的宣傳。這叫釜底抽薪。除了一條嗓子一張臉，沈揚還有什麼呢？現如今這樣的女孩子成千上萬，眼巴巴地在等著包裝等著出名呢！

壞消息接二連三，對沈揚更大的打擊是，金髮老外不告而別就神秘地回國去了，而且一去無消息。

* * *

現在沈揚躺在醫院病房裡單調的一片白色之中，像一個無助的溺水者，虛弱地望著我就像望見了一根救命稻草。她很吃力地抬起眼皮說：「為我寫點東西吧，一個短篇小說也行，不要忘了，你以前答應過的。」

在農展館南里的那天晚上，我們並沒有等到沈揚。第二天早晨她打來電話，道歉之後，她請我無論如何抽時間去看她。我們是老朋友，而且有過一段純而且粹的戀情，到了北京而不去看她情理上是說不過去的。儘管我的詩人朋友尖酸刻薄地拿我打趣，我還是放下電話就打車去了。

房間裡一片狼籍。酒瓶、摔碎的杯子、絲襪、衣服、磁帶，橫七豎八地交疊著，如同全軍覆沒的陣地上的屍體。頭髮紛亂、醉眼惺忪，只穿著乳罩和三角褲頭的沈揚，倚著沙發扶手斜坐在地板上，就像激戰之後，頹坐於死寂的陣地上的滿身傷痕的敗軍將領。我推門進去的時候，她正一下一下地從磁帶盒裡扯出磁帶往手上纏。

我說：「你這是怎麼了？快起來。」

她失神地說：「你來了，找地方坐吧。」

我把她扶到沙發上坐下，問她：「到底怎麼回事。」

「我完了，我就這樣完了！」她說。

「你還沒有聽過我的表演，現在我給你一個人演，我只演給你一個人看。」沈揚說著就站了起來，身體隨著歇斯底里的叫聲抽搐般地扭動起來……

我說過，我對尖叫藝術毫無感覺。但是我聽過秦腔，我感受過秦腔裡的板胡之聲，那如鋒利的鋼絲切入肉中一般的疼痛。那是對無法擺脫的生活痛苦的抗爭，是在抗爭中對自由短暫的逼近，是無奈和對無奈毀滅性的摧毀與破壞，是毀壞的快感的真情流露，……她的嗓子已經不值得稱道，但她使勁的尖叫著，用上了全部生命的力量，突出自己的聲音，讓人震顫，讓人心驚，讓我感到不寒而慄。

我不忍心看她繼續這樣瘋狂地折磨自己。我走過去緊緊地抱住她，把她按在沙發上。我說：「沈揚，別這樣，別這樣，凡事要想得開，別這樣作賤自己。」

「什麼？不……不，你還沒弄懂，這是藝術，是藝術！你懂麼？是藝術……」

我得承認，我不是太懂尖叫藝術。我說：「沈揚，你先休息一下，我去給你倒點水來。」

「是，是得喝點，你也一起喝點。」

就在我去廚房弄水的時候，沈揚又抓起一瓶酒喝了。現在我仍然對自己當時的粗心感到後悔。我把她送進醫院，醫生為她洗胃的時候還在責備我。沈揚醒來的時候，嗓子已經壞了，這一次是徹底的壞了。她很吃力地抬起眼皮看著我，用粗濁嘶啞的聲音說：「為我寫點東西吧，一個短篇小說也行，不要忘了，你以前答應過的。」

老貓家的音樂會

1.入場券

在杲城，老貓家的音樂會是非常著名的。但凡自感有點教養的紳士淑女，無不以能夠進入老貓家的客廳為榮。當他們從老貓家出來，臉上的表情，就像小時候被班主任挑出來參加合唱隊一樣趾高氣揚，看人的時候，眼神兒不由自主地就有些乜斜。他們把貝多芬叫老貝，把柴可夫斯基叫老柴，那份親切那份熟稔那份自然與漫不經心，就好像和老貝老柴是住同一個單元樓的鄰居。如果你恰好又不知道老柴或者卡拉斯是何許人，那你可就慘了，也就是說，你這輩子也休想在這些紳士淑女們面前抬起頭啦，即便你暗地裡被中央音樂學院函授了一回，那也無濟於事。

我之所以被帶進老貓家的客廳，純粹是個偶然。

黑丫是我當時心不在焉地處著的一個女孩，黑丫說，那個卡拉斯，那才叫絕了，十二億中國人裡，根本就挑不出這樣的嗓子。聽黑丫嘴呼出的那口氣兒，我就知道她剛從老貓家出來，渾身的貓味兒還沒有散盡。不就是被上帝捏得曲裡拐彎的一條嗓子麼，我說，有什麼大驚小怪的。黑丫的臉一下子就沉了下來。沒文化！黑丫說。黑丫的聲音是從鼻子裡擠出來的。我當時也沒讓她感覺太好。有什麼了不起的？我說，不就是希臘船王的小情婦麼？在這之前我剛剛看了一部美國電視連續劇，說的是希臘船王的風流韻事，我看的那部分正好是船王和卡拉斯的豔情。而出入於老貓家的那些人，是不屑於看這種「破爛」東西的，所以他（她）們錯過了長知識受教育的機會。當時我只是把看到的那段添油加醋地復述了一遍，黑丫就有些坐不住了。黑丫說，我怎麼不知道？那意思好像卡拉斯是她的一個姐們兒，姐們兒的愛情故事還有她不知道的！我不依不饒地說：「沒聽說過吧？沒文化了吧！」經我這麼一通敲打，黑丫頓時變得謙虛了，並且反覆動員我加入到老貓家的隊伍裡去。黑丫說：「下一個週末，我帶你進去。」說話的口氣，就像小時候住在軍區大院的同學，邀我週末去他們那個戒備森嚴的院兒裡摘桑椹似的。

這一次我沒怎麼推辭，就坡下驢地順著黑丫的杆兒爬過了護城河——黑丫既是我順利過河的擔保人同時也是我的入場券。但這並不表明我就此認同了他們或者被他們認同了，我另有目的。我得老實地承認，在這件事情上，我這人有點狼心狗肺不識好人心。我當時就是準備去丟人現眼的，打這個壞主意就是為了讓黑丫臉上掛不住，讓她那些高雅的朋友們知道，黑丫的男友是個土老帽，然後她就會跟我拜拜啦。至於我後來收穫了老玉米，那純屬意外。

老玉米是老貓的未婚妻，在老貓家的音樂會上，算得上是個準女主人，尊敬的叫法該是貓夫人才對路。我當時的想法是，要想讓這幫紳士淑女們討厭乃至憤怒，最有效的辦法就是非禮或者勾引女主人，所以進入老貓家以後，我不安份的眼睛一直就在搜尋貓夫人。當我確認了老玉米就是未來的貓夫人時，便不失時機地黏了上去，鞍前馬後地不離左右，並且開始大膽放肆地對老玉米抒情。後來的結果，當然出乎包括我在內的所有人的預料——老玉米竟被我收穫了！當然這都是後話，現在還是先說老貓家的音樂會。

2.樂隊及其它

音樂會的水準在很大程度上是由樂隊決定的，譬如我們的杲城歌舞團小樂隊就永遠沒法和波士頓交響樂團相比，這是小米加步槍和導彈核武器的差別。而老貓家的音樂會不仰仗這些，他使用的是另一種傢伙，可以說是電子與鐳射時代的武器。我的意思是說，老貓有一套據稱非常高級而且極其複雜的音響，可以播放從磁帶、老式塑膠唱片、到LD、CD、VCD之類的幾乎所有的媒體，從機芯、功率放大器到音箱，都是百裡挑一的貨色，還有一台多少多少路的調音台。但我對這些全都不懂，是個完全徹底的外行，我曾經問過黑丫，老貓家的音響是什麼牌子，結果遭到了無情的哂笑。黑丫說：「你以為是買收音機哪，告訴你吧，真正好的音響是沒有牌子的，要說牌子，它的主人就是它的牌子。」這我就更加鬧不懂了。所以在我看來，音響的高級程度，是用鈔票來衡量的，就像杲城的暴發戶們通常總是把一切都折合成鈔票來計算一樣，越是昂貴的當然也越是高級。而老貓家的音響，據黑丫說有人曾出價二十萬，但最終也沒能把這台「樂隊」從老貓家搬走。所以老貓家的聚會敢被標榜為音樂會，也就沒什麼可大驚小怪的了。在杲城，還有誰家開得起如此昂貴的音樂會呢？又所以，參加者的資格需要經過嚴格審查也就順理成章了。想想也是，小小的杲城，又能挑出幾隻配得上聽它的耳朵呢？本人偶然忝列其中，真真是辱沒了那台音響。罪過！罪過！

3.小姐們都昏過去了

在黑丫的引導下，我們邁著步入教堂般的優雅舒緩的步子，懷裡揣著十二萬分的肅穆虔敬，強壓住突突亂蹦的心跳，來到了老貓家的門前。現在回想起來，我當時的感覺就像是被俾德麗采美麗手兒牽著進入天堂。我記得但丁的詩句：「我看見千萬個光輝的形骸向我們遊近過來……」以致於到了黑丫按響門鈴的時候，我都有些喘不上氣兒了，雙腿僵硬得像兩根棍子，小腿肚子也激動得突突突地直抖，彷彿是合上了電門的馬達，無論怎麼努力卻就是停不下來。

開門的是老貓本人。此前我曾經反覆想像過老貓的樣子，但卻怎麼也沒有想到他竟是如此地貓……老貓。大圈套小圈的鏡片明亮而又幽深，一雙柔媚的貓眼在裡面撲閃著，他很有分寸地躬一躬身子，我們兩人幾乎同時伸出的手就握到了一起。那是一隻潤澤而又柔軟的小手，柔弱無骨，肯定是專為擺弄音樂而生的。「歡迎歡迎。」不用介紹我也看得出來，他就是老貓。

客廳裡的沙發上已經坐了一圈兒紳士淑女，我進去的時候他（她）們動作齊整地一律從沙發上抬一抬屁股。那意思當然是向我這個新加入者致意。老貓用語誇張地把我引薦給了他們和她們。這位是著名詩人老皮，老貓說；「他對卡拉斯做過非常深入非常細緻的研究，是一位很有建樹的歌劇專家。」老貓說完，紳士淑女們全都用一種懷疑的眼光打量我，彷彿打量一個小偷，令我感到毛骨聳然。但是罪不在我，我是無辜的，這全是老貓的虛假廣告造成的結果。為了從緊張的氣氛中解脫出來，我把謙虛的品質發揮到了最大限度。「過獎過獎……哪裡哪裡……尚未入門……與各位鑒賞家相比只是……只能算是一個音……音盲……。」如此這般地求得了理解之後，老貓又一一向我介紹了各位先生女士，無非是根特、泡泡、耳朵、青花、富旦、亂雲諸位；但是六隻手一圈兒握過來，我卻怎麼也無法讓這些名字和他（她）們本人對號入座。

在握手的過程中，我才注意到了紳士淑女們的包裝。紳士們是一色的襯衣領帶和褲線畢直的西褲，淑女們則是領口開得很低的曳地長裙，給人的感覺好像是走進了某一家裝腔作勢的民營公司的寫字間。相比之下，我的衣著就顯得有些嬉皮了。這個發現使我一下子敏感到，他們剛才的敵意，很大程度上是對著的我衣著來的，加上老貓的虛假廣告，紳士淑女們自然就氣不打一處來了。

我那天穿的是T恤和短褲。T恤是胸前印著一大疊百元鈔票的那種，而短褲是打翻了顏料碟的那種花裡胡哨的化纖品，更加讓人不能忍受的是，腳上竟然趿拉著一雙拖鞋。臨出發前黑丫也曾對此進行了長時間的嚴厲批評和諄諄教導，怎奈我很不以為然。我說：「天這麼熱，穿那麼嚴肅是不是有點太累？」黑丫說：「你願意丟人，我也沒辦法。」現在大家想像一下吧，這麼一身打扮，坐在一群出席音樂會的溫文爾雅的紳士淑女們中間，該是多麼地搶眼、多麼地滑稽、多麼地令人怒不可遏呀！

就在我正深刻地反省自己的時候，門鈴再次響起，隨即擠進來一個肥頭大耳的傢伙。他長著一隻帕瓦羅蒂的頭，應該穿上黑色的燕尾才對路。但他卻穿著雪白的西裝，從頭到腳，一色雪白，活像是一隻北極白熊。手上捏著大哥大，隨著手腕不經意的翻轉，一隻貓眼寶石在指頭上閃爍著幽光。閃亮登場。眾人起立，紛紛讓座，受到的禮遇顯然超過了我。老貓介紹說他叫阿堵。我心想，這名字真是恰如其分，阿堵——活脫是一堆大面額鈔票嘛。阿堵轉身之際，我們才看到他帶來的嬌小的女伴。她剛才是讓那頭肥大的白熊委屈到了身後，這會兒是小荷才露尖尖角。她的打扮是女裝背心和超短裙，性感、青春，能露的全都露著，沒有半點藏著掖著的意思（委屈在白熊身後的那會兒除外）。僅就包裝而言，在這一屋子的紳士淑女們中間，她與我算得上是同道。我身不由已地多看了她幾眼。阿堵向大家介紹說她叫小荷（誰知道她是不是真叫小荷）。顯然，小荷也是第一次光顧老貓家，這一點也和我半斤八兩。

老貓說人都到齊了，稍事休息咱們就開始。老貓說的稍事休息，其實就是喝咖啡。這時候一個俄羅斯廚娘式的人物從廚房裡轉了出來，她高擎著託盤，給每一個人送上來一杯冰咖啡。需要說明的是，我的目光一直沒忘了搜索女主人，在想像中，我固執地認為，未來的貓夫人老玉米，一定是一位不同凡響的美人兒，但她卻千呼萬喚遲遲不見出場，我甚至都有些等不及了。喝過咖啡之後，老貓宣佈音樂會開始，但是老玉米仍然沒有露面。我很不情願地在心裡犯了嘀咕，莫非這個俄羅斯廚娘式的人物，便是未來的貓夫人？

吧嗒。老貓放上了唱盤。隨著老貓宣佈「今晚是老貝專場」的聲音落地，我幾乎要背過氣去了。對於這個天才的聾子，我除了聽過「命運」之外就一無所知。老貓吐字清晰地說是老貝，是老貝當然不是卡拉斯，沒有了卡拉斯可談我還能談別的什麼呢？黑丫事先說好了是讓我來談卡拉斯的，我已經反覆地準備了腹稿，怎麼能不通知就臨時換了節目呢！即便不是卡拉斯，弄點老柴也行啊，他的四隻小鴨子什麼的，我還對付著知道一點，至於老貝，我就只知道咚咚咚的命運的敲門聲了。端坐在硌屁股的硬木沙發上的我，內心裡不由得連連叫苦。

在這個悶熱的夏天的晚上，讓老貝咚咚咚地敲打真不是什麼好滋味。但是既然現實已然如此悲慘，我也只好裝作是充耳不聞的老貝本人，內心裡卻在反覆地想像著老玉米風姿綽約的樣子。

莫非正在廚房忙著的那位就是她？想著想著心裡就涼了。與此同時，涼下來的還有我的身體。剛剛喝了冰咖啡，接著又聽老貝令人心寒的「命運」，再加上老貓家裡質地優良的空調頻送寒風，而我穿得又少，我覺得鼻孔裡已經開始發癢，有了芥末油的味道，堅持不了多久就要打噴嚏了。我左右看看，紳士們仍然很紳士，堅持著非常投入的樣子；淑女們的狀況要稍稍差些，小荷雙臂緊抱在胸前，她的感受大概與我相差無幾。

為了擺脫困境，我一口喝乾了杯裡殘餘的咖啡，裝作口渴的樣子，捧著杯子起身，小心謹慎地向廚房撤退。推門之前我又向正襟危坐的紳士淑女們瞟了一眼，淑女們哪裡是承受得起「命運」激烈敲打的身子骨啊，真是可憐見的。這時我突然想起《列寧在十月》裡的台詞：「小姐們都昏過去了。」

那一瞥裡，我覺得小姐們真地是要昏過去了。但是我還未昏，我在「命運」的敲門聲裡，義無反顧地推開了廚房的門。

4.獻給老玉米的第一首讚美詩（在廚房裡所唱）

「你是老玉米？」

「……」她沒有否認。

「哇，你可真美呀！」

「？」

「你的白圍裙，比那鑲金邊的曳地長裙還要華麗。」

「……」

「你的黑頭髮，比那卡拉斯的金嗓子還要柔潤。」

「……」

「你的壯胳膊，比那俄羅斯的貴婦人還要豐腴。」

「……」

「你案板上跳躍的十隻玉筍，比聾子老貝還要有力。」

「……」

「你的氣質和姿態，比客廳裡的紳士淑女還要高貴。」

「……」

「你啊，你啊，美麗的老玉米，美麗老玉米……」

「哈哈哈，……你呀！」

我走進廚房時她正在案板上忙著，雙手和著「命運」的節拍，在一堆食品中間用力。在我的讚美詩中，她的表情經由疑惑、吃驚、釋然轉換成為喜悅，最後到達了哈哈大樂的華彩部分。

「你呀！你，你這個老皮！」

「你真是老玉米？」

「正是本姑娘。」老玉米掄著菜刀躬一躬腿，擺出道萬福狀。

「如此說來咱們兩個是緊鄰嘍。」

「此話怎講？」

「你是老玉米我是老皮，老玉米還不得老皮給包著呀。」

「你這個老皮還真是夠皮的。我喜歡你。」

老玉米如此平靜如此輕鬆如此迅速地就說她喜歡我，真讓我感到愛寵若驚。形像雖然慘點兒，畢竟是個能讓人在平靜中享受到輕鬆與快樂的女人。一個有趣的女人！正合吾意。

我也不失時機連滾帶爬地表達了自己的傾慕之情：「我也喜歡你。」

我們又是一通哈哈大樂。

哈哈大樂中，激昂的「命運」的敲門聲把才露尖尖角的小荷送了進來。小荷雙手交替地搓著胳膊上的雞皮疙瘩，嘴角擠出寒冷的嘶嘶嘶之聲。

小荷說：「我都快要凍死了啊……啊，啊——嚏！」小荷說著就扭過臉去打噴嚏，但是她這一扭臉，噴嚏卻正好噴向案板上已經碼好的幾盤小點心。

老玉米說：「這個死老貓，也不知道把空調關上。」

我說：「是啊，是隻死貓。」

5.獻給老玉米的第二首讚美詩（在衛生間所唱）

悲壯的命運結束之後，緊跟著就要歸田園居了，所以接下來放的「田園」。在「命運」和「田園」的間歇裡，我拎著咖啡壺回到了客廳（主要是為了向老玉米表示我的殷勤）。我感到大家終於長長地舒了一口氣兒，連強壓在聲帶裡的唉唉之聲都聽得到。接著是一通喝水與放水的忙亂。但是老貓家的衛生間每次只能接待一位，尿急的紳士淑女們只好不失優雅地在客廳裡跺著碎步，彷彿是一場無伴奏的踢踏舞會。我穿行在這些跺腳的人們中間，能夠聽到他們的低聲交談，但是他們大多對我的存在報以漠視，只除了黑丫和老貓。

我給老貓送上咖啡，他低聲地道了謝謝。輪到黑丫的時候，她卻把我拽到角落裡審問：「你鑽到廚房裡幹什麼呢？」「我覺得冷，」我說，「再說老玉米也需要有人幫忙，你們只顧享受高雅的音樂，卻讓她一個人在隔壁辛苦，這太不公平了。」黑丫撇撇嘴說：「你倒是挺會體貼人的啊……。」話沒說完，黑丫就急急地向衛生間跑去。在和我說話的時候，她的眼睛一直沒忘了關注衛生間方向的動靜，現在她是瞅準了一個空檔。

等到「田園」開始交響的時候，我又拎著咖啡壺回到了廚房。我的想法很簡單，但是目的很明確，我得接著向老玉米抒情。我把咖啡壺座在爐子上，老玉米扭過頭來，向我嫣然一笑。那種回頭一笑百媚生的樣子，大概也不過如此吧。

老玉米說：「謝謝！」

「沒關係，這都是我應該做的。」

我們四目相對，會心地笑了。老玉米笑過之後，突然想起什麼似地，也急急地上衛生間去了。我覺得她大概是受了客廳裡那些人的感染。生活裡經常會出現這種情形，你本來並不想放水，但是看到別人都在放水，你就覺得自己也想暢快地放一放了。

但是這一次我卻估計錯了。老玉米並沒有放水，她是在清理衛生間。因為她很快就拉開來門探出頭來，示意我把拖把拿進去。

衛生間是一個密閉的空間，不會有別人進來打攪，所以我在送進拖把的同時，又不失時機地唱起了獻給老玉米的讚美詩。

「你是窮人的活命糧，老玉米。」

「……」

「你是富人的憶苦飯，老玉米。」

「……」

「你是大地的綠頭髮，老玉米。」

「……」

「你是天空的尿不濕，老玉米。」

「……」

「你是白天的黑星星，老玉米。」

「……」

「你是夜裡的金太陽，老玉米。」

「……」

老玉米聽得喜上眉梢，肥肉亂顫……然而就在這時候出了點意外。忙亂中不知什麼機關被碰了一下，簡易淋浴器的蓬蓬頭突然射下一股水流，恰好淋在老玉米的身上。我見景生情，接著又即興抒情：「大雨淋遍了你的全身，你是帶翼的騎白馬者，馬上就要飛入天堂。」

她擦掉臉上的水珠，笑著問道：「你見了女孩，總是這麼死皮賴臉地跟人家抒情的吧？」我看得出來，她的內心裡非常滋潤。

「哪裡哪裡，這是絕無僅有的一次，一見你我就覺得咱倆特別投緣。」

「是嗎？」

「向毛主席保證，騙你是小狗。」

「拉倒吧，你。」

我們再次回到了廚房。廚房是聖潔的地方，所以我們用香皂反覆地搓洗了雙手以後，老玉米才重又在案板上炮製小點心。她的豐腴的雙手，在一團潔白的麵粉中靈巧地翻動。

我說：「真是露從今夜白呀！」

老玉米說：「月是故鄉明。」

我說：「找到你就像找到一個故鄉。」

老玉米說：「你可真逗！」

6.點心、酒以及舞蹈

到了這個時候，紳士淑女們大概也都聽得餓了，所以真正逗人的其實是老玉米精心炮製的小點心——那是在「田園」之後，當我和老玉米把點心端進客廳的時候，老貓宣佈了下一個曲目是「月光」。但是這時候，老玉米的點心散發出的誘人香味，已經撩撥得紳士淑女們不能自持了——他（她）們肚子裡的饞蟲全都到爬出了嗓子眼兒。老貝的「月光」尚未照臨，他（她）們就有些等不及了，也顧不得再硬撐著作秀，便吃相貪婪地大嚼起來。

最為饕餮的當數白熊阿堵，他幾乎是一口一個地往下吞，如同吃餃子一般。相比之下，小荷就要秀氣得多了。小荷用兩根指頭夾起一塊，送到嘴邊用舌頭舔舔，彷彿是面對砒霜。我想，她可能是懼怕甜食會成為面起子讓她發胖。她顯然是吃青春飯的，她消受不了這個。老貓卻說，在「月光」下吃點心別有情趣。我心想，這只死貓大概已經吃出經驗、吃出境界了。當然我也沒忘了注意黑丫，她當然也在吃，只不過是學著老貓的樣子在吃，估計她是想盡早地進入吃「月光」的境界。

不吃的只有老玉米和我。老玉米得及時地把酒給弄上來，而我要表現得像個護花使者一般不離左右。也就是說，她拿杯子，我拎酒瓶，我開瓶蓋，她斟酒。我看到只有啤酒和紅酒，便對老玉米說：「這可都是些應該喝雞尾巴的主兒，你盡弄些走腎的藥水，成麼？」「本姑娘化學一直不好，」老玉米說，「等他找個調酒師的女兒來，我就可以離休讓位啦。」說這話的時候，「月光」也恰好消失。

看到老玉米已經把桌上的酒杯全都斟滿，大家也都嚼得差不多了，老貓提高嗓門說：注意，請大家舉杯，下一個曲目是「熱情奏鳴曲」。

紳士淑女們聽罷，頓時熱情高漲，紛紛舉起杯來，一通亂碰，奏起了酒杯交響曲。這時候我也舉起了杯子，對於酒，我是早就等不及了。我與老貓、黑丫、小荷分別碰了一下，然後又端著杯子來到廚房。我要與老玉米乾一杯。

說到喝酒，老玉米真算是巾幗英雄。這在以後的日子裡我將多次領教，在我的詩人朋友中，那號稱杲城第一酒桶的，也敗在了她的杯下。當然這已經是後話了。現在的情形是我要與她在廚房裡乾杯，她笑著接受了我的提議，並且異常豪爽地拎出一瓶白酒。「要乾就乾這個，」老玉米說，「啤酒算什麼酒呢？」這倒使我大大地吃了一驚，與此同時卻也滿心喜歡。「好一個老玉米！行，」我說，「真有你的。」老玉米把一瓶白酒一分為二。

「乾！」

「乾！」乾完了之後老玉米說：「你去跳舞吧。」

「我只想跟你跳。」

「可惜我不會。你還是去找她們吧。」她指的是客廳裡的那些女人。恰好這時候黑丫進來請我去跳舞，我只好戀戀不捨地離開廚房，離開可樂可愛的老玉米。

聽，吃，喝，然後是跳。看來，在老貓家的音樂會上，這已經成了一個程式化的過程。我被黑丫從廚房拉進客廳的時候，老貓正在講解「貝九」，盡是些樂章啊主題啊悲歎啊歡樂啊什麼的，但是我卻全沒聽清，只記得自己被黑丫帶著，稀里糊塗地旋轉起來。轉了幾圈以後，漸漸地我就覺得自己不穩當了，周圍的人和燈全都在轉，花裡胡哨的。我對黑丫說：「我不行了，你去找老貓跳吧，他正閒著呢。」黑丫似乎是一直就在等著我說這句話的，所以，沒等我說完，她就甩開我去貼老貓了。我知道黑丫的內心裡一直嚮往的，就是老貓這樣的主兒，現在她當然是樂顛顛的了（估計她以前在老貓家並沒有撈到多少和老貓對舞的機會）。

我回到硬木沙發上坐下，又喝了兩大口啤酒，才算定住了神兒。現在我成了一個觀察者，一個局外人。本來我就是局外人，現在大約是復歸本位了。我坐在沙發上喝著啤酒，觀看紳士淑女們在酒後所進行的，兼具開胃與健身雙重功效的運動。

最亮麗的當然是小荷的光腿，在燈光下時隱時現，在旋轉中，由於短裙的被旋起，她的粉紅色的內褲也隱約可見，彷彿是色情場所的景像，頗為刺激。但是漸漸地我也感覺到了，有什麼地方不大對勁。……想想……再想想，對了，是音樂，是音樂和舞蹈不配合，他（她）們的舞蹈和音樂的節拍不在一個點上，是……亂的。群魔亂舞！我突然想到了這個詞。他（她）們舞動扭擺的時候，只顧自己的身體，根本就不把音樂當回事兒。而到了「歡樂頌」那段的合唱部分，他們都有些瘋狂了，當然也亂了。也就是在這段裡，我看到了大白熊阿堵擁著小荷，而他的手卻從後面伸進了小荷的裙子裡，並且隨著身體的節奏放肆地遊走。小荷無言地努力了幾下，試圖擺脫，但是並沒有成功。這時候音樂由快到急，在團結勝利的凱歌聲中昂揚地結束了。

舞男舞女們分開的時候，不約而同地都吁了一口長氣。然後，又是一通紛亂的噴嚏（大概是空調和被小荷噴嚏過的點心給鬧的）。

但是舞會並沒有結束。

最後一曲是「告別」，當然也是老貝的。這是老貓的精心安排。音樂響起，他們和她們再次擁抱著旋轉起來，看起來似乎非常纏綿，很有一點告別的樣子。在我當時被酒精燒紅的目光裡，就像是一團掄圓了的繩子。

到了這時候我才發現，這些假洋鬼子們都是音盲（我就不說他們是流氓了），比我老皮還不如。雖說沒什麼音樂細胞，那五根黑色的高壓線上站著的麻雀，我還是認得幾隻的，它們叫起來是什麼音兒，我也還聽得出來。可他們呢？以前我也見過專門把1、2、3、4、5、6、7和0當數字念的主兒，卻就是沒見過他們這種鳥，簡直就是——一堆鳥糞。他們用老貝的《月光》佐餐，接著又拿聾子的《熱情》下酒，最可氣的是他們竟然在「貝九」中群魔亂舞，到了「歡樂頌」那一部分，他們全都放肆地擁抱到了一塊兒，「歡樂，美麗神聖的光芒，天國中的仙女，上帝，我們充滿熱情，來到你的聖地……在你仁慈的翼下，四海之內皆兄弟」。現在，他們已經完全擁到了塊兒了，擁抱啊擁抱，臉對著臉，異常親熱地互相打著噴嚏，無所顧忌，真夠四海皆兄弟的。這麼一堆鳥糞，我只好把酒潑到他們的臉上。

我當時肯定是控制不了自己了，真地把酒潑了出去。是從桌上順手端起的一杯紅酒，似乎是潑到了大白熊阿堵的身上。阿堵憤怒地掄起了胳膊……我的頭被重重地擊了一下。接著就聽見了老貓的叫聲：老皮醉了，他喝得太多了……。

後來我覺得自己被抬進臥室，仍在了床上。隔著門，起初還聽得見外面客廳裡的音樂和肉搏之聲，後來就漸漸地聽不清了，我消失在大腦裡的一片空白之中……

7.獻給老玉米的第三首讚美詩（在臥室裡所唱）

不知過了多久，我感到有人在為我擦汗。我睜開眼睛，看到的是不穿圍裙的老玉米。她的豐腴而又柔軟的雙手，不厭其煩地更換著溥在我額頭上的毛巾，偶然撫過我面頰的時候，我能夠感覺到她手上母性的愛意。她面帶微笑地細聲說道：「你醒啦？」

我知道我醒了。我努力地睜大了眼睛，看到的是古埃及雕塑中那生殖女神一般的老玉米。壯碩的身體，豐乳肥臀，美麗無比。當時我內心裡有一種非常強烈的願望，真想單膝著地向她求婚。但我僅僅只是握住了她的一隻手，我很想把它拉到自己的嘴邊，在她手背上啃上一口。但是，我沒有，我只知道向她抒情。

「老玉米。」

「嗯？」

「你是一個好人。」

「好人怎麼啦？」

「好人有一顆好心。」

「什麼？」

「你是一個好人。」

「我聽見了。」

「好人是世界的根。」

「知道。」

「你是一個好人。」

「你有完沒完？」

「好人應該做母親。」

「討厭——你！」

「你是一個好人。」

「你真囉嗦。」

「好人應該結婚。」

「沒到時候。」

「你是一個好人。」

「不聽啦！」

「好人不能太好。」

「什麼意思？」

「人無完人，知道麼？」

「知道。」

「所以嘛，你是一個好人——」

「又來了。」

「好人也應該犯一回錯誤。」

「？」

「我想和你犯一次錯誤。」

「什麼？」

「咱倆合夥犯一次錯誤，犯一次生活錯誤，知道麼？生活錯誤。」

「做你的美夢吧！」

「幾點了？」躺在我旁邊的老貓，鼾聲突然停止，聲音黏黏糊糊地問道。

「好好睡吧，才剛剛兩點。」老玉米說完，就端著臉盆出去了。這一去她就再也沒有進來。

8.復旦又復旦

復旦的意思就是第二天早晨。這是我第二天早晨從老貓的床上醒來，睜開眼睛看到陽光的時候，腦袋裡出現的第一個詞。

第二天早晨，我悄悄地離開了老貓家，那時候老貓仍然在酣睡。穿過客廳的時候，既沒有看到老玉米，也沒有看到我當時的女友黑丫。

後來聽說，老貓家那天丟了兩張白金唱片，而且那架很高級的調音台，不知怎麼也稀里糊塗地跳到了地上，據說已經無法修復了。當然這都是黑丫告訴我的。黑丫說，老貓家的音樂會已經取消了。黑丫說的時候，我能夠感覺到她聲調中的遺憾與失落。當然，這還不是這個故事的結尾，真正的結尾應該是關於老玉米的。下面我就要說到她了。

有一天我在街上閒逛，看見了蔫頭耷腦形單影隻的老玉米也在馬路上晃蕩。這一次我沒有太急切地跟她抒情，我只是請她有空時到我家來喝酒。老玉米說現在就有空。我說，那就來吧。她很順從地就挎上我的胳膊，跟著我回家了。

為了告別的遊戲

宋江接到一個奇怪的電話。電話裡的聲音告訴他，說他們從前住過的那一帶就要拆遷了。這已經不是什麼新聞了，宋江說，報上早就登了。宋江是那種兢兢業業的科員，每天按時上下班，按時喝茶，按時讀報紙頭版，這樣的事情當然逃不出宋江的眼睛。知道就好，電話裡的聲音接著說，咱們一個院兒裡長大的這幾個朋友，明天在那裡有一個聚會。這跟我有什麼關係？宋江還是不明白，宋江的家從那個大院裡搬出來已經二十多年了。老房子要拆了，永遠不會再有了，你小子心裡就沒一點兒動靜？電話裡說到「你小子」的時候，宋江終於想起來了，是老孔。老孔就是孔明，是他們這一撥孩子的娃娃頭，他們已經十多年沒有聯繫了，但是宋江的感覺裡現在老孔仍然是頭兒。宋江說，他永遠是頭兒。爬樹下河辦家家酒捉迷藏，大家總是聽老孔的。現在宋江已經被往事撥弄的有些激動了，畢竟是十多年沒見的老孔呀！宋江滿肚子的話爭先恐後地擁到了嗓子眼兒裡，但十分不幸的是，一根細小的雞骨偏偏在這時卡住了它們。明天下午六點，帶上吃的！孔明依然是命令式的頭兒口氣。待宋江從嘴裡摳出那一根骨頭，孔明已經說完話掛上了電話。宋江一時沒有回過神來，所以還在望著發出盲音的聽筒發愣。直到妻子梁紅玉問他是誰來的電話，他才從愣怔中醒轉過來。是老孔。哪個老孔？就是咱們老院兒裡那個小諸葛孔明嘛。他不是早就沒信了麼？怎麼會知道咱家電話？他想知道就總能知道。他有什麼事兒？宋江把孔明的意思說了一遍，梁紅玉聽了以後顯得特別興奮，整個晚上都沉浸在已經淡漠的童年往事之中。可能是她的生活裡社交活動太少，關了燈躺下以後，她仍然在設想著第二天的聚會，只覺得這個夜晚太長，弄得宋江也不得安然，只是到天快亮的時候，兩個人才先後入夢。

同一天裡，原建國路71號大院那些與宋江和梁紅玉年齡相仿的人，也就是他們當年的玩伴們，也都分別接到了老孔的電話。

現在我們已經知道這是怎麼回事了：懷舊、發思古之幽情、聯絡感情、重敘友誼、結黨營「事」、共赴黃金路……等等，人間的聚會，就這麼回事。這是今日的時尚。廢墟上的遊戲，當然還要加上懷念和告別之類，讓沒感覺的人找到感覺，讓找不到北的人找到方向，就這麼回事。留一個念想，留一份閒來無事時的牽掛，然後再回到各自本來的生活，僅此而已。至於後來的事情是不是僅僅停留在「僅此而已」上面，那也由不得大家，生活嘛，我們大家都知道，什麼事情都是可能的，真的出現了什麼意外，那也不是他們的錯。

*　　*　　*

宋江雖然早生華髮，但是經過染整之後，仍然是一副少年郎的模樣。第二天下午，當他挈婦將雛，興沖沖地趕到已經人去屋空庭院寥落的71號大院時，已經有一些更興奮更迫切的人早早地在那裡等候了。他們是：趙飛燕、呂布和他的兒子、羅敷和她的女兒、胖子和他的女兒。

現在我得暫時放下故事，先交待一下人物關係。儘管這有點犯忌，違背了「人物關係應當在故事的進展中逐步展開」的小說作法，但我還是想嘗試一下鋌而走險的樂趣。大家也許以為我是一個不大安分的傢伙，其實每個人的潛意識裡，都存在著一些冒險的因數，而我只不過像所有寫小說的一樣，喜歡在紙上作惡罷了。

閒話少敘，言歸正傳，還是先簡單地瞭解一下這些角兒吧。

站在人群之外，與大家保持三米距離的這位娉娉玉立的趙飛燕女士，小學音樂教師，一個愛而不得的獨身主義者。鍾情於孔明，同時又是宋江少年時代暗戀的對象，梁紅玉的不知情的情敵。在大家一起辦家家酒的年代，總是扮醫生的角色，但卻更喜歡讓老孔明給她打針。

宋江的妻子梁紅玉，商場營業員，瓊瑤的忠實讀者，多年來一直熱衷於搜求瓊瑤作品的各種版本。像所有迷戀瓊瑤的女人一樣，渴望纏綿緋惻而又驚心動魄的情感生活，但又無力擺脫既存的現實。

呂布，中專教師，身高一米七二，有本市住房，離異帶一男孩，愛好文學。他在徵婚啟事裡就是這麼寫的。他肚子裡的恐怖故事比老孔明還多。他的周圍有一打以上述而不作的文學愛好者，是個作品從未見刊的業餘詩人。

羅敷，紡織女工，有著像她紡出的紗一樣苗條的身材。生計困窘，面臨下崗的危險，但潑辣開朗的性格使她看上去比誰都樂觀。

胖子，電器行老闆，當年的鼻涕蟲，像這個年代裡發了財的所有自以為是的傢伙一樣，志得意滿，肆無忌憚，正腆著並不突出的肚子跟大家談生意經。

另外，尚未到場的還有三位，略去不表。

現在大家站在大槐樹底下，感歎著當年覺得其大無比的71號院，現在看起來是多麼小呀。宋江說是因為人大了，就覺得院子小了。但大院也確實是變小了。當年的71號大院，前後兩進院子，是一座有著花園假山的豪宅，據說是三十年代一位國軍將領的公館，解放後充公回到了人民的手中，雖然各色人等地住著十幾戶人家，但假山仍是假山、花園仍是花園、大槐樹仍是大槐樹，院子的格局數十年裡卻始終沒有大的改變。然而現在，它已經被各種小建築填滿，仍在的只有大槐樹了，所以這些二十多年前的孩子，已經不大容易找到他們當年捉迷藏辦家家酒時的藏身之所了。

大家在大院裡前前後後地轉悠了兩圈，以便消除彼此之間因為時間造成的陌生感，同時也漸漸地明確了當年的方位，當趙飛燕指著某處說到這是孔明家的時候，大家彷彿才突然想起孔明。是啊，始作俑者孔明到現在沒有露面。

呂布終於按奈不住，呂布說：「我當時聽著就覺得疑惑，電話裡的聲音很不真實，我覺得不像是老孔明，這麼多年沒見了，誰知道他在哪兒，沒準兒是老孔明的魂兒在招集我們大家。」

宋江也抱怨說：「這個老孔明真是的，把我們都給騙來了，他自己倒不來。」

趙飛燕的表情顯得特別憂怨，她說：「他總是失約，我看再等下去也沒什麼意思了。」

「就是，下一代肚子也一定餓了，咱們先開宴。」這是胖子的聲音。

趙飛燕從包裡拿出一塊巨大的塑膠布，鋪在大槐樹下面那塊唯一的空地上。梁紅玉和羅敷齊聲稱讚說，還是燕姐想的周到。也許是獨身女人的潔癖，趙飛燕在這種事情上總是顯得特別周到。大家紛紛拿出各自帶來的東西布在上面，圍著食物、啤酒、飲料團團坐定。

舉杯當然是為了童年為了不會再有的71號大院。

胖子又說：「為了以後的合作！」

宋江也說：「對，為了未來！」

「乾！」

「乾！」

*　　*　　*

畢竟都是小時候的玩伴，乾了杯以後，時間造成的陌生感和拘謹很快便被不設防的「小兒無癩」之態所取代，甚至連小時候尿褲子的事情，也在席間被端了出來，接著又取笑了一通胖子那小溪一樣長流不斷的鼻涕，還有他那總是明光瓦亮的擦鼻子的袖口。你們那時候真好玩！下一代也被父輩的往事逗得大樂，大家彷彿又回到了兒童時代。

吃飽喝足的時候，天已經暗下來了，但大家都顯得特別興奮。於是團坐在大槐樹下面輕聲地唱起歌來。計有《紅星照我去戰鬥》、《莫斯科郊外的晚上》、《邊疆的泉水清又純》、《讓我們蕩起雙槳》和《丟手巾》《找朋友》等十幾首。幾個小孩子也跟著一齊哼哼。唱著唱著就有些信馬由疆，紡織女工羅敷唱《妹妹找哥淚花流》唱到一半的時候，就被趙飛燕給打住了。

獨身女人總是有些怪癖的，她們或者沉浸於遙遠的往事不能自拔，或者對未來抱著不切實際的夢想，或者是內心裡傷痕累累。趙飛燕的心思當然是有人知道的。

但是那呂布偏是哪壺不開提那壺，觸景生情，他似乎是有點詩情要抒一抒。生活真是捉弄人呀！呂布說：「燕姐，你跟孔明沒成真是可惜。那時候誰家大人不說你們兩個是天生的一對呀。」

宋江的內心突然一緊。宋江的情感生活領地裡，始終有一塊是屬於趙飛燕的，那是連妻子梁紅玉也不知道的一塊「自留地」。聽到呂布提起往事，他怕這話會讓趙飛燕不快，所以想岔開呂布提起的話頭。但是沒等他開口，趙飛燕卻已經先開口了。

趙飛燕的應對方式真是別出心裁，也許我們可以理解為她對此已經心如止水。趙飛燕說：「今晚的夜色真美。」

大家於是一齊仰起頭來看天。月亮還沒有升起來，夜空中星光燦爛，就像多年以前的某一個夏天，孔明背靠大槐樹坐著，繪聲繪色地講著《梅花黨》和《恐怖的腳步聲》。趙飛燕突然怯聲說道：「別講了，孔明哥，我害怕。」透過大槐樹的葉隙篩下的星光，使他們突然覺得有一種親切的東西正在黑暗中緩緩地流動，流進了耳朵，流進嘴裡，拌著槐花香味流進了內心，潺潺緩緩地，發出一陣清晰的響聲……

「再講個故事吧，呂布。」趙飛燕的聲音也似乎帶著流水的清冽

「《一隻繡花鞋》？」

講吧，隨便什麼。眾人也附和，大家覺得，此刻只有講一個故事最好。

呂布清一清嗓子，磕磕絆絆地開講了，但是由於時間的消磨，他已經無法把驚心動魄的故事講得動人。雖然下一代覺得新鮮有趣，聽得也特別投入，但這些大人們卻已經沒有了興致。他們覺得那故事既不有趣也不恐怖，就像是已經落敗的槐花，不僅僅是失去了清香，而且有了被漚壞的腐敗酸餿的氣味，甚至簡直就是矯情和做作。

宋江打斷呂布說：「怪不得你弄文學一直出不了名，看來你已經喪失了講故事的能力，還不如我兒子講得好呢。」

「聽著讓人難受。」

「就是。」

「別講了。」

大家的心思是一致的，也就是說，這種告別似乎缺了一點什麼，重要的、關鍵的、難以言表然而又確實已經失掉的東西。他們還以為自己需要當年故事呢，但是故事才剛剛開頭，他們就已經知道錯了，他們要找的並不是童年聽過的恐怖故事。當然也不是老孔明，也不是因為在外地工作而沒有到場的幾位，是什麼呢？他們一時都有些茫然。後來還是下一代提醒他們

「媽媽，你們要是不搬走就好了。」

「為什麼？」

「在這院裡玩捉迷藏多美呀！」

趙飛燕似乎恍然大悟：玩遊戲！

「對了，正是遊戲，」呂布說，「我們為什麼不再玩一次辦家家酒呢？」

「是啊，這個院子明天就沒了，我們以後，不單是以後，是永遠，為什麼不再玩一次呢？」

大家又一次來了興致，彷彿已經回到了童年的某一個晚上。童年的玩伴，童年的大院，他們都意識到了，今天之所以到這裡來，真正要找的正是這個。現在面對此情此景，不玩實在很沒有道理。

*　　*　　*

對他們來說，捉迷藏顯然尋不到童趣，無論你藏到哪裡，藏身之所都是顯而易見的，失掉了秘密就失掉了趣味，所以大家決定再玩一次辦家家酒。

但是在難以抑制的興奮中，他們疏忽了一個不該疏忽的事實，這就是年齡，而這也正是成年人玩辦家家酒遊戲的障礙。但他們似乎忘了自己早已經不穿開襠褲了，他們甚至不知道自己無論如何是不能天真無忌的扮作夫妻相擁相偎了，他們更加不能直言不諱地對另一個成年男人或者女人說：「開臭門，打針。」對方也不會像童年時一樣順從地爬下分開褲襠，無所顧忌地露出自己的小屁股來。

然而這是最後的遊戲，為了告別的遊戲，他們當時確實是太興奮了，童年的遊戲像漩渦一樣誘惑著他們這些戲水者，他們被辦家家酒的念頭沖昏了頭腦。

現在我們可以說，這是一個致命的疏忽。然而他們當時卻渾然不覺。

另一個障礙是下一代的在場，但這很快就被他們處理妥當。四個孩子被

安排在大槐樹下坐成一排，構成一條街道，分別扮演醫院、飯館、菜鋪和商店，他們被告知，在接下來的遊戲中，大人們將會來看病、吃飯、買菜、購物。對於如此有趣的安排，孩子們自是歡天喜地，在大人們尚未離去的時候，就已經自覺地進入了角色。

按照遊戲規則，接下來就該組織「家庭」了。

呂布和梁紅玉在兒時的遊戲中總是一對兒，現在梁紅玉作為宋江的妻子，在呂布提出仍按童年的方式與她一家的時候，雖然有過一瞬間的猶豫，但是看看宋江並沒有表示出絲毫反對的意思，便隨著呂布回他們的「家」去了。

胖子童年時因為總是鼻涕不斷，所以始終沒有人願意與他搭伴，一直就扮演著無「家」可歸的鰥夫。現在的狀況當然是今非昔比了，自我感覺中，他覺得自己實際上是這些人中最成功的一個，所以他有些居高臨下地要求羅敷做自己的「妻子」。而總是扮演羅敷「丈夫」的焦仲卿今天恰好沒有到場，因此宋江打趣說胖子今天是「第三者」插足。羅敷不僅沒有表示出反對，而且有些大咧咧的興奮，毫不羞澀地拉著胖子去了。

剩下的就是趙飛燕和宋江了。趙飛燕的「丈夫」是孔明，孔明邀了大家但是自己卻沒有到場；宋江的「老婆」是楊玉環，楊玉環因為在外地工作也沒有到場。在呂布和梁紅玉、胖子和羅敷各回各「家」之後，剩下的兩個人突然覺得陌生起來，而宋江更多一些拘謹和緊張。剛才因為大家熱熱鬧鬧地在一起並不覺得，但是現在卻都感到有些不適，彼此很難找到童年遊戲中的感覺。

雖然沒有月光，但是夜並不黑暗，因為有遠處大樓上燈光的輝映，這個夜晚實際上是朦朧曖昧的。在朦朧的夜色中，趙飛燕顯得更加挺拔，看不出表情的臉如同光潔的浮雕。宋江的心頭突然一動，既是被趙飛燕氣質的感動，也是憶起往日對趙飛燕的暗戀時激起的怦然心動，兩者的交織，使宋江有些無所措手腳。他怯怯地說，燕姐，就剩我們了。

是啊，就剩下我們了。趙飛燕說完，挪動腳步向著自己的家走去。她去的並不是遊戲中的「家」，而是她多年前曾經住過的真實的家。她向那間房子緩緩走去，宋江默默地跟在後面。

*　　*　　*

這時候呂布和梁紅玉已經順利地到「家」。他們是一對老搭擋了，老「夫」老「妻」，一切都是輕車熟路。他們兒時藏身的小角落仍在，房檐下的一小片天地就是他們的眠床，但是再也放不下他們已經長大的兩個身體了。他們站在兒時的「家」裡，面面相覷，一時竟不知如何是好。

「想想那時候真是有趣，假模假式地過日子呢。」

「哪是假模假式呀，是認認真真地過日子呢。」

「學大人的樣子。」

「比大人還像大人！你總是很像樣地做飯、鋪床，躺下的時候總讓我摟著你，還要往我的懷裡拱。」

「你才壞呢，還……還騎……騎到我身上。」

「你還說長大了真的做我老婆呢。」

梁紅玉羞澀地說：「那時候什麼都不懂。」

呂布看著羞澀的梁紅玉，他感覺到梁紅玉的胸在劇烈的起伏，他的身體裡突然蠢動起一種慾望，他想抱住梁紅玉，想把她壓在「床」上……，但是這個念頭在內心裡一閃，他又突然有一種罪惡感。但他接著又安慰自己：「這只是遊戲，只是辦家家酒遊戲，沒什麼。」所以他輕輕顫顫地叫了一聲：「紅玉……」

梁紅玉敏感到了呂布的失態。作為一個成熟的女人，她對男人是熟悉的，而她沉浸其中的那些瓊瑤小說，也使她時常懷著少女的夢想。但她此刻還是理智的，她換了話題問呂布：「聽說你寫了很多東西，什麼時候讓我也拜讀拜讀。」

呂布也迅速扶正自己歪斜的情緒。

「都是些沒人要的東西，」呂布說，「不過，現在的編輯也真是有眼無珠，真正的好東西他們根本就接受也理解不了。」

「別洩氣，你小時候特別會講故事，從小就有當作家的才能，將來一定能成事，有好多作家都是大氣晚成，有些人到死了以後才出大名呢。」

梁紅玉說這話的時候，分明有一種文學少女的天真。這使呂布聽起來覺得格外舒服。「紅玉你真是善解人意，」呂布說，「宋江這小子娶了你真是福氣。」

呂布這麼一說，倒使梁紅玉有些黯然神傷。因為她的生活是太缺乏詩意了，她甚至從來都沒有聽宋江說過一句情意纏綿的話，談戀愛的時候沒有，結婚以後，在床第之間行夫妻之事的時候也沒有過。有時候，她甚至懷疑宋江是不是愛她，所以她只能在小說中尋找愛情。但是每當她捧著小說的時候，宋江就陰陽怪氣地說：「像你這種年紀還讀瓊瑤，該不是有毛病吧。」

「他才不覺得福氣呢，他還總說我有毛病。」

「為什麼？」

「嫌我總讀瓊瑤。」

「這有什麼不好！他真是不知好歹。」

梁紅玉雖然很不願意呂布這樣說宋江，但是她卻並沒有反駁。呂布以為她認可了自己的說法，於是進一步說道：「像他這種小吏，根本就不懂得審美，讀瓊瑤小說是對生命和愛情充滿激情的一種表現。最近有一本《廊橋遺夢》你讀過沒有？你根本就是嫁錯了人。」

「沒有。」

呂布不知道她的意思是沒有讀過那本小說還是說沒有嫁錯人。呂布說：「你真應該讀一讀。」

「寫什麼？」

「一對情人。」於是呂布不失時機地講起了那一對情人的故事。也許是因為呂布的敘述過於簡略，梁紅玉聽完以後說了一句讓呂布終生難忘的話——像辦家家酒。

「紅玉，」呂布說，「其實生活就是辦家家酒。」

「咳，你不說我倒忘了，咱們不是正在辦家家酒嘛。」

「可不是嘛。」

這時候他們似乎已經找到了童年的感覺。恍惚中呂布突然擁住她，叫著她的名字：「紅玉……紅玉……咱們睡吧，明天還得早點起來去買菜呢。」這正是童年遊戲中的詞兒，他似乎一直在等著這句台詞。

但是這裡似乎又出了一點意外，正是「明天還得早點起來去買菜」這句話，又把梁紅玉拉回到了現實之中，她確實是每天早上都要去買菜的。

梁紅玉輕聲地反對著：「別這樣，呂布，別這樣……」

* * *

與此同時，胖子在羅敷的引領下，也找到了他們的「家」和「床」。胖子因為小時候太髒，沒有女孩子願意和他辦家家酒，他對這個遊戲完全是門外漢，對「家」裡的事情全然不知，所以當他被焦仲卿之「妻」羅敷領回「家」以後，覺得十分新鮮有趣，但又處處不知所措。

「你們那時候在一起都幹什麼？」

「也就是買菜、做飯、看病打針、照顧孩子、睡覺什麼的。」

「那現在咱怎麼玩呢？」

「先做飯，拿個棒子什麼的，在想像的鍋裡炒一炒。」

「做飯是女人的事情。」

「是女人的事情。」

「那我幹什麼呢？」

「你哄孩子玩。」

「拿什麼當孩子呢？」

「布娃娃。」

「沒有布娃娃。」

「那你就隨便拿什麼玩吧。」

「你怎麼讓我玩，我是爸爸，又不是孩子。」

「那……咱們就開始吃飯吧。」

「怎麼個吃法？」

「你這個當老闆的，成天請人吃，怎麼連吃飯都讓人教。」

「不是……我是說……拿什麼當飯。」

「空氣，你就假裝拿著勺子往嘴裡送。」

「看來我當年沒玩辦家家酒是對的，這一點兒也不好玩，真不知道你們當時是怎麼想的，竟然會玩得那麼投入，那麼不厭其煩。」

「那是因為你沒玩。」

「也許是吧。接下呢？」

「鋪床睡覺。」

「怎麼睡？」

「我說你這人是不開竅還是怎麼的，真想像不出你是怎麼做生意的，連睡覺也要人教麼？辦家家酒麼，就是大人怎麼做，小孩就怎麼做。」

聽羅敷這麼一說，胖子有點上勁，他存心想要逗一逗她。胖子問：「親嘴嗎？」

「親。」

「摟著睡？」

「摟著。」

「一個壓著一個？」

「當然。」

「這倒有點意思。」

「你說什麼？」

「我說這倒好玩，跟真的似的。」

「當然。」

「現在就開始？」

「你別想著佔我的便宜。」

「哪能呀，辦家家酒嘛。」
「那就……睡覺？」
「怎麼睡？地上盡是土。」
「這兒有幾張報紙。」
在經驗豐富的羅敷的引導之下，他們二人倒是玩得很認真。只是在躺到報紙上的時候，兩人都有些猶豫，他們不知道是不是現在就可以摟住對方。
胖子說：「呂布和紅玉一定玩得最好。」
羅敷說：「他們是老搭擋嘛。」
胖子說：「今天要是仲卿跟你，一定也玩得很好。」
「那是自然的。」
「我也試試。」
「那就試試吧。」
胖子見羅敷沒有反對，便放大膽子伸過胳膊去摟住羅敷。羅敷也配合著把身體往胖子的懷裡靠靠。胖子聞著羅敷呼吸中特別的女人氣味，有一種迷醉之感，於是放膽吻她的額頭，然後是臉、鼻翼，最後到達羅敷的嘴唇；從輕輕的、兒童式的、遊戲的、試探性的吻，到帶著成年人身體的慾望的吻，中間有一個緩慢的過渡，羅敷始終都給以配合。到了這個時候，他們心裡當然都明白是怎麼回事了，他們知道這已經有些過份，已經快要把假戲做成真的了，但是各自的手卻都不由自主地在對方身體上遊動。他們知道這是在冒險，但他們卻都沒有分開的意思。
他們的遊戲已經越過了邊界……他們走得太遠了，只有等在大槐樹底下的孩子的叫聲，才能夠把他們給喚回來。

*　　*　　*

宋江默默地跟著趙飛燕，走進了她舊日的家。房子的門窗已經被挖去，只留下了幾隻空洞的眼睛，從屋裡看出去，是一截截的殘垣斷壁，沒有一絲往日的活氣。趙飛燕沉默地站著，一言不發。宋江不明白她到底要幹什麼，便試探著問道：「燕姐，在想什麼？」
「人跟舊屋子一樣，總有被搬空的一天。」
「燕姐你別太傷感了。」
「你不懂。」
「我當然知道。」
「你知道什麼？」

「你應該成個家，別太苦了自己。」

「老囉，哀莫大於心死，可是我的心早已經死了。」

「你可別這麼說，其實你看起來還很年輕，很美，你身上一直有一種很高貴的氣質，是別人沒法比的。」

「你這麼看？」

「我一直是這麼看你的。」

趙飛燕警覺地「嗯？」了一聲。

「真的，燕姐，從中學起我就一直是這麼看的。」

「你這小鬼頭！」

「燕姐，說出來你別見笑，我那時候就一直在想，長大了找對象就要找像你這樣的。」

趙飛燕笑了。「胡說什麼呀，我倒成了你的偶像了？」

「也不僅僅是偶像。」

「還是什麼？」

「是……現在說什麼也沒有用了。我知道你心裡只有老孔。」

「小鬼頭，你別是什麼爛小說看得太多了吧。」

「燕姐，我是說……」

「你什麼都別說了。」趙飛燕打斷了宋江的話，她當然知道他的心思，她也知道他想說什麼，但是她不想聽到這些。在她決定一生獨身的時候，所有的男人，包括她曾經鍾情的孔明，都已經被她從心底裡抹去了。至於宋江，她知道他和梁紅玉生活在一起並不幸福，但她從來都是把他當小弟弟看的，對宋江和梁紅玉，她只有悲憫。但是接下來宋江所說的話卻讓她大大地吃了驚，她不知道宋江是鼓了多麼大的勇氣才說出口的。

「燕姐，多年來我一直有一個願望。」

「什麼？」

「我……我……我想摸摸你。」

「胡鬧！」她不容置疑地脫口而出，「你怎麼會有這麼荒唐的念頭！」

宋江被她嚇得哆嗦了一下：「燕……燕姐，對……對不起。」

「沒什麼。」

接下來是長久的沉默，他們兩個人誰也不再說話。在這難捱的沉默中，他們甚至聽得到彼此的呼吸和心跳。這是一種令人窒息的沉默，宋江覺得，他已經被這沉默壓得透不過氣了，他想離開。

然而就在這時候，趙飛燕開口終於開口了：「小鬼頭，過來，到大姐這來。」

趙飛燕張開雙臂，像歡迎久別的小弟弟一樣擁住了宋江。吃驚和激動使宋江說不出話來，他老老實實地伏在她的胸前，確實更像是趙飛燕的弟弟。

「燕姐……。」他把頭埋在趙飛燕的胸前，嚶嚶地啜泣。趙飛燕平靜地摟著他，他雖然觸到她的身體，但是趙飛燕此刻的悲憫之舉，已經徹底打消了宋江多年來潛藏心底卻又始終是可望不可及的慾望。

他們就這樣靜靜地站立在黑暗之中，各自清理著自己內心，就像這所舊宅子一樣漸漸被掏空。

* * *

大槐樹下的孩子已經等得有些不耐煩了，「菜鋪」沒有人來買菜，「醫院」沒有人來看病，「飯館」沒有人來吃飯，也沒有人來逛他們的「商店」。他們不知道大人們正玩得入迷，他們只是抱怨大人們只顧自己玩遊戲，卻騙我們在這裡坐著等他們。他們已經不耐煩當道具了，後來他們就決定自己玩自己的，他們要玩的是捉迷藏。

「石頭、剪刀、布。」

「石頭、剪刀、布。」

「最後輸掉的自己蒙上了眼睛。」

「不許偷看！1、2、3、4、5、6、7、8、9、10，開始——」

她睜開眼睛，四下裡什麼也看不見。她不敢去找他們，她只能牢牢地守住大槐樹這個「家」。但是左等右等，就是不見有人回家。左看看，右看看，到處都是張著空洞洞的大眼睛的房子，她感到有些害怕，就哭了起來，一邊抹眼淚一邊說：「快出來吧，你們不出來我就不玩了，你們再不出來我就不玩了。」

「別哭了別哭了，我自己出來。」

大槐樹上突然跳下一個人來，正是老孔，這次聚會的始作俑者，一直沒有露面的孔明。我們不知道他是什麼時候爬到樹上去的，就像童年時一樣，他會早早地藏在樹上，然後突然跳下來嚇大家一跳。

她雖然不認識他，但是有了大人，她不再害怕了。

孔明和藹地對她說：「咱們一起喊他們好嗎？」

「好。」

「預備——快出來吧，你們再不出來我就不玩了。」

「你們再不出來我就不玩了。」

黑沼裡的慾望

在似水流年中我的耳畔常常有一個聲音在誦讀著保爾・艾呂雅的詩句：「每夜每夜，一個女人／悄然踏上旅途……」我不知道這是誰的聲音，可以肯定不是那個法國老頭艾呂雅，也大致不是我所苦苦等待的女人，但也不像是我自己的聲音。人對自己的聲音總是缺乏辯別能力，聽著剛剛錄下的談話，我們卻不能確認那就是自己，人人都有類似的經驗。多年來我一直在努力地辯認那個聲音，但我現在已經對此失去了信心。唯一不能讓我絕望的只是那在我的耳畔不斷重複著的詩句：「每夜每夜，一個女人／悄然踏上旅途」。

昨晚睡覺以前，當我把奶瓶放在門前的台階上的時候，我突然有一種預感，我覺得她已經上路。多年來我總是在每天睡覺前把奶瓶放好，但是這一次我有一種奇特的感覺，我相信她已經上路，我知道她正在通往杲城的途中。多年以前，當我們第一次見面的時候，通過她的眼睛，我知道這個結局已經註定。沒有預約，也沒有承諾，甚至沒有交談過一句，但從彼此的眼神裡我們已經彼此讀到了一切。那時候她對身邊的人說：「我明年要去一趟杲城。」她甚至都沒有扭過頭來看我一眼或者暗示什麼，但我知道她是說給我聽的。我聽見她與別人的談話，那是一種近乎囈語的聲音：「在我的藍色的天空，你是白色的塔在水中高聳。你在最初的陽光中大笑。那一天我在河上泛舟，溢出的夢如畫具溶入水中。向著天空的深處，小鳥們一刻不停地穿行。天空無論何時都藍得透明，我被過剩的夢充滿。」我知道她說的是杲城，想像中的杲城，能讓人產生幻念的杲城，她說：「我到那裡的時候，會有人等在路口。」

每夜每夜，一個女人／悄然踏上旅途……

我在杲城的生活就開始於那個致命的時刻。那天夜裡我正在房間裡讀艾呂雅，恍惚中聽到樓下有人喊我：「時間到了，該出發了。」我相信那就是她的聲音，她已經踏上旅途。我確信這就是出發的日子，我只要下樓去坐上汽車，她就在機場入口處等我。然而我來了，她卻誤了航班。但我想她會乘下一班飛機，所以我得在杲城機場等她；後來我在杲城住了下來，懷著期待，甚至是懷著疾病住了下來。

每夜每夜，一個女人／悄然踏上旅途……

＊　　＊　　＊

杲城藍得透明的天空正在變得灰暗，西邊天際的一抹紅色如同殘剩的夢境，現在也漸漸地消退。最後一個航班已經進港多時，機場外的計程車滿載著離去，眼前頓時變得空曠。每天都是這樣，我的身體也隨著變得空洞，像一架沒有了琴弦的提琴，在演奏著高海拔的杲城郊區的黃昏。酒館老闆從櫃檯後面走出來，心不在焉地抹著桌子。他望望對面的候機大樓說：「不會再有客人了。」

我呷一口酒也重複一句：「不會再有客人了。」

我是這裡的常客，老闆一家已經與我相熟，所以他並不是在下逐客令。候機大廳的最後一扇門悄然關閉，我也把酸澀的目光收回。「不會再有客人來了，」這是我們每天交談的前奏。

「再來一杯？」

「再來一杯。」

老闆自己也斟上一杯。我們面對面坐著，但是都把目光投向門外。再過一會兒，他的女兒就會騎著摩托車從城裡回來。

「今天落了四架。」

「四架。」

「飛了四架。」

「四架。」

「不會再有了。」

「……」

「別等了。」

「不等了。」

「明天再來。」

「明天……」

紅色的「幸福」停在門口，突突突的機聲使傍晚顯得更加空洞。「來來回來了。」來來是老闆的女兒，我一直弄不懂她為什麼叫來來。一個青春動人的女子，卻叫了這麼土氣的一個名字。來來像往常一樣對我笑笑，然後走進了裡屋。我一口喝完杯裡的酒，我說：「該回去了。」

「不再喝一杯？」

「不了。明天見。」我覺得十分疲憊。

「我送你回去吧？」這時候來來從裡屋出來。我遲疑了一下，但是內心裡並沒有拒絕的意思。

我跨上摩托車後座，來來說：「你抱緊我的腰。」

那是青春的身體，最初的剎那讓我的內心一陣惶悚，手本能地縮了回來。來來說：「你不抱緊是很危險的。」那時候我並不知道來來還有別的用意，我只是很用力地抱住她，努力地平衡著身體和不該有的心旌搖盪。

我在杲城的生活是孤寂而且單調的，讀書、寫作和等待那個致命的航班，幾乎構成了我生活的全部內容。除了來來一家之外，我幾乎沒有別的交往，所以看起來更像一個天涯淪落人的樣子。那天來來送我回到城裡，她突然說道：「你還是個詩人！」我不知道她是怎麼瞭解到這一點的，「我想看看你的詩。」她的語調嬌嗔而固執，讓我不能拒絕；況且又是專程送我回城的，我也不好意思就這樣輕率地拒絕一個好女孩的要求。

我給她沏了茶。但是她說滿臉的塵土，想洗一洗。我也不能不讓她使用我的衛生間。在從衛生間裡傳出的嘩嘩的水聲裡，我揣測著來來到我這裡來的真實用意，但卻總是無法理清頭緒。

來來出來的時候只穿著內衣，這使她青春的身體曲線畢露。我小心地提醒她穿上外衣不要著涼了。她說她很熱，不會感冒的。她讀詩的樣子很特別，一直捧著我的詩集在房間裡來回走動，突出的雙乳和身體的曲線隨著她的走動在衣服裡擺動，時不時的還會湊到我的跟前讓我給她解釋某些句子，這時候她的體香就會鑽進我的鼻孔，甚至她的幾絲頭髮也會不經意地撩撥我的肌膚。多次的反覆，使我漸漸地猜到了她的用意，但是我一直在告誡自己不要想入非非。後來，來來乾脆坐到了我的身邊，直視著我的眼睛說：「你這個人心理不健康！」我以為她在說我的詩，我知道我的詩裡有一種病態的情緒。

但是，她說的卻是別的，大大超出了我的意料。

「我這麼性感的女人竟然不能讓你動心，你肯定是有病。」那時候的來來臉頰緋紅，呼吸也變得急促。在我無言以對的時候，來來已經貼到了我的身上。她的手在我的衣服裡摸索著，我的慾望也被她激了起來。

但那是一次極其失敗的床上經歷。來來穿衣服的時候說：「你是個令人失望的男人。」

我是一個令人失望的男人嗎？我不想承認失敗，但是失敗讓我惱火，讓我覺得憋尿，讓我有一種類似糖尿病或者前列腺炎患者的感覺，刺癢、尿憋、急欲小便，然而當我站在衛生間裡的時候卻又只有稀稀拉拉的幾滴，我尿不出來。於是我回到床上，繼續我在杲城的生活。

我坐在來來家的小酒館裡。「每夜每夜，一個女人／悄然踏上旅途……」我的位置恰好可以望得見機場的出口，機場播音員曖昧嬌嗔的聲音在老闆反覆播放的流行歌曲的背景裡隱約可聞。聽那意思好像是說應該在今天到達本港的航班，因為當地的天氣惡劣無法起飛；這樣以來，滯留在杲城機場的旅客就要陷入無期的等待之中了。我看見從候機廳大門裡出來的人們情緒低沉，就像我那泡無法順利排出的尿液一樣，在候機室內外痛苦地徘徊。而老闆這時候卻顯得情緒高漲，他最希望看到這樣的情形，老闆甚至隨著音樂機哼唱起一隻歡快的曲子。

老闆說：「生意來了。」

進來的客人在咒罵天氣。

老闆的熱情令人厭惡。

與我同桌的兩位喝著咖啡，談論著那部被稱為《金瓶梅》第二的頹靡的小說，這小說正是出於杲城作家之手。我知道杲城有許多類似的作家，我同時也知道，他們的生活是在吃麵、打麻將、得肝病和互相交換淫蕩的鄉村故事這四項愛好中度過的。他們是一些住在城裡的鄉紳和落難秀才，我不喜歡他們，就像我不喜歡糖尿病和前列腺炎一樣，所以來到杲城之後我與他們素無交往。而我現在被夾在兩位津津樂道的談論者中間，感覺上我自己好像就是一泡憋得難受卻無法順利排出的小便。

正在我為此十分惱火的時候，老闆卻不知趣地插了進來：「聽來來說你也是一個寫書的人，你認識他嗎？」我知道老闆指的是那本小說的作者。

「我是一個等人的人。」

「來來說他看過你的書。」

「來來是誰？」

* * *

「來來是我！」

突然的驚嚇把我從床上彈坐了起來，我看見坐在對面沙發裡的來來，她正含情脈脈地看著我。

「你還沒走？」

「我剛來一會兒怎麼就盼我走呢？你睡著了我就坐在這兒看你的書稿。剛才我聽見你在喊我，我當是你醒來了。」

「慢，慢，慢，你把我給弄糊塗了。你是怎麼進來的？」

「我有鑰匙呀，你忘了嗎？」

「我不認識你。」

「你失憶症呀！我是來來！你—的—未—婚—妻！」

「是麼？我的記憶力真的不行了？自從來到杲城，總是恍恍惚惚的，以前的事情就全都想不起來了。」

「我看你不單是健忘，還有失語症呢。你聽聽你都寫的什麼？『每夜每夜，一個女人／悄然踏上旅途』，還有後面那一節，『我』和那個洋妞的性關係，怎麼是那個樣子？」

「什麼洋妞？」

「你的小說裡的洋妞。你們談得那麼投機，都有上床的慾望，水到渠成的事情，怎麼突然就陽萎了呢？你的解釋是怕人家有愛滋病，我看是你有心理障礙，你的性心理是不健康的。是不是咱們的性生活影響了你的創作？」

我看清了對面坐著的確實是來來，在落地燈的照射下她顯得那麼虛幻、那麼不真實。我認識她麼？杲城的來來？

「你現在總是寫得恍恍惚惚彆彆扭扭的，看起來好像有多麼痛苦，似乎寫作是女人分娩，要付出多大代價似的。其實，我覺得文學就像性愛，就像一個人的生活方式，因為他喜歡，他享受了它；反過來也一樣，性愛就像文學，你愛，你傳達了自己的愛，你傳達了這愛帶給你的美感。你說是不是？我覺得你最近老是寫得不順利，寫不好，完全是因為咱們性生活的失敗造成的。所以，今天晚上咱們得再試試，要不你就毀了。」

來來讓我吃驚，她說著說著就開始脫衣服，直脫得只留下胸罩和三角褲頭，她的身體十分性感。

她的表情很浪。

她走過來坐在床邊。

她說：「來吧。」

「我想尿，」我真的很想尿。

*　　*　　*

「再來一杯？」

「再來一杯。」

我解完小便從洗手間出來的時候，酒館裡已經沒有客人了。老闆也斟了一杯酒坐在我的對面：「聽來來說你是一個寫書的人。」

「我不是寫書的，我是等人的。」

「我知道你到我這裡來是等人的，但你實際上是一個寫書的人。」

「我是等人的。」

「我知道你是等人的，今天只落了一架飛機，你等的人今天沒來。」

「是沒來。」

「也許明天會來。」

「也許。」

「再來一杯？」

「再來一杯。」

來了一個乞丐，一個蒼老骯髒滿頭白髮的女人。她不說話，站在門口，看看我，又看看老闆，伸出手乞討。老闆從櫃檯裡拿出一塊錢放在她的手裡：「快走吧。」

白髮的女人捏著錢離開，一邊走一邊念叨著：「每夜每夜，一個女人／悄然踏上旅途……」

我突然覺得她很面熟。我追上去問她：「你是誰？」

「我是誰？你不知道我是誰？」

「不知道。」

「你不認識我你攆我幹啥？你是不是想跟我幹那個……」

「你……」

「來呀，來，來來來，來來……」她嘴裡不停地念叨著：「每夜每夜，一個女人／悄然踏上旅途……」

「你要走啊？我送你回城裡吧。」不知是在什麼時候，酒館老闆的女兒來來，已經悄然站到了我的身後。

*　　　*　　　*

作為一個操寫作這門手藝的人，長期以來，我養成了隨手記錄生活的習慣。在一些初級寫作教材裡，這類文字被稱為觀察日記。這樣的「觀察日記」我已經寫了十多本，其中最後一本被我命名為《在杲城的生活》。

「來來是誰？」我的未婚妻有一天問我，那時候她已經讀過了《在杲城的生活》。

「是杲城的一個女孩。」

「我知道是杲城的女孩，但她怎麼是一個沒有面孔的人？」

「不是沒有面孔，是模糊不清，無法描述。」

「不對，我看是你不敢坦誠地面對。」

「不是不敢，就是模糊不清。」

「怎麼會呢？」

「杲城是一個恍惚的城市，就像我們的關係一樣恍惚。」我的未婚妻現在同時還是我的朋友的情人，她以為我不知道，所以她還沒事兒人似地繼續做著我的未婚妻。

「照你這麼說連我也是恍惚的了，現在你好好看看我是誰。」

「你是來來。」

「那麼來來又是誰？」

「來來是杲城的一個女孩。」

「你到杲城去就是為了見她？」

「不對，我到杲城去等一個人。」

「誰？」

「我不知道她的名字。」

「什麼樣的人？」

「女人，我的未婚妻。」

「你喝多了。怪不得我父親說你是個酒鬼。」來來把我扶到床上躺下，「早點休息，睡一覺就好了。」

我聽見來來帶上門走了，接著就有摩托車發動的聲音傳來。在黑暗中，我艱難地辨認著她那已經消失的面孔，但是卻怎麼也想不起在什麼時候見過。我記得她的聲音，她說過「每夜每夜，一個女人／悄然踏上旅途」……

* * *

杲城的天空無論何時都藍得透明，我被過剩的夢充滿。在這藍得透明的天空下我坐在它的空港外面，就像一個不諳水性的人坐在河岸上，守望著那個悄然踏上旅途的女人。我已經等得疲倦，等得口乾舌燥。我想喝水，但我的身體並不聽從我的指揮，無論我怎麼努力，卻總是無法從床上起來。我翻了個身，我覺得一個人的熱氣正在拍打我的臉頰，我甚至嗅得到了那種很奇特的分泌物的氣味。我伸出手去，觸到了一個人的乳房。是一個女人！

我隱約地記起，躺在身邊的似乎是我的未婚妻。但是我想不起來是哪一個。這些年來我有過一打未婚妻，而他們也大約各自都有一打以上的情人。她們時來時去你來我往，像一隻隻舢板把我的房間看成是可以暫時停靠的碼頭。在她們住下來的那些短暫的日子裡，她們會與我共同探索人體的奧秘。她們把這個年代的特色全都集中地展示在豐碩的雙乳和雪白的臀部了，但我的無能和失敗卻總是讓她們失望地離去。現在躺在我身邊的，不知道又是一個什麼樣的女人。

我記得我還從來沒有談到過杲城的月光。好了，現在就讓月光從窗子照進來，讓我看看身邊的這個女人。不過，我得先把她挪動一下，挪到有月光的地方。

「天亮了嗎？」

原來是來來！怎麼是來來呢？

「對不起，我把你給弄醒了。」

「你一直沒有睡？是不是還想再試試？」來來一臉的嫵媚，溫熱的身體移了過來，嘴唇湊上前來，口中的熱氣直逼我的鼻孔。

「不不，我沒有慾望。」

「慾望是慢慢培養起來的，來吧。」

來來把我的手拉向她的胸部，緩慢地揉動，接著是腹部，然後，一直向下面引導。同時，她的另一隻手也沒有閒著，她也在我的身體上摸索著。

我抽回自己的手，同時也把她的從我身上拿開。

「你不把我抱緊是很危險的。」

「不行。」

「你怎麼總是不行？」來來索然地說：「下次我給你帶點藥吧。」

「我不需要。」

「很多男人現在都是用藥的。」

「我不需要這個。」

「什麼？」

「肉慾。」

「你不健康。我是說你心理不健康。」

「我很健康。」

「那是怎麼回事？」

「我想尿。」每到這種時候，我總是有憋尿的感覺。

* * *

我從衛生間出來。我看見月光灑在我的床上，牆上的掛鐘指向六點。我已經沒有了睡意。我記得今天似乎有一件重要的事情在等我去做，但我一時又想不起來是什麼事情。我心裡有事的時候，總是能按時醒來，無論睡得多晚，我都能按時醒來，絕對不會誤事。我拉開燈，走到寫字台前。桌上攤開著的是艾呂雅。

「每夜每夜，一個女人／悄然踏上旅途。」

噢，想起來了，今天應該去機場接她。我想，今天不會在來來家的酒館裡坐得太久的，她會乘第一班飛機來到杲城；……也許第二班，第一班太早了，她可能趕不上。總之不會在來來酒館等得太久。來來……對了，來來呢？她昨天晚上送我回來的，剛才還在我的床上。

沒有。我把床上的被子全都掀了，沒有來來。

來來已經不告而別，悄然離去。她一定是對我的無能感到失望，她說了「你心理不健康，你有病，」她還說了「你是一個令人失望的男人。」

我是一個令人失望的男人麼？

「我不是，」我說「我不是！」

她說：「那你為什麼總是不行、總是失敗呢？」

「不是我不行，是感覺，感覺！感覺總是不對。」我說「感覺不對的時候我就覺得尿憋，我就只想尿尿。」

「但是你尿完了還是不行。」

「我尿完了還想尿。」

「這就是你有病，說明你不健康。」

「我很健康。」

「糖尿病。」

「我很健康。」

「前列腺炎。」

我憋得慌，我想尿。但是我找不到廁所。我解不開褲子。

「篤、篤、篤。篤、篤篤。」

有人敲門。

「誰呀？」我從床上坐起來問。

「是我，來來。」

「什麼來來？」

「牛奶。」

沒錯，是來來，送牛奶的姑娘來來。

風景

一切形式的特性存在於它們本身，而不在於猜測的「內容」。
——豪爾斯・路易士・博爾赫斯，《長城和書》

一九九三年六月，我去北京參加一個關於MES教學方法的研討會，開完會返回西安途中，我在石家莊勾留了幾日。石家莊有幾個不錯的朋友，已經多年不見啦，我想趁此機會會會他們，當時並沒什麼必須辦的事情，不過就是喝喝酒聊聊天敘敘友情罷了。

火車是下午四點多到達石家莊的。因為事先通了電話，陳勝準時在出站口接我。意外的是陳勝一下子接到了一大堆詩人，其實這也並不能算太過意外，十多年間中國出了多少詩人呀！有人說了，拎塊板兒磚朝人群裡隨便一扔，砸壞的那個傢伙必定是詩人。石家莊的詩人更是多如蝗蟲，這也並不奇怪，自古燕趙多慷慨悲歌之士嘛。記得當時在出站口見到的詩人有陳超、劉向東、姚振函等，我當時並沒有聽清他們是從北京還是從保定開會回來的，總之是一個什麼詩會。陳超背著個挎包，面目清癯憔悴，顯得很是疲憊，我們象徵性的拉拉手，算是見過了。劉向東依舊高大威猛，拎著黑色的公事包，這個部隊上下來的漢子，很年輕就做了處級幹部，他在文聯機關裡混事兒，當然是要拎公事包的，握他的手有一種把手卡進石頭縫裡的感覺，費半天勁都不容易拔出來。駝背的姚振函目光如炬，手還未握，先已從挎在屁股上的包裡摸出了詩集，就是那本曾經名噪一時的《感覺的平原》，他的熱情爽朗，頗有燕趙遺風，三人中只有他精神最好。一邊寒暄著，一圈手已經握過。這幾個已經到家的石家莊詩人歸家的心情似極為迫切，姚振函自然要轉車回他的衡水，只剩下我和陳勝從容不迫。

*　　　*　　　*

我是第一次到石家莊，所以對車站周圍的景物特別留意，雜亂無章的廣場和四周巨幅的廣告牌都能提起我的興趣。我一向對地形、景物、建築之類有種特別的觀察癖，每到一地總是希望能夠熟悉地形，雖然我從來沒有過隨時準備打仗的打算。據行為心理學家分析，說是有這種習慣的人一般都患有一種叫做「異地恐懼症」的心理疾病，也就是說在潛意識裡隨時準備抽身而去。我不知道自己是不是有這種心理疾病，但我確實有觀察的習慣。有一種河北產的小汽車廣告引起了我特別的興趣，他們把順長切開的半個汽車直接放到了樓頂的廣告牌上，我仔細地研究了一會，直到確認它不是模型而真的就是半個汽車，這才把目光收了回來。同時我還在想，那另一半汽車沒准會在另一個城市被我看到。接下來我又懷著悲天憫人的心情為那半裸著身體在車輪下面的廣告牌上搔首弄姿的女郎擔心了，她此時實在是太憋屈了。

「走啊，哥兒們。」陳勝領著我從擁擠的人群中出來，因為剛剛下過雨，我們跳過了幾個泥坑，陳勝才在存車處找到他的自行車。石家莊的警察似乎已經沒有精力管騎車帶人這種小事，所以我能夠很放心地坐在後衣架上。又開始下雨了，陳勝騎得飛快，我竟然迷迷糊糊地睡著了。在自行車後座上睡覺這種危險的遊戲，我還是第一次玩。也許是上火車以前在天安門廣場轉悠得太久，我真的是累了。

*　　*　　*

一個詩人到了石家莊，很容易產生一種深陷於友情之中的暈眩。要知道，在人人都在設法搞錢的一九九三年，初次見面仍然能夠火柴擦過磷面般地爆出詩人的熱情，已經只能被理解為惺惺惜惺惺了；所以，當陳勝領著我穿過石家莊的大街小巷，像玩丟手絹遊戲似地穿行於不設防的友情之中的時候，我竟有一種如同隔世的恍惚之感。在石家莊，彷彿每一間屋子都住著詩人，似乎它的每一個門洞都準備著為你而開。如果走得餓了累了，隨便推開誰家的門，你說你是寫詩的某某，酒和美味就已經準備停當；如果你還有些名氣，而你推門見到的又恰好是一位寫詩的女孩，那你的遭遇中就又多了一種十分曖昧的可能性。也正因為如此，詩壇的騙子在石家莊也就很容易得手，有朋友告訴我，石家莊每年都能捉到幾個這樣的傢伙。

陳勝在一家刊名曖昧含義寬泛顯得極不專業的專業雜誌社編稿子，一份很鬆散的工作，因為來了朋友，就可以理直氣壯地不去上班，這使我內心裡十分羨慕，全不像我，必須踏著鈴聲準時到教室去說同學們好必須定量吃粉筆灰，在石家莊的幾天過得舒暢，後來我想主要是因為不吃粉筆灰只是吃飯喝酒的緣故。到了第三天下午，我又被一些莫名其妙的人拉去吃飯。我說莫名其妙是因為他們現在並不寫詩，也不弄文學，後來我問陳勝，他說是十多年前一塊愛過文學的朋友。他們不知從什麼人那裡知道我來了，便不由分說地拉我和陳勝去吃飯。這使我有一種誤以為自己已經成了人物的恍惚感。

飯局設在一個極為隱密的地方，我們在一條曲折的巷子裡拐了兩次，才到了那家飯館。在二樓的包間裡，已經有一個人先行布好了飯菜酒水。落坐以後，剛開始還是談詩，但他們談論的卻絕多是多年前的兩報現代詩大展，我揣測這可能是一些不關心當下狀況的幽閉的寫作者，我甚至還為他們在這種缺乏交流的狀態下的堅持短暫地感動了一陣。但是接下來的談話卻讓我摸不著頭腦了，什麼秦、漢的瓦當，周代的青銅，我還不失時機地賣弄了一下自己這些方面的粗淺學問。因為我所生活的關中地區，可是一片名符其實的「厚土」，隨便哪一塊地裡，只要有耐心掘地三尺，總能找到三兩片值錢的東西。接下來他們又談到了這些寶貝的市場行情，這我是外行了，所以只能緘口默言。他們又對我說：「您家裡一定收藏了不少。」說這話的時候，他們全都停下筷子，眼睛發綠地盯著我看，彷彿那些東西就印在我的臉上，這使我感到很不舒服，有一個人的眼神甚至讓我感到脊背發涼毛骨聳然。我說：「很遺憾，我連收藏一枚郵票的興致都沒有，更別說文物了。」我看出了他們的失望。他們紛紛收回目光，端起面前的杯子說喝酒喝酒。接下來就有人開導我說：「你佔著地利，真應該搞些收藏工作……」

這時候進來一個穿著軍綠色風衣的人，雖然剛剛下過雨，而且已經到了傍晚，但在這六月天裡穿著風衣還是給人一種心理倒錯的感覺。他很矜持地把圍坐在桌子周圍的人掃視了一圈，卻只與陳勝打了招呼，然後對著我說：「您一定就是秦先生了。」這時候他已經把雙手遞過來，我也趕忙伸出一隻手去讓他握住。他不自我介紹，只是緊握住我的手做作地使勁搖了搖，然後從衣服內側的口袋裡摸出一張名片，畢恭畢敬地雙手遞過來。出於禮貌，我也用雙手接了過來。我的目光停留在名片上的時候，聽見他說道：「請多指教。」我看到那名片上的名頭是「太行文化旅遊開發公司總經理」。「哦，」我說，「原來是位老闆。」

「詩人，賈謀。」他特地強調了一句，看看我，又接著說道：「我有一個很有文化特色的旅遊區，請您務必賞光去看看。」然後又轉向陳勝說：「我明天去雜誌社接你們。」那口氣的意思是已經定了，不容更改。接著又拉起我的手握住說：「你們先嘮著，我還有些事情要處理，先走一步了。」

又一個莫名其妙的人！這時天已經黑下來了，服務員送上燃著的蠟燭說，這一片兒停電。而我的內心裡，這時卻突然有一種莫名的恐懼，感到自己似乎已經陷身於一場陰謀，而且連日喝酒也使我這不勝酒力的身體感到疲憊，我悄聲對陳勝說：「我們走吧，我感到不大舒服。」陳勝也說走。但是桌邊那些關心文物的人卻硬要我們再乾一杯，否則不准離開。於是又乾了一杯酒。臨出門的時候，關心文物的人們還一再叮嚀我回西安以後一定給他們聯繫弄些秦磚漢瓦青銅器之類，並且說仿製的也行。

下樓出了那家飯館，在陳勝的帶領下，只走了十來米便從巷子裡來到了燈火通明的大街上。這使我很納悶，來的時候他們為什麼要領著我們穿越那些曲折而又漫長的巷子呢？

* * *

那位賈詩人賈老闆賈謀先生倒是沒有食言，早晨九點不到，他就驅著一輛破舊的北京吉普到雜誌社來接我和陳勝了。我本來不打算去，前一天我也並沒有表示接受賈詩人的邀請，而陳勝也恰好有點感冒，我覺得這是一個很好的藉口，便對陳勝說推掉算了。但是陳勝說可以去看看吳廣。我曾經在一些雜誌上讀到過吳廣的詩，留下的印象是寫得還行。陳勝說：「吳廣是我最好的朋友之一，人非常好，你會喜歡跟他聊聊的。」陳勝還說：「他每次到石家莊來都要和我談到你的詩，他說有機會一定要見見你。」我說：「既然這樣，那就去吧。」友情總是讓人感動的，何況是從未謀面的詩人在背後誇你，這有多不容易！

我們要去的地方叫做井陘，就在石家莊西面的太行山裡，吳廣在那裡的政府機關工作，賈謀先生所開發的旅遊景區也在那裡。簡單地吃了一點東西，我們便坐著北京吉普上路了。陳勝一上車就閉上眼睛休息，我知道那是感冒給鬧的。而我又不是一個善於應酬的人，但是既然已經坐上了人家的汽車，我還是覺得應該表示出一點熱情才好，冷面相向總是有點不太禮貌。我便問賈謀與吳廣熟不熟悉，他有些支支吾吾地，聽那意思，好像吳廣是個並不值得一提的小人物。顯然他對吳廣沒有興趣，我想，那就談談他本人吧。

「老賈，你的詩我讀的不是太多，不知道是那一類的？」其實我從來就沒有讀過賈謀其人的作品，昨天見到他之前，我甚至都沒聽說過這個名字。到時候我送你一本詩集。賈謀又一次惜墨如金地用短句表示出了他對這種車上交談的冷淡，我也只好閉上自己沒話找話的嘴。不願意談更好，我本來也沒有說話的興致。但是他此時的態度還是讓我感到納悶。昨天他曲曲折折地才找到我，請我去看他的旅遊景區，今天又弄了車專程來接我，現在的態度卻是如此冷漠，好像我是一個半道上攔住他軟磨硬蹭地搭了便車的路人。這前後的反差也太大了點。但我還是在內心替他打著圓場，我想，也許他也和我一樣不大會與陌生人相處吧。

汽車出了市區以後，便一直向西。遠遠望去，已經可見遠處連綿不斷的太行山脈，它躺臥著的巨大身影就像是一堵灰色的牆，使我想起那幅曾經轟動一時的巨幅畫作《太行鐵壁》，所以內心裡竟有些肅然起敬。然而沒過多久，這種群峰壁立太行頭的莊嚴感就全都消失得無蹤無影了。車才剛剛進山，想像中那種斧劈刀削怪石林立的巍峨險峻卻全然不見，路邊的坡地和平原地區一樣泛著莊稼的綠色，不同的只是路上飛揚的塵土，它是黑色的，包括路邊的莊稼，也都披著一層厚厚的黑色征塵。我在學校裡教了近十年的地理課，我知道這條路的深處，就是山西省那座著名的煤城，迎面開來的卡車，無一例外地都滿載著煤炭。感覺上我們好像是行駛在坑道裡的，我們正在向著煤炭的深處掘進，而旁邊石太線上急馳而過的列車，就是從地底開出來的礦車。在這樣的環境裡，我很難想像賈老闆的旅遊景區是什麼樣子，我甚至懷疑那是一個地底的什麼所在，類似於南方喀斯特地形區的地下溶洞，但它如果是一律的黑色，並且隱約地閃著一些幽光，那就與想像中的地獄沒什麼區別了。正是這樣的聯想，使我一路擔驚受怕，彷彿正處身於陰謀之中。這使我本能地要不時扭頭去看身邊的陳勝，他是我現在唯一可以信賴的人，我唯一的依靠。但陳勝卻只是呼呼大睡，一副渾然不覺的樣子，令我不知到底是應該揪心還是放心。

*　　　*　　　*

井陘並不像想像的那麼遙遠，大約十一點鐘，汽車離開黑色跑道，岔向另一條山溝，轉過山腳，這時已經能夠看到一些散佈山間的房屋，有一些人間煙火的味道了。司機問身邊的賈謀，車停到哪兒？賈謀看看腕上的錶說，直接開到會上。乍聽之下，我還以為「會上」是一個稀奇古怪的地名，直到後來我們被領進餐廳的時候，我才恍然大悟，賈謀說的是一個正在舉行的會議，我們是被領到「會上」吃飯的。

車剛駛入井陘的街道，陳勝就醒來了，似乎他的眼睛和耳朵一直都是醒著的。陳勝對賈謀說：「我們是不是先找找吳廣。」賈謀說：「那太耽擱時間，還是先去會上吧，到了那兒再打電話叫他。」

吉普車在一個小院子裡停下，我們剛剛下車，它就又呼地一下開走了。吉普車上兩個小時的顛簸使我感到腰腿酸痛，一下車我就不失時機地伸胳膊扭腰。陳勝問賈謀哪裡能找到電話，他要跟吳廣聯繫一下。賈謀讓我和陳勝先在院子裡等著，他自己去給吳廣打電話。看著賈謀進了旁邊污跡斑斑的兩層小樓，我和陳勝也移到院子角落的一棵中國槐的蔭涼裡站了。點上煙吸著，我對陳勝說：「這個賈謀看起來有點怪怪的。」陳勝懶懶地說：「我們一起開過幾次會，也聊過幾次，還算有點理論素養吧。」然後我又問吳廣的情況。提到吳廣，陳勝就顯得有些興奮，他說：「這一次來一定要見見他，他是個非常好的哥們兒。」陳勝還給我講了吳廣那被石家莊詩人傳為佳話的愛情故事。也就是那種在刊物上讀到彼此的詩作，彼此欣賞，然後通信，相互切磋詩藝捎帶著也交流人生觀愛情觀之類，這實在是一個過於平淡無奇的故事，詩愛者中間這樣的事情多了，只是發展到談婚論嫁結為伉儷的實屬少見，而吳廣夫妻就是這樣的鳳毛麟角，他那嬌小動人的詩歌情侶確實就從小橋流水人家的浙江水鄉嫁到了這窮山惡水的太行山區，兩個人夫唱婦隨相敬如賓，現在兒子已經三歲多了。陳勝的敘述當然還要曲折動人，所以我也覺得應該表示出一點恰當的感動才好，於是便說：「真是令人羨慕的一對！」

這時候一群人熙熙嚷嚷地從兩層小樓裡湧出，向著旁邊平房門楣上標著餐廳字樣的門洞魚貫而入，他們一定是餓壞了。過一會兒，賈謀才從小樓裡出來，他招招手讓我們過去。他說一直在給吳廣打電話，但總是沒有人接，可能是出差或者下鄉去了，他還補充一句說，他們這種小幹部一年總有一段時間得下鄉去，很難找到。回頭再說，我們先去吃飯。於是賈謀在前，我和陳勝緊隨其後，也向那小餐廳走去。

餐廳裡的人此時已經吃得熱火朝天了，顯然並沒有我們的位子。服務員拖出了三把折疊椅，把我們分別分配給三張已經坐滿人的桌子。因為面孔和話題都是陌生的，我便只能埋頭吃飯。從人們的談話中，我知道這是一個離風景區開發和文學都很遙遠的會議，也就是說，與賈謀和我們都不相干。坐在旁邊桌上的賈謀，除了剛剛坐下時有一個人隔著桌子給他晃了晃手以外，似乎與這些人也並不熟悉。於是我想，賈謀領我們到這裡是專程來蹭飯的。類似於這種幾十人的會議或者紅白喜事之類，你只要大大方方地走進來坐下吃飯喝酒，是不會有人把你當外人的，因為他們不可能彼此全都認識，我曾聽說過有人甚至是以此為業的，吃飽喝足，還要把桌面上剩下的煙酒捎帶著給順走。這樣想的時候，我覺得自己的臉已經有些發燒了，筷子也停下了，渾身的不自在也就從毛孔裡爬出來，好像我不小心把手伸進了別人的口袋。扭頭看看賈謀，他卻吃得十分投入，又看看陳勝，他也在吃，我便也埋下頭忐忑不安地數著碗裡的飯粒，很不是滋味地嚼著，像個第一次行竊的小偷，雖然膽怯後悔後怕，但卻不知道怎樣把手從別人的口袋裡退出來才能不被發現。

吃完飯出來，陳勝再次對賈謀提起去找吳廣。賈謀支吾著說：「他肯定不在家，我下午再跟他老婆單位打電話聯繫，你們先到我那裡坐坐。」賈謀這一路的表現，讓我隱約地感覺到他似乎不希望我們去見吳廣。陳勝於是不再堅持，我當然是客隨主便，便跟著去賈謀家。

賈謀的房子在一個小山包上，是一座廢棄的舊崗樓，上下兩層，住在裡面似乎也別有一番情趣，只是周圍過於荒涼，離廣大的人民群眾遠了一些。賈謀解釋說單位沒有房子（我一直沒有弄清賈謀供職於什麼單位），這所舊崗樓屬於老婆單位，但是他老婆是什麼單位他也沒說，他只說那是軍事秘密。我供職的單位也是編了號的，當然也有很多軍事秘密，我知道規矩，所以便不再細問。接下來賈謀就沒有話了，他盤腿坐在床上，彷彿已經置身事外。我注意到他盤腿的姿勢是內行人所說的雙盤，我猜想他可能煉過些什麼功夫。陳勝因為正感冒，所以問賈謀要開水喝，但是賈謀說沒有，他說他和老婆一般都是在單位吃飯，這裡並不開夥。這一點我已經想到了，我們進來他並沒有倒水，而且憑著我對地形的敏感，我已經留意到這座山包上的崗樓，並不像有水源的樣子。賈謀默然地坐著，似乎在等我們開口，但到了此時，我已經沒有什麼聊天的興致了。賈謀打坐完畢，突然想起什麼似的說：「你們先在這裡休息，我還要下去辦點事。」

賈謀走了以後，我對陳勝說：「我總覺得有什麼地方不大對頭。」陳勝說：「他就是這種神經兮兮的人，甭管他，我們先睡一會兒。」陳勝顯然已經被感冒折磨得難以支持了，說完便拉開床上的被子倒頭睡覺。但我卻因為心裡一直疑慮重重，無法安心睡覺，便在房間裡尋書看。令人失望的是，我只在床頭櫃上找到了成打的《氣功》雜誌。我對氣功之類的東方神秘主義的東西一向不感興趣，我想出去看看地形，便起身下到一樓。一樓房間的門是掩著的，裡面堆滿了雜物，上面甚至掛著蛛網，靠牆的一隻水桶，盛著半桶涼水，我晃晃它，水是清潔乾淨的，沒有異物異味，看來是日常要用的。牆角還有一隻電爐，也不是塵封之物，想來是賈謀用來燒水的，但我卻始終沒有找到水壺或鍋子之類可以燒水的用具，不知他是用什麼燒水的。接著我又找到了一架電話，這可是個意外的收穫。我拿起聽筒，裡面傳出長長的盲音，它是好的！這使我喜出望外。我太想離開這裡了，便興沖沖地上樓叫醒陳勝。「這裡有電話！就在樓下，你快下去跟吳廣聯繫。」陳勝也有些興奮，但是當陳勝的反覆撥號不斷被盲音拒絕的時候，我們這才恍然大悟——這是一部內線電話！我對陳勝說：「不如我們自己去找吳廣吧。」陳勝已經躺過一會，精力稍有恢復，便同意了。「不過得給賈謀留個條。」陳勝說。

「賈謀：我們去找吳廣了。陳勝。」

就在我們帶上門，把寫著留言的《氣功》雜誌很顯眼地插在門把手上準備離開的時候，賈謀卻已經悄無聲息地站在我們的身後。他又回來了。

* * *

一九九六年九月的一天，我接到陳勝從石家莊打來的長途。我們已經有半年多沒有聯繫了，聊過了各自的生活又聊朋友，這時候他提到了賈謀。他說：「還記得賈謀嗎？井陘的那個？」如果不是他提示，我早就忘了。陳勝說今年的大水把賈謀的風景區全都給沖了，賈謀本人也在大水過後神秘地失蹤了。

放下電話，我回憶起我們那天下午去看賈謀的風景區的情景。

我記得當時賈謀一臉神秘的表情──「怎麼？我的風景區還沒有看就要走了嗎？」賈謀說，「我剛才去找吳廣，他們單位的人說吳廣下鄉去了。」

我很懷疑他說的話，自從到了井陘，他的表現一直讓我感到不可思議，有點鬼鬼祟祟地，我不知道他為什麼要這樣，但在這個陌生的地方，尤其是在這個山崗上廢棄的崗樓裡，我的內心裡有一種莫名的恐懼，也許是我的「異地恐懼症」在作怪。

賈謀說：「現在我帶你們去看我的風景區。」陳勝這時表現出了這一天裡少有的興奮，我也只好表示同意。

我們三個人從山崗上下來，沿著一條乾涸的河溝向山裡進發。賈謀一路上十分殷勤地向我們介紹說，這裡曾是唐代重要的驛道，沿我們腳下的這條路過去，就是著名的娘子關。我和陳勝對這一帶的歷史地理形勢並不熟悉，也沒有多少興趣，所以只能聽賈謀一個人絮叨。大約走了一個多小時，遠遠地能夠看見前面的山嶺上隱約現出的一道灰牆，上面起起伏伏的垛口也渾似長城。賈謀說：「看見那城牆嗎？就要到了。」轉過山角，一座石頭屋子突兀地出現在眼前，牆上有售票處的字樣。一位農民模樣的人從裡面出來站在路邊，他大概是以為生意來了。待我們走近的時候，他已經看出來是賈謀。「是您哪，賈經理。」賈謀問他今天有沒有人來參觀，他答說沒有。

我們繼續往前走，賈謀不時地提醒我們注意腳下。石頭路面上時隱時現地可以見出一些凹槽，賈謀解釋說：「這都是古代驛車壓出的轍印。」我和陳勝便也將信將疑地搜尋著地面上的歷史遺跡。走走停停，我們在那些凹槽的引導下終於到達了山樑上的一座關隘。石砌的拱項上是一座破敗的騎樓，拱下的兩壁有明顯的擦痕，地面的轍印也十分明顯，果然是一條驛道。爬上騎樓，可見兩邊沿山樑而築的經過微縮的長城，顯然是新修的，有些地方還沒有竣工。以騎樓為中心，周圍散落著一些新建的廟宇式建築，有道教的三清殿、有佛教的大成殿、觀音閣、有關帝廟、有送子娘娘廟，還有供著孔子的文廟等等，應有盡有。我對這些雜亂無章的東西很不以為然。賈謀說：「我們的想法，是讓參觀者所有的願望都能在這裡得到滿足。」我不無譏諷地說道：「你這是在製造後現代風景呀！」賈謀回道：「對對對，就是後現代，我們就是要把古老的文化和先鋒意識結合在一起，融古今中外於一個景區。」聽他這麼一說，我和陳勝都不置可否地笑笑，我們還有什麼可說的呢！

這時候天已經暗了下來，賈謀說要帶我們去見他的副總經理。於是他領著我和陳勝來到一戶農民家裡。賈謀向主人介紹我和陳勝，說我們是專程來考察風景區建設的專家。主人很熱情地和我們握手，一副受寵若驚的樣子，並且要我們留下吃飯。席間，我也不失時機地建議說，這裡離城太遠，又沒有像樣的路，參觀的人恐怕不會很多，所以應該先修路。主人連忙應道：「對對對，要想富先修路嘛。」

吃完飯已經很晚，現在我已經不記得當晚是怎麼離開的，但那帶著哨聲的山風和風中夾雜著的時斷時續的狼嗥卻是終生難忘的記憶。第二天一大早，我就和陳勝逃也似地離開了賈謀的崗樓，坐上了第一班從井陘開往石家莊的汽車，走出很遠了我還感到心有餘悸。回到石家莊以後，陳勝給吳廣掛了電話，吳廣說他前兩天一直在家，並沒有出門。

那個字

——《本城詞典》之一

在舊版的本城詞典中，收有對那個字的詳細注釋，但是在新版中已經被刪去，新舊版之間的區別，粗略地說起來也就是一字之差，差的就是那個字。那是一個極為具體地標明某物的一個名詞，同時又是一個使用廣泛含意豐富也十分曖昧的詞兒，對於今天的本城居民來說，那又是一個讓人心驚肉跳的詞兒，人們唯恐避之不及；人們在遇到非要說到它不可的場合時，便總是用「那個字」來代替，而那謹慎而神秘的表情，看起來也總是怪怪的，以致於到了現在，那個字在本城居民的心目中已經被奉若神明有點兒為尊者諱的意思了。當然這只是事情的一個方面，另一個同樣重要的方面是，本城居民都是些有教養的人，就像舊日裡詩書傳家的書香門第裡出來的大家閨秀，語言上也有著獨特的潔癖，對於那個字的態度，就像人們通常所說的「眼睛裡揉不得沙子、牙縫裡容不得肉絲」一樣不能忍受。

在本城的歷史上，曾經有過那個字肆虐橫行氾濫成災的黑暗歲月。在那個年代人們開口閉口必不可少地總要帶出那個字來，年深月久，那個字在高頻字表上就遙遙領先於其他字詞而高居榜首了，主管文字事務的官員為這荒涼的語言奇觀憂心忡忡驚慌失措，如果在厚達三寸的本城詞典上最終只剩下關於那個字的注釋，後果將不堪設想。「長此以往，城將不城，文將無文，人亦不復為人，本城三千年的悠久文明將毀於一字。」文字官員的緊急呼籲受到了市政當局的高度重視，經過三周自上而下又自下而上的馬拉松會議的反覆討論，本城上下一致通過了《關於挽救瀕危的文明提高居民說話素質淨化本城語言文字的的若干規定》。接下來，全城總動員，由文字官員牽頭精心組織，展開了一場聲勢浩大曠日持久的「消滅『那個字』宣傳年」活動，從呀呀學語的兒童到高齡的失語症患者再到聾啞人，確實像市政當局要求的那樣，做到了婦孺皆知人人明白。這就是本城歷史上著名的「淨化語言」運動，這場運動的最偉大成果就是由文字官員主持編撰並由市政當局以法律形式頒佈的新版本城詞典。新版詞典的頒佈儀式在市政廣場隆重舉行，同時當眾焚燒了舊版詞典，最後，市政當局又將刑法條例中經過修改的部分，製成大幅標語：「凡未經市政當局批准擅自使用那個字者，依法處以絞刑」，張貼於本城的大街小巷，以為警示。至此，本城歷史上最著名的一場運動宣告圓滿結束。

剛開始的時候本城居民難免還有些不大習慣，但是一想到一不留神就可能命歸黃泉，便都有些噤若寒蟬。遇有日常說話、打招呼這樣沒有事先打好底稿的場合，一般都使用身體語言，非開口不可的時候，也是十分謹慎地遣詞造句，盡量說得慢些，甚至甘願被譏為口吃，也絕不能冒死說出那個字來。只有那些從無齟齬從不同床異夢的鐵杆夫妻，才會也才敢在深夜的床笫之間，在忘呼所以的「戰猶酣」的時刻，偶爾露出那個字來；即便是夫妻，他們也會不勝驚嚇地吐一吐舌頭，直到對方也會意地吐吐舌頭說：「你找死呀！」這時候他們才會放心地相視而笑。從人們在隱秘的床笫之間發出的笑聲，我們可以隱約地感覺到那個字在本城居民生活中的神奇性質。但是由於那個字的突然遭禁，一向言語放肆喜歡在語言狂歡中放縱自己的本性的快樂的本城居民，他們的公開生活在一段時間裡變得萎靡不振。終於有那神經和心理甚至肉體都無法承受的貪圖口唇之樂者，跑到市政廣場上歇斯底里的高聲喊出了那個字，以極端的渲瀉方式發出了憤怒的抗議。冒死貪歡者第二天就被絞死在廣場中央。臨終之際他口吐鮮血，但還在不停在說著那個字。血跡滲入廣場上古老的青磚，整整一個夏天的大雨都未能洗去。在本城居民心中，那個冒死貪歡者口吐血色長舌苦苦掙扎的最後形象，至今無法從記憶中抹去。

曾經自始至終目睹了行刑過程的本城木匠，後來有一天在教訓自己十七歲的女兒的時候，並非危言聳聽地說道：「那是有血的教訓的。那時候你還沒有出生。」他指的就是青磚上的血跡。

木匠的女兒那時正讀高中二年級，自從升入高中以後，她的學習成績就直線下滑，已經從名列前茅落到班裡的倒數第三，可以稱得上一落千丈。木匠每天都把她關在屋子裡用功，並且不時地教訓她說：「你如果考不上大學，將來就只能當木匠了。」

女兒說：「當木匠就當木匠。」

「你真沒出息。」

「沒出息就沒出息。」

「你就不能爭口氣？」

「我就是不爭氣。」

木匠的女兒每天都是在苛責聲中迷迷糊糊入睡的。後來有一天她對惱怒的父親說道：「你別逼我，你再這樣逼我，我就要說那個字了。」

「哪個字？」因為已經年代久遠，木匠竟然沒有反應過來。

「就那個字。」

木匠終於想起了那只舌頭和廣場上的血跡，木匠說：「你敢，那是有血的教訓的。那時候你還沒有出生，你怎麼知道那個字的？」

「這你別管。你要再逼我我就說出來了。」

「你敢！不要命的死丫頭。」

「成天被你逼著，還不如死了好。」

接下來的一天，木匠的女兒考了三個兩分回來，在木匠的羞辱下她終於不能忍受了，她順口就說出了那個字。

木匠聽得真切。木匠已經十八年沒有聽到過那個字了，雖然他在訓斥女兒的時候，那個字總是不請自來地爬出聲帶，但他只能憋著，讓那個字在舌頭後面打轉，他一直克制著自己，沒有讓那個字洩露出來。但是現在，它竟然如此輕易地就從女兒的嘴裡冒了出來。

「你說什麼？」

「什麼？我說的是……」女兒字正腔圓地又把那個字重複了一遍。

「你居然……你居然說了……那個……那個字！」

「哪個字？我說了哪個字？」

「就那個字。」

「哪個字？你說呀，是哪個字？」女兒有些幸災樂禍地看著惱怒已極的父親。

「你，你……你這個不要臉的東西！」

「你再逼我，我就到大街上去說。」

木匠自然知道後果，當然他更捨不得女兒。「你簡直不可救藥！」木匠說。讓木匠納悶的是她竟然知道那個字。那個字被廢止的時候，女兒還沒有出生，十七年來自己也從來沒有說過那個已經絕跡的字，可她竟然知道！她是從哪裡知道的呢？木匠百思不得其解。

* * *

收繳舊版的本城詞典，是一項難苦細緻的工作。在本城數千年的歷史上，舊詞典曾經被一再翻印，各種版本流落民間，到底有多少尚在本城、有多少流落在外、有多少已經被時間的流沙湮沒無跡，負責收繳工作的本城文字官員，心中並沒有一個確切的數字，大海撈針的事情永遠不會有什麼結局。到了最後，他們只能憑想像確認已經收繳淨盡。在給市政當局提交的報告中，他們縝密細緻而又謹慎地寫道：「在本城的舊版詞典已全數收繳。」

然後，本城居民就看到了廣場焚典那驚心動魄的一幕。但是語言文字的禁忌或者消滅，幾乎是一個趨向於無限的不可能，本城歷史上也曾有過幾次浩劫式的焚書事件，包括對「那個字」的剿滅，但它還是在經過了看似已經暗無天日的歲月之後，曲折地流傳到了本朝本城。真有點「野火燒不盡春風吹又生」的深長意味啊。

木匠的女兒由於學習成績驟然下降，越來越被過去要好的同學疏遠了。一個人在青春期裡是不能太過於遭受冷落的，尤其是一個還沒有學會我行我素地處事的女孩，她如果不能被高尚的一群接納，就必然要在墮落的一群中尋求慰籍。隨著成績的下降，木匠的女兒漸漸地和另一個群體親近起來。他們蹺課、抽煙、打架、看課外書，男女同學之間，偶爾也會玩些語言挑逗的遊戲。在他們的種種「墮落」行徑中，起勁地搜求和閱讀禁書，被視為最激動人心的事情，憑著人性在青春期的天然敏感，他們很快就穎悟到了那個字的含義，從那個字的命名物到豐富的引伸義，都能讓他們充滿好奇的身心難以抑制地生出些莫名的快感。那也許是一種破壞性的快樂，作為本城居民，他們當然知道本城的禁忌，但是他們這一群卻就是樂此不疲。

木匠的女兒在開始的時候，心裡還是怯怯的，那一群朋友也覺得和她隔著一層，但是當她對著父親說出了那個字以後，內心裡感到一陣輕鬆，她不再矜持，不再愁眉苦臉憂心忡忡了，她覺得自己已經和他們步調一致了；而她對老木匠的態度，也變得越來越大膽放肆。「你再這麼逼我，我就到大街上去喊。」她就是這麼說的。

木匠是一個虔信而又本分的本城居民，畢生勤勉，從不越軌，他當然不能眼看著女兒墮落，女兒說出那個字的時候，他簡直要被驚呆了，百思不得其解中，他起了跟蹤女兒的念頭，他要弄個水落石出。

本城木匠日後看到的情景足以令他昏厥。他尾隨著女兒來到學校門口，看著女兒進了校門，他剛剛覺得可以舒口氣了，但他又看見她出了校門。經過一番穿街過巷的曲折之後，女兒走進了一座廢棄的樓房。在一個隱秘的房間裡，他找到了他們。「你這個『×』，怎麼現在才來。」隔牆聽到他們說著那個字的時候，他的內心裡甚至有過一閃念的久違的親切；但是旋即，他就聽見女兒也用那個字回敬了一句，而且發出了一陣讓本城木匠脊背發涼的浪笑。他掂腳看見，他們就是用那個字互相打趣挑逗的。本城木匠覺得自己快要昏過去了……

女兒越來越令人失望了，多次的語言交鋒之後，木匠不得不承認自己家教的失敗，他已經認不出自己的女兒了。虔信而又本分的本城木匠，在矛盾痛苦的折磨中，經過近一個月的反覆權衡之後，終於在女兒和正義之間作出了決絕的選擇：向市政當局告密。在親人和致命的原則性之間，虔信和愚昧會讓人交出親人的性命，去換取原則的完好無損，這是本城曾經流行的生存邏輯，在那個陽光燦爛的下午，我們的本城木匠踩著被冒死貪歡者的鮮血浸透的青磚，走向了市政大廳。我們沒有理由責備他，本城木匠只是忠誠地盡了一個本城居民應盡的義務。

*　　　*　　　*

然而木匠畢竟只是木匠，多年來他就只知道打傢俱做門窗，他的智慧和高超的手藝，只體現在出色的活兒上面；他清楚地知道本城傢俱的流行樣式，做出的活兒與舶來品相比毫無二致，他的生意一向很好，就在最近興起的仿古風中，他的一套精雕細刻的仿宮廷傢俱使他在五十歲上成了本城名人。但他並不知道仿古傢俱的流行與本城剛剛興起的復古風之間有什麼聯繫，他當然更不知道仿古傢俱和弘揚傳統之間曲折而複雜的關係。生意好他就多做，生意不好就少做，木匠文化不高，除非有重大的社會事件，他基本上就只關心木頭。所以木匠並不知道本城學術界最近正在熱烈地爭論著關於傳統的話題，因為生意太好，木匠夜以斷日地忙著，就連轟動全城影響遠及海內外的「弘揚本城城粹展覽」他也只是到了日後才有所耳聞。這次展覽上最為引人注目的展品是已經絕跡近於百年的婦女的小腳，讚揚「三寸金蓮」之美的文章在本城日報上幾乎天天可見，聽到這個消息的時候，本城木匠甚至懵懂得有些恍若隔世。

在這樣的背景下，本城木匠的關於那個字的告密報告，理所當然就被無限期地擱置了起來。「城粹派」和「現代派」天天在傳媒上打嘴仗。本城是個小城，居民們低頭不見抬頭見的，所以兩派人物日常見面，也總是會爭得臉紅脖子粗，好在本城是歷史悠久的文明古城，君子動口不動手的傳統一直未丟，兩派人物才不致於大打出手。但是劍拔弩張總是不可避免的，傳媒上的硝煙也長久地彌漫在本城晴朗的天空，關心時政的人也都在熱切地關注著頭頂上翻滾的烏雲，在東邊日出西邊雨的風景裡，本城居民敏感到市政當局會在適當的時候推出新的舉措。至於對於那個字的禁忌，早已經被人們拋到了九宵雲外，所以木匠的女兒和她的那一竿子朋友，現在就變得肆無忌憚了，他們甚至把那個字喊到了大街上。

參與爭論的兩派人物，都是本城的文化精英，他們見多識廣，學識淵博，當然知道在口頭爭論中使用那個字是十分有力的；到了不可開交的時候，「城粹派」率先使用了那個字做為銳利武器，以求有效的打擊論敵；「現代派」於是抓住了把柄，以本城法律為依據大肆批駁對方。但是在刊發文章的時候，他們同樣遇到了本城木匠曾經遇到的難題：

「你說了那個字。」

「哪個字？」

「就那個字。」

「就哪個字？你說出來呀！」

「現代派」覺得行文非常彆扭，而且感到了自己的無力。於是雙方爭論的焦點很快集到了「那個字」上，本城日報上「那個字」出現頻率已經超過了被「那個字」所代替的那個字在歷史上曾經達到的水平。但是用「那個字」代表一個字畢竟是十分拗口的，絕不像那個字本身那樣痛快有力淋漓盡致。爭論越來越白熱化，一方已經無所顧忌，另一方卻還遮遮掩掩，那個字卻隨著爭論不言自明地在趨向於公開化。

本城的文字官員作為文化人，當然也都分為兩派參與了論戰，也只有他們是最感彆扭和尷尬的一群。這時候，「現代派」終於想到了本城木匠的報告，他們要以此為證據狀告「城粹派」首先違法，以致謬種流傳，並且遺害於下一代了。而「城粹派」的說法也有自己的道理，他們說，由此可見，本城居民早已有了恢復使用那個字的強烈願望，這正好說明傳統的魅力，現在恰是弘揚「城粹」的大好時機。而在「現代派」內部，這時也發生了微妙的分裂，部分論者已經深深地感到，由於不直接使用那個字，自己已經明顯地處於劣勢，所以，他們就在文字中曲折而謹慎地表達出了可以妥協的跡象。市政當局自然是明察秋毫的，他們當然也深明法不責眾的道理，於是他們用了僅少於十八年前的那次馬拉松會議一天的時間，召開了將寫入本城歷史的又一次馬拉松會議，作出了一個折衷的修改本城詞典的決議。而兩方論敵也終於在這個方案下握手言歡然後一團和氣了。

在新新版的本城詞典中，除了恢復舊版原貌外，新加入了「新人類」和「那個字」兩詞條。「那個字」條的注釋是：古語「×」，本城俚語，本城居民對人體某一敏感部位的傳統稱謂，詳見本詞典「×」條。（由於筆者手頭並無《本城詞典》可查，而所有可以找到的辭書中，均找不到那個字，此處只好以「×」塞責。）至於木匠的女兒和她的朋友們，也作為「先鋒」和「前衛」的代表人物，以「新人類」詞條進入了這本新新版的本城詞典。

大隱生涯

——《本城詞典》之二

日後，如果你們有幸（或者十分不幸地）見到卷帙浩繁的本城詞典，你們將能夠在第四卷第八十九頁右欄下半截看到「大隱隱於市」這一詞條，接下來的第九十頁將用一整頁的篇幅詳細說明這個詞的出處和演進過程，而那主要的部分都是關於我的史蹟與事蹟。我這樣說你們千萬不要感到吃驚，更不要產生什麼類似於噁心之類的心理或生理上的不適，千真萬確，那說的就是我本人。在本城，那時候我可是個家喻戶曉的國寶級人物，雖然極少有人能夠準確地描述我的長相，但是在凝滯而又優遊散漫的本城生活中，沒有人不感覺到我強大的存在，沒有人不知道我達因的大名。由於本城方言語音上的奇特，達因二字被誤讀成大隱已經由來已久，連那些一字不識的主婦，在日常家庭教育中，也會以我為楷模來教訓不明事理的孩子，真有點「生子當如達因」的架勢。這麼說吧，我實際上已經成為本城塑造下一代的一個標準的模子，但這是一個從來沒人見過的模子。也就是說，我具有名士和隱者的雙料聲名，而這恰是一個最出色的隱者必須兼備的，「大隱隱於市」可以說是本城無數仁人志士的一個理想，也可以說長期以來已經成為本城生活的一個理想，在本城歷史上不知有多少人為此迷夢終生而不得成就，但我第一個做到了。所以截入史冊不僅順理成章水到渠成而且值得大書特書，達因作為一個前無古人的出色隱者，以本城讀音大隱走入本城詞典簡直無可挑剔，在本城文字委員會和詞典編委會聯合召開的本城詞典修訂會議上，毫無爭議地以全票通過了增補「大隱隱於市」詞條的議案，在詞條釋義中也一律以大隱替代了達因二字，就像你們日後看到的那樣。當然這都是後話，編詞典是一個嚴肅而且須要慎之又慎的關乎千秋萬代的事業，所以難免的總是要經過去粗取精昇華附會之類的技術處理，關於這一點我並不在意……

以上是大隱絕筆，正像他本人所預料的那樣，本城詞典中「大隱隱於市」這一詞條的編撰就是這樣完成的，卷號和頁碼都準確無誤。當然，這也許是本城學術官員為了尊重大隱而有意為之，但是修訂詞典的時候大隱的這一絕筆還未被發現，所以這更像是一個謎，而大隱就是一個出色的製謎者。但我現在要告訴你們的，是不見於本城詞典的大隱本人的隱秘的生活。

*　　*　　*

四十歲的時候，大隱還是一個遊手好閒一文不名的本城閒漢，他經常會叼著煙捲在本城木匠的作坊裡長時間盤桓，在木匠的呵斥聲中他會悻悻地摁滅煙頭以防著火，然後很無聊地東摸摸西摸摸，但是絲毫沒有離開的意思。其實大隱的目的非常簡單，就是想看看木匠那個正上高中的漂亮而且妖媚浪蕩的女兒，那可是本城聲名顯豁的著名女孩之一。依常理，為了這個目的大隱完全沒有必要在木匠的作坊裡盤桓一天，他可以在別處消磨時光，然後只須等到快放學的時候去就可以直奔主題，但是大隱卻固執地認為必須守在木匠家才能看到這個女孩。由此可見，除了無聊以外，大隱那時候的智商並不高。

女孩放學回來的時候，把書包胡亂地扔進刨花堆裡，然後妖浪地衝大隱夾夾眼睛。

「大隱你來幹什麼？」

大隱直勾勾地盯著女孩：「我來看看你。」

女孩於是湊上前來說：「你看你看，你好好看！」四十歲的大隱便從眼睛鼻子嘴吧一直看下去，看到胸脯大腿，然後嘿嘿地笑一下滿足地離去。

四十歲以前大隱並不叫大隱（為了敘述的方便，我們就始終叫他大隱好了），但他也像本城所有的仁人志士一樣，夢想著要做一個既遐邇聞名又雲裡霧裡的著名的隱者。大隱為此付出了整個青春期的大好時光，大隱不近女色，大隱刻苦自勵，頭懸樑錐刺骨什麼的也都曾經一縷一縷地試過，只可惜的是屢試屢敗，到後來就變得疲遢變得心灰意懶進而至於有些墮落了。四十而不惑，不惑之年的大隱成了一個閒漢，成了本城的一個流動的風景，誰都可以拿他打趣。大隱，誰家的女子最好？大隱就說：「木匠的女兒。」

那一年裡本城發生了一次有史以來最激烈的文人論戰，全城居民幾乎都被捲了進去，一刀兩斷地分成了「城粹派」和「現代派」，就「那個字」的問題進行了曠日持久的大討論，本城當局最後不得不出面調和才得以平息。（關於「那個字」，有興趣讀者請參見本人的另一篇小說《那個字》，或者直接閱讀本城詞典「那個字」這一詞條。）在激烈論戰中人們當然很輕易地就忽略了大隱的存在，或者說大隱因為是本城唯一沒有捲進論戰中的成人，所以熱情澎湃中的本城居民眼中只有對手，哪裡還有大隱這個微不足道的中性人物、逍遙派閒漢呢。等到論戰結束，本城居民的生活歸於平靜，終於又有暇想起能讓人口舌生津的大隱的時候，人們才發現大隱早已經從人們的視野裡神秘而永遠地消失了。

這也是大隱四十歲那年發生的事情。四十不惑，四十歲以後的大隱，做了本城神秘的隱者。

*　　*　　*

大隱並未將自己放逐荒野，歷史早已證明了歸隱山林放浪野渡者只是小隱，小隱隱而無名，按現在的話說叫做不隱白不隱隱了也白隱（我們後面馬上就要看到的長髯老者就屬於這種小隱之列），這可不是本城仁人志士的理想，也不是本城居民的風格，當然更不是大隱的理想。大隱隱於市，市即本城。

那一日大隱尾隨木匠那無憂無慮的女兒來到一座廢棄的樓房前，眼睜睜地看著她消失在斷壁殘垣之間，大隱茫然四顧，一時間竟有一種不知何去何從之感。左顧右盼中大隱被人猛擊了一掌，懵懂的大隱在這一掌之下頓然覺悟。現在我們可以認為，在大隱日後漫長而輝煌的生涯中，這是致命的一掌，也是開光的一掌，頓悟的一掌。大隱回過身來，看到的是一位鬚髮皆白的長髯老者。「請隨我來。」聲音渾厚宏亮，但從口音判斷，老者並不是本城居民。

在夕陽的餘暉中本城沐浴在一片沉靜的黃色之中，闃無人跡的街道此時顯得格外溫暖，沉浸於論戰的快感中的本城居民，現在正聚集在成市的中心地帶，本城的邊緣此時則一片寂靜，建築物也顯出了少有的垂暮之氣，若不是夕陽慷慨的揮灑，從這一帶看去，本城就更像是一座死城。大隱不能自持地隨著老者，緩步行進於未知之途。

當慷慨的夕陽收回它最後一抹彩錦的時候，他們來到了一座看來已經停產多年的工廠門前。街邊小店已經點亮了蠟燭，燈光搖曳中小店看起來更像是一座風中的紙屋。老者跟工廠守門人嘀咕了一陣，然後對大隱說他還要買一些東西，讓大隱先進去。大隱按照老者的指點，周折曲行，最後到達了那座類似碉堡或者崗樓的貼工廠圍牆而築的建築前面。

門是虛掩著的，大隱推門而入，頭頂一隻方孔中射下一束白光，森冷地照出了室內螺旋形的樓梯。拾級而上，木梯發出了吱吱咯咯的不堪重負的響聲，大隱覺得自己彷彿已經置身於某一部古老電影中的兇殺現場。白光發出的地方，正是從樓梯到達頂樓的出口，大隱義無反顧地走了上去。如果我們現在換一個角度，從頂樓的內部觀察大隱的出現，那麼大隱碩大的腦袋現在就像是從地下突然冒出來的，他的一雙眼睛此時充滿了疑惑和驚恐。

大隱現在看到的是一間整齊潔白的圓形居室，一色皆白的器具和牆壁毫不掩飾地透露出了主人的潔僻。大隱在白色的書桌上看到了一疊正在寫作中的手稿，像是專門放好了等大隱去讀的，一切看起來都像是一場陰謀。但大隱的好奇心最終還是戰勝了恐懼，他捧起手稿如饑似渴地讀了起來。

我們已經知道，大隱雖然遊手好閒，但他決不是一個不學無術之徒，在四十歲以前的大部分時光裡，大隱一直在刻苦鑽研，文史哲經，涉獵廣泛。現在，面前這些手稿終於讓大隱的學問派上了用場，他很清楚地就判斷出了這些文字所具有的無量價值。然而，儘管如此，一時之下，大隱還是無法對這些堪稱奇妙的文字從分類學角度作出明晰的判斷，他只是蝸行如蟻地讓思緒在這些文字的魅惑下跌跌撞撞地左衝右突。

當大隱氣喘吁吁地讀完這一疊手稿的時候，老者已經悄無聲息地站在了大隱的身後。直到彌留之際，大隱始終都沒有弄清老者是怎麼上樓來的，以大隱自己上樓時的體會，那樓梯所發出的聲音絕對稱得上驚心動魄，但他卻沒有聽見一點動靜，老者就已經站在了身後。

老者意味深長地問大隱：「是否讀過十六年前的《本城文學》？」

大隱當然讀過。那時的大隱正是雄姿英發雄心勃勃的年齡。

老者又問：「是否記得那篇轟動一時的著名小說？署名達因的？」

大隱這時候已經有些言詞閃爍了。二十四歲那年，功名心切的青年大隱曾經私下裡利用過那篇小說，因為《本城文學》宣佈該小說出自一個不願意透露姓名的作者之手，所以大隱就在私下裡對人宣稱是自己寫的。雖然傳佈的範圍十分有限，而且沒有幾個人相信，但大隱此時還是有些心虛。

老者說：「很慚愧，那正是本人的少作。」

大隱說：「你告訴我這些幹什麼？」

老者說：「我看你不是一個俗人。」老者又指指床下說：「這裡還有四麻袋稿子，有興趣的話，你可以慢慢地讀。守門人會按時送來食物和信件，你也可以讓他替你送郵件。當然，如果沒有興趣，你隨時可以離開。我現在要出一趟遠門。」

老者說完之後從樓梯口飄然而下，大隱等了半天，仍舊沒有聽到任何聲音。大隱走到床前，拉出一隻巨大的白色麻袋打開，果然全都是書寫工整的手稿，每一疊都沉甸甸的，就像是鐵板一般的本城字典。

讀到第三本的時候，大隱內心裡已經有了一個隱約而險惡的計畫。

*　　　*　　　*

此時的大隱，已經從遙遠的記憶中喚回了本城的學術地圖，具體地說就是本城所有人文期刊和各種傳媒的地址，此時已經在大隱的頭腦中清晰無遺地如數顯現。大隱生涯從此開始。

忠誠的守門人每天準時的送來食物，大隱則每讀完一篇就讓守門人送走一篇。那些署名達因的見解獨到堪稱驚世的絕妙文字於是陸續爬上了本城各個報刊，一時攪起了一陣達因旋風，但是人們卻無法找到達因其人。每當大隱從守門人手中接過各種報刊，看到連篇累牘的溢美之詞，大隱的嘴角就會現出一絲奇怪的笑紋。

沉浸於滿意和快感中的大隱已經對時間失去了感知，他暗無天日不知疲倦地讀著送著，當第一麻袋手稿送完的時候，達因已經成了本城聲名顯赫的學術權威，成就涉及人文學科的幾乎所有領域，他甚至萌發了進城去領受榮譽的念頭。但是就在這一天，鬚髮皆白的長髯老者再一次地飄然出現了。

老者說：「你太過份了！我只給了你閱讀的權利，你沒有必要發表它們。」

大隱說：「留在這裡爛掉太可惜了。」

接下來，在大隱和老者之間有一場堪稱曠日持久的關於「名」與「隱」的激烈爭論。而那些嗷嗷待哺的本城期刊主編們在一段時間裡因為得不到達因的文章，他們便只好用一些無聊的捧腳文章搪塞讀者，但是讀者的眼睛是雪亮的，他們十分地不滿，他們要達因，他們要讀達因的驚世美文。四處尋找達因的運動也就是這時開始在本城深入地進行了，大家都知道本城是一個善於搞運動而且喜歡搞運動的城市，而這次的運動涉及面太廣，所以這次尋找達因的運動開展得就特別地如火如荼。

我們不知道他們的爭論是如何結束的，長髯老者自此絕跡卻是一個事實。在接下來寄出的一份手稿中，大隱小心翼翼地摹仿著老者的筆體，在末頁署上了作者地址。廢棄已久的工廠大門口，從此變得人聲如潮。但由於廢棄的工廠早已明確成為私人領地，依據本城法典，任何人未經允許均不得踏入私人領地半步，而且當局有義務保護私人財產不受侵擾，所以守法的本城居民只好在工廠大門外日夜守望他們的難得一見的隱者。由於朝拜者日益增多，本城當局還動用了軍警對廢棄的工廠嚴加保護。

這座工廠實際上佔地廣大，如果僅僅從門口望去，根本就無法看到它的內部結構，所以那些在狂熱激情煽動下的好事者，便蠢蠢欲動地在內心裡嘗試著企圖通過歪門邪道進入工廠，但因為本城法典巨大的威懾力量，加上軍警日夜巡邏，他們也只好放棄邪念，回到大門口耐心地守望。

大隱的文章越來越變得驚世駭俗，簡直可以說是不可一世，但是人們在長期形成的閱讀慣性中卻就只剩下驚呼和頌揚，這一段時間裡，本城居民幾乎都喪失了思維能力，他們只等著大隱說話。遇到一些難解的問題，爭論到了最後，人們總是以看達因以後怎麼說來作結。達因實際已經成了本城的一部權威而隱秘的百科辭典。

與此同時，在經濟並不十分發達的本城，大隱的稿酬已經讓他成了首屈一指的本城巨富。而且他的聲名也已經隨之遠播海內外，大隱自此也成為本城國寶，工廠大門相應的也就成了大隱、權威、百科辭典、詩人、文學家、史學家、經濟學家、社會學家、哲學家、訓詁學家、思想家等等的神聖像徵。守門人則像一隻舌頭一樣每天在那裡不停地晃動，儼然一位大神的模樣，也成了本城的一道聖地風景。

此時的大隱覺得自己已經實至名歸，領受榮譽自然毫無愧怍；但是仍有一事讓他心煩，那就是對女人的慾望，尤其讓大隱念念不忘的就是本城木匠那位妖媚的女兒。於是有一天他對守門人面授機宜，著其將十八歲以上二十五歲以下的妖媚女性在夜深人靜時暗暗地放進廠來。大隱每次總是戴上面罩走出樓來，找一個空地去一一地消受，但他始終沒有見到心中思念的木匠的女兒。有一次他藉著月光看到進來的女人與木匠的女兒十分相像，他於是取下面罩與之做愛，但當他問她的時候，她卻說自己是裁縫的女兒。這一點成了輝煌的大隱生涯中唯一的鬱結，至死遺憾。

頗可欣慰的是，如果大隱活到那一天，他將看到許多與自己長相酷似的孩子在本城大街上放肆地優遊，他們在各自母親的諄諄教導下，都宣稱自己是大隱的後代，但是這種宣揚卻非但始終無人相信，而且被視為對本城歷史名人大隱的褻瀆。當然這都是後話了。

四麻袋手稿終於用完的時候，大隱已經熬得骨瘦如柴。多年來，大隱養成了晚飯後閱讀報刊的習慣。從最新的報刊上讀到自己的文章所惹出的筆墨官司，就像欣賞一處處迷人的風景或者一道道美味佳餚，能讓他體味到無窮的快意。八方風雲盡來眼底，而這風雲皆出自大隱之手，這是何等讓人暢意縱懷的事情呀。但是現在沒有了，很長一段時間裡，大隱再也無法體會那種快意了。大隱茶飯不思，坐臥不寧，內心裡感到非常失落。他不是沒有嘗試過為維持大隱的聲名和優越地位而繼續寫作，但是無論怎麼用心用力，卻都與麻袋中的手稿判若兩人，而且手也開始發抖，寫出的字跡全然不同。大隱於是知道，自己的大限到了。在一個漆黑的夜晚，大隱寫下了本文開頭引用過的那一段絕筆之後，便悄然走出這座給他帶來無盡輝煌的碉堡式建築，然後使出全身的力氣越牆而逃。

有人後來在本城的街道上見到過他，依舊是遊手好閒的樣子，而且十分邋遢，但人們並不知道他就是聲名顯赫的大隱。有人問他，這麼多年幹什麼去了？他就回說：「我玩去了。」

*　　*　　*

多年以後，本城有關部門準備把大隱故居開闢為永久性紀念館。在清理白色碉堡的時候，他們在大隱床下的一隻麻袋中發現了風乾的骨頭，頭、手臂、身軀和腿骨，均顯示出死者是被大卸八塊後裝進去。本城史學家、醫學家、犯罪心理學家對此均未能作出令人信服的解釋，最後只好歸於大隱本人高明的自絕方式。本城為這些遺骨舉行了隆重的安葬儀式，並且在白色碉堡前樹起巨碑，以資永久紀念。但是關於遺骨本身的情況，並未寫進本城詞典，就像大隱本人的巨大成就一樣，現在仍然是本城的一個不解之謎。

千年之末

——《本城詞典》之三

本城紀元第九九九年的最後一個早晨，太陽照樣升起。照樣升起的意思就是與昨天或去年的某一天一樣，既不特別地亮，也不特別地暗，既不是扁的，也不特別地圓，掛在東面的天空上，輝映著稀微的晨嵐，沒有顯出一絲一毫有什麼重大的事情就要發生的異樣徵兆。太陽照樣升起，但是日子特別，所以本城上上下下從普通居民到市政當局，早在數年以前、往更遠處說甚至在十多年前，就已經給這個日子賦予了太多特別的意義。這可是千載難逢的千年之末呀！千年等一回，不折騰出些特別的東西真有些愧對這難得一遇的日子。回顧啦、紀念啦、迎接新世紀啦，諸如此類的名堂，早就被排進了議事日程，本城的一應事務也早就進入了倒計時。這麼說吧，本城人對這等事兒特別的上癮，這是我們的傳統之一，喜歡用意象隱喻象徵的方式對不疼不癢地自顧自地流動著的時間作詩意的處理，逢三、五、十、百等等必有一些說法。雖然從技術理性的角度加以分析，時間的流逝在每一天每一年都是一樣的，但本城的詩意傳統不允許我們輕易地放過那些巫術一般的數字，譬如對黃昏或曙光之類的字眼，我們總愛用慌亂或慶典去應對。這是本城的詩教傳統。

四十八歲的本城詩人拜雪，這天醒得格外地早，他要在這天完成自己一生中最大的一次跨越。拜雪早就想好了，千年之末絕不能與自已那已經人老珠黃的老婆一起渡過。也就是說，九九九年的最後一夜，他要與情人共度良宵。最重要的是，他要讓自己與情人做愛的動作，跨越世紀。最初產生這個想法的時候，他當時竟被自己感動得氣喘吁吁，不能自抑地就流出了淚水。那時候他就在心裡對自己說：「你這個詩人，你太偉大了，這簡直就是世紀之想。」

詩人這個職業養成了拜雪睡懶覺的習慣，但這個早晨他無論如何都沒法睡去，激動人心的時刻就要到了，就像一個孩子面臨新年，他期待著早早地穿好新衣去點燃鞭炮。

拜雪的老婆也起得很早。其實，在這個早晨，本城沒有幾個人是賴在床上的。只是他們那二十二歲的兒子例外，事實是他才剛剛上床。在經過了一夜的性狂歡之後剛剛回來，他累了，他要稍稍地恢復一下，還有更奇特的瘋狂在等著他。拜雪躺在床上，從外屋傳開的聲音裡判斷，老婆已經做完了晨浴，正坐在梳粧檯前精心地修面描眉。他知道老婆今天要去出席宴會，那是為她上任局長而特別舉辦的，到了晚上，則還有市政當局的新年酒會在等著她。老婆為這個位子陰沉地奮鬥了二十年，到了千年之末，終於滿面春光。對她來說，這真是新世紀送來的恰如其時的一份禮物。

就在昨天晚上，老婆興奮得甚至破例主動爬上了他的床，一再地用撫摸來刺激他的慾望，但被他拒絕了。這個已經五十歲的每一個毛孔都充斥著權慾的女人，主動要求做愛還是第一次，這讓拜雪感到十分意外。但是他不能，他要養精蓄銳，留到下一個夜晚，與情人共度那跨世紀的偉大時刻。

*　　　*　　　*

性解放的狂潮，五年前已經衝盪著本城。但那更多的屬於兒子們的一代，他們不只是態度隨便，甚至男女多人混居，無所顧忌地放縱本能。雖說拜雪這樣的詩人生性風流，也只能心跳眼熱地愁著下一代肆意妄為，他自己卻無論如何沒法做到。他只能謹慎而又精心地物色情人，然後曲折而隱密地與她共享偷情所帶來的那份心驚肉跳。

一年前的一個晚上，在與上一個情人同床共枕之後，他們談起了如何度過世紀末之夜的話題。女人說：共舞到天明。正是這句話刺激了詩人的靈感，他突然有了一個奇妙的想法，何不在與情人做愛中跨越世紀，讓新世紀的鐘聲成為一對男女床笫間的戰鼓！這樣想著的時候，他竟不能自抑地流下了淚水。女人問他怎麼了？他聲音顫抖著說：「我有了一個絕妙的想法。」她嬌媚地問是什麼想法。他不想立即就說出來，他要留給自己，慢慢地享受自己的自豪感，便說：「到時候再告訴你，給你一個意外的驚喜。」

那個想法一年來已經讓詩人拜雪爛熟於心，時時激動著他，撩撥著他，漸漸地成了他日思夜夢的一個偉大而隆重的儀式。大約在半年前，他心中的偉大想法又有了新的發展。舊情人已經熟讀，重複的性遊戲已經很難玩出新鮮感，而且愛吃餃子的情人口裡常會泛出一絲韭菜味兒，這讓他在做愛時很不舒服。那時候他就想，在那個偉大的時刻，在新世紀的鐘聲裡，他身下的情人應該是一個全新而有力的身體，能與他身心交融地共同體驗新世紀鐘聲中的生命巔峰。所以他慢慢地冷落了舊情人，並開始悉心物色他的世紀之想。

兩個月前他終於找到了，是一個二十四歲的新進女詩人。以拜雪的審美趣味，在本城女人中她是完美得近於無可挑剔的一個，而且是個詩人，這一點尤其讓他覺得妙不可言。為了與女詩人共渡那個偉大時刻，他偷偷地在外面租了一間舒適的公寓，並且佈置得優雅浪漫，這當然也是他的世紀之想中必不可少的部分。

一個月前，他帶著女詩人走進這間後來被他稱為世紀愛巢的房間，作了一次實戰演習。整個過程，他是看著表完成的。從喝酒開始，跳舞、調情直至做愛，但他在她身體裡面的時間只有十分鐘。完事的時候，他感覺到了她的些許的不滿足，而他自己也覺得時間太短了一點，到了跨越世紀的那天晚上，應該做得更長更持久些，最少應該有二十分鐘。為了彌補女詩人的不滿足，到後半夜他們又重來了一次。但拜雪心中卻因此有了一些隱憂，千年之末是無法重複的，錯過了就將永遠過去，永遠不可能有機會彌補，所以他得為保證那一刻的萬無一失做好充分的準備。

兩周前所進行的再次演習，取得了圓滿的成功，我們的大詩人和新進女詩人都感到淋漓快意。在做愛之前，拜雪把他奇妙的想法第一次向女詩人合盤托出，女詩人顫動著青春的身體撲到他的身上說：「你真是太偉大了！」兩人都疲憊下來的時候，女詩人還在回味感歎：「這真是一個了不起的世紀之想。」

但是本城詩人拜雪，並沒有被這小小的勝利衝昏頭腦，他仍在毫不懈怠地做著準備，一刻都不敢放縱自己。這兩周他一直很注意飲食和節慾，堅決不與老婆同床，並且買了一種補腎壯陽的中藥丸，每天按時服用。這期間女詩人還約過他一次，但他們並沒有同床，拜雪充滿嚮往地看著他的情人，婉轉地對女詩人說：「好鋼要使在刀刃上。」女詩人當然是十分地善解人意，聽到這話會心地笑了。

* * *

拜雪是九點鐘才起床的，平時還更晚些。他並不是貪戀床鋪的舒適，他要養精蓄銳，讓身體慢慢地澎脹起來，好在今夜去完成那偉大的世紀之想。

洗嗽之後他先服了藥丸，然後吃了一塊抹了牛油果醬的麵包，喝了一杯牛奶。他覺得全身上下充滿了力量。接下來，他坐在沙發上從容地給情人撥電話。昨天下午他們已經見過面，對今夜的行動作了周詳的設想，兩個人都為此興奮不已。但他現在還想再撥，他要慢慢地充分地體味和享受千年之末將臨時，他的世紀之想所帶的快樂。

他對著話筒說：「知道我要說什麼嗎？」

女詩人的聲音：「我都快等不及了。」

「我也一樣，但是要有耐心噢，新年酒會一完我就會趕到。」

女詩人顯然已經興奮：「可這一天怎麼過呀，我真想現在就去。」

「用這一天好好看看這個世紀的天空吧，明天就是下一個時代了。」

「看著吧，到時候我也要給你一個驚喜。」

「別忘了時間，酒會十點結束。」

「我會先到的。」

「晚上見。」

「晚上見。」

放下電話之前，拜雪對著耳機響亮地吻了一下。

要去就去唄，總是那麼酸文假醋的，真沒勁！

拜雪不知道兒子是什麼時候走進客廳的，父子間的對立已經由來已久，他那點破事兒子全知道，但兒子一直不屑，就像瞧不起自己的母親一樣，也從不把他做父親的當回事。著名的本城詩人在兒子的眼裡是最沒勁的，兒子們要的是另外的生活。這一次拜雪沒有覺得臉紅，也沒有往常的生氣和爭吵，他只是淡淡地說了句「忙你的去吧」。在這個白天，他有更重要的事情，他要獨自享受本城千年之末最後的美景。

* * *

對於本城居民來說，這是一個盛大的節日，是連上帝本人也不應該輕看的一個千年之慶。所謂結束過去開創未來，現在已經貫徹到了從本城居民最隱秘最細微的私生活直到當局的宏偉計畫的一切領域。拜雪走到街上的時候，看到滿成的彩帶與鮮花，詩人甚至有些莫可名狀的感動。他慢慢地走著，觀街景，看天空，藍天白雲，節日盛裝，有一種賞心悅目的快樂。看不到一絲一毫的所謂世紀末的垂敗景象，而且前些年在本城盛傳的九九九大劫難也並沒有發生，所以我們的詩人，現在甚至對人們前幾年所描述的「世紀末」慘景懷疑起來，看來那一切都不過是人們心造的東西。懷惴著世紀之想的本城詩人拜雪，這時候甚至想說：世紀末真好，千年之末真好。

在市政廣場他碰到了熟人。人們對詩人脫帽致意，並且向他祝賀新年。他都彬彬有禮地一一回答：「新年好。」

散步到郊區的時候，拜雪看到了一場小小的車禍，一個在街上玩球的孩子被車撞倒了。這使他的心突然一緊。他並不是為那個孩子擔心，他擔憂的是自己和他的情人，在這一刻，他突然覺得他的世紀之想似乎有點懸而未決。如果他或者情人出點小小的意外，那麼他一年來所精心的世紀之想就要毀於一旦了；如果是女詩人出事，他再去找他的舊情人嗎？

這是本城的冬天，但他覺得自己已經冷汗在背。

在最近的電話亭裡，本城詩人拜雪又給情人家掛了電話。

盲音。再撥。還是盲音。

他又往他們的世紀愛巢撥了電話，也是盲音。她不在那裡。

拜雪感到有些不妙，他叫了計程車，直奔情人的住處。

但是……沒人。

這時候已是午後。拜雪倚靠在情人的門前，四肢無力，慌亂像蛆一樣在身體裡蛹動，垂死之感頓然而生。這時候他才真切地嚐到了世紀末的味道。這就是所謂世紀末情緒麼？他問自己。

他木然地望著本城的天空，但是沒有誰來回答。

被莫名的絕望控制著的本城詩人拜雪，這時候突然靈機一動，什麼事情都是可能發生的，不能讓意外事故打碎了他的世紀之想。他覺得應該給舊情人打個電話，雖然無奈但總是聊勝於無的吧。想到這裡，他快步地離開了情人的家門。

但是舊情人的電話也是盲音。

盲音！盲音！盲音！簡直是一個被盲音塞滿了的千年之末。千年之末的午後，我們的詩人已經按捺不住地開始詛咒了。

但這是一個被註定了的盲音的下午。焦躁不安的本城詩人拜雪，四肢無力地走在本城被鮮花和彩帶打扮得像個蠢笨的廚娘似的大街上。他逢電話亭必進。情人家。舊情人家。世紀愛巢。自己家。甚至想到的所有舊情人新情人可能去的地方都一一地打了。但是只有盲音。盲音。盲音。

回到家的時候，我們的詩人拜雪已經幾乎魂飛魄散。他頹然地癱臥在沙發上，失神的雙眼一無所見地望著天花板。畢竟是體力不支了，昨夜幾乎未睡，今天又消耗過多，不知什麼時候竟昏昏睡去……

是老婆叫醒他的。這樣的情景十幾年來她已經看得多了，她不以為怪，她只是像往常一樣叫他起來吃晚飯。老婆今天顯得神采飛揚，本城新任局長和本城著名詩人都收到了市政當局的請帖。晚飯後，她要與他共赴新年酒會。

在家裡，當著老婆的面，已經沒有機會再給情人打電話了。他故作鎮靜地問老婆：「兒子怎麼還沒回來？」老婆說：「他怎麼會回來，明天中午能見到他的影子就很不錯了。快吃飯吧，否則來不及了。」

他胡亂地扒了幾口飯，依舊情緒低沉，竟然忘了服那至關重要的藥丸。

* * *

新年酒會晚八點準時在本城市政宴會廳舉行。彬彬有禮的微笑與新年祝福。熱烈而優雅的氣氛。但是我們的詩人拜雪全無心情，他只是皮笑肉不笑地虛與逶迤著，然後瞅機會溜出宴會大廳去打電話。

世紀愛巢……盲音……

情人家……盲音……

舊情人家……盲音……

再撥。

情人家……盲音……

愛巢……希望之車總是在絕望時突然開來……

「是你麼？」

拜雪長吁了一口氣。「真想你呀，我這是抽空溜出來給你打個電話。」

「我才剛進門。」

「好好待著，哪兒也別去，我這邊一完馬上就過來。」

「知道，我等你。」

「一會兒見。」

再次回到宴會大廳的詩人拜雪，像一個抽足了大麻的癮君子一樣勁頭十足。在市長的邀請下，他甚至即席朗誦了一首獻給一〇〇〇的詩：一〇〇〇就像一排嶄新的燈泡／在今夜／要把新世紀的曙光點燃……但他的心早已經飛向了世紀愛巢……

* * *

在本城詞典中，世紀末一詞的注釋共有三意：①一種模糊的時間概念。紀元每百年為一世紀，世紀末一般指百年之末的幾年；②一種情緒。本城舊俗認為百年之末為世界末日，每到百年之末，人們便會因為對末日將臨感到恐懼而產生慌亂；③一種行為。特指男女交歡在某一重要的時刻突然的、致命性的中斷。

第三意典出本城著名詩人拜雪的世紀之想。

多年以後，詩人在他那本著名的回憶錄中，真實而詳細地記錄了他在那個千年之末的所想和所為。由於拜雪是本城歷史上的名人，為了紀念詩人，又多年以後，他的「千年之想」便被寫進了百科全書式的本城詞典。

但這已經是許多年以前發生的事了。

*　　　*　　　*

那天晚上，當拜雪走進他們的世紀愛巢時，他簡直被驚呆了。房間的四角燃著四支紅色的蠟燭，床前小桌上的蛋糕也插滿了點亮的彩色蠟燭，兩隻酒杯中紅色的液體分外迷人。情人的打扮更讓他感到賞心悅目，半透明的薄紗睡裙下，只有紅色的乳罩和三角褲頭，柔和的蠟光中，情人的玉體似掩似露。他心裡突然冒出一個詞來：秀色可餐。女人在這上面的創造力真是不可思議。「你太迷人了。」他說著，就撲上去把她擁在懷中。

「你真是太迷人了。」

「是你的想法太迷人了，我說過我要給你一個驚喜。」

接下來，考慮到小說作法中的簡潔原則，我將省略掉對洗澡、喝酒、跳舞、吃夜宵和調情的冗長描述，總之一切都如你所能夠想像的那般可人和情意綿綿。也就是說，正像拜雪和他的情人所希望的那樣。

但是，請快一點時間到了

現在是本城紀元第九九九年十二月三十一日晚二十三時三十分。著名詩人拜雪和他迷人的小情人，已經在他們的世紀愛巢裡那張闊大柔軟的床上，開始了他們那偉大而奇妙的前無古人的世紀之想，他們要讓做愛的動作跨越世紀，他們要在那一刻讓身心到達生命的巔峰。

千年之末。

這是他們都知道的，這是他們所嚮往的千年之末……

請快一點時間到了

天在旋轉，那一刻快要到了……

地在旋轉，那一刻快要到了……

請快一點時間到了

時間在退卻，那一刻就要到了……

……就要到了……他已經進入她……他已經開始快速地抽動……她已經開始劇烈地扭動……就要到了……就要到了……他在用力地動作……她激動得就要叫出聲了……他也想叫一聲啊……可是她就要叫了……

請快一點時間到了

可是啊——

由於企盼的心情過於激動，他們都已經按捺不住，他不幸……很不幸地……他不幸……早洩！！！

新世紀的鐘聲轟然響起。

噹——噹——噹——

一下。

一下。

又一下……十二聲巨大的世紀之鐘響過，已經軟遢遢的他覺得自己就快要死了。難道世界就這樣告終？

世界就這樣告終……

世界就這樣告終？

世界就這樣告終。

不是嘭的一響，而是嘘的一聲。

她頓時感到索然無味。但是她聽到有人在說話——

請快一點時間到了……

請快一點時間到了……

明兒見，比爾。明兒見，婁。明兒見，美。明兒見。嗒嗒。明兒見。明兒見。明兒見，太太，明兒見，好太太。明兒見，明兒見。

這是誰的聲音？

釀文學　PG0533

 塑膠子彈

作　　者　秦巴子
主　　編　蔡登山
責任編輯　林泰宏
圖文排版　蔡瑋中
封面設計　陳佩蓉

出版策劃　釀出版
製作發行　秀威資訊科技股份有限公司
114 台北市內湖區瑞光路76巷65號1樓
電話：+886-2-2796-3638　傳真：+886-2-2796-1377
服務信箱：service@showwe.com.tw
http://www.showwe.com.tw
郵政劃撥　19563868　戶名：秀威資訊科技股份有限公司
展售門市　國家書店【松江門市】
104 台北市中山區松江路209號1樓
電話：+886-2-2518-0207　傳真：+886-2-2518-0778
網路訂購　秀威網路書店：http://www.bodbooks.com.tw
國家網路書店：http://www.govbooks.com.tw
法律顧問　毛國樑　律師
總 經 銷　聯合發行股份有限公司
231新北市新店區寶橋路235巷6弄6號4F
電話：+886-2-2917-8022　傳真：+886-2-2915-6275

出版日期　2011年5月　BOD一版
定　　價　350元

Printed in Taiwan

國家圖書館出版品預行編目

塑膠子彈 / 秦巴子作. -- 一版. -- 臺北市：釀出版, 2011.05
面； 公分. --（釀文學 ; PG0533）
BOD版
ISBN 978-986-6095-09-2（平裝）

857.63 100006101

讀者回函卡

感謝您購買本書，為提升服務品質，請填妥以下資料，將讀者回函卡直接寄回或傳真本公司，收到您的寶貴意見後，我們會收藏記錄及檢討，謝謝！

如您需要了解本公司最新出版書目、購書優惠或企劃活動，歡迎您上網查詢或下載相關資料：http:// www.showwe.com.tw

您購買的書名：________________________________

出生日期：________年________月________日

學歷：□高中（含）以下　□大專　□研究所（含）以上

職業：□製造業　□金融業　□資訊業　□軍警　□傳播業　□自由業

□服務業　□公務員　□教職　□學生　□家管　□其它_____

購書地點：□網路書店　□實體書店　□書展　□郵購　□贈閱　□其他

您從何得知本書的消息？

□網路書店　□實體書店　□網路搜尋　□電子報　□書訊　□雜誌

□傳播媒體　□親友推薦　□網站推薦　□部落格　□其他__________

您對本書的評價：（請填代號　1.非常滿意　2.滿意　3.尚可　4.再改進）

封面設計____　版面編排____　內容____　文／譯筆____　價格____

讀完書後您覺得：

□很有收穫　□有收穫　□收穫不多　□沒收穫

對我們的建議：________________________________

____

____

____

請貼
郵票

11466
台北市內湖區瑞光路 76 巷 65 號 1 樓
秀威資訊科技股份有限公司 收
BOD 數位出版事業部

（請沿線對折寄回，謝謝！）

姓　　名：＿＿＿＿＿＿＿＿＿＿　年齡：＿＿＿＿　性別：□女　□男

郵遞區號：□□□□□

地　　址：＿＿＿＿＿＿＿＿＿＿＿＿＿＿＿＿＿＿＿＿＿＿＿＿＿

聯絡電話：(日) ＿＿＿＿＿＿＿＿＿＿＿＿ (夜) ＿＿＿＿＿＿＿＿＿＿＿＿

E-mail：＿＿＿＿＿＿＿＿＿＿＿＿＿＿＿＿＿＿＿＿＿＿＿＿＿